MEIN HERZ FÜR DICH

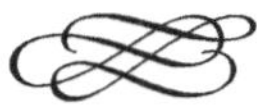

MARIE FORCE

Als Travis North Liana McDermott zum ersten Mal sieht, trägt sie das hässlichste Brautjungfernkleid, das ihm je unter die Augen gekommen ist. So erkennt er das weltberühmte Supermodel, das zur Hochzeit ihrer Cousine Enid in seinem Country Club ist, nicht sofort. Dank Enids schamloser Kuppelei lernen Travis und Liana einander schließlich kennen und beginnen eine zweiwöchige Affäre, die gänzlich frei von Emotionen und Verwicklungen sein soll.

Als das Ende von Lianas Urlaub näher rückt, fragt sich Travis jedoch, ob er sie überhaupt gehen lassen kann, während Liana darüber nachdenkt, ob er vielleicht ihr Mr Right sein könnte. Dabei war die unverbindliche Affäre ihre Idee! Da kann sie jetzt ja nicht einfach die Bedingungen ändern … oder?

KAPITEL 1

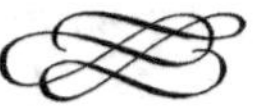

Jede andere Frau hätte in diesem Kleid lächerlich gewirkt. Pinkfarbene Schleifen in allen Größen, Tüll, ein puffiges Schößchen und der lange, schwingende Rock ergaben zusammen das hässlichste Brautjungfernkleid, das Travis North je untergekommen war. Er unterdrückte ein Lachen und stellte sich die Reaktion der eleganten Schönheit vor, als sie das Kleid, das sie nun trug, zum ersten Mal gesehen hatte. *Was Frauen nicht alles für ihre Freundinnen tun …*

Travis selbst hatte Armani gewählt, damit er unter den anderen Gästen nicht auffiel, während er sein gut organisiertes Team überwachte, das in einem weißen Zelt mit Blick über die Narragansett Bay fünfhundert Gästen Filet mignon servierte. Die Sonne ging gerade in einem Feuerball unter, und bisher hatte es noch keine größeren Krisen gegeben. Von seinem erhöhten Standort am Rande des Spektakels aus ließ Travis seine Augen zu den aufwendigen Eisskulpturen schweifen, den funkelnden weißen Lichtern, den schimmernden Kerzen, den Blumenarrangements im Wert von vierzigtausend Dollar, dem Dreißig-Mann-Orchester und dem Sieben-Gänge-Menü.

Seine sorgfältige Planung, die Besessenheit von jedem Detail und die Weigerung, auch nur irgendetwas dem Zufall zu überlassen,

ÜBER DAS BUCH

zahlten sich aus. Alles außer Erfolg auf ganzer Linie war für Travis inakzeptabel, denn von diesem Abend hing für ihn eine Menge ab. Er hatte geduldig auf das richtige gesellschaftliche Ereignis gewartet, um North Point groß rauszubringen. Die letzten drei Jahre hatte er damit verbracht, den edlen Country Club und Jachthafen an der Nordküste von Aquidneck Island aufzubauen – dem Zuhause der High Society von Newport, Rhode Island.

Als Edith St. Martin und ihre unscheinbare Tochter Enid ihn vor neun Monaten aufgesucht hatten, hatte Travis gewusst, dass er das große Los gezogen hatte. Die St. Martins gehörten zum alten Geldadel von Newport, und Enids Hochzeit würde für ein Zelt voller Leute sorgen, die den Erfolg von North Point garantieren würden. Die PR, die so eine exklusive Hochzeit generierte, konnte man nicht mit Geld aufwiegen. Deshalb hatte er sich persönlich um jedes Detail gekümmert, und während er nun verfolgte, wie das Fest seinen Lauf nahm, ärgerte es ihn, dass er viel zu viel von seiner Aufmerksamkeit auf die umwerfende dunkelhaarige Brautjungfer richtete und nicht genügend auf das Servieren der Filets mignons.

»Sam.« Er winkte einen der Kellner zu sich an den Rand des Zelts, wo er halb verdeckt hinter mehreren hohen Pflanzen stand.

»Ja, Mr North?«, fragte der junge Mann mit genau der liebenswürdigen Zuvorkommenheit, wegen der Travis ihn angestellt hatte.

»Weißt du, wer das ist?« Travis nickte in Richtung der Brautjungfer, die neben der Braut am Haupttisch saß. »Ich habe das Gefühl, sie schon einmal gesehen zu haben.«

Sam hob eine Augenbraue. »Sie scherzen, oder?«

Travis warf ihm einen Blick zu. »Was meinst du damit?«

»Sie müssen wirklich öfter ausgehen, Boss. Das ist Liana McDermott.«

»Wer?«

»Hallo? Covermodel der Bademodenausgabe von *Sports Illustrated* der letzten drei Jahre? Portsmouths berühmteste Ex-Bewohnerin?«

Travis schaute noch einmal zu der umwerfenden Frau, zog ihr in Gedanken das hässliche Kleid aus und ersetzte es durch einen String-

Bikini. Bevor sein Körper auf dieses Bild reagieren konnte, wandte er sich wieder an Sam. »Was zum Teufel macht sie hier?«

»Sie ist eine Cousine von Pferdegesicht.« Sam bezog sich auf den Spitznamen, den die Mitarbeiter der anstrengenden Braut gegeben hatten. »Und ihre Trauzeugin.«

Travis rieb sich abwesend das Kinn. Er wusste, er sollte Sam für die Bezeichnung zurechtweisen, und das nicht nur, weil »Pferdegesicht« der Goldesel für North Point war.

»Es ist schwer zu glauben, dass die beiden genetisch ähnliche Voraussetzungen haben, oder?«, fragte Sam.

Travis riss sich aus seiner Trance. »Danke für die Info. Und jetzt zurück an die Arbeit.«

»Jawohl, Sir«, sagte Sam und salutierte.

Liana McDermott. Travis beobachtete, wie die zierliche Schönheit gemeinsam mit ihrer Cousine über irgendetwas lachte. Die langen, rabenschwarzen Haare fielen ihr über die cremeweißen Schultern, und das alberne Kleid schien dafür gemacht zu sein, ihre perfekt geformten Brüste zu betonen.

Sie war zu weit weg, als dass Travis die Farbe ihrer Augen hätte erkennen können, aber selbst aus der Entfernung sah er, dass sie mandelförmig und von ungewöhnlich dichten Wimpern umrahmt waren. Mit einem Mal war er wesentlich mehr daran interessiert, herauszufinden, welche Augenfarbe sie hatte, als daran, das Anschneiden der Torte zu überwachen.

Travis bemerkte, wie sie ihren Blick mit besorgter Miene durch das Zelt schweifen ließ.

Vermutlich sucht sie nach ihrem Begleiter, dachte er und fragte sich, was für ein Mann wohl als Partner für eine Frau wie sie vorgesehen war.

～

O Gott, *dieses schreckliche Kleid kratzt so fürchterlich!* Liana rutschte in dem vergeblichen Versuch auf ihrem Stuhl hin und her, ihre gereizte Haut zu beruhigen. Warum sie eingewilligt hatte, etwas dermaßen Hässliches anzuziehen, war ihr ein Rätsel. Wobei, sie hatte nicht wirklich eingewilligt. Sie war zu sehr mit ihrem Shooting für die *Vogue* in Mailand beschäftigt gewesen, um für eine Anprobe nach Rhode Island zu kommen, und so hatte sie das Monstrum erst gesehen, als es bereits zu spät dafür gewesen war, Einspruch zu erheben.

Lektion gelernt.

So etwas Wichtiges durfte man niemals dem Zufall überlassen – auch wenn es nicht sonderlich wahrscheinlich war, dass sie in nächster Zeit ein weiteres Mal Brautjungfer sein würde. Trotz Enids unglaublichem sozialen Aufstieg war sie die einzige enge Freundin, die Liana hatte – und der einzige Mensch, für den sie dieses Kleid anziehen würde.

Wo zum Teufel ist Mom? Liana schaute sich noch einmal im Zelt um. Als sie am Vorabend eingetroffen war, hatte die Veränderung ihrer Mutter sie erschreckt. Die leichte Vergesslichkeit, die sie bei ihrem Besuch im letzten Jahr bemerkt hatte, war zu etwas wesentlich Ernsterem angewachsen. Liana hatte vor, nach der Hochzeit ein langes Gespräch mit ihrer Tante Edith zu führen, die während Lianas Abwesenheit eigentlich ein Auge auf ihre Schwester hätte haben sollen.

Enid griff nach ihrer Hand. »Komm, wir wollen die Torte anschneiden«, sagte sie, und ihre sonst eher matten grauen Augen funkelten vor Aufregung.

Arme Enid. Liana erschauerte erneut, als sie das unvorteilhafte Brautkleid betrachtete, das ihre Cousine ausgewählt hatte. Das Ding musste mindestens zwanzig Kilo wiegen, und der feine Schweißfilm auf Enids Stirn zeigte deutlich, welche Anstrengung es war, solche Stoffberge mit sich herumzuschleppen. Ihr Bräutigam Brady Littleton betrachtete seine frisch angetraute Frau allerdings mit derart unverhohlener Liebe, dass es Liana einen sehnsüchtigen Stich versetzte. Trotz ihrer angeblichen Schönheit hatte sie noch kein Mann so angesehen.

Als sie aufstand, um Enid zu folgen, ließ Liana ihren Blick ein letztes Mal auf der Suche nach ihrer Mutter durch das Zelt gleiten. Ihre Mutter fand sie zwar nicht, dafür ertappte sie einen attraktiven Mann im Smoking dabei, wie er sie prüfend musterte. Dichtes dunkles Haar, markantes Kinn, gut gebaut und in seinem förmlichen Aufzug einfach umwerfend. Um seine Augen bildeten sich kleine Fältchen, als er ihr lächelnd zunickte.

»Enid«, flüsterte sie.

Ihre Cousine drehte sich um und traf Liana dabei mit der dicken Schleife auf der Rückseite ihres Kleides in den Magen.

Darauf bedacht, ihre Leibesmitte vor dem Kleid ihrer Cousine zu schützen, fragte Liana: »Wer ist der Typ dahinten in der Ecke?«

Enid gab sich keinerlei Mühe, diskret zu sein, als sie ihren Kopf in die Richtung reckte. »Ich sehe niemanden.«

Liana drehte sich um und war enttäuscht, dass der Mann fort war. »Oh, tja, vor einer Minute war er noch da.«

»Enid«, sagte Brady. »Sie warten auf uns, Honey.«

Im Kopf weiter mit der Frage beschäftigt, wo um alles in der Welt ihre Mutter war, hakte Liana sich bei Bradys aufdringlichem Trauzeugen unter – der bereits mehrere Annäherungsversuche gestartet hatte – und folgte dem Brautpaar, um dabei zu sein, wenn die beiden die Hochzeitstorte anschnitten.

IRGENDWIE SCHAFFTE LIANA ES, DEN TRADITIONELLEN TANZ MIT DEM Trauzeugen hinter sich zu bringen, der sich benahm, als wären diese drei Minuten, in denen er versuchte, ihr die Zehen zu zerquetschen, das Highlight seines Lebens.

Sie war es so leid, dass die Männer ihr hinterherhechelten. Wenn sie wüssten, wie langweilig und vorhersehbar sie damit waren. Nicht einer von ihnen war anders – immer die gleichen langweiligen Sprüche, die gleichen langweiligen Komplimente … Nur weil sie Liana ein paarmal in winzigen Bikinis gesehen hatten, glaubten sie, sie zu kennen. Und schlimmer noch, sie schienen zu glauben, Liana wäre ihnen etwas schuldig.

Als der Tanz endlich zu Ende war, löste sie sich von dem angeheiterten Trauzeugen, entschlossen, ihre Mutter zu finden. Während sie sich in dem vollen Zelt umsah, achtete sie nicht darauf, wo sie hinging, und stieß prompt mit einer breiten Brust zusammen. Deren Besitzer hielt sie zum Glück geistesgegenwärtig fest, sodass sie nicht hinfiel.

»Verzei…«, murmelte sie und schaute auf – direkt in das attraktive Gesicht, das sie vorhin erblickt hatte. »Oh. Sie sind das.«

Als er amüsiert eine Braue hob, verwandelte er sich von »gut aussehend« in »geradezu verwegen«. »Sind wir einander schon vorgestellt worden?«

»Nein, aber ich habe vorhin gemerkt, dass Sie mich angeschaut haben.«

»Ich denke, daran sind Sie gewöhnt.«

»Würden Sie mich bitte entschuldigen?« Sie löste sich aus seinem Griff.

»Kann ich Ihnen irgendwie behilflich sein?«

Noch ein Spruch, dachte Liana müde, bis sie aufblickte und ehrliche Besorgnis in seinen attraktiven Zügen entdeckte. Sie fragte sich, ob er je als Model gearbeitet hatte. »Ich kann meine Mutter nicht finden.«

»Wann haben Sie sie denn zum letzten Mal gesehen?«

»Direkt nach Ankunft des Brautpaars. Sie hat mir zugewunken, als wir die Fotos auf dem Rasen gemacht haben. Danach war sie fort, und jetzt kann ich sie nirgends finden.«

»Sind Sie sicher, dass sie nicht im Zelt ist?«

»Ich habe an jedem Tisch geschaut, sie aber nirgendwo entdeckt.«

»Wie heißt sie?«

»Agnes McDermott. Sie trägt ein dunkelblaues Kleid, hat kurze graue Haare und meine Augen.«

»Violette Augen«, sagte er und bot ihr seinen Arm an. »Kommen Sie mit. Mal sehen, was wir tun können.«

»Danke, Mr … Es tut mir leid, ich habe Ihren Namen nicht mitbekommen.«

»Travis.« Er führte sie vom Zelt zu einem Büro im Clubhaus, wo er ihr bedeutete, auf dem Sofa Platz zu nehmen.

»Mr Travis.«

Er lachte. »Nein, nur Travis. Das ist mein Vorname.«

»Oh. Tut mir leid. Ich sorge mich wirklich um sie. Sie ist in letzter

Zeit nicht sie selbst, und ich habe Angst, dass sie zum Wasser hinuntergelaufen sein könnte.«

Travis wurde sofort ernst und schaltete in den Manager-Modus. Aus der Innentasche seines Smokings holte er ein kabelloses Headset. »Beck, ich bin's, Travis.«

Während Liana auf dem Sofa saß und versuchte, das kratzige Kleid so weit wie möglich zu ignorieren, beobachtete sie, wie Travis das Kommando übernahm. Die Autorität, die er ausstrahlte, faszinierte sie.

»Ein weiblicher Gast wird vermisst, und ihre Tochter ist besorgt, dass sie zum Wasser hinuntergegangen sein könnte. Kannst du jemanden runterschicken, der nachsieht? Ja, Agnes McDermott.« Er hielt die Hand über das Mikrofon und wandte sich an Liana. »Wie alt ist sie?«

»Dreiundsechzig.«

»Sie ist dreiundsechzig, hat graue Haare, violette Augen und trägt ein dunkelblaues Abendkleid.« Einen Moment später klopfte eine junge Frau an die Bürotür. »Travis, ich habe die Frau, die du suchst, vor ungefähr einer Stunde gesehen. Sie ist mit dem Taxi weggefahren. Ich habe sie anhand deiner Beschreibung erkannt.«

»Hat sich geklärt, Beck«, sprach Travis in sein Headset.

Liana stand auf. »Wo wollte sie hin?«

»Ich bin mir nicht sicher, Ms McDermott. Ich kann die Taxigesellschaft anrufen und es herausfinden, wenn Ihnen das hilft«, bot die junge Frau an.

»Das wäre super. Danke«, antwortete Liana.

»Danke, Niki«, sagte Travis, bevor er sich wieder an Liana wandte. »Sie dürfen gerne hier warten.«

»Ist das Ihr Büro?«

»Ja.«

»Sind Sie hier der Manager?«

»So was in der Art.«

»Könnte ich vielleicht mal Ihr Telefon benutzen?«

»Natürlich.« Travis hob den Hörer ab und drückte auf einen Knopf, um eine Leitung nach draußen zu kriegen. Dann reichte er ihr das Telefon und bedeutete ihr, es sich hinter seinem Schreibtisch bequem zu machen.

Liana wählte eine Nummer und kaute nervös auf ihrer Unterlippe, während sie darauf wartete, dass jemand abhob. Als das etwa eine Minute lang nicht geschah, legte sie den Hörer wieder auf. »Ich dachte, sie ist vielleicht nach Hause gefahren.«

Niki kam mit einem Zettel zurück. »Sie haben sie vor einer knappen Stunde an der McCorrie Lane 242 abgesetzt.«

»Vielen Dank«, erwiderte Liana.

»Kennen Sie die Adresse?«, wollte Travis wissen.

Liana nickte. »Es ist ihr Haus. Ich frage mich, warum sie nicht ans Telefon geht.«

»Gibt es einen Nachbarn oder so, den Sie bitten könnten, mal nach ihr zu sehen?«

Bei dem Vorschlag hellte sich ihre Miene auf, und sie wählte aus dem Gedächtnis eine Nummer. »Mrs Zito? Hier ist Liana.« Sie seufzte angespannt. »Ja. Ich bin wegen der Hochzeit hier. Zwei Wochen. Ich weiß. Ich wünschte auch, ich wäre öfter daheim. Hören Sie, können Sie mir einen Gefallen tun? Können Sie nach nebenan laufen und für mich nach Mom schauen? Sie hat die Hochzeit verlassen, ohne mir etwas zu sagen. Sicher, ich kann warten.« Sie nahm den Hörer vom Ohr und fragte ihn: »Halte ich Sie von irgendetwas ab?«

»Nein, alles gut.« Travis warf einen Blick zum Zelt. »Lassen Sie sich Zeit.«

»Oh«, seufzte Liana ein paar Minuten später erleichtert auf. »Vielen Dank, Mrs Zito. Ja, ich komme mal vorbei. Jetzt muss ich zur Hochzeitsfeier zurück. Okay, auf Wiedersehen.« Sie legte auf und wandte sich an Travis. »Krise abgewendet. Sie lag schlafend im Bett.«

»Warum hat sie Ihnen nicht gesagt, dass sie fährt?«

»Irgendetwas ist mit ihr los. Ich bin nicht sicher, was ich davon halten soll.«

»Nun, ich bin jedenfalls froh, dass sie in Sicherheit ist.«

»Ich auch. Entschuldigen Sie die Aufregung. Und vielen Dank für Ihre Hilfe.«

»Es war mir ein Vergnügen. Darf ich?« Er hielt ihr den Arm hin, um sie zur Feier zurückzubegleiten.

Liana sah erst zu seinem ausgestreckten Arm, dann in seine dunkelbraunen Augen. »Ja, gerne.« Sie hakte sich bei ihm unter. »Wissen Sie, wann diese Feier zu Ende sein soll?«

»Um Mitternacht. Warum?«

»Wie viele Stunden sind das noch?«

Er sah auf seine Patek-Philippe-Uhr. »Mehr als drei.«

»Bis dahin bin ich in diesem Kleid gestorben.«

Travis lachte. »Ja, es ist ein ziemliches Statement.«

»Ich will kein Wort hören, verstanden? Kein Wort.«

»Ich werde mich bemühen, mich zurückzuhalten.«

Als sie das Zelt betraten, eilte Enid zu ihnen. »Oh, da bist du ja, Liana. Ich sehe, du hast Mr North kennengelernt, den Besitzer dieses wundervollen Clubs.«

Liana schaute zu ihm auf. »Besitzer?«

»Schuldig«, erklärte er mit einem kleinen Lächeln.

»Ich bin so froh, dass du ihn getroffen hast, denn ich habe ihn gebeten, dich nach Hause zu begleiten«, fuhr Enid fort.

»Wirklich?«, fragte Travis überrascht.

»Erinnern Sie sich an unser letztes Zusammentreffen bezüglich des Vertrags, bei dem ich den Zusatz über meinen besonderen Gast angefügt habe?«

»Die Aufgabe hatte ich meinem Sicherheitschef Mr Beck übertragen.«

»Es wäre mir sehr lieb, wenn Sie sich persönlich darum kümmern würden.«

»Ich finde auch allein nach Hause, Enid«, schaltete Liana sich ein.

»Das musst du aber nicht. Ich bin sicher, Mr North wird das gerne übernehmen.«

»Natürlich«, bestätigte Travis mit einem charmanten Lächeln. »Das ist kein Problem.«

»Warum fordern Sie sie in der Zwischenzeit nicht zum Tanzen auf?«, schlug Enid vor.

»Kann ich sonst noch etwas für Sie tun, Ms St. Martin?«, fragte Travis.

»Es heißt jetzt Mrs Littleton, und nein, das wäre alles.« Sie scheuchte Liana und Travis mit funkelnden Augen in Richtung Tanzfläche.

»Ich glaube, ich werde manipuliert«, bemerkte Liana, die von den wenig subtilen Verkupplungsversuchen ihrer Cousine amüsiert war. »Sie will, dass heute alle so glücklich sind wie sie.«

»Die beiden scheinen gut zueinanderzupassen«, erklärte Travis, während er sie über die Tanzfläche führte und dabei ein Auge auf die Vorgänge im Zelt hatte.

»Sie sind wahnsinnig verliebt.« Liana schaute zu ihm auf. »Ich entbinde Sie hiermit von Ihrer Verpflichtung. Ich bin sicher, Sie haben Besseres zu tun, als für mich den Babysitter zu spielen.«

»Ehrlich gesagt sieht es so aus, als ob meine fähigen Mitarbeiter alles im Griff hätten. Wir müssen beide ein paar Stunden rumbringen, also warum tun wir das nicht gemeinsam?«

Da das immerhin ein Spruch war, den sie bisher noch nicht gehört hatte, lächelte Liana. »Ja, warum nicht?«

KAPITEL 2

»*I*st er nicht ein Traum?«, fragte Enid ein paar Stunden später, während Liana ihr half, das Hochzeitskleid gegen ein nicht minder scheußliches Reisekleid zu tauschen. Das Mädchen könnte wirklich eine ordentliche Modeberatung gebrauchen, doch Liana hatte alle dahin gehenden Versuche schon vor Jahren aufgegeben.

»Wer?«, fragte Liana. »Brady?«

»Natürlich ist Brady ein Traum.«

Ein Traum war nicht gerade die Bezeichnung, die Liana für den Bräutigam gewählt hätte.

»Aber ich meinte Travis North.« Enid seufzte. »An dem Tag, an dem ich ihn kennengelernt habe, habe ich zu Mummy gesagt: ›Wäre er nicht perfekt für Liana?‹ Mummy war vollkommen meiner Meinung. Er ist so James Bond in den Pierce-Brosnan-Jahren, oder?«

»Deshalb der Anhang zu dem Vertrag«, bemerkte Liana und zog den Reißverschluss am Kleid ihrer Cousine zu.

»Es schien dir nichts auszumachen, die letzten paar Stunden mit ihm zu tanzen.«

»Mit ihm zu tanzen hat die anderen Männer davon abgehalten, mich zu belästigen.«

»Ach, es ist so schwer, du zu sein, oder?«, witzelte Enid ohne den geringsten Hauch von Eifersucht. »Wie erträgst du das nur?«

Wenn du wüsstest ...

»Mir war klar, du würdest dich nie mit ihm abgeben, wenn ich dir nicht ein wenig unter die Arme greife«, nahm Enid ihr altes Streitthema wieder auf. Trotz ihres unterschiedlichen Aussehens hatte Enid doppelt so viele Freunde gehabt wie ihre wesentlich attraktivere Cousine.

»Ich habe keine Zeit, mich mit jemandem abzugeben«, hielt Liana dagegen. »Ich bin gerade mal zwei Wochen hier, und dann arbeite ich den Rest des Jahres in Europa. Was stellst du dir vor, was zwischen mir und Pierce Brosnan passieren soll?«

»Ein weißer Lattenzaun und sehr hübsche Babys«, erwiderte Enid, ohne zu zögern.

»Du bist high von der Hochzeitstorte und der Liebe! Ich habe den Mann gerade erst kennengelernt, und um dir einen Gefallen zu tun, erlaube ich ihm, mich nach Hause zu fahren. Wie kommst du davon auf einen weißen Lattenzaun und Babys?«

»Okay, wie wäre es dann mit ein bisschen richtig heißem Sex?«

»Enid!«

Enid fasste Liana am Arm. »Wann hattest du das letzte Mal richtig heißen Sex?«

Noch nie. Liana versuchte, sich daran zu erinnern, wann sie überhaupt zum letzten Mal Sex gehabt hatte. »Solche Dinge merke ich mir nicht.«

»Wenn du es nicht weißt, ist es zu lange her.«

»Ich werde weder heißen noch sonstigen Sex mit Travis North haben«, verkündete Liana, obwohl die Vorstellung nicht wirklich abschreckend war. Sie schüttelte sich innerlich, um sich von den lüsternen Gedanken über den sexy Mr North zu befreien. »Ich habe andere Dinge, auf die ich mich in den nächsten zwei Wochen konzentrieren muss. Ich dachte, du und deine Mutter würdet ein Auge auf Mom haben.«

»Das hatten wir auch«, sagte Enid. »Und haben es auch weiter, aber sie macht es einem nicht leicht.«

»Was meinst du damit?«

»Sie verhält sich irgendwie ausweichend und geheimnisvoll. Mummy geht mindestens einmal die Woche rüber, und dann ist alles immer ordentlich und aufgeräumt, doch Tante Agnes hat ihr nie viel zu sagen.«

»Glaubst du, sie hat Alzheimer?«, fragte Liana und fasste damit ihre größte Angst in Worte.

»Ich weiß es wirklich nicht, Leelee. Ich hatte so viel mit der Hochzeit zu tun, dass ich nicht so viel Zeit mit ihr verbracht habe, wie ich sollte. Das tut mir leid.«

Den Kosenamen aus ihrer Kindheit zu hören und das echte Bedauern in der Miene ihrer Cousine zu entdecken ließ Liana innerlich ganz weich werden. »Das muss dir nicht leidtun. Sie ist *meine* Mutter. Ich muss mehr Zeit mit ihr verbringen.« Sie zog die Hülle über das auf einem Bügel hängende Brautkleid und wandte sich dann wieder zu Enid um. »Du siehst wunderschön aus.«

»Nein, tu ich nicht«, erwiderte Enid in ihrer typischen direkten Art. »Du bist eindeutig die Schönheit in der Familie. Aber Brady ist das egal. Er liebt mich so, wie ich bin. Ich will, dass du das ebenfalls findest, Liana. Es gibt auf der Welt nichts Vergleichbares.«

»Das muss ich dir unbesehen glauben. Komm, dein Ehemann wartet auf dich.«

»Und er will richtig heißen Sex mit mir.«

Liana lachte. »Enid! Wirklich! Erspare mir die Details.«

»Vielleicht sollte ich die Details vielmehr mit dir teilen, damit du so etwas ebenfalls erleben willst.«

»Ich verzichte. Trotzdem danke.«

»Dein Pech.« Enid wedelte mit der Hand. »Aber wenn ich du wäre, würde ich mich dem sexy Travis North an den Hals werfen. Hab eine kleine Affäre, während du zu Hause bist. Was kann es schaden?«

»Ich bin nicht der Typ für Affären«, erinnerte Liana sie.

»Und das ist ja exakt dein Problem. Glaub mir – eine heiße Affäre ist genau das, was du brauchst.«

»Danke für den Rat, Dr. Sommer. Und jetzt lass uns gehen.«

Auf dem Weg zur Tür hinaus hielt Enid ihre Cousine am Arm

zurück. »Ich meine es ernst. Ich weiß, deine Karriere ist dir wichtig, doch konzentriere dich nicht so sehr auf die Arbeit, dass du vergisst, zu leben. Ich liebe dich, Leelee. Ich möchte, dass du glücklich bist.«

Liana umarmte sie. »Ich liebe dich auch, und ich freue mich, *dich* dermaßen glücklich zu sehen.«

»Danke, dass du von so weit her angereist bist, um heute bei mir zu sein.«

»Es gibt keinen Platz auf der Welt, an dem ich in diesem Moment lieber wäre«, versicherte ihr Liana.

Enid und Brady rannten durch einen Regen aus Reiskörnern zu dem alten Rolls-Royce, den Lianas Onkel Charles gemietet hatte, um seine Tochter und ihren neuen Ehemann nach Boston zu kutschieren, wo sie die Nacht verbringen würden, bevor sie am nächsten Morgen zu ihrer Hochzeitsreise nach Europa aufbrächen. Nachdem sie fort waren, leerte sich das Zelt langsam.

Liana wischte sich immer noch Tränen von den Wangen, als Travis sich von hinten näherte und ihr sein Taschentuch anbot.

»Danke.« Sie tupfte sich die Augen.

»Wollen wir los?«

»Müssen Sie nicht das Aufräumen überwachen?«

»O Gott, nein. Dafür bezahle ich all diese Menschen. Ich habe diese Woche Termine mit sieben der Gäste Ihrer Cousine, die hier ebenfalls Feste ausrichten wollen«, sagte er mit einem zufriedenen Grinsen, während er seine Fliege löste und den obersten Knopf seines Smokinghemds öffnete. »Meine Arbeit hier ist getan.«

»Das ist wundervoll. Bei einer so schön gelegenen Location habe ich keine Zweifel, dass Sie sehr erfolgreich sein werden.«

»Zu schade, dass nicht alle Einheimischen so großzügig sind.«

»Was meinen Sie damit?«

»Lassen Sie sich von mir nach Hause bringen, und ich erzähle Ihnen alles.«

»Würde es Ihnen sehr viel ausmachen, wenn wir nicht nach Hause fahren würden?«

Er neigte den Kopf und musterte sie. »Wonach ist Ihnen denn stattdessen?«

Sie zuckte mit den Schultern. »Ich bin einfach noch voller Energie. Das muss die Aufregung von der Hochzeit sein.«

»Haben Sie Kleidung zum Wechseln dabei?«

»Nein«, antwortete sie und runzelte die Stirn. »Ich schätze, ich werde doch nach Hause müssen.«

»Wir könnten zu mir gehen, das liegt gleich dort drüben.« Er zeigte auf ein zehngeschossiges Gebäude am anderen Ende des weitläufigen Rasens. »Ich könnte Ihnen ein T-Shirt und Shorts leihen.«

Sie biss sich auf die Unterlippe und musterte ihn, um seine Absichten herauszufinden. »Ist das eine Anmache?«, fragte sie schließlich.

Er warf den Kopf zurück und lachte laut. »Ich schätze, es klang ein wenig so, oder?«

Wow, dieses Lachen ist umwerfend. »Irgendwie schon.«

»Nun, seien Sie beruhigt, es war nur ein Angebot von bequemerer Kleidung.«

Sie zögerte einen Moment, doch Enid hatte gesagt, sie könne Travis North vertrauen. »In dem Fall nehme ich gerne an. Danke.«

Er hielt ihr seinen Arm hin. »Hier entlang.«

Begleitet von dem Zirpen der Grillen und dem Geräusch der sanft an das Ufer schlagenden Wellen, gingen sie den kurzen Weg zu dem neu errichteten Apartmenthaus, dem höchsten Gebäude zwischen Newport und Providence. Im Aufzug benutzte er den Schlüssel für das Penthouse.

Die Türen öffneten sich zu einem dunklen Raum. Travis nahm Lianas Hand, um sie aus dem Fahrstuhl zu geleiten. Als er nach dem Lichtschalter griff, hielt sie ihn zurück.

»Lassen Sie mich erst den Ausblick bewundern.« Das Mondlicht lockte sie zu einer Fensterfront, durch die man auf die Bucht schaute. Links konnte sie in der Ferne die erleuchtete Newport Bridge sehen.

Rechts befanden sich die Mount Hope Bridge und die Skyline von Providence. »Oh, Travis. Das ist umwerfend.«

»Ich bin froh, dass es Ihnen gefällt.« Er griff um sie herum, um die Tür zur weitläufigen Dachterrasse zu öffnen.

Liana trat hinaus, um sich besser umschauen zu können. »Ich habe schon immer am Wasser wohnen wollen.«

»Warum tun Sie es dann nicht?«

Sie zuckte mit den Schultern. »Ich wohne eigentlich nirgendwo so richtig. Ich habe ein Apartment in New York, aber dort bin ich seit Monaten nicht gewesen.«

»Das scheint mir ein anstrengendes Leben zu sein.«

Sie ließ das Lächeln aufblitzen, mit dem sie Millionen verdiente und das gleichzeitig eine Barriere zwischen ihr und anderen Menschen bildete. »Und doch klingt mein Job so glamourös, nicht wahr?«

»Ja, den Ruf hat er. Kann ich Ihnen etwas zu trinken anbieten?«

»Haben Sie einen Weißwein?«

»Sicher. Ich hole ihn und die Sachen, die ich Ihnen versprochen habe. Ich bin gleich wieder zurück.«

Liana drehte sich um und genoss die Ruhe. Weit unter sich sah sie die Angestellten nach der Hochzeit aufräumen und hörte leise Reggae-Musik aus dem Zelt schallen. Sie fragte sich, ob Enid schon richtig heißen Sex hatte. *Hör auf, Liana,* schalt sie sich, doch sie konnte nicht leugnen, dass ihre Cousine mit ihrem Kommentar einen Nerv getroffen hatte. Vielleicht war es an der Zeit, die Dinge ein wenig aufzumischen. Falls – und das war ein großes »falls« – sie eine richtig heiße Affäre haben wollte, dann wäre Travis North gewiss ein mehr als geeigneter Kandidat.

»Liana?«

Sie zuckte zusammen, als seine Stimme sie aus ihren skandalösen Gedanken riss.

»Sorry. Ich wollte Sie nicht erschrecken.«

»Das haben Sie nicht«, sagte sie, atemlos von dem Gefühl, das sie beim Klang seiner Stimme durchströmt hatte. Er hatte sich umgezogen und trug nun eine verwaschene Jeans und ein T-Shirt, das bestätigte, was sie schon beim Tanzen mit ihm bemerkt hatte – definierter Oberkörper und Bizeps, dazu, wie es schien, ein perfekter Sixpack. Sie befeuchtete sich ihre mit einem Mal trockenen Lippen und sah, wie sein Blick der Bewegung ihrer Zunge folgte.

Er reichte ihr ein Glas Wein. »Ich habe Ihnen eine Auswahl auf mein Bett gelegt.« Er zeigte zu dem einzigen Raum im Penthouse, in dem Licht brannte. »Nehmen Sie, was immer Sie benötigen.«

»Danke.« Sie nippte an dem trockenen Wein, stellte das Glas auf den Tisch und ging an Travis vorbei nach drinnen. Sein Schlafzimmer war geschmackvoll eingerichtet. Ein Kingsize-Bett, Nachttische mit Marmorplatten, dazu eine kleine Sitzgruppe an den bodentiefen Fenstern. Das Zimmer war, genau wie der Mann, der hier schlief, männlich und elegant. Nachdem sie Zutritt zu seinem innersten Heiligtum erhalten hatte, war Liana noch faszinierter von ihm.

Am Fuß des großen Bettes lagen mehrere T-Shirts und zwei Paar kurze Sporthosen mit Kordelzug. Mit einem Mal konnte Liana es kaum erwarten, aus dem fürchterlichen Kleid herauszukommen. Sie griff nach dem obersten Haken im Nacken und zog daran, doch er ließ sich nicht öffnen. Nach mehreren fruchtlosen Versuchen ließ sie schließlich die Arme sinken. Sie steckte hoffnungslos fest, und so ging sie zurück zur Terrasse, wo Travis wartete.

Als er das Rascheln ihres langen Rocks hörte, drehte er sich zu ihr um. »Passen die Sachen nicht?«

»Ich, äh, ich brauche Hilfe.«

Er lachte leise. »Ist das eine Anmache?«

»Bitte«, flehte sie. »Helfen Sie mir aus diesem Ding raus.«

»Mit Vergnügen.« Er führte sie ins Badezimmer, um mehr Licht zu haben.

Liana fasste ihre Haare zusammen und hob sie hoch, damit er an den störrischen Haken kam.

»Was hätten Sie getan, wenn Sie allein gewesen wären?«

»Ich hätte eine große Schere genommen und mir das Ding vom Leib geschnitten.«

Er lachte, während er sie befreite.

Sein Atem strich warm über ihren Nacken, und sie unterdrückte ein Keuchen, als seine Finger über ihre empfindliche Haut glitten.

»Ich glaube, ich hab's. Soll ich die anderen auch öffnen?«

Sie schluckte schwer. »Ja. Danke.«

Während er sich ihren Rücken hinunterarbeitete, sagte Liana sich, dass es die kühle Luft war, die sie erschauern ließ, und nicht der sexy Mann, der sie quasi in seinem Schlafzimmer auszog. *Mein Gott, er riecht so gut.* Als er den letzten Haken geöffnet hatte, wollte sie sich umdrehen.

Er hielt sie mit einer Hand an der Schulter auf. »Warten Sie.«

Ihr Herz klopfte erwartungsvoll, und ihre Haut prickelte unter seinen Händen. Als seine Lippen den sensiblen Punkt berührten, an dem ihr Hals in ihre Schulter überging, zuckte sie zusammen. Seine Finger fuhren über die nackte Haut an ihrem Rücken, die er gerade freigelegt hatte. »Travis«, keuchte sie und neigte den Kopf, um ihm einen besseren Zugang zu gewähren.

»Was?«, murmelte er an ihrem Hals.

»Nicht.«

Leicht strich er mit seiner Zunge über ihr Ohr, sodass sie erschauerte. »Warum nicht?«, flüsterte er, während er sie zu sich herumdrehte.

»Weil …«

Er nahm ihre Hände, legte sie sich auf die Schultern und machte sich wieder daran, ihren Hals zu liebkosen. »Weil was?« Er streichelte ihren Rücken unter dem Kleid.

»Einfach weil.« Sie lehnte sich an ihn, und ihr Protest wurde immer schwächer.

Mit einem entwaffnenden Lächeln hob er ihr Kinn, um sie zu küssen. Seine Lippen waren sanft und zurückhaltend, aber dennoch elektrisierend. In genau dem Moment, in dem sie glaubte, verrückt zu werden, weil sie mehr von ihm wollte, vertiefte er den Kuss. Sie konnte sich nur an ihm festhalten und genießen, wie er ihren Mund eroberte. *Niemals*, dachte sie in einem kurzen Moment der Klarheit, bevor sie aufhörte, zu denken. Niemals war sie so geküsst worden.

An seine harte Brust gepresst, vergrub Liana die Hände in seinem

Haar und erwiderte das Spiel seiner Zunge, was ihm ein tiefes Stöhnen entlockte.

Erst als er sie auf sein Bett legte und sich langsam auf sie senkte, schreckte Liana aus dem Nebel der Leidenschaft auf. Sie stemmte sich gegen seine Brust und wand sich, um sich aus seinem Kuss zu lösen. »Nein«, keuchte sie. »Aufhören.«

Travis rollte sich zur Seite und blieb auf dem Rücken liegen. Einen Arm hatte er über den Augen, während er weiter heftig atmete.

Liana setzte sich auf und zog sich das heruntergerutschte Kleid wieder über die Schultern. Tränen brannten in ihren Augen. *Warum können andere Frauen damit so locker umgehen? Warum kann ich nicht einfach das Vergnügen annehmen, das er mir anbietet, und es genießen?*

Vermutlich, weil sie nie herausgefunden hatte, wie sie die Männer, die einfach nur mal ein Supermodel flachlegen wollten, von denen unterscheiden konnte, die wirklich Liebe mit *ihr* machen wollten – mit Liana, dem Mädchen aus einer Kleinstadt im kleinsten Staat der USA, das zufällig auch eine internationale Berühmtheit war. Sie hatte bisher noch niemanden kennengelernt, der in letztere Kategorie fiel. Und der Mann, der keuchend neben ihr auf dem Bett lag, würde wohl keine Ausnahme sein.

Mit Bedauern in den Augen setzte er sich auf. »Es tut mir leid.«

»Ich habe gesagt, dass ich das nicht will«, erklärte sie vorwurfsvoll.

»Du warst genauso dabei wie ich«, wandte er ein und bemühte sich sichtlich, sich zu beherrschen.

Liana stand auf, presste sich das aufgeknöpfte Kleid an den Körper und klammerte sich an die Reste ihrer Würde. »Ich würde jetzt gerne nach Hause gehen. Bitte.«

Seine Augen verengten sich zu einem Ausdruck, der Wasser in Eis verwandelt hätte. »Zieh dich um, dann fahre ich dich.« Er marschierte aus dem Zimmer und schlug die Tür hinter sich zu.

Liana sank aufs Bett und versuchte vergeblich, die Tränen zurückzuhalten.

KAPITEL 3

*T*ravis ging direkt zur Bar und schenkte sich einen großen Whiskey ein, der ihm den Atem raubte, als er wie Feuer seine Kehle hinunterrann. *Du hast es verdient, zu leiden, du Idiot.* Der verwundete Ausdruck im Gesicht, die Tränen, das Kleid – das ganze Bild war mehr, als er ertrug. *Gottverdammt! Warum musstest du genau das sein, was sie von dir erwartet hat?*

Oh, aber dieser Kuss. Das Gefühl, endlich das fehlende Puzzlestück gefunden zu haben … Würde er je vergessen können, wie perfekt alles gewesen war? Ihre seidige Haut, dieser geheimnisvolle Duft, der nur zu ihr gehörte, und die violetten Augen, die jede ihrer Gefühlsregungen verrieten?

Verdammt, sie hatte den Kuss erwidert! Er hatte in seinem Leben ausreichend geküsst, um es zu wissen, wenn seine Partnerin den Kuss erwiderte. Und Liana hatte verdammt viel mehr als das getan. Er konnte beinahe noch ihre Finger in seinen Haaren fühlen. Trotz ihrer gegenteiligen Behauptungen hatte er ihre Signale *nicht* falsch interpretiert. Auf keinen Fall.

Die Tür zum Schlafzimmer ging auf, und Liana kam heraus. Sie trug sein Stanford-T-Shirt und Shorts, die für sie so groß waren, dass sie den Bund ein paarmal hatte umschlagen müssen, damit die Hose an ihren schmalen Hüften hielt. Sie zog das überladene Kleid, das sie unter dem Arm trug, hervor und hielt es wie einen Schutzschild vor ihre Mitte.

Travis stellte das Glas auf die Granitbar. Lianas tränenfeuchtes Gesicht zu sehen schmerzte ihn, und er musste dem Drang widerstehen, sie in die Arme zu ziehen und festzuhalten, die Falten zu glätten, die sich auf ihrer Stirn gebildet hatten, die Traurigkeit wegzuküssen, die sie ausstrahlte. Die in ihm aufwallende Zärtlichkeit für diese Frau, die ihn behandelt hatte, als wäre er Jack the Ripper, erstaunte ihn.

Als er auf dem Weg ins Schlafzimmer an ihr vorbeikam, zuckte sie zusammen.

Er kehrte mit seinen Schlüsseln zurück und ging ohne ein Wort zum Aufzug. Dort drückte er auf einen Knopf in der Wand und wandte Liana den Rücken zu, während er wartete. Die Türen glitten auf, und er trat beiseite, um sie vorzulassen.

Im Fahrstuhl konzentrierte Liana sich auf ein Licht in der Ecke. Irgendwie wirkte sie kleiner als vorhin, und Travis fiel auf, dass sie barfuß war und die Stilettos in ihrer Hand baumelten.

Der Fahrstuhl brachte sie direkt in die Tiefgarage des Gebäudes. Er lief voraus zu seinem bordeauxroten Jaguar, ohne auch nur über die Schulter zu schauen, ob sie ihm folgte. Er hielt ihr die Beifahrertür auf und begab sich dann zur Fahrerseite. Erst als er hörte, dass sie sich angeschnallt hatte, startete er den Motor.

Liana hatte das Kleid in den Fußraum gestopft, und als er sich umdrehte, um rückwärts aus der Parklücke zu fahren, fiel sein Blick auf ihre langen, seidigen Beine und die hohen, festen Brüste, die vom Gurt betont wurden. O Gott, was dieses grauenhafte Kleid alles verborgen hatte! Er verzog das Gesicht, als sein Körper mit peinlicher Vorhersehbarkeit reagierte.

Unter großen Mühen wandte er die Augen ab und lenkte den Wagen durch das enge Parkhaus in die schwüle Sommernacht. Lianas verführerischer Duft drang zu ihm herüber, drohte ihm die Sinne zu verwirren. Mit einem Mal brauchte er dringend frische Luft, also drückte er auf den Knopf, um das Fenster auf der Fahrerseite hinunterzulassen.

»Weißt du, wo du hinmusst?«, fragte sie leise.

Sie klang so niedergeschlagen, dass er anhalten und ihr geben wollte, was auch immer sie brauchte. Doch er wusste, sie würde es von ihm nie annehmen. »Ich weiß, wo die McCorrie Lane ist, aber du musst mir das Haus zeigen.«

Sie drehte den Kopf und schaute schweigend aus dem Fenster, während er durch die schlafende Stadt fuhr. Auf der Fahrt von der West- zur Ostseite der Insel kamen sie an allen möglichen Gebäuden vorbei – von Multimillionen-Dollar-Villen bis zu bescheidenen Holzhäusern. Zehn Minuten später bog er in die McCorrie Lane ein, die sich einen Hügel hinunterwand, der am Ufer des Sakonnet River endete. Ungefähr auf halber Höhe zeigte Liana auf einen hübschen weißen Bungalow mit königsblauen Fensterläden. Die Lampe über der Eingangstür warf ihren Schein auf gepflegte Blumenbeete, die den Weg säumten.

Travis bog auf die Einfahrt ab und hielt hinter einem beigefarbenen Auto.

Liana fasste nach dem Türgriff. »Danke fürs Bringen.«

Als ihm bewusst wurde, dass er sie vielleicht nie wiedersehen würde, überrollte ihn eine Woge der Verzweiflung. »Liana.«

Sie drehte sich zu ihm um.

»Es tut mir leid.«

»Mir auch.«

Überrascht fragte er: »Was tut dir leid?«

Ihre Wangen flammten auf. »Du hattest recht.«

»Womit?«

»Ich habe den Kuss erwidert«, flüsterte sie.

Er griff nach ihrer Hand und schloss seine Finger darum. »Liana, ich möchte dich wiedersehen. Gib mir noch eine Chance.« Er hob ihre Hand an seine Lippen. »Bitte.«

Mit, wie es schien, großem Widerstreben zog sie ihre Hand zurück. »Das hat keinen Sinn. Ich werde nur zwei Wochen hier sein, und ich muss mich um meine Mutter kümmern.«

»Ich schlage bloß ein gemeinsames Abendessen vor. Sicher wirst du doch in den nächsten zwei Wochen ein Dinner reinquetschen können?«

Sie biss sich auf die Unterlippe, während sie ihn ansah und sein Angebot abwägte. »Es tut mir leid«, sagte sie. Schweigen breitete sich zwischen ihnen aus, bis sie schließlich den Blick abwandte. »Ich kann einfach nicht. Danke noch mal, dass du mich nach Hause gebracht hast.« Bevor Travis etwas entgegnen konnte, war sie aus dem Auto geflüchtet.

In diesem Moment der Unentschlossenheit hatte er in ihr einen Anflug von Sehnsucht gesehen – nach was, da war er sich nicht sicher. Aber er hatte wenig Zweifel, dass sie seine Einladung hatte annehmen wollen. Also würde er sie umstimmen müssen. Er wartete, bis das Verandalicht ausging, bevor er rückwärts aus der Einfahrt fuhr.

Travis North hatte ein paar Fähigkeiten entwickelt, die ihn im Leben dorthin gebracht hatten, wo er sein wollte. Liana McDermott würde bald entdecken, dass Hartnäckigkeit die größte davon war.

Liana ließ das Kleid und die Schuhe auf das Sofa fallen und lief auf Zehenspitzen durch das Haus. Sie warf einen kurzen Blick ins Zimmer ihrer Mutter und war erleichtert, sie schlafend vorzufinden. *Was habe ich denn gedacht, wo sie ist?*

Sie lehnte sich gegen den Türrahmen und erinnerte sich daran, während Gewittern und nach Albträumen auf der Suche nach Trost in dieses Bett gekrabbelt zu sein. In den Armen ihrer Mutter hatte sie immer genau das gefunden, was sie gebraucht hatte. Wie sehr sie sich wünschte, sie könnte auch jetzt in dieses Bett krabbeln, damit ihre Mutter ihr sagen konnte, dass alles gut werden würde.

Stattdessen begab sie sich in ihr Zimmer, das noch genauso aussah wie damals, als sie vor zehn Jahren direkt nach ihrem Abschluss an der Portsmouth High School nach New York gezogen war. Ihre Diplome und der Wimpel der Portsmouth Patriots lagen neben ihrem Cheerleader-Megafon auf dem Regal, auf das ihre Mutter eine gerahmte Ausgabe ihres ersten *Vogue*-Covers gestellt hatte.

Liana strich mit dem Finger über den Rahmen und betrachtete das Mädchen auf dem Bild. War sie wirklich je so jung und naiv gewesen? Wenn sie damals gewusst hätte, was sie heute über das Berühmtsein wusste, hätte sie es sich dann trotzdem so sehr gewünscht? Und was genau hatte sie eigentlich? Eine dicke Fotomappe, eine Handvoll Menschen, denen sie das Management ihres Lebens und ihre Karriere anvertraute, aber keine engen Freunde, keinen Ehemann, keine Kinder und nichts, worauf sie sich freuen konnte, außer dem nächsten Auftrag. Und wann war sie das letzte Mal wegen eines Auftrags aufgeregt gewesen? Sie hatte beinahe jeden exotischen Ort auf dieser Welt besucht, sich allerdings nur selten die Zeit nehmen können, ihn auch zu genießen. Ja, sie hatte sich auf ihrer Schönheit eine Karriere aufgebaut, um die Millionen sie beneideten, doch in letzter Zeit hatte sie immer öfter darüber nachgedacht, wie leer und oberflächlich das alles war.

Dank ihrer Berühmtheit konnte sie nicht einmal einen Abend mit einem attraktiven Mann verbringen, ohne seine Motive infrage zu stellen. Sie hatte auf die harte Tour gelernt, vorsichtig zu sein, als eine Beziehung nach der anderen im grellen Licht der Scheinwerfer, im Blitzlichtgewitter der Paparazzi und an der Unehrlichkeit der Männer, mit denen sie ausging, zerbrochen war. Also vertraute sie ihrem eigenen Urteilsvermögen nicht mehr, wenn es behauptete, sie habe nichts zu befürchten, so wie vorhin bei Travis.

Sie ließ sich auf das Bett sinken und durchlebte noch einmal die Begegnung mit ihm. Vermutlich glaubte er, sie hätte ihn nur heißmachen wollen, und konnte man über eine Frau etwas Schlimmeres sagen? *Tja, ich schätze schon, aber über mich definitiv nicht.* Sie kniff die Augen zusammen, als sie sich daran erinnerte, wie sie ihn behandelt hatte. Als hätte er versucht, sie zu vergewaltigen oder so.

Du bist ein Freak, ein totaler Freak. Jede andere wäre, ohne zu zögern, mit einem aufregenden Mann wie ihm ins Bett gegangen. *Verdammt, vermutlich stehen die Frauen für die Gelegenheit, die ich heute Abend ausgeschlagen habe, Schlange.* Er schien so, nun ja, *anders* zu sein. Eine bessere Beschreibung fiel ihr nicht ein. Trotz allem, was zwischen ihnen vorgefallen war, glaubte sie ehrlich, dass er sie nicht mit dem Vorsatz, sie zu verführen, mit in seine Wohnung genommen hatte. Sie konnte nicht leugnen, dass es ganz natürlich passiert war, und es hatte sich nicht wie ein überlegter Schachzug angefühlt. Eigentlich war er danach sogar verstörter gewesen als sie.

Sie lehnte sich auf dem Bett zurück und betrachtete die Erinnerungsstücke eines anderen Lebens. Während sie sich im Raum umsah, versuchte sie, sich daran zu erinnern, wovon sie in diesem Zimmer geträumt hatte. Doch alles, was ihr einfiel, war das Verlangen, reich und berühmt zu werden. Nun, jetzt war sie beides, aber Geld und Ruhm waren armselige Gefährten – trotz ihres vermeintlichen Glamours hielten sie einen während eines Gewitters nicht im Arm, trösteten einen nicht nach einem schlechten Traum, und ganz sicher wärmten sie einen nachts nicht.

Ihre Gedanken wanderten zu Travis North zurück. Wie unglaublich sexy er in dem Smoking ausgesehen hatte. Er hatte ihn getragen wie ein Mann, der dazu geboren war. Seltsamerweise hatte er in Jeans und T-Shirt genauso attraktiv gewirkt. Liana hätte nie erwartet, einen Mann wie ihn ausgerechnet in Portsmouth, Rhode Island, zu treffen. In Paris oder Mailand ja, aber nicht hier.

Wir sind beide Single. Zumindest glaube ich, dass er Single ist. Ganz sicher hatte Enid sich vorab über ein so wichtiges Detail informiert, bevor sie Liana dazu gedrängt hatte, mit ihm zu flirten.

Eine Affäre.

Hatte sie so etwas je gehabt? Nicht, dass sie sich erinnern konnte. Beziehungen? Ja. Von Anfang an zum Scheitern verurteilte Beziehungen? Mehrere. Doch wenn sie sich einer kleinen Affäre hingab, konnte dadurch niemand verletzt werden, oder?

Liana seufzte. Wie sehr sie sich wünschte, jemand sein zu können, der Affären hatte. Aber das würde ihr innerhalb der nächsten zwei Wochen nicht gelingen. Also war es am besten, wenn sie ihn einfach vergaß. Und auch vergaß, wie sich seine Lippen auf ihre gepresst hatten, wie sich seine Hände auf ihrem nackten Rücken angefühlt hatten und sein muskulöser Körper an ihrem …

Sie drückte ihr erhitztes Gesicht in die Kissen. Auf keinen Fall würde sie das jemals vergessen können.

KAPITEL 4

Am nächsten Morgen fand Liana frisch gebackene Blaubeermuffins und eine Nachricht von ihrer Mutter auf dem Küchentisch vor.

Guten Morgen, Liebes! Ich musste noch etwas erledigen, sollte aber um elf Uhr zurück sein. Der Kaffee ist schon fertig. Bis nachher. Hab Dich lieb, Mom.

Liana fragte sich, was für Erledigungen ihre Mutter an einem Montagmorgen zu tätigen hatte, wenn ihr einziges Kind zum ersten Mal seit einem Jahr wieder zu Hause war. Leider waren solche Vorkommnisse inzwischen die Norm, was ihre Mutter betraf. Sie verpasste ihre regelmäßigen Telefonate, klang, wenn sie es dann doch einmal schafften, miteinander zu reden, abgelenkt, erzählte ihr zwei Wochen hintereinander die gleiche Geschichte und vergaß, wichtige Informationen von Enid weiterzuleiten. Und das waren bloß ein paar der Dinge, die Liana in letzter Zeit aufgefallen waren. Die Hinweise auf ein medizinisches Problem verdichteten sich, und Liana fragte sich, ob ihre Mutter womöglich an Alzheimer litt.

Während sie einen Muffin verzehrte und ihren Kaffee trank, kam sie nicht umhin, zu bemerken, dass das Haus tadellos in Schuss war.

Alle blitzte, auf keiner Oberfläche war auch nur ein Körnchen Staub zu entdecken, und in der Küche wies nichts darauf hin, dass hier am Morgen gebacken worden war. Nach allem, was Liana über Alzheimer gelesen hatte, hätte sie im Haus mehr Unordnung erwartet. Doch tatsächlich traf das Gegenteil zu. *Verwirrend*, dachte sie und schwor, so viel Zeit, wie sie konnte, mit ihrer Mutter zu verbringen, um hoffentlich rauszufinden, was hier los war.

Da sie bis elf Uhr nichts zu tun hatte, beschloss sie, einen Spaziergang zu unternehmen. Weil sie immer fürchtete, Aufmerksamkeit zu erregen – selbst hier in Portsmouth –, setzte sie eine dunkle Sonnenbrille auf und zog ihren langen Pferdeschwanz durch das Loch an der Rückseite der alten Red-Sox-Cap, die sie in ihrem Schrank gefunden hatte. Sie hinterließ ihrer Mutter eine Nachricht, damit die wusste, wo sie war, sollte sie vor ihr wieder zurück sein. Dann machte sie sich auf den Weg den Berg hinunter zum Fluss.

Unterwegs sah sie Menschen, die sie kannte, doch sie hielt nicht an, um mit ihnen zu reden. Bislang war es ihr gelungen, auf dieser Reise unter dem Radar der Paparazzi zu bleiben. Sie hatte allerdings auf die harte Tour gelernt, dass viel zu viele dazu bereit waren, sie für einen schnellen Dollar zu verkaufen.

Mr Duckworth beschnitt gerade seine Rosen, als Liana an seinem Haus vorbeikam. Seine Tochter Meghan war eine Kindheitsfreundin von Liana gewesen, und sie hatte viele Stunden in diesem Haus verbracht. Als sie jedoch in die Highschool kamen, war zwischen ihr und Meghan und den meisten ihrer Freundinnen eine Entfremdung entstanden – aufgrund ihrer Schönheit und ihrer beginnenden Modelkarriere.

Die Cheerleader-Trainer hatten keine andere Wahl gehabt, als Liana in die Truppe aufzunehmen, weil sie eine außergewöhnlich talentierte Sportlerin gewesen war, aber die übrigen Mädchen hatten sich große Mühe gegeben, um sie von dem Spaß auszuschließen, den sie außerhalb der Schule gehabt hatten. Selbst von den Lehrern war sie anders behandelt worden, was Liana nie verstanden hatte. Dann war sie eben hübsch, na und? Warum interessierte das die Leute so sehr?

Erst viele Jahre später hatte sie begriffen, dass sie in den Augen der restlichen Welt viel mehr war als einfach nur hübsch. Und auch wenn ihr Gesicht ihr viele Türen geöffnet hatte, waren andere für sie fest verschlossen geblieben. Zu Hause zu sein sorgte stets dafür, dass alte Erinnerungen an diese einsamen Jahre auf der Highschool in ihr aufstiegen, in denen sie sich nach ein paar guten Freundinnen und einem Freund gesehnt hatte, dem etwas an *ihr* lag – und nicht bloß an ihrem Aussehen. Zehn Jahre später hatte sie beides immer noch nicht gefunden.

Nach einem kurzen Spaziergang entlang des malerischen Flusses lief sie den Hügel wieder hinauf, der wesentlich steiler war, als sie ihn in Erinnerung hatte. Als sie Mrs Zitos Haus direkt neben dem ihrer Mutter erreichte, war sie außer Atem und verschwitzt. Sie hielt abrupt an, als sie den bordeauxroten Jaguar hinter dem Auto ihrer Mutter in der Einfahrt stehen sah. *Was macht er denn hier?*

Sie überlegte, ob sie umdrehen und wieder zurück zum Fluss laufen sollte, dort warten, bis Travis aufgab und sie in Ruhe ließ. Leider verriet ihr seine Anwesenheit, dass er niemand war, der so leicht aufgab. *Verdammt!* Ihr war im Moment absolut nicht danach, sich mit ihm abzugeben. Er hatte Gefühle und Sehnsüchte in ihr wachgerufen, die besser verborgen geblieben wären. Sie konnte sich die Wünsche nicht leisten, die er in ihr weckte.

Nachdem sie den glänzenden Jaguar bestimmt eine volle Minute lang angestarrt hatte, hob sie die Baseballkappe an, um sich den Schweiß von der Stirn zu wischen. *Okay, gucken wir mal, was er will, und dann werden wir ihn so schnell wie möglich wieder los.*

Das Erste, was sie hörte, als sie durch die Haustür trat, war das Lachen ihrer Mutter. Liana hatte diesen wundervollen Klang schon ganz vergessen und merkte erst jetzt, wie selten sie ihn in den sieben Jahren, seit ihr Vater gestorben war, zu hören bekommen hatte.

»O Travis, das ist *so* lustig«, sagte Agnes gerade, als Liana in die Küche kam.

Ihre Mutter wischte sich die Lachtränen aus den Augen.

Travis kippelte mit einem der Küchenstühle – etwas, das Liana nie erlaubt gewesen war. Vor ihm auf dem Tisch befanden sich ein Becher mit Kaffee und ein Blaubeermuffin. Travis trug ein verblasstes grünes T-Shirt, Shorts und schwarze Flip-Flops. Sein Kinn, das letzte Nacht glatt rasiert gewesen war, zierte jetzt ein leichter Bartschatten, der ihn bloß noch attraktiver aussehen ließ.

Ein bezaubernder gelber Labrador, der zusammengerollt zu seinen Füßen lag, schien der Einzige zu sein, der Liana bemerkte. Der Hund hob die Schnauze, schnüffelte einmal und legte den Kopf wieder auf die Pfoten, als wäre es zu viel Mühe, aufzustehen, um den Neuankömmling zu begrüßen.

»Also«, beendete Travis seine Geschichte, ohne Liana auch nur eines Blickes zu würdigen. »Ich rudere also schneller und schneller, um zu Dash aufzuschließen, bevor sie den Strand erreicht, und als ich endlich ankomme, hat sie bereits zwei Picknickkörbe geplündert und mit ihrem Schwanz ein Kleinkind umgestoßen. Natürlich musste sie sich bei dem Kind entschuldigen, aber ich glaube nicht, dass sie aus dem Vorfall etwas gelernt hat. Wir sind dann zurück ins Boot, und als Erstes pinkelt sie mir aufs Deck.«

»Stopp!« Agnes hob abwehrend eine Hand, während ein neuerlicher Lachanfall sie überwältigte. »Ich kann nicht mehr.«

»Was machst du hier?«, platzte Liana heraus, die nicht länger schweigen konnte.

»Liana, sei nicht unhöflich«, ermahnte ihre Mutter sie.

Travis nahm einen großen Schluck von seinem Kaffee. Noch immer hatte er sie nicht angeschaut. »Ich besuche bloß deine bezaubernde Mutter«, antwortete er und lächelte Agnes an.

Oh, dieses Lächeln! Das sollte er eigentlich als gefährliche Waffe registrieren lassen müssen.

»Travis ist vorbeigekommen, um zu sehen, ob du Lust hast, heute segeln zu gehen«, erklärte Agnes ihrer Tochter.

»Nein, danke.«

»Ich habe ihm gesagt, du würdest ihn nur zu gern begleiten«, fuhr Agnes fort, als hätte Liana nichts erwidert. »Du arbeitest zu viel und hast nicht ausreichend Spaß im Leben.«

»Aber Mom …«, setzte Liana an.

Agnes hob erneut die Hand, um ihre Tochter zu unterbrechen. »Enid hat in den höchsten Tönen von Travis geschwärmt, Liana. Er war so wundervoll zu ihnen, als sie die Hochzeit geplant haben. Du willst doch einem Freund von Enid gegenüber nicht unhöflich sein, oder?«

Liana schäumte, als sie merkte, dass sie schon wieder manipuliert wurde.

Travis beobachtete den Wortwechsel mit offensichtlich wachsendem Vergnügen.

»Ich hatte vor, den Tag mit dir zu verbringen, Mom.«

»Ach, hör auf. Wir haben ganze zwei Wochen zusammen. Wann hat dich das letzte Mal ein so attraktiver Mann wie Travis ausgeführt, Liebes?«

Liana ignorierte die Frage. »Warum bist du gestern Abend gegangen, ohne mir Bescheid zu sagen?«

»Ich war müde und gelangweilt. So, jetzt zieh dir deinen Badeanzug an, und finde ein anderes T-Shirt. Das ist ja ganz alt und ausgeleiert.«

Travis räusperte sich, wie um ein Lachen zu unterdrücken.

Liana funkelte ihn an, bevor sie sich umdrehte und den Flur hinunterging, um sich umzuziehen. Sie ließ sich Zeit und kehrte zehn Minuten später mit einer Tasche über dem Arm zurück, in der sich Kleidung zum Wechseln und ein Sweatshirt befanden.

Travis aß die Reste seines zweiten Muffins, stand dann auf und nahm Agnes' Hand. »Danke für die Muffins und den Kaffee«, erklärte er und drückte ihr einen Kuss auf die Knöchel.

Liana verdrehte die Augen. Konnte er sich noch lächerlicher benehmen? Glaubte er ernsthaft, er würde über ihre Mutter an sie herankommen? Obwohl … Ihre Mutter war der Grund, warum sie heute mit ihm segeln ging … Zur Hölle mit ihm.

»Ich habe unsere Unterhaltung sehr genossen«, bemerkte Travis. »Ich hoffe, Sie werden mal zum Dinner in den Club kommen, solange Liana noch hier ist. Natürlich auf Einladung des Hauses.«

Vollkommen von seinem Charme bezaubert, schaute Agnes ihn an.

»Das würden wir sehr gerne. Habt eine schöne Zeit, ihr zwei, und machen Sie sich keine Gedanken darüber, Liana früh wieder zurückzubringen. Ich mache ihr da keine Vorschriften mehr.«

»Ehrlich, Mutter«, beschwerte sich Liana.

Agnes gab ihrer Tochter einen Kuss und schob sie förmlich aus dem Haus.

Travis öffnete die hintere Tür des Autos, damit der Hund hineinspringen konnte, dann hielt er Liana die Beifahrertür auf. Als das Tier merkte, dass Liana mitkommen würde, hielt es kurz inne, um sie einmal zu beschnüffeln.

»Dash, das ist Liana.« Travis hockte sich neben seinen Hund, um ihm in die Augen zu sehen. »Sei lieb zu ihr.«

Die Hündin bedachte Liana mit einem Blick, der besagte: »Und sei *du* lieb zu meinem Herrchen«, bevor sie mit einem Satz auf die Decke auf der Rückbank sprang.

»Puh!«, machte Travis. »Dash ist einverstanden, dass du mitkommst.«

»Da bin ich aber erleichtert«, erwiderte Liana trocken. Sie musste sich ein Grinsen verbeißen, weil er seinen Hund wie einen Menschen behandelte, wollte ihn allerdings nicht noch ermutigen.

Lachend schloss er ihre Tür und ging zur Fahrerseite. Sie fuhren den Weg zurück, den sie in der Nacht zuvor vom Jachthafen aus genommen hatten.

»Nachdem ich deine Mutter kennengelernt habe, weiß ich, woher du dein gutes Aussehen hast.«

»Sie kichert nicht mehr wie ein Schulmädchen über deine Komplimente, also kannst du deinen aufgesetzten Charme wieder abschalten.« Liana rutschte so weit, wie es nur ging, an die Tür.

Er warf ihr einen Blick zu. »Ich beiße nicht, weißt du?«

»Das hast du gestern Abend auch gesagt, und wir wissen beide, wie das geendet hat.«

»Ich kann mich nicht erinnern, letzte Nacht irgendwann das Wort ›beißen‹ benutzt zu haben.«

Sie warf ihm einen Blick zu, von dem sie hoffte, dass er übermittelte, wie wenig sie seine jämmerlichen Versuche, lustig zu sein, schätzte. »Warum arbeitest du nicht?«

»Wir haben Montag und Dienstag geschlossen, also gehöre ich ganz dir.«

»Dann ist heute wohl mein Glückstag.«

»Das ganze Geld, das deine Mutter für die Benimm-Schule ausgegeben hat. So eine Verschwendung.«

»Nur zu deiner Information, ich habe keine fünf Minuten in der Benimm-Schule verbracht«, gab sie zurück.

»Tja, das erklärt so einiges.«

Wütend auf sich, weil sie ihm in die Falle gegangen war, fragte sie: »Was genau erklärt es denn?«

»Ach, nichts.« Er grinste amüsiert.

»Du bist ganz schön nervig.«

»Aber wenigstens redest du mit mir.«

»Das kann ich jederzeit ändern.«

Er bog auf den Parkplatz des Jachthafens ab und schaltete den Motor aus. »Was hältst du davon, wenn wir einen Waffenstillstand vereinbaren und diesen wunderbaren Sommertag in Frieden verbringen?« Seine Worte wurden von einem aufrichtigen Lächeln begleitet.

Liana knabberte einen Moment an ihrer Unterlippe, bevor sie seine ausgestreckte Hand ergriff. »Okay. Waffenstillstand.«

Er hob ihre Hand an den Mund und gab ihr einen Kuss darauf, der noch lange nachkribbelte.

»Das funktioniert vielleicht bei meiner Mutter, allerdings nicht bei mir.«

Er drehte ihre Hand um, und der flatternde Puls an ihrem Handgelenk strafte ihre Worte Lügen. »Überhaupt nicht?«, fragte er und drückte seine Lippen auf den pulsierenden Punkt.

Sie entzog ihm die Hand. »Ich dachte, wir hätten einen Waffenstillstand vereinbart.«

»Du hast nicht gesagt, dass es einer ist, bei dem Anfassen nicht erlaubt ist.«

»So einer ist es aber.«

»Okay. Wir machen es auf deine Art. Zumindest erst mal.«

Der Verlust seiner Berührung hinterließ ein leeres Gefühl in ihr, und Liana bedauerte bereits, dass sie es so aufgebauscht hatte. Je mehr sie ihn von sich schob, desto näher wollte sie ihn bei sich haben. Warum das so war, darüber würde sie später nachdenken, wenn sie nicht mehr all ihre Energie und Gedankenkraft benötigte, um ihm zu widerstehen.

KAPITEL 5

*D*as kleine Segelboot verfügte über eine winzige Kajüte und ein noch winzigeres Bad. Dash sprang an Bord und machte es sich auf dem v-förmigen Bett im Bug bequem.

»Bist du schon mal gesegelt?«, fragte Travis, während er alles zum Ablegen vorbereitete.

Liana rieb sich mit einem Sunblocker-Stift über ihre helle Haut. »Seit Jahren nicht mehr.«

»Das ist wie Fahrradfahren. Das verlernt man nicht.«

Während sie ihren Blick über North Point schweifen ließ, nutzte Travis die Gelegenheit, sie zu betrachten. Sie trug ein ärmelloses Top in einem hellgelben Ton, der den natürlichen Schimmer ihrer Haut unterstrich. Ihre endlos langen Beine waren unter dem Jeans-Minirock gut zu sehen. Ihm fiel der Träger eines Badeanzugs an ihrem Nacken auf, und er konnte es nicht erwarten, herauszufinden, ob es wohl nur ein Bikini war.

Noch nie hatte er eine schönere Frau getroffen. Er nahm an, dass es leicht wäre, sich so von dem umwerfenden Gesicht fesseln zu lassen, dass man darüber ganz vergaß, die Frau kennenzulernen, die dahintersteckte. Vielleicht hatten alle bisherigen Männer in ihrem Leben genau diesen Fehler begangen. Je mehr Zeit er mit ihr verbrachte, desto mehr wollte er wissen, wer sich hinter der makellosen Fassade verbarg. Er wollte, dass sie ihm ihre Träume anvertraute, ihre Hoffnungen, ihre Sehnsüchte und die Leidenschaften, die direkt unter der Oberfläche aus kultiviertem Desinteresse lauerten. Er sehnte sich danach, alles an ihr zu entdecken, und das flößte ihm eine Heidenangst ein.

»Und, gefällt es dir?« Er zeigte auf den weitläufigen Country Club, den Jachthafen, den Golfplatz, das Apartmenthaus und die im Bau befindlichen Luxusvillen am südlichen Ende der Anlage.

»Es ist umwerfend. Du hast hier wirklich etwas ganz Besonderes erschaffen.«

Ihre Zustimmung erfreute ihn mehr, als er zugeben wollte. »Ich bemühe mich. Nachdem wir jahrelang geplant, gebaut, geworben und gekämpft haben, fangen wir endlich an, Land zu sehen.«

»Gekämpft?«

Er löste die letzten Leinen und steuerte das Boot vom Liegeplatz in die Bucht. Zwischen Portsmouth und dem nördlichen Ende von Prudence Island befanden sich nur wenige Boote im Wasser. »Ich hatte ein paar Probleme mit einigen Einheimischen, die einen Zugezogenen mit großen Plänen nicht gerade mit offenen Armen empfangen haben.«

»Man sollte meinen, die Stadt würde die Steuern willkommen heißen, die so ein Club generieren wird.«

Beeindruckt von ihrer scharfsinnigen Bemerkung, nickte er. »Ja, das sollte man meinen, doch das Gegenteil war der Fall. Ich musste vor Gericht ziehen, um die bauliche Nutzung durchzusetzen, und ich musste die Zugangsstraße – die der Stadt gehört – neu asphaltieren lassen. Dazu musste ich Hunderte Phantomgebühren und Steuern zahlen und Vandalen abwehren, die beschlossen hatten, das Gesetz in die eigenen Hände zu nehmen, nachdem alle juristischen Wege ausgeschöpft waren.«

»Was für Vandalen?«

»Ach, meist war es nur harmloses Zeug. Aber trotzdem sehr nervtötend. Die Sprinkler wurden so gedreht, dass sie auf die Golfer niederregneten, in den Neubauten wurden Fenster eingeworfen, auf dem Parkplatz Reifen zerstochen.«

»Das ist ja schrecklich. Was sagt die Polizei dazu?«

»Sie haben die Streifen in der Gegend verstärkt, allerdings nie jemanden erwischt.« Er zuckte die Achseln. »Ich werde mich nicht vertreiben lassen, also hoffe ich darauf, dass sie irgendwann das Interesse verlieren. Ich gebe gerne zu, ich war erleichtert, dass die Hochzeit gestern glattgelaufen ist.«

»Es tut mir leid, dass du dich mit so etwas herumschlagen musst, Travis. Die ganze Anlage ist ohnehin schon ein großes Unterfangen, auch ohne dass dein Eigentum beschädigt wird.«

»Danke.« Er war froh, dass sie das, was er für North Point zu tun plante, verstand. Seinen Traum zu leben war nicht ohne Herausforderungen zu verwirklichen gewesen.

Liana drehte ihr Gesicht in die Sonne. »Hier ist es so friedlich. Ich glaube nicht, dass ich, seitdem ich vor zehn Jahren von hier fortgegangen bin, je wieder einfach zum Spaß auf einem Boot war.«

»Was tust du so, um Spaß zu haben?«

Sie senkte den Kopf und sah ihn an. »Ich lese.«

Er unterdrückte ein Lachen. »Du machst Witze.«

Das leichte Heben ihrer Augenbraue verriet ihm, dass es kein Witz gewesen war.

»Du liest. Wie … interessant.«

»Wie *entspannend*«, korrigierte sie ihn. »Ich genieße es.«

»Wie lässt du … also, du weißt schon …«

»Wie lasse ich was?«

»Wie lässt du Dampf ab?«

»Ich habe keinen Dampf, den ich ablassen muss.«

Jetzt lachte er doch. »Bitte, Liana. Erzähl das jemandem, der dich nicht geküsst hat.«

Sie errötete, was er unglaublich anziehend fand.

»Warum guckst du mich so an?«, fragte sie.

»Tu ich das?«

»Das weißt du ganz genau. Hör sofort damit auf.«

Je nervöser sie wurde, desto rosiger wurden ihre Wangen. »Gilt die Nicht-berühren-Regel noch?«

Sie schluckte. »Warum?« Ihre Stimme war bloß ein Flüstern.

»Wenn es erlaubt wäre, dich zu berühren, würde ich dir jetzt über die geröteten Wangen streichen.«

»Ich werde nicht rot«, widersprach sie entrüstet, wobei ihre Wangen nur noch dunkler wurden.

»Oh, Süße, vertrau mir. Das wirst du.«

Ihre violetten Augen wirkten verletzlich, und sie biss sich auf die Unterlippe. »Ich will dir vertrauen.«

Das Gefühl, das ihre Worte in ihm auslösten, war für Travis neu. »Du *kannst* mir vertrauen, Liana.« Die rechte Hand behielt er am Ruder, um das Boot zu lenken, doch den linken Arm hob er an, um Liana einzuladen, näher zu rücken.

Nachdem sie eine endlos scheinende Sekunde darüber nachgedacht hatte, rutschte sie auf der Bank zu ihm und schaffte es, nicht zusammenzuzucken, als er ihr eine Hand auf die Schulter legte.

»Ich liebe es, was du mit deiner Lippe machst, wenn du nachdenkst.«

»Was mache ich denn?«

»Das.« Er demonstrierte es ihr.

»Wirklich?«

»Mhm. Ich war bisher nie eifersüchtig auf die Zähne von jemand.«

Geschockt wandte sie ihm den Kopf zu und stellte fest, dass er nur wenige Zentimeter entfernt war. »Travis.« Sie seufzte.

Er ließ das Ruder los, um ihre Haut zu berühren – wonach er sich gesehnt hatte, seitdem ihr die erste Röte ins Gesicht gekrochen war. Ohne seine führende Hand geriet das Boot bald ins Trudeln. Die Segel schlugen in der Brise, doch Travis unternahm nichts dagegen. »Ich will dich, Liana«, flüsterte er. »Und nicht nur, weil du die bezauberndste Frau bist, die ich je gesehen habe. Ich will dich kennenlernen. Ich will mit dir zusammen sein. Ich will mit dir reden. Ich will mit dir Sex haben, aber erst, wenn du es auch willst.« Beinahe hörte er auf zu atmen, als sie eine Hand hob und ihm mit dem Finger über sein unrasiertes Kinn strich.

»Ich kann mich nicht entscheiden, ob du mir mit oder ohne Stoppeln besser gefällst.«

»Lass es mich wissen, wenn du dich entschieden hast, und ich werde mich entweder jede Stunde oder alle drei Tage rasieren.«

Sie lächelte, und Travis hatte das Gefühl, zu fallen. Wohin, wusste er nicht, doch das Gefühl war unverkennbar.

Er zog sie ein Stück näher an sich heran. »Ich werde den Waffenstillstand brechen.«

»Ja, bitte.«

Er hielt seine Küsse leicht und sanft, und so wäre es für den Rest des Tages geblieben, wenn Liana nicht ihre Zunge ins Spiel gebracht hätte. Alle guten Vorsätze lösten sich in Luft auf, als die Lust ihn übermannte und er Liana noch fester an sich zog, um ihren warmen Mund zu erkunden, während er ihr mit den Händen über den Rücken strich.

Dash fing an zu bellen, und widerstrebend löste Travis sich von Liana. »Sie mag es nicht, wenn ich die Segel im Wind flattern lasse«, erklärte er, bevor er quer über das Boot griff, um das Hauptsegel wieder unter Kontrolle zu bringen. Als sie wieder ruhig durchs Wasser glitten, legte Travis einen Arm um Liana und beugte sich für einen weiteren Kuss vor. »Hast du Hunger?«

»Ein bisschen.«

»Wir können ankern und ein Picknick am Strand machen.«

Sie hob überrascht die Augenbrauen. »Du hast ein Picknick mitgebracht?«

»Na klar. Man kann nicht den ganzen Tag hier draußen sein, ohne etwas zu essen.«

»Du warst dir ziemlich sicher, dass ich mitkommen würde.«

Er zuckte mit den Schultern. »Dash und ich wären sowieso rausgefahren. Wir sind aber froh, dass du uns begleitest.«

Sie schaute zu ihm auf. »Ich auch. Das hier gefällt mir.«

Er steuerte einen sandigen Streifen am nördlichen Ende von Prudence Island an. Als sie sich dem Ufer näherten, raffte er die Segel und warf den Anker aus.

Als das Boot anhielt, kam Dash aus der Kabine, um zu sehen, wo sie waren.

»Bleib«, befahl Travis und schaute die Hündin mahnend an.

Dash schien ihn anzugrinsen, bevor sie über die Bordwand sprang und in Richtung Ufer paddelte.

»Ungehorsamer Frechdachs«, murmelte Travis.

Liana lachte. »Ich sehe schon, wer in dieser Familie die Hosen anhat.«

Travis warf ihr einen finsteren Blick zu. »Ich hätte dafür sorgen können, dass sie gehorcht, wenn ich es wirklich gewollt hätte.«

»Ja, klar. Wenn du das sagst.«

Nachdem er kurz in der Kajüte verschwunden war, um die Kühltasche zu holen, die er mitgebracht hatte, zog Travis sich das T-Shirt aus und warf es auf die Bank. »Bereit?«

»Wie kommen wir zum Strand?«

»Wir schwimmen.« Er ließ eine Leiter an der Bordwand herunter.

»Und wie transportieren wir die Kühltasche dorthin?«

»Darüber mach dir keine Gedanken. Dash und ich habe eine Routine.«

Sie schaute zum Strand, an dem Dash im Sand herumtollte. »Offensichtlich.« Sie stand auf, streifte sich ihr Shirt über den Kopf und ließ den Minirock zu Boden fallen.

Travis stockte der Atem, als er sah, dass sie tatsächlich einen Bikini anhatte. Und der war genauso spektakulär, wie er insgeheim gehofft hatte. Nach einer strengen Ermahnung, sich nicht so vorhersehbar zu verhalten, hielt er den Blick auf ihr Gesicht gerichtet statt auf ihre Brüste, während er ihr eine Hand reichte, um ihr über die Bordwand zu helfen.

Sobald sie die Leiter hinuntergestiegen und im Wasser war, folgte Travis ihr und griff dann nach der Kühltasche. Mit einer Hand hielt er sie auf seinem Kopf fest, während er die andere Hand benutzte, um an Land zu schwimmen.

»Sehr clever«, sagte Liana, die auf dem Rücken im Wasser trieb.

Lachend legte sie die kurze Strecke zum Strand zurück.

Travis folgte ihr, und als er aus dem Wasser stieg, tänzelte Dash um seine Füße herum. »Ist ja gut, Mädchen. Gib mir eine Minute.«

»Was glaubt sie, was du da drin hast?«

»Sie weiß, dass ich immer etwas für sie dabeihabe.«

Liana legte ihre Hände um das hübsche Gesicht der Hündin und gab ihr einen Kuss auf den Kopf. »Du bist ein ganz schön verwöhntes Mädchen, weißt du das?«

Dash bellte zustimmend.

»Oh, sie ist so süß.«

»Sie ist eine kleine Tyrannin«, erklärte Travis.

»Wo war sie letzte Nacht?« Liana versuchte, nicht an die Vorkommnisse in seiner Wohnung zu denken.

»Bei Beck, meinem Sicherheitschef. Ich wollte nicht, dass sie während der Hochzeit irgendwelchen Unsinn anstellt.« Er griff in die Kühltasche und holte etwas in Folie Eingewickeltes heraus.

Dash drehte beinahe durch.

Travis wickelte den fleischigen Knochen aus und gab ihn ihr. »Und nun zieh Leine.«

Dash stürmte mit dem Knochen davon.

Als Nächstes holte Travis eine Decke aus der Tasche, und Liana half ihm, sie auf dem Sand auszubreiten. Dann folgte eine Tube Sonnencreme, die er ihr reichte.

»Danke.«

»Deine Haut sieht nicht so aus, als ob sie viel Sonne abbekommt.«

»Das stimmt.« Sie cremte sich großzügig ein. »Deine hingegen sieht aus, als wenn sie zu viel abbekommt.«

»Ich hatte in meinem ganzen Leben noch keinen Sonnenbrand.«

»Du solltest trotzdem Sonnencreme benutzen, sonst hast du mit vierzig Falten.«

Er lachte. »Na und?« Ihr entsetzter Blick ließ ihn nur lauter lachen. »Süße, es könnte mir nicht gleichgültiger sein, ob ich Falten habe oder nicht. Sie zeigen der Welt, dass man gelebt hat.«

»Ich kann mir nicht vorstellen, mir keine Sorgen über Falten zu machen.«

Er fand zwei Flaschen Bier in der Kühltasche und öffnete sie. Eine reichte er ihr, dann lehnte er sich auf die Ellbogen zurück und sah zu, wie Dash mit ihrem Knochen kämpfte. Lachend schaute er zu Liana und merkte, dass sie seine Brust anstarrte. »Was ist?«

»Du bist sehr sexy.«

Travis verbarg seine Überraschung über das unerwartete Kompliment. »Danke, schätze ich«, antwortete er grinsend, bevor er einen großen Schluck aus seiner Flasche nahm.

»Ich möchte eine Affäre haben.« Die Worte purzelten ihr heraus, bevor sie sie zurückhalten konnte.

Travis verschluckte sich an seinem Bier.

Liana schlug ihm ein paarmal auf den Rücken. »Alles wieder gut? Travis? Kannst du sprechen?«

Er hustete. »Ja«, keuchte er. »Du musst mich vorwarnen, bevor du so etwas von dir gibst.«

»Tut mir leid. Vergiss, dass ich was gesagt habe.«

»Auf keinen Fall werde ich das vergessen.«

»Ich bin nicht gut in diesen Dingen«, gestand sie.

Travis streckte die Hand aus und legte ihr einen Finger unters Kinn, damit sie ihn ansah. »Worin bist du nicht gut?«

Sie zuckte mit den Schultern. »In all den Dingen, die anderen Frauen so leicht zu fallen scheinen: Flirten, Affären, belangloser Sex.«

Er schluckte schwer. »An dir ist nichts belanglos, Liana.«

»Ich weiß! Das ist ja das Problem. Ich möchte so gerne locker sein. Ich will mich frei fühlen, um mit einem heißen Typen Sex zu haben, wenn ich es will, aber das kann ich nicht.«

»Warum nicht, Süße?«

»Darum.«

»Magst du das näher ausführen?«

»Für mich ist nichts einfach. Über jeden meiner Schritte wird normalerweise in der Presse berichtet. Jeder Mann, mit dem ich mich je eingelassen habe, hat mich enttäuscht – üblicherweise dadurch, dass er alles ausgeplaudert hat, was zwischen uns war. Und ich habe keine Ahnung, wem ich vertrauen kann.«

Während er ihr zuhörte, stieg Mitgefühl in ihm auf.

»Enid meint, ich könnte dir vertrauen, und dass ich mit dir richtig heißen Sex haben sollte. Also dachte ich, vielleicht …«

Travis ließ sich rücklings auf die Decke sinken und atmete lang gezogen aus. »Ich komme mir vor, als hätte ich gerade eine Sexhotline angerufen.«

»Wenn du dich über mich lustig machst, Travis …«

Er drehte sich auf die Seite, sodass er sie anschauen konnte. »Glaub mir, das tue ich nicht. Erzähl mir von dieser Affäre, die du haben willst.«

Sie bohrte ihre Zehen mit den pinkfarben lackierten Nägeln in den Sand. »Das war eine dumme Idee.«

»Liana …«

»Es liegt an dem, was du vorhin gesagt hast. Dass du mich kennenlernen und mit mir zusammen sein willst. Das hat noch nie jemand zu mir gesagt. Normalerweise sind alle so von meinem Aussehen gebannt, dass es ihnen egal ist, ob sie mich als Person kennenlernen oder nicht.«

Travis setzte sich auf und umfasste ihr Gesicht. »Ich habe es so gemeint, wie ich es gesagt habe. Ich möchte dich kennenlernen. Wirklich. Aber ich mag es auch, dich anzuschauen, das kann ich nicht leugnen. Ich werde dir nicht erzählen, wie umwerfend schön du bist, weil du das ohne Zweifel schon tausend Mal und auf jede erdenkliche Weise gehört hast. Doch nur, weil ich es nicht ausspreche, bedeutet das nicht, dass ich es nicht denke. Diesbezüglich möchte ich ehrlich mit dir sein.«

»Ich schätze, das ist fair.«

»Wie wäre es, wenn du definierst, was du dir unter einer Affäre vorstellst, damit wir auf dem gleichen Stand sind?«

Ihre Wangen flammten auf, und sie senkte verlegen die Augen. »Du weißt schon … Sex. Richtig heißen Sex, wenn du dafür offen bist.«

»Hmm, richtig heißer Sex. Das ist mal ein Angebot, Süße, über das ich ernsthaft nachdenken muss.«

Sie hob den Blick. »Wirklich?«

Ihre überraschte Miene amüsierte ihn. »Tja, ich will ja nicht, dass du mich für leicht zu haben hältst.«

Darüber musste Liana laut lachen. Als sie endlich wieder Luft bekam, wischte sie sich die Tränen von den Wangen. »Du bist einfach unmöglich. Wer schreibt deine Texte?«

»Die sind von mir.« Er grinste und öffnete die Kühltasche, um Sandwiches und Chips herauszunehmen. »Komm, essen wir. Auf leeren Magen kann ich nicht denken, und ich bin mir sicher, dass du eine Antwort auf dein sehr verlockendes Angebot haben willst.«

»Du willst, dass ich mich vor Verlegenheit winde, oder?«

Er hob eine Augenbraue. »Ich bin mir ziemlich sicher, wenn ich mit dir fertig bin, wirst du dich winden, wenn auch nicht vor Verlegenheit.«

Mit zitternder Hand nahm sie das angebotene Sandwich. »Bedeutet das, du hast zu Ende überlegt?«

Er biss von seinem Sandwich ab und dachte über ihre Frage nach. »Was wäre, wenn ich dieser richtig heißen Affäre zustimme, die du vorschlägst? Rein hypothetisch natürlich.«

»Natürlich.«

»Reden wir dann von strikter Missionarsstellung, oder wäre es möglich, das Repertoire ein wenig zu erweitern?«

Er sah zu, wie sie versuchte, den Bissen hinunterzuschlucken, den sie gerade genommen hatte. »Definiere ›Repertoire erweitern‹.«

»Nein.«

»Nein?«, fragte sie nach.

»Nein.«

»Wie soll ich deine Frage beantworten, wenn ich nicht weiß, was du mit ›Repertoire erweitern‹ meinst?«

»Entweder ich darf das, oder ich darf das nicht. Das ist deine Entscheidung.«

Eine Weile aß sie schweigend, dann sagte sie: »Na gut. Du kannst mehr machen, aber nichts zu Verrücktes.«

Er lächelte. »Oh, doch, auf jeden Fall verrückt.«

Sie seufzte verzweifelt. »Du weißt, was ich meine.«

»Wirklich?«

»Das war eine schlechte Idee.« Sie schüttelte den Kopf. »Vergessen wir es. Wirklich. Ich befinde mich hier weit außerhalb meiner Komfortzone.«

Er griff nach ihrer Hand. »Ich nehm dich nur ein bisschen auf den Arm, Liana. Du musst ›verrückt‹ nicht definieren.«

Sie nickte. »Es tut mir leid, dass ich so verkrampft bin. Ich habe so etwas noch nie zuvor getan.«

»Ich weiß.« Er gab ihr einen Kuss auf die Hand und ließ sie dann los, damit Liana zu Ende essen konnte. »Sprechen wir über die Dauer der Affäre.«

»Zwei Wochen«, antwortete sie. »Dann reise ich wieder ab.«

»Was ist, wenn du beschließt, dass du mich magst und nicht willst, dass es endet?«

»Zwei Wochen«, betonte sie ein weiteres Mal. »Ich bin nicht an einer Fernbeziehung interessiert, also darfst du keine Gefühle für mich entwickeln. Das ist eine allein auf Sex basierende Affäre.«

Er fragte sich, ob sie zu so etwas überhaupt in der Lage war.

»Ich will nicht, dass du verletzt wirst«, fügte sie hinzu.

»Was ist mit dir? Was ist, wenn du dich in mich verliebst?«

»Das werde ich nicht.«

»Woher willst du das wissen? Du hast noch nicht mit mir geschlafen.«

»Du strotzt ja nur so vor Vertrauen in deine Fähigkeiten.«

Er zuckte mit den Schultern. »Ich kenn mich halt aus.« Sie aufzuziehen machte beinahe so viel Spaß, wie über ihre heiße Affäre zu reden.

»Hattest du so viele Geliebte?«

»Ein paar.« Er sammelte den Müll ein und packte ihn in die Kühltasche zurück. »Was ist mit dir?«

»Ein paar.«

Er rückte näher an sie heran und schob ihren Pferdeschwanz zur Seite. Während er kleine Küsse auf ihrem Hals verteilte, flüsterte er: »Hat einer von ihnen dich je zum Schreien gebracht?«

Ihr Atem stockte. »Travis …«

»Hmm?«

»Was machst du da?«

»Ich küsse deinen Hals.«

»Bedeutet das, du hast dich entschieden?«

»Nein. Ich nehme nur eine Kostprobe, um zu gucken, was ich kriegen würde, wenn ich deinem Vorschlag zustimme.«

Sie schob ihn von sich. »Du hast bereits eine Kostprobe erhalten«, erinnerte sie ihn.

»Ach ja.« Er grinste.

»Ich schätze, sie war nicht sonderlich erinnerungswürdig.«

»Oh, doch. Sie war sehr erinnerungswürdig. Weißt du, dass du meine Frage noch nicht beantwortet hast?«

Sie zog verwirrt die Augenbrauen zusammen. »Welche Frage?«

»Ob einer von ihnen dich je zum Schreien gebracht hat, Liana.«

»Nein«, sagte sie leise. »Nein, das hat keiner getan.«

Er griff nach ihr und zog sie an seine Brust. »Tja«, bemerkte er nach einem langen Kuss, »ihr Pech.«

KAPITEL 6

Liana bekam kaum noch Luft. Travis zu küssen war ohne Zweifel das Erotischste, was sie je in ihrem Leben getan hatte. Sie konnte sich nicht einmal vorstellen, wie es sein musste, tatsächlich mit ihm zu schlafen.

Er drehte sie auf den Rücken und beugte sich über sie. Das Gefühl seiner Brusthaare auf ihrer sonnenwarmen Haut machte sie atemlos vor Verlangen.

Als er ihren Oberkörper mit kleinen Küssen überzog, sie mit den Lippen zwischen den Brüsten und auf dem Bauch berührte, wurde Liana unter ihm unruhig. »Travis …«

»Hmm?«

»Bedeutet das, unsere Affäre steht?«

Er knabberte an ihrem Hüftknochen, woraufhin sie vor Überraschung aufkeuchte.

»Ich habe mich noch nicht entschieden.«

Liana versuchte, tief einzuatmen. »Wann hast du vor, dich zu entscheiden?«

Er küsste sich wieder zu ihrem Mund hinauf. »Bald.«

Sie beschloss, wenn er eine Kostprobe nehmen durfte, konnte sie das auch. Mit den Händen strich sie über seinen Rücken und weiter nach unten, und überall stieß sie auf feste Muskeln.

Sein abgehackter Atem verriet ihr, dass sie seine Aufmerksamkeit hatte. »Liana …«

Das Geräusch eines vorbeifahrenden Speedboots ließ sie panisch werden. Sie schob ihn von sich und setzte sich auf.

Erschrocken fragte er: »Was ist los?«

»Paparazzi.«

»Was?«

»Reporter, Travis. Wenn sie mich dabei erwischen, wie ich mich mit dir durch den Sand rolle, werden die Fotos in einer Stunde überall im Internet zu finden sein.«

Er warf einen Blick zu dem Boot. »Das ist Tommy Boyle. Das Boot würde ich überall wiedererkennen.«

»Die Fotografen könnten ihn angeheuert haben. Das haben sie schon mal gemacht.«

Er pfiff nach Dash. »Komm, schwimmen wir zurück zum Boot.«

Sie packten die Reste ihres Picknicks ein, falteten die Decke zusammen und wateten ins Wasser.

Nach der Hitze am Strand war das kühle Wasser eine Wohltat. Liana hatte nicht übertrieben, als sie Travis gesagt hatte, dass das hier weit außerhalb ihrer Komfortzone lag. Eine Affäre vorzuschlagen! Was war nur in sie gefahren? Das war alles Enids Schuld. In ihrem Leben hatte es ihr an nichts gemangelt, bis Enid sie darauf hingewiesen hatte, was ihr fehlte. Und jetzt starb sie beinahe vor Neugier darauf, zu erfahren, was *genau* das war. Was, wenn Travis ablehnte? Würde sie den Mut aufbringen, es bei einem anderen Mann zu versuchen? Vermutlich nicht.

Sie erreichte das Boot eine Minute vor Travis und Dash. Während sie die Leiter hinaufstieg, versuchte sie, nicht darüber nachzudenken, was für eine Aussicht er von unten auf sie hatte.

Als Travis am Boot ankam, streckte sie die Hand über die Reling, um ihm die Kühltasche abzunehmen. Dabei sah sie den kurzen Blick, den er ihren Brüsten in dem winzigen Bikini schenkte.

Er hob Dash an Bord und warnte Liana in dem Moment, in dem

die Pfoten der Hündin das Deck berührten, vor dem großen Schütteln, das jetzt folgen würde. Dann kletterte er die Leiter hinauf und holte sie aus dem Wasser. Er verstaute sie an dem dafür vorgesehenen Platz und befahl Dash, draußen auf der Bank sitzen zu bleiben.

Seine ungewohnte Strenge sorgte dafür, dass die Hündin mit einem leisen Fiepen gehorchte.

Travis legte Liana einen Arm um die Taille und führte sie in die Kabine.

»Wo gehen wir hin?«, fragte sie.

»Dahin, wo uns keiner deiner Reporter finden kann.«

»Und was tun wir dort?«

Er drückte sie sanft auf die Matratze im Bug und eroberte ihre Lippen mit einem tiefen, leidenschaftlichen Kuss. »Üben.«

»Wofür?«

»Für unsere Affäre.«

»Haben wir denn eine?«

»Ich versuche immer noch, mich zu entscheiden.« Er löste ihr Bikini-Oberteil und schob es beiseite. »O Liana«, seufzte er. »Du bist so …« Langsam wanderten seine Lippen von ihrem Hals zu ihren perfekt geformten Brüsten. »So wunderschön. Ich weiß, das sollte ich nicht sagen, aber …«

Liana stöhnte, als er mit der Zunge ihre Brustspitze berührte.

»Gefällt dir das?«

Sie klammerte sich an seine Schultern, die vom Salzwasser noch feucht waren. »Ja«, hauchte sie.

»Willst du mehr?«

»*Ja!*«

»Wir kommen später darauf zurück«, versprach er und presste seinen Mund auf ihre Rippen, bevor er seine Zunge in ihren Bauchnabel gleiten ließ.

»O Gott«, keuchte sie. »Travis.«

Er drückte sie wieder zurück auf die Matratze und streckte sich neben ihr aus. »Küss mich, Liana.«

Sie umfasste sein Gesicht und senkte ihre Lippen auf seine.

Er legte die Arme um sie, und seine weichen Brusthaare berührten ihre sensiblen Brüste. Mit einer Hand umfasste er ihren Po und zog sie fest gegen sich.

Bald waren ihren Lippen überempfindlich, und ihr Gesicht war von seinen Bartstoppeln gerötet, aber sie hörte nicht auf, ihn zu küssen, sondern ließ ihre Hände über seinen Rücken gleiten. »Travis, *bitte ...*«

»Was, Süße?«

»Ich will dich.«

»Und ich will dich.« Er rieb den Mund zärtlich über ihre Kehle, ihr Kinn, ihr Ohr, dann wieder ihre Lippen. »Du wirst froh sein, zu hören, dass ich mich entschieden habe, eine Affäre mit dir anzufangen. Zwei Wochen, keine Grenzen, keine Gefühle. Haben wir uns darauf geeinigt?«

»Ja. Können wir jetzt loslegen?«

Lachend widmete er sich ihrer Brust. »Noch nicht ganz.«

Sie riss die Augen auf. »Was meinst du?«

»Du hast nicht ›Nein‹ zu Romantik gesagt, oder?«

»Romantik? Wovon redest du da?«

»Bevor wir Sex haben, werden wir uns ein wenig Romantik gönnen.«

»Ich will keine Romantik«, protestierte sie. »Ich will Sex. Richtig heißen Sex.« Sie drückte sich gegen seine Erektion. »Erinnerst du dich?«

»Ja«, keuchte er. »Ich erinnere mich. Richtig heißer Sex ist allerdings nach ein wenig Romantik noch besser. Glaub mir, meine Süße.«

»Na klar«, schnaubte sie. »Du hast ja ausreichend Erfahrung, was das angeht.«

»Und du wirst von dieser Erfahrung profitieren. Wenn du einen Orgasmus nach dem nächsten erlebst, wirst du all den Frauen, von denen du glaubst, ich wäre mit ihnen zusammen gewesen, dafür dankbar sein, dass sie mir gezeigt haben, wie es geht.«

»Ein Orgasmus nach dem nächsten, hm?«

Er küsste erneut ihren Busen, was sie erschauern ließ. »Mhm.«

»Viel Glück dabei.«

Er hielt in seinem Tun inne und hob den Kopf, um ihr in die

Augen zu sehen. »Sag mir nicht, dass du bisher nie … du weißt schon …«

»Ich habe, aber es ist nicht leicht.«

»Oh.« Er grinste. »Eine Herausforderung.«

Sie schob ihn von sich, setzte sich auf und zog ihr Bikini-Oberteil wieder an. »Ich fange langsam an, zu glauben, dass du nur reden kannst.« Bevor sie wusste, wie ihr geschah, lag sie wieder flach auf dem Rücken und sah in ein Paar entschlossen dreinblickender brauner Augen.

»Ich werde dir beweisen, dass ich keine leeren Versprechungen mache, Süße.«

Liana spürte ein Zittern durch ihren ganzen Körper laufen, während sie sein attraktives Gesicht musterte. Sie hob eine Hand, um seine Wange zu streicheln und seinen Kopf für einen weiteren Kuss zu sich herunterzuziehen. Unter der Berührung seiner Lippen fing Lianas Herz vor Angst und Aufregung an zu rasen, denn sie erkannte, dass sie sich vermutlich gerade mit dem Teufel höchstpersönlich auf einen Deal eingelassen hatte.

DIE SONNE VERSANK GERADE IN EINEM FARBSPIEL AUS ROSA- UND Orangetönen am Horizont, als sie wieder in den Hafen einliefen. Dash sprang in dem Moment von Bord, in dem das Boot am Steg anlegte.

»Kommt sie klar?«, fragte Liana.

»Ob du es glaubst oder nicht, sie weiß, wo sie hingehen darf.« Travis vertäute das Boot. »Sie ist auch besser darin geworden, nicht mehr ins Boot zu pinkeln.«

»Wie lange hast du sie schon?«

»Sie ist seit vier Jahren meine treue Begleiterin.«

»Und sie hat dich um ihre Pfote gewickelt.«

Er tat entsetzt. »Ich weiß nicht, wovon du redest.«

Liana griff nach seiner Hand, und er hielt in seinem Tun inne, um sich ganz auf sie zu konzentrieren. »Danke«, sagte sie.

»Wofür?«

»Für einen wundervollen, entspannten Tag. So viel Spaß hab ich schon sehr lange nicht mehr gehabt.«

Er küsste erst ihre Hand und dann ihre Lippen. »Das ist schade. Wir müssen mal gucken, was wir diesbezüglich in den nächsten zwei Wochen unternehmen können.«

»Ich muss aber auch ein bisschen Zeit mit meiner Mutter verbringen«, erinnerte sie ihn.

Er lachte. »Süße, so gerne ich die nächsten vierzehn Tage mit dir im Bett verbringen würde, ich muss einen Club leiten.«

Liana verdrehte die Augen. »Wann genau wird der Teil dieser Affäre, der sich im Bett abspielt, denn endlich anfangen?«

Er zuckte mit den Schultern, während er die hellblaue Persenning über den Mast schob. »Ich habe keinen Zeitplan.«

Liana kaute auf ihrer Unterlippe und betrachtete den prächtigen Sonnenuntergang.

Travis setzte sich ihr gegenüber und griff nach ihren Händen. »Stress dich deswegen nicht, Liana. Es passiert, wenn es passiert. Und wenn es so weit ist, möchte ich, dass du es genießt. Wenn du nicht das Gefühl hast, mir vertrauen zu können – mir *wirklich* zu vertrauen –, wirst du es nicht genießen können.« Er presste einen Kuss auf jeden ihrer Handrücken. »Ich kenne dich bereits gut genug, um das zu wissen. Und da das hier etwas ist, das du nicht jeden Tag tust, möchte ich, dass du es mit allen Sinnen genießt. Also nehmen wir uns die Zeit, einander ein wenig kennenzulernen, und gucken, was passiert. Okay?«

Liana musterte ihn und überlegte, ob er es tatsächlich ernst meinte. Er wirkte so, doch sie hatte gelernt, in diesen Situationen ihr Urteilsvermögen kritisch zu hinterfragen. »Okay.«

»Warum siehst du weiter so gestresst aus?«

»Da ist noch etwas, worüber wir nicht gesprochen haben, und es ist eine ziemlich große Sache …«

»Was denn?«

»Du darfst niemandem erzählen … dass wir uns treffen.«

Travis rutschte näher an sie heran und zog sie in seine Arme. »Du kannst mir vertrauen. Und du kannst den Menschen in meiner

Umgebung vertrauen. Du wirst von uns nichts in der Zeitung lesen – also zumindest nicht meinetwegen.«

Sie betrachtete seine ernste Miene.

»Das hast du schon mal gehört, oder?«

Sie nickte.

»Dieses Mal kannst du es glauben, Liana. Ich verspreche dir, ich werde es niemandem gegenüber erwähnen.«

»Hey, Trav!« Ein großer blonder Mann kam den Steg herunter. Dash trottete hinter ihm her. Am Gürtel seiner Cargo-Shorts hing ein Funkgerät, und er trug ein bordeauxrotes North-Point-Polohemd. Interessiert betrachtete er die Szene an Bord – Liana, die nur ihren Minirock und das Bikini-Oberteil anhatte, Travis, der mit nacktem Oberkörper neben ihr saß. »Äh, wir hatten heute ein paar Probleme.«

Liana bemerkte, wie Travis sich verspannte. Sie wollte die Hand nach ihm ausstrecken, tat es aber nicht.

Er stand auf. »Was war los?«

»Wieder zerstochene Reifen. Dieses Mal in der Parkgarage im Tower.«

»Wie viele?«

»Dreißig Reifen an zwölf verschiedenen Autos.«

»So eine Scheiße«, murmelte Travis. »Hast du die Polizei angerufen?«

Beck nickte. »Und die Werkstatt. Sie werden alle ersetzt.«

»Danke. Hast du die Mieter informiert?«

»Alles erledigt.«

»Gut gemacht, Beck. Danke. Oh, das ist übrigens Liana McDermott. Liana, das ist Peter Beck.«

Sie nickte dem Mann zu. »Schön, Sie kennenzulernen.«

»Gleichfalls. Okay, ich lass euch dann mal weiter den Abend genießen.«

»Danke, dass du dich heute um alles gekümmert hast«, sagte Travis.

»Kein Problem.« Beck schüttelte frustriert den Kopf. »Ich weiß nicht, wie die Mistkerle an uns vorbeikommen, aber ich lasse heute Abend noch eine zusätzliche Kamera im Parkhaus installieren.«

»Gute Idee. Das hätte ich schon viel früher tun sollen.«

»Wir sprechen morgen, Trav. Nett, Sie kennengelernt zu haben, Ms McDermott.« Er tätschelte Dash den Kopf und ging den Steg hinauf.

Travis' Blick glitt zum Apartmenthaus, und in seiner Wange zuckte ein Muskel.

Liana stand auf und schlang ihm die Arme um die Taille. »Geht es dir gut?«

»Ja.« Er drehte den Kopf und gab ihr einen Kuss auf die Wange. »Tut mir leid.«

»Was tut dir leid?«

»Dass die Arbeit in unseren entspannten Tag eingedrungen ist.«

»Ich kann nicht glauben, dass die Bewohner dieser Stadt so etwas tun. Das ist schrecklich.«

»Bislang ist es lediglich nervig. Ich mache mir nur Sorgen, dass sie irgendwann dreister werden und irgendjemand zu Schaden kommt.«

Sie sah, dass er sich bemühte, seine Sorgen abzuschütteln und sich wieder auf sie zu konzentrieren.

»Komm, lass uns etwas zu Abend essen«, schlug er vor.

»Ich würde es verstehen, wenn du dich um die Sache mit den Eindringlingen kümmern musst, Travis.«

»Beck hat alles unter Kontrolle. Ich kann nichts tun, was er nicht bereits in die Wege geleitet hat.«

»Du hast Glück, ihn zu haben.« Sie schaute zum Clubhaus und nagte an ihrer Unterlippe.

»Na, worüber denkst du jetzt nach?«, fragte er lächelnd und tippte mit dem Finger gegen ihre Lippe.

»Er wird niemandem sagen, dass er mich mit dir zusammen gesehen hat, oder?«

»Er ist nicht bloß mein Angestellter, Liana. Er ist mein bester Freund. Wir kennen uns seit beinahe zwanzig Jahren. Ich würde ihm mein Leben anvertrauen.«

»Es tut mir leid. Ich will nicht so eine Freakshow sein.«

Travis streckte ihr die Hand hin und half ihr vom Boot, dann kehrte er zurück, um die Kühltasche zu holen und die Kajüte abzuschließen. Auf dem Steg hängte er sich die Tasche über die Schulter und griff nach Lianas Hand. »Was ist zwischen dir und der Presse geschehen?«

»Sie sind erbarmungslos. Bisher haben sie mich hier noch nicht gefunden, und es wäre schön, wenn das so bliebe. Ich habe einen Privatjet gechartert, um von Mailand hierherzufliegen, damit Enids Hochzeit nicht zu einem Medienzirkus ausartet. Sie stecken ihre Nasen in alle Bereiche meines Lebens und machen es mir beinahe unmöglich, ein Privatleben zu haben.«

Travis öffnete die hintere Wagentür für den Hund und packte die Kühltasche in den Kofferraum. »Erzähl mir den Rest.«

Erstaunt von seiner Fähigkeit, sie zu verstehen, schaute Liana zu ihm auf. »Da gab es mal diesen Mann«, erwiderte sie leise. »Er war nicht wie die anderen. Er war anständig, und ich mochte ihn. Aber bevor wir die Gelegenheit hatten, zu sehen, was sich zwischen uns entwickeln könnte, hat die Presse sein Leben auseinandergenommen. Sie haben sogar seine ehemalige Kindergärtnerin interviewt. Es war ein Albtraum, und er hat nicht lange gebraucht, um festzustellen, dass das zwischen uns es nicht wert war.«

Travis stützte seine Arme zu beiden Seiten von ihr am Auto ab, sodass sie zwischen ihm und dem von der Sonne warmen Wagen gefangen war. »Okay, damit ich das richtig verstehe: Du hast Angst, dass die Presse Wind von uns bekommt und ich die Flucht ergreife, bevor wir richtig heißen Sex haben?«

Sie errötete. »So was in der Art.«

Er neigte den Kopf und gab ihr einen leidenschaftlichen Kuss. »Keine Chance, Süße«, flüsterte er.

»Das sagst du jetzt … Sprich mit mir, nachdem sie deine Kindergärtnerin von früher ausgefragt haben. Wenn du ein dunkles Geheimnis hast, werden sie es finden.«

Ein Anflug von irgendetwas, das sie nicht näher bestimmen konnte, huschte über sein Gesicht. Dann kehrte sein umwerfendes Lächeln zurück. »Nur zu. Ich habe bereits beschlossen, dass du es wert bist.«

»Du bist ein sehr netter Mann, Travis North.«

Er strich ihr mit dem Daumen übers Kinn. »Willst du nach Hause fahren und dich umziehen?«

»Ich habe etwas zum Wechseln dabei, aber nichts Schickes. Lediglich ein Sommerkleid.«

»Gut.« Er hielt ihr die Autotür auf. »Ich nehme dich mit ins Chez North. Fabelhafte Küche, allerdings noch nicht so bekannt, und dort herrscht ein sehr lockerer Dresscode.«

Er fuhr den kurzen Weg vom Hafen zum Tower. Im Parkhaus waren zwei Polizisten dabei, ihre Ermittlungen zu beenden.

»Guten Abend, Mr North«, begrüßte ihn der Ältere der beiden, als Travis aus dem Jaguar stieg.

Travis nickte ihm zu. »Sergeant. Haben Sie etwas gefunden?«

»Nichts, was uns weiterhilft. Wieder mal ein sehr sauberer Job. Es tut mir leid. Ich weiß, wie ärgerlich das für Sie ist.«

»Es fängt an, mehr als ärgerlich zu sein«, erklärte Travis, während er Liana die Wagentür aufhielt.

»Hey! Sie sind das Model! Louie, komm mal gucken. Das ist Liana McDermott.«

»Hören Sie«, schaltete sich Travis energisch ein. »Ms McDermott versucht, ein wenig Ruhe und Erholung zu finden, ohne dass die Presse sie aufspürt. Daher bewahren Sie bitte Stillschweigen darüber, dass sie in der Stadt ist. In Ordnung?«

»Kein Problem«, antwortete der ältere Polizist. Der jüngere musste sich Mühe geben, um sich von Lianas Anblick loszureißen.

»Wenn Sie mir Ihre Visitenkarten geben, schicke ich Ihnen ein Foto«, bot Liana an. »Als Dank für Ihre Diskretion.«

Die Visitenkarten wurden überreicht, und Travis nahm sie entgegen. Dann schüttelte er beiden Cops die Hand. »Danke. Lassen Sie mich wissen, wie die Ermittlungen laufen.« Er geleitete Liana in den Fahrstuhl und reichte ihr die Visitenkarten. »Von deinen hingerissenen Fans.«

»Danke, dass du so schnell gehandelt hast. Ich hoffe, sie halten den Mund.«

»Was ist mit den ganzen Gästen von der Hochzeit?«

»Die meisten von ihnen kenne ich schon mein ganzes Leben. Sie würden nicht mal im Traum daran denken, mich zu verraten. Außerdem bin ich für sie inzwischen nichts Neues mehr.«

»Es tut mir leid, dass du so leben musst.«

»Ich hab mich daran gewöhnt.« Sie erschauerte bei dem Gedanken daran, wie die Presse jedes Mal durchdrehte, wenn sie eine große Story witterte.

In seiner Wohnung angekommen, hielt er Liana die Fahrstuhltür auf. »War das schon immer so?«

»Anfangs war es nicht so schlimm, doch in den letzten Jahren ist die Promikultur förmlich explodiert. Es gibt so viele Klatschzeitschriften, Boulevardsendungen im Fernsehen, das Internet. Und alle warten nur auf den nächsten großen Coup. Es ist vollkommen außer Kontrolle geraten.«

»Du bist eine Gefangene deiner Berühmtheit.«

»Ja«, erwiderte sie. »Die meisten Menschen verstehen das nicht. Wie oft ich ein ironisches ›Du Arme, es muss wirklich schlimm sein, du zu sein‹ höre. Aber manchmal ist es *wirklich* schlimm.«

»Ich verstehe, was du meinst.«

»Ich hatte diese Freundin in New York«, erzählte Liana traurig. »Ich habe nicht viele Freundinnen, und ich mochte sie. Sie hat unsere Freundschaft für zehntausend Dollar an ein Boulevardmagazin verkauft und ihnen verraten, dass ich in der Stadt war, und noch ein paar andere Dinge, die ich ihr anvertraut hatte. Nichts Weltbewegendes, doch es war persönlich. Wie auch immer, der Presserummel hat mich aus der Stadt und aus meiner eigenen Wohnung vertrieben.«

Travis legte einen Arm um sie. »Das tut mir leid, Süße. Das muss wehgetan haben.«

»Das hat es«, flüsterte sie. »Es tut immer noch weh, nur daran zu denken. Seitdem halte ich mich von anderen Frauen fern.«

»Warum hast du keine Bodyguards?«, fragte er, als er sie losließ, um eine Flasche Wein zu öffnen.

»Weil ich mich weigere, so zu leben. Ich gehe lieber ein Risiko ein, als mit einer Entourage zu reisen.«

»Aber wenn das bedeuten würde, dass du in Sicherheit wärst …«

»Bisher bin ich noch nie körperlich bedroht worden. Ich schätze, wenn der Tag kommt, werde ich ein paar Änderungen vornehmen müssen. Doch ich würde es hassen.«

»Und ich hasse es, mir vorzustellen, dass dir Gefahr drohen könnte. Du solltest mit Beck sprechen, solange du hier in der Stadt bist. Er kennt viele Leute im Sicherheitsbusiness und könnte dich mit jemand Gutem zusammenbringen.«

Sie zuckte die Achsel und nahm das Glas Wein entgegen, das er ihr reichte. »Ich werde darüber nachdenken. Es fühlt sich nur so an, als würde ich eine Grenze überschreiten, wenn ich einen Bodyguard anheuere. Als würde ich sie gewinnen lassen oder so. Ich bin nicht sicher, ob das Sinn ergibt.«

»Das tut es.« Einen Moment lang musterte er sie intensiv.

»Was ist?«

»Denkst du je darüber nach, das Modeln aufzugeben und etwas anderes zu machen?«

»Ständig. Aber es ist das Einzige, was ich kann. Ich bin nie aufs College gegangen, und es gibt nichts, worin ich sonst gut bin.«

Er umfasste ihr Kinn. »Dieses Gesicht ist ein Multimillionen-Dollar-Unternehmen, Süße. Du führst bereits ziemlich erfolgreich deine eigene Firma. Du stellst dein Licht unter den Scheffel, wenn du glaubst, das, was du bisher gelernt hast, könntest du nicht auf andere Bereiche übertragen, die es dir erlauben würden, ein normaleres Leben zu führen.«

»Du glaubst wirklich, dass ich das könnte?«

»Natürlich tu ich das.« Er küsste sie. »Willst du dir das Salz von der Haut waschen?«

»Sehr gerne.«

»Du kannst das Bad neben meinem Schlafzimmer nehmen. Ich bin sicher, du weißt noch, wo das ist.«

Errötend schlang Liana ihm die Arme um den Hals. »Ich glaube, ich finde den Weg.«

»Handtücher sind im Schrank. Du kannst alles benutzen, was du willst.«

»Okay. Danke.« Sie spürte, dass sie ihn überraschte, als sie ihre

Zunge über seine Unterlippe gleiten ließ. »Willst du mir in der Dusche Gesellschaft leisten?«

Er eroberte ihren Mund, und innerhalb weniger Sekunden wurden ihre Knie vor Verlangen ganz weich.

»Ist das ein Ja?«, fragte sie mit ihrer verführerischsten Stimme.

»Erinnerst du dich, dass du behauptet hast, du wärst nicht gut im Flirten?«

»Ja.«

»Du hast dich geirrt. Und wie du dich geirrt hast. Und nun sei ein braves Mädchen, und ab unter die Dusche, während ich das Abendessen vorbereite.« Er löste ihre Hände von seinem Nacken und drehte sie herum. Dann gab er ihr einen kleinen Schubs in Richtung Badezimmer.

Sie warf ihm einen letzten Blick über die Schulter zu. »Du hast keine Ahnung, was dir entgeht.«

～

TRAVIS LIEß SICH MIT DEM GESICHT NACH UNTEN AUFS SOFA FALLEN. *Ist das dein Ernst, North? Was zum Teufel stimmt mit dir nicht? Liana McDermott – das Supermodel – hat dich gerade eingeladen, mit ihr zu duschen, und du hast Nein gesagt? Bist du total verrückt geworden?*

Während er dalag und darüber nachdachte, warum er das abgelehnt hatte, fing er an, sich Sorgen zu machen. Er hatte sich bereits eingestanden, dass ihm etwas an Liana lag und er sie anständig behandeln wollte. Er wollte anders sein als das, was sie von ihm erwartete, und das bedeutete, er musste ihr beweisen, dass er nicht nur auf ihren Körper aus war, den sie ihm an diesem Tag schon mehrmals angeboten hatte.

Trotz ihres Vorschlags war sie kein Mädchen für einen One-Night-Stand. Und so, wie es klang, hatte sie noch nie eine Beziehung mit jemandem gehabt, der sie gut behandelt hatte. Er wollte der Erste sein. War damit etwas nicht in Ordnung? War es nicht okay, zu warten, bis er das Gefühl hatte, sie sei bereit für das, was sie von ihm wollte? *Solange du dich in der Zwischenzeit nicht in sie verliebst ...*

~

Unter der Dusche ging Liana noch einmal jede Minute ihres Tages mit Travis durch den Kopf. Sie fing langsam an, zu glauben, dass er anders sein könnte als all die anderen. Auf gewisse Weise war sie sogar froh, dass er ihre Einladung, ihr unter der Dusche Gesellschaft zu leisten, abgelehnt hatte. Er hatte ihr bewiesen, dass es ihm ernst damit war, sie erst besser kennenzulernen, bevor sie gemeinsam im Bett landeten.

Sie musste zugeben, dass es erfrischend war, mit jemandem zusammen zu sein, der es genauso mochte, mit ihr zu reden, wie sie zu küssen. *Ich könnte mich daran gewöhnen, so behandelt zu werden wie von ihm.* Sie mochte ihn mehr, als sie seit langer Zeit jemanden gemocht hatte – vielleicht sogar mehr als jemals jemanden zuvor. Aber sie hatte ihn erst gestern Abend kennengelernt. Besser, sie überstürzte nichts. Nun ja, da sie ihm eine Affäre angeboten hatte und derzeit nackt unter seiner Dusche stand, könnte man meinen, sie hätte es bereits überstürzt. Egal, es fühlte sich einfach gut an, mit einem heißen Mann ein wenig unanständig zu sein.

Sie dachte darüber nach, was er über eine mögliche Karriere außerhalb des Modelbusiness gesagt hatte. Während sie das Wasser abstellte und sich in eines der dicken Handtücher wickelte, beschloss sie, es sich durch den Kopf gehen zu lassen.

Er ist etwas Besonderes, dachte sie. Rücksichtsvoll, aufmerksam, erfolgreich, verdammt sexy und so attraktiv, dass er selbst Model sein könnte. Alles zusammen ergab ein sehr ansprechendes Paket. Mit einem Zipfel des Handtuchs wischte sie den Dampf vom Spiegel. *Bei ihm fühle ich mich sicher. Wann habe ich mich das letzte Mal bei jemandem sicher gefühlt? Nicht mehr, seit ich bei meinen Eltern ausgezogen bin.*

Diese Erkenntnis überraschte sie. Sie durfte nur nicht so dumm sein und sich in ihn verlieben. Es hatte keinen Sinn, sein Herz wegen etwas zu verlieren, das nirgendwo hinführen konnte. Aber noch während sie sich das sagte, musste sie feststellen, dass ihr Herz schon lange mit im Spiel war.

KAPITEL 7

Als Liana aus Travis' Schlafzimmer kam, wurde sie von sanftem Licht und Musik empfangen. Sie sah seine Silhouette auf der Dachterrasse, wo er sich um den Grill kümmerte, und die romantische Szene ließ die Schmetterlinge in ihrem Magen aufflattern. Sich in einen solchen Mann zu verlieben wäre viel zu leicht. *Es ist nur eine Affäre*, ermahnte sie sich auf dem Weg durch das weitläufige Wohnzimmer zur Terrasse.

»Hat dir die Dusche gutgetan?«, fragte er.

»Sie war super, danke.« Ihr fiel auf, dass seine Haare feucht waren und er sich rasiert hatte. »Wie hast du es geschafft, selbst zu duschen und gleichzeitig das alles hier vorzubereiten?«

Er streckte die Hand aus und zog sie an sich. Verdammt, er roch wirklich gut!

»Ich habe die Dusche im Gästebad benutzt und die Schaschliks bereits heute Morgen mariniert, in der Hoffnung, dich heute Abend ins Chez North locken zu können.« Er schloss den Deckel des Grills. »Die brauchen noch ein paar Minuten.«

»Ich bin überrascht.«

»Weil ich grillen kann?« Er lachte. »Ich lebe schon sehr lange

allein, und ich esse gern, also weiß ich genug, um in der Küche gefährlich zu sein.«

»Kein anderer Mann hat je Essen für mich zubereitet«, gestand sie.

»Wirklich?«

Sie schüttelte den Kopf.

»In deinem glamourösen Leben hast du all die einfachen Dinge
verpasst, oder, Süße?«

»Langsam glaube ich das auch.«

»Nun, wir werden sehen, was wir diesbezüglich tun können.« Er
griff mit der Hand in die Tasche seiner schwarzen Cargo-Shorts und
zog sein Handy heraus. »Willst du deine Mom anrufen?«

Seine Aufmerksamkeit berührte sie. »Danke.« Er wandte sich
wieder dem Grill zu, während sie die Nummer ihrer Mutter wählte.

»Oh, hi, Liebes«, sagte Agnes. »Du hast Glück, dass du mich
erwischst.«

»Willst du ausgehen?«

»Bloß runter zu Tante Edith und Onkel Charlie. Jetzt, wo die
Hochzeit vorbei ist, sind sie ein wenig deprimiert und haben mich
eingeladen, mit ihnen zu essen. Wir holen uns was vom Chinesen.«

»Sie sind vermutlich wegen der Rechnung deprimiert«, stellte
Liana trocken fest.

Agnes lachte. »Zweifelsohne. Hast du Spaß?«

»Wir hatten einen zauberhaften Tag.«

»Er ist ein sehr netter Mann, Liana.«

»Ja, das ist er.«

»Du weißt, wenn du die Nacht über wegbleiben willst, würde ich
es gar nicht mitbekommen …«

»Mutter! Was ist nur in dich gefahren?«

»Sei nicht albern, Liana. Du bist achtundzwanzig Jahre alt. Wenn
du die Nacht mit einem netten, unglaublich attraktiven Mann
verbringen willst, den deine Cousine höchstpersönlich für dich ausgesucht hat, wird deine Mutter dir nicht im Wege stehen.«

Liana spürte, dass ihre Wangen vor Verlegenheit brannten. »Ich
kann nicht glauben, dass wir diese Unterhaltung führen.«

»Du bist erwachsen, Liebes. Du arbeitest härter als jeder andere, den ich kenne, und du bist es dir schuldig, das Leben mehr zu genießen, als du es tust.«

»Ich möchte morgen Zeit mit dir verbringen, Mom. Wir haben uns kaum gesehen, seitdem ich hier bin.«

»Ach, Liebes, ich arbeite dienstags ehrenamtlich im Seniorenzentrum. Ich bin den ganzen Tag weg.«

»Und Mittwoch?«

»Am Mittwochnachmittag habe ich frei. Wir könnten zusammen zu Mittag essen und uns dann eine Maniküre gönnen.«

»Das wäre schön. Hab viel Spaß mit Tante Edith und Onkel Charlie. Und richte ihnen aus, dass es eine ganz wunderbare Hochzeit war.«

»Das mach ich, Liebes. Und du denk darüber nach, was ich gesagt habe.«

»Ja, Mutter.« Sie legte auf und überquerte die Terrasse, um Travis sein Handy zurückzugeben.

»Wie geht es meiner Freundin Agnes?«

»Sie ist von Außerirdischen entführt worden.«

»Warum? Weil sie gesagt hat, du bist alt genug, um die Nacht mit mir zu verbringen, wenn du das willst?«

»Woher weißt du, dass sie das gesagt hat?«

Er lachte. »Ich habe das Entsetzen in deiner Stimme gehört.«

»So eine Unterhaltung hatten wir definitiv zum ersten Mal. Die Mutter, die ich mal kannte, hat sich immer die Ohren zugehalten und ›Lalala‹ gesungen, wenn das Wort ›Sex‹ auch nur erwähnt wurde.«

»Vielleicht hat sie inzwischen ein eigenes Sexleben und ist dadurch lockerer geworden.«

»Auf keinen Fall! Du bist verrückt.«

»Sie ist eine wunderschöne Frau, Liana. Warum kannst du dir nicht vorstellen, dass sie einen Mann getroffen hat?«

Liana nippte an ihrem Wein. »Weil …«

Er hob die Schaschlik-Spieße mit einer Zange vom Grill. »Weil was?«

»Sie war nach dem Tod meines Vaters am Boden zerstört. Er hatte jahrelang Krebs, und es war gerade wieder bergauf gegangen, also war es ein totaler Schock, als er so plötzlich starb. Ich kann sie mir nicht mit einem anderen Mann vorstellen.«

»Wie lange ist sie denn jetzt schon Witwe?«

»Sieben Jahre.«

»Das ist eine ziemlich lange Zeit. Ich würde die Möglichkeit nicht ausschließen, dass sie jemanden kennengelernt hat.«

»Aber warum erzählt sie es mir dann nicht?«

»Damit du dir keine Sorgen um sie machst. Oder um die Erinnerungen an deinen Vater zu bewahren. Wer weiß das schon?«

Liana nagte an ihrer Unterlippe, während sie über seine Worte nachdachte. Er könnte recht haben. Ein Freund würde definitiv viel von dem Verhalten ihrer Mutter erklären. Und es wäre eine angenehmere Erklärung als Alzheimer. Unwillkürlich zuckte es um Lianas Mund.

»Was ist so lustig?«, erkundigte er sich, während er sie zum Essen nach drinnen führte.

»Ich hatte schon überlegt, ob sie vielleicht Alzheimer hat, dabei hat sie vermutlich nur einen Freund.«

»Meine Großmutter hatte Alzheimer, und nachdem ich eine Stunde mit deiner Mutter verbracht habe, kann ich dir nahezu garantieren, dass sie es nicht hat. Ihr Verstand ist messerscharf.«

»Du hast einen ziemlich guten Eindruck auf sie gemacht.«

Er grinste selbstironisch. »Die Mütter lieben mich immer.«

Liana lachte. »Dessen bin ich mir sicher.«

Er rückte ihr den Stuhl am Esstisch zurecht. »Ich habe dich gar nicht gefragt, ob es etwas gibt, das du nicht isst.«

»Ich esse alles. Ich musste eigentlich nie darauf achten, was ich zu mir nehme. Irgendwann wird sich das bestimmt ändern, doch bislang habe ich Glück. Andere Models, mit denen ich arbeite, sind über meine Ernährungsgewohnheiten immer entsetzt.«

»So wie du vermutlich über ihre.«

»Puh, es ist wirklich schlimm, wie einige von ihnen ihren Körper behandeln.«

Er servierte ihr eine ordentliche Portion Reis und Salat zu dem Schaschlik.

»Ich bin beeindruckt. Das sieht köstlich aus.«

Er schenkte ihr Wein nach. »Es freut mich, dass es dir gefällt.«

»Nun weißt du also alles über mich, aber du hast mir bisher gar nichts von dir erzählt.«

»Was willst du wissen?«

»Du hast erwähnt, dass du nicht von hier kommst, richtig?«

»Richtig. Ich stamme aus Allentown in Pennsylvania.«

»Lebt deine Familie weiter dort?«

»Meine Eltern, fünf meiner sechs Geschwister und mein Großvater wohnen noch da, dazu einige Nichten, Neffen, Onkel, Tanten, Cousinen und Cousins.«

»Hast du gerade ›*sechs* Geschwister‹ gesagt?«

Er lächelte. »Ja, das habe ich.«

»Wow. Das muss ziemlich cool gewesen sein.«

»Es war eher chaotisch. Mein Vater hat in einer Fabrik gearbeitet, und wir hatten nie genug Geld, nie genug von irgendetwas. Das war weniger schön.«

»Ja, das muss schwer gewesen sein.«

»Ich war der Älteste, also ist vieles an mir hängen geblieben. Zum Glück hatte ich ein Talent, das mich da rausgebracht hat.«

»Und welches war das?«

»Football. Ich war Quarterback und habe im letzten Jahr auf der Highschool die Landesmeisterschaft nach Hause geholt, womit ich mir ein Vollstipendium für die Ohio State verdient hatte. Später kam dann ein Angebot von den Arizona Cardinals.«

»Die NFL«, bemerkte sie erstaunt. »Du hast professionell Football gespielt?«

Er schüttelte den Kopf. »Ich habe abgelehnt. Ich wollte BWL studieren.«

»Das T-Shirt, das du mir gestern Abend geliehen hast … Du bist in Stanford gewesen?«

»Ja.«

Sie musterte ihn interessiert. »Du hast die Chance ausgeschlagen, Profi-Footballspieler zu werden, um in Stanford BWL zu studieren?«

»Ganz genau. Mein Vater war so sauer darüber, dass er ein ganzes

Jahr nicht mit mir geredet hat. Ohne Zweifel war es ein Risiko, doch es hat sich schlussendlich ausgezahlt. Ich tue, was ich immer tun wollte: Ich schaffe mir etwas Dauerhaftes. Football war für mich nur mein Ticket raus aus Allentown, mehr nicht.«

»Warte mal.« Sie hob eine Hand. »Ich erinnere mich, etwas über dich gelesen zu haben. Sie haben in der Zeitung darüber berichtet, oder?«

Er grinste schief. »Ich habe damals einen ziemlichen Sturm der Entrüstung ausgelöst. Ich schätze, es gibt nicht viele Menschen, die eine Profikarriere ausschlagen.«

»Das glaube ich. Wie bist du dann hier gelandet?«

»Ich hatte schon auf dem College angefangen, an der Börse zu spekulieren. Ich habe viel ins Silicon Valley investiert und bin ausgestiegen, bevor die Hightech-Blase geplatzt ist. Nach meinem Abschluss in Stanford habe ich sieben Jahre lang an der Wall Street gearbeitet. Von dem Geld, das ich da verdient habe, habe ich einen Teil genutzt, um meinen Eltern das Leben angenehmer zu machen, den Rest habe ich in diese Anlage gesteckt. Es wäre untertrieben, wenn ich sagte, dass vom Erfolg des Clubs eine Menge abhängt.«

»Warum hast du dich für Portsmouth entschieden?«

»Ich habe mir noch zehn andere Grundstücke an der Ostküste angeschaut, aber das hier hat mich spontan angesprochen. Es hat sich wie ein Zuhause angefühlt. Weißt du, was ich meine?«

»Nicht wirklich«, erwiderte sie. »Das Gefühl kenne ich gar nicht. Zumindest nicht mehr, seitdem ich bei meinen Eltern ausgezogen bin. Du hast Glück gehabt, es hier zu finden.«

»Ich weiß.« Er trug die leeren Teller in die Küche. »Deshalb stört mich der Vandalismus auch so sehr. Die Täter glauben, sie würden nur meine Firma treffen, doch sie zielen auf mein Zuhause. Mein Heim.«

Als er zurückkam, nahm Liana seine Hand und führte sie an ihre Lippen. »Du musst einfach weiter durchhalten. Irgendwann werden sie es leid, wenn sie merken, dass du entschlossen bist, hierzubleiben.«

»Ich hoffe, du hast recht.« Er zog sanft an ihrer Hand. »Tanz mit mir.«

Sie stand auf und trat zu ihm.

Sobald er sie in den Armen hielt, strich er ihr die dunklen Haare aus dem Weg, damit er ihr ins Ohr flüstern konnte: »Ich denke, ich werde diese Affäre sogar noch mehr genießen, als ich dachte.«

»Wie kommst du darauf?«

»Weil ich es genauso sehr mag, mit dir zu reden, wie das hier zu tun.« Er hob ihr Kinn an und fand ihre Lippen.

Liana schlang ihm die Arme fester um den Nacken und ließ sich in den Kuss fallen.

Als er sich schließlich von ihr zurückzog, schaute er ihr in die Augen. »Ich werde dich jetzt nach Hause bringen, Liana.« Sanft strich er mit seinen Lippen über ihre. »Doch wir sehen uns morgen.« Noch ein Kuss. »Und übermorgen.« Weitere Küsse. »Und am Tag danach.«

»Aber …«, protestierte sie.

Er brachte sie mit einem weiteren tiefen Kuss zum Schweigen. »Vertrau mir, Süße.«

AM NÄCHSTEN MORGEN WURDE LIANA VON REGEN GEWECKT, DER gegen ihr Fenster prasselte. Nach dem wunderschönen sonnigen Tag mit Travis war das eine Überraschung. Sie streckte sich und kuschelte sich tiefer in ihr warmes Bett. *Travis*, dachte sie und seufzte. Sie konnte es kaum erwarten, ihn heute zu sehen.

Ihre Haut kribbelte, als sie sich an den leidenschaftlichen Gutenachtkuss vor der Haustür ihrer Mutter erinnerte. Travis hatte versprochen, sie anzurufen, sobald sein morgendliches Meeting vorüber war.

Da ihre Mutter das Haus vermutlich schon verlassen hatte, überlegte Liana gerade, sich noch einmal umzudrehen und weiterzuschlafen. Doch das Klingeln des Telefons ließ sie aus dem Bett springen. Sie hoffte, es wäre Travis.

»Hallo, Darling.«

Liana stöhnte innerlich auf. »Hi, Artie«, begrüßte sie ihren Agenten. Sein falscher britischer Akzent war vor dem ersten Kaffee schwer zu verkraften.

»Habe ich dich geweckt?«

Sie gähnte. »Nein, ich war schon wach. Was gibt's?«

»Ich habe gestern einen dringenden Anruf aus Mailand erhalten. Sie wollen, dass du so schnell wie möglich zurückkommmst, um ein paar Fotos nachzuschießen, die nicht so geworden sind, wie die *Vogue* es sich vorgestellt hat. Wie schnell kannst du hier sein?«

»In zwei Wochen. Und keine Minute früher.«

»Aber Darling, sie sind ganz aufgebracht. So lange kannst du sie nicht hinhalten.«

»Denkst du.«

»Liana …«

»Artie, ich hatte seit fünf Jahren keinen Urlaub mehr. Ich werde nicht nach Mailand zurückfliegen. Wenn sie jemanden herschicken, gebe ich ihnen einen halben Tag. Das ist dann allerdings auch alles.«

»Sie könnten dich wegen Vertragsbruch verklagen …«

»Ich habe den Vertrag bis ins letzte Detail erfüllt. Es ist nicht mein Problem, dass ihr unfähiger Fotograf es beim ersten Mal nicht hinbekommen hat.«

Artie seufzte dramatisch. »Okay, Darling. Ich rede mit ihnen.«

»Und wage es ja nicht, ihnen diese Nummer zu geben, Artie. Hörst du?«

»Das hast du vor deinem Verschwinden klar genug gemacht.«

»Gibt es sonst noch was?«

»Es fliegt ein interessantes kleines Gerücht herum, von dem ich dir erst mal nichts erzählen will, aber es wäre definitiv etwas, das dich interessieren würde. Ich rufe dich an, sobald ich mehr weiß.«

Das interessante kleine Gerücht konnte Liana mal. Sie war im Urlaub. »Okay.«

»Hör zu, Liana … Es ist da noch etwas passiert, bei dem ich deine Hilfe gebrauchen könnte.«

»Was denn?«

»Erinnerst du dich an Jessica Stone? Du hast bei der letztjährigen

Bademodenausgabe mit ihr zusammengearbeitet. Sie wird Jessie genannt.«

»Klar. Die ist nett.«

»Genau.« Er klang erleichtert. »Das ist sie. Jetzt hat sie allerdings gerade ein Problem.«

»Was für ein Problem?«

»Sie hat einen übertrieben anhänglichen Fan. Die Polizei ist schon eingeschaltet.«

»Das ist ja furchtbar. Es tut mir leid, das zu hören.«

»Ich wusste, dass du es verstehen würdest, da du ja selbst schon die eine oder andere Erfahrung mit Verrückten gemacht hast. Die Sache ist die: Sie braucht einen Ort, an den sie sich für ein paar Wochen unerkannt zurückziehen kann, bis das alles vorbei ist.«

»Und was hat das mit mir zu tun?«

»Du hast da oben in Rhode Island doch noch nie Probleme mit der Presse gehabt. Hast du vielleicht eine Idee, wo sie sich da irgendwo verstecken könnte? Nur für ein paar Wochen, um der Polizei Zeit zu geben, diesen Kerl zu schnappen.«

Liana dachte an Travis und North Point, aber er hatte mit dem Vandalismus bereits genug um die Ohren. Er brauchte nicht noch ein Model mit einem Stalker-Problem. Dennoch wusste sie: Wenn sie ihn darum bat, würde er einen Platz für Jessie finden.

»In ihre Wohnung in New York kann sie nicht, weil der Kerl dort aufgetaucht ist. Und zu ihrer Familie hat sie keinen Kontakt mehr. Wo auch immer ich sie hinschicke, ich hätte gerne, dass dort irgendjemand ist, den sie kennt ...«

»Ich werde mal rumtelefonieren«, unterbrach Liana ihn. »Mehr kann ich nicht tun.«

»Danke, Darling.« Er klang erleichtert. »Ich habe Jessie gesagt, dass du uns helfen würdest, wenn du kannst.«

»Du hast ihr bereits erzählt, dass du mich fragen wirst?«

»Nun, äh, ich musste sie ja irgendwie beruhigen. Seitdem der Verrückte vor ihrer Tür aufgekreuzt ist, ist sie ein Wrack.«

Liana unterdrückte ein Stöhnen. Wie konnte sie der anderen Frau jetzt *nicht* helfen? »Ich melde mich.«

»Du bist die Beste. Sorry, dass ich dich in deinem Urlaub stören musste, Darling. Ich warte darauf, von dir zu hören.«

Liana legte auf und versuchte, den Stress abzuschütteln, der sie jedes Mal packte, wenn sie Arties Stimme hörte. Denn das bedeutete immer, dass mehr Arbeit auf sie wartete. Junge Nachwuchsmodels würden es lieben, solche Probleme zu haben, das wusste sie. Aber nach zehn Jahren in derart halsbrecherischem Tempo war sie zu müde, um sich Gedanken darüber zu machen, was Artie oder sonst wer über sie dachte. Sie hatte sich diese Pause verdient, und nichts würde sie dazu bringen, sie abzubrechen. Vor allem, wo sie sich gerade mitten in einer Affäre mit dem attraktivsten Mann der Welt befand.

Der Gedanke sandte ihr einen wohligen Schauer über die Haut. Vorfreude und Aufregung stiegen in ihr auf. Als sie auf die Uhr schaute, stellte sie fest, dass Travis immer noch in seinem Meeting sein musste, also beschloss sie, mit ihm über Jessie zu reden, wenn sie sich später sahen.

Sie kochte sich eine Kanne Kaffee, aß einen Becher Erdbeerjoghurt und blätterte die Morgenzeitung durch, bevor sie eine lange Dusche nahm. Mit ihren Haaren gab sie sich besondere Mühe, und außerdem legte sie ein wenig Make-up auf. Ihr Körper summte vor Anspannung, während sie überlegte, ob heute wohl der Tag wäre. Sicherlich konnte Travis seinen Widerstand nicht viel länger aufrechterhalten, wo sie bloß zwei gemeinsame Wochen hatten. Oder doch? Seine Unvorhersehbarkeit machte ihn für sie nur umso anziehender.

Erneut überlief sie ein Schauer, als sie in die erotischste Unterwäsche schlüpfte, die sie besaß, und sich fragte, ob er sie wohl zu sehen bekäme. Darüber zog sie einen langen Rock mit Blumenmuster und eine ärmellose Bluse an. Dazu entschied sie sich für pinkfarbene Flip-Flops.

Gegen elf Uhr war sie fertig und setzte sich ins Wohnzimmer, um sich im Fernsehen eine Talkshow anzuschauen. Sie starrte auf den Bildschirm, ohne wirklich etwas mitzubekommen, weil ein dunkelhaariger, großer, attraktiver Mann ihre Gedanken beherrschte.

Wow. Ich sollte Angst vor dem haben, was ich für ihn empfinde, aber die habe ich nicht. Im Gegenteil, ich bin aufgeregt.

Mittags rief er an, um ihr zu sagen, dass er auf dem Weg sei.

»Wo wollen wir hin?«

»Wie wäre es mit einem Spaziergang im Regen?«

»Das würde mir gefallen.« Überrascht stellte sie fest, dass das auch noch kein anderer Mann vorgeschlagen hatte.

»Ich bin gleich da.«

Zehn Minuten später klingelte er an der Haustür. Er trug ebenfalls Flip-Flops zu seinen Shorts und der bordeauxroten Sweatjacke mit dem North-Point-Logo.

Nachdem sie einander begrüßt hatten, reichte er auch ihr eine Jacke.

»Was ist das?«

»Deine eigene North-Point-Jacke. Ich kann schließlich nicht zulassen, dass du dir eine Erkältung einfängst und dein Urlaub ruiniert ist – ganz zu schweigen von unserer Affäre.« Er drückte sie an die Wand, um sie zu küssen. »Darauf habe ich schon den ganzen Morgen gewartet«, verkündete er, als er sich schließlich von ihr löste. »Ich dachte, dieses Meeting würde nie ein Ende nehmen. Ich konnte an nichts anderes denken als an dich.«

Ihr Herz hämmerte vor Aufregung und Verlangen, und sie strich mit der Hand über seinen Bartschatten. »Ich konnte es auch kaum erwarten, dich zu sehen.«

Seine Augen wurden dunkler, als er den Kopf neigte, um sie erneut zu küssen. Schließlich richtete er sich sichtlich widerstrebend wieder auf. »Hast du eine Cap oder eine Sonnenbrille, um dein Gesicht zu verstecken? Ich möchte mit dir gerne nach Newport fahren, will aber nicht, dass du auffliegst.«

»Ich kann meine Red-Sox-Cap tragen.« Sie ging in ihr Zimmer, um sie zu holen. Wie am Vortag setzte sie sie auf, zog den Pferdeschwanz durch das Loch hinten und streifte sich dann die Jacke über, die Travis ihr gegeben hatte. Nun ähnelte sie kaum mehr dem weltbekannten Topmodel, das sie war.

»Sehr süß«, sagte er lächelnd, als sie zu ihm zurückkam.

»Bevor wir gehen, muss ich dich noch etwas fragen. Es ist eine ziemlich große Sache. Ich will allerdings nicht, dass du dich verpflichtet fühlst …«

Mit einem Finger auf ihren Lippen brachte er sie zum Schweigen. »Was brauchst du, Süße?«

Sie erzählte ihm von Jessie und deren Problemen mit dem Stalker. »Sie ist ein wirklich nettes Mädchen, eine echte Südstaatenschönheit, aber total lieb. Ich finde den Gedanken unerträglich, dass sie in New York Angst hat.«

Travis hielt ihren Blick, während er sein Handy herausholte. »Hey, Beck«, sagte er. »Eine Freundin von Liana braucht einen Platz, wo sie für ein, zwei Wochen unterschlüpfen kann.« Ein Lächeln breitete sich auf seinem Gesicht aus. »Ja, auch ein Model. Jessica Stone.« Lachend fuhr er fort: »Nein, ich mache keine Witze. Was haben wir im Moment im Tower frei?« Er hörte eine Weile zu. »Kannst du das Putzteam bitten, die Wohnung vorzubereiten? Ich möchte, dass du dich persönlich darum kümmerst. Wer auch immer dem Mädchen Probleme bereitet, er darf sich ihr nicht nähern, solange sie bei uns ist.« Nach einer weiteren Pause fügte er hinzu: »Danke, Beck. Halt mich auf dem Laufenden.« Er steckte das Handy weg und wandte sich wieder Liana zu. »Erledigt.«

»Danke.« Sie schlang ihm die Arme um den Nacken und gab ihm einen zärtlichen Kuss.

An ihrem Mund sagte er: »Jede Freundin von dir …«

»Das ist das Letzte, was du bei dem, was in North Point los ist, gebrauchen kannst.«

»Es ist kein Problem. Beck kümmert sich darum. Ich bin sicher, er freut sich schon auf diese neue Aufgabe – Babysitter für ein Supermodel.«

Liana lachte leise. »Lass mich nur schnell meinen Agenten anrufen und ihm mitteilen, dass alles klar ist.«

»Gib ihm Becks Handynummer.« Travis schrieb sie ihr auf.

Nachdem sie Artie die guten Neuigkeiten übermittelt hatte, folgte sie Travis zu seinem Wagen. »Wo ist Dash heute?«

»Zu Hause bei Beck. Ich traue ihr nicht zu, dass sie sich in der Öffentlichkeit ordentlich benimmt.«

Es wurde immer nässer, je näher sie Newport kamen. Travis warf ihr einen Blick zu. »Ist das zu viel Regen für dich?«

»Der hält nicht an. Bis wir in der Stadt sind, ist es vermutlich ein leichtes Tröpfeln.«

Und richtig, als sie kurz darauf aus dem Auto stiegen, nieselte es bloß noch. Die Luftfeuchtigkeit war jedoch hoch und die Kopfsteinpflasterstraßen rutschig. So war auf den Bürgersteigen von den üblichen Touristenmassen nicht viel zu entdecken.

Travis setzte Liana die Kapuze auf und nahm ihre Hand. »Wie es aussieht, haben wir die Stadt heute für uns allein.«

»Passt mir gut.«

Sie wanderten durch die malerische Kolonialstadt am Meer, betrachteten die Schaufensterauslagen, schlenderten durch ein paar Läden und genossen die Darbietung eines einsamen Straßenmusikers, der unter einem Vordach am Brick Market spielte.

»Wie wäre es mit Lunch?«, fragte er, nachdem sie eine Stunde herumgelaufen waren.

Liana dachte kurz nach und leckte sich dann über die Lippen. »New England Clam Chowder.«

Den Blick gebannt auf ihren Mund gerichtet, nickte Travis. »Was immer du willst, Süße.«

»Oh, du weißt, was ich will«, sagte sie grinsend.

Er legte ihr eine Hand an die Wange und gab ihr einen Kuss.

Als er keinerlei Anstalten machte, ihn zu beenden, drückte Liana sanft gegen seine Brust, um ihn daran zu erinnern, wo sie waren. Beim Anblick seiner Miene lächelte sie.

»Sorry.« Er grinste schief. »Da habe ich wohl für einen Moment den Kopf verloren. Sieh dir nur an, was du mir antust.« Er legte ihr einen Arm um die Taille, und sie überquerten die Straße, um ein Restaurant zu finden, wo sie Clam Chowder bekommen würden.

Nach dem Essen schlenderten sie zum Wagen zurück. Am Washington Square angekommen, zog Travis an ihrer Hand und führte sie zum Ticketschalter des Kinos.

»Die Nachmittagsvorstellung hat bereits begonnen, Sir«, informierte sie der Verkäufer.

»Das macht nichts.« Er schob einen Zwanzig-Dollar-Schein durch das Fenster. »Wir nehmen zwei Karten.«

»Travis, was tust du da?«, protestierte Liana. »Wir haben den Anfang verpasst.«

Er antwortete nicht, sondern drückte die Tür auf, die in den dunklen Kinosaal führte, und brachte Liana zu einer der hinteren Reihen.

Abgesehen von einem weiteren Pärchen ganz vorn waren sie die einzigen Besucher.

Travis zog seine Jacke aus und half Liana, sich ihrer ebenfalls zu entledigen.

»Hier ist es eiskalt.« Liana erschauerte unter der kühlen Luft aus der Klimaanlage.

Er warf einen Blick auf ihre Brüste. »Sieht ganz so aus.«

Sie schlug seine Hand weg, die sich ihrem Busen gefährlich genähert hatte. »Hör auf«, flüsterte sie.

»Nein«, sagte er nah an ihrem Ohr und jagte ihr damit einen Schauer über den Körper. Er öffnete die obersten beiden Knöpfe ihrer Bluse und ließ seine Hand in ihren BH gleiten. Ihren Aufschrei erstickte er mit einem tiefen Kuss.

Der Actionfilm war zum Glück sehr laut, ansonsten hätten die anderen Besucher vermutlich Lianas Stöhnen gehört, als Travis ihre aufgerichteten Brustspitzen zwischen den Fingern rieb. Er öffnete den Vorderverschluss ihres BHs und einen weiteren Knopf an ihrem Oberteil.

»Travis«, warnte Liana ihn und packte seine Hand.

Er neigte den Kopf und ließ seine Zunge über ihre freigelegte Brust schnellen.

»O mein Gott«, flüsterte sie, als sie seine Hand an ihrem Oberschenkel spürte. Bevor sie Zeit hatte, sich zu fragen, was er als Nächstes tun würde, zupfte er an ihrem Höschen.

»Heb den Po an, Süße«, flüsterte er an ihrem Hals.

»Nein!«, zischte sie.

»Doch«, beharrte er und zog fester an dem Stoff, während er seine Zunge in ihren Mund gleiten ließ, um jeglichen Protest zu ersticken.

Als wäre sie aus ihrem Körper herausgetreten und würde jemand anderen beobachten, hob Liana die Hüften und spürte, wie ihr Slip an ihren Beinen hinunterglitt.

Mit einem frechen Grinsen steckte Travis den Slip in seine Tasche.

Liana wurde fast verrückt, während sie sich vorstellte, was er mit dem Teil von ihr, den er gerade entblößt hatte, vorhatte. Er schien allerdings nicht in Eile zu sein, sondern küsste sie bis zur Besinnungslosigkeit, während seine Hände weiter an ihren nackten Brüsten blieben.

»Travis, komm schon«, flüsterte sie panisch. »Wenn du das hier tun willst, lass uns zu dir fahren.«

»Hier macht es aber mehr Spaß.«

»*Nein*, tut es *nicht*.«

Sie verstummte abrupt, als seine Hand zu ihrem Oberschenkel zurückkehrte und ihre Schenkel sanft auseinanderdrückte.

»*Travis …*«

»Du hast gesagt, ich darf das Repertoire erweitern.«

»Nicht in der Öffentlichkeit«, gab sie angespannt zurück.

Er sah sich um. »Es schaut niemand zu.«

»Aber …«

»Sch«, flüsterte er, während seine Finger sie weiter erkundeten. »Entspann dich.«

Alle Gedanken flohen aus Lianas Kopf, als er sie streichelte und seinen leidenschaftlichen Kuss den Bewegungen seiner Finger anpasste. Während ihr Puls sich beschleunigte, wurden ihre Wangen heiß vor Scham darüber, wie sehr sie das hier genoss. Unter seinen erfahrenen Fingern erreichte sie bald den Höhepunkt, und Travis presste seine Lippen fest auf ihre, um das Keuchen zu verschlucken, das drohte, in den mit einem Mal stillen Kinosaal zu entschlüpfen.

Schwer atmend entspannte sich Liana und ließ sich gegen ihn sinken.

»Ich dachte, du hättest gesagt, das wäre nicht einfach für dich«, flüsterte er.

»Das ist es normalerweise auch nicht.« Sie blickte ihn an und schob ihn dann von sich. »Du musst gar nicht so selbstgefällig drein-schauen.«

»Wer ist hier selbstgefällig?«

»Gib mir meine Unterwäsche zurück.«

»Nein. Ich mag die Vorstellung, dass du nackt und bereit bist.«

»Bereit für was?«

»Für was auch immer mir als Nächstes einfällt.«

»Ich kann nicht ohne Slip herumlaufen.«

»Na klar kannst du das.« Er knöpfte ihr die Bluse zu, schnappte sich die beiden Jacken und nahm Lianas Hand. »Komm. Ich zeige es dir.«

Im Foyer entzog sie sich ihm und ging auf die Toilette. Sie erkannte kaum das Gesicht, das sie aus dem Spiegel anschaute – gerö-tete Wangen, geschwollene Lippen, zerkratztes Kinn, wo seine Bart-stoppeln ihre empfindliche Haut gereizt hatten. Sie sah aus wie ein Flittchen, aber sie fühlte sich *göttlich*. Das war das einzige Wort, das ihr dazu einfiel. Sie schloss ihren BH und zog sich die Kleidung zurecht, dann erschauerte sie unter der kühlen Luft der Klimaanlage und dem Gefühl, unter ihrem Rock nackt zu sein.

»Du wolltest eine Affäre«, flüsterte sie ihrem Spiegelbild zu, während sie versuchte, ihre Haare und ihr Gesicht zu richten. Sie wusste, dass sie diese erotischste Begegnung ihres Lebens niemals vergessen würde. Und ihre Affäre hatte gerade erst begonnen.

Vor dem Spiegel in der Herrentoilette benetzte Travis sich das Gesicht mit kaltem Wasser. »Was glaubst du, wem du hier was vorma-chen kannst?«, fragte er sein Spiegelbild. Er würde keinen weiteren Tag durchhalten ohne sie in seinem Bett.

Er atmete tief durch, um seinen aufgebrachten Körper zu beruhigen. Nachdem er so viel Mühe aufgewandt hatte, um Liana zu befriedigen, pulsierte er von unerfülltem Verlangen, das nur sie stillen konnte.

Innerhalb von drei Tagen hatte Liana es geschafft, seine Gedanken zu beherrschen, seine Träume zu füllen und eine Lust in ihm zu entfachen, von der er nie geahnt hatte, dass er dazu fähig wäre. Denn bei all seinem Gerede über andere Frauen hatte es nie eine gegeben, die er so sehr gewollt hatte wie sie. Vielleicht war es an der Zeit, bei ihrer Affäre einen Gang hochzuschalten.

KAPITEL 8

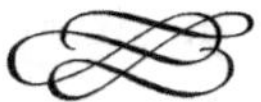

Auf dem Rückweg nach Portsmouth warf Travis Liana einen Blick zu und sah, dass sie schon wieder auf ihrer armen Unterlippe herumkaute. »Hey, bist du sauer?«

»Was?« Sie wirkte überrascht. »Warum sollte ich sauer sein?«

»Ach, ich weiß nicht. Vielleicht hat dir nicht gefallen, was ich im Kino mit dir gemacht habe.«

Sie errötete, und er musste sich ermahnen, auf die Straße zu achten.

»Es hat mir gefallen«, gestand sie leise.

Er griff nach ihrer Hand. »Es ist okay, wenn es nicht so war.«

»Ich hatte panische Angst, dass wir erwischt werden«, gestand sie.

»Warum, glaubst du, habe ich am Gang gesessen?«

Sie schaute ihn unter gerunzelten Augenbrauen an. »Was meinst du?«

»Damit ich dich hätte abschirmen können, falls jemand hereingekommen wäre. Vom Gang aus hätte niemand dich – oder sonst etwas – sehen können.«

»Daran hast du wirklich gedacht?«

»Natürlich habe ich das. Ich wusste schon beim Hineingehen, was ich tun wollte. Und ich hätte mich eher über dich geworfen, bevor ich zugelassen hätte, dass irgendjemand sieht, was ich gesehen habe. Okay?«

Ihre Augen füllten sich mit Tränen.

»Was ist denn jetzt wieder?«, fragte er verwirrt.

»Es ist nur …« Sie spielte mit ihren Fingern.

»Was?«

»Ich fühle mich nicht oft sicher … mit Männern. Doch mit dir schon. Im Kino allerdings nicht wirklich, aber dadurch war es irgendwie …«

»Aufregender?«

Sie nickte.

»Das war die Idee dahinter.«

»Jetzt, wo ich weiß, dass du einen Plan hattest, dass du auf diese Weise an mich gedacht hast, fühle ich mich sicher. Ich weiß, das klingt verrückt, aber es stimmt.«

Er gab ihr einen Kuss auf den Handrücken. »Bei mir *bist* du sicher, Liana. Ich habe immer einen Plan.«

»Das klingt, als hättest du vor, es noch einmal in der Öffentlichkeit zu tun«, stellte sie mit misstrauischer Miene fest.

Er grinste. »Man kann nie wissen, Süße.«

»Du bist entschlossen, ein nervliches Wrack aus mir zu machen, oder?«

Abrupt bog er vom Highway auf einen Schotterparkplatz ab und streckte die Arme nach ihr aus. »Ich bin entschlossen, dafür zu sorgen, dass du ein wenig Spaß hast.«

Der Kuss war sanft, dabei jedoch trotzdem aufregend. Wieder hatte er das Gefühl, zu fallen, als ihre Hand auf seiner Brust landete. *Ganz ruhig, North. Du darfst dich nicht in sie verlieben. Das geht nicht.* Noch während er sich fragte, ob es für diese Warnung vielleicht zu spät war, beugte er sich vor, um sie ein letztes Mal zu küssen. »Magst du Lachs?«

Überrascht von diesem Themenwechsel, sagte Liana: »Ich liebe Lachs. Warum?«

Er fuhr wieder auf die Straße. »Dann lass uns in den Supermarkt gehen, und ich bereite dir welchen zu.«

»Ich kann nicht ohne Unterwäsche in einen Supermarkt. Ich könnte … mich erkälten.«

Travis lachte. »Betrachte es einfach als ein neues Abenteuer.«

»Komm schon«, flehte sie und griff in die Tasche seiner Shorts. »Gib sie zurück.«

Der Wagen geriet fast ins Schleudern, und Travis packte ihre Hand. »Pass auf. Du könntest da auf Dinge stoßen, die du vielleicht nicht im Sinn hast.«

Seufzend lehnte sie sich zurück. »Du bist unmöglich.«

Er parkte vor dem einzigen Supermarkt im Ort und zog Liana die Baseballkappe tiefer ins Gesicht. »Bereit?«

»Klar, mein Gesicht ist bedeckt, aber dass ich unter dem Rock nackt bin, interessiert dich kein bisschen.«

»Und wie mich das interessiert.« Er zog sie für einen innigen Kuss an sich. »Ich denke an nichts anderes.« Er ließ sie los, stieg aus und kam vorn um den Wagen herum, um Liana die Tür aufzuhalten.

Im Supermarkt nahm Travis sich einen Korb, und sie gingen ganz nach hinten, wo sich die Abteilung für frischen Fisch befand.

Liana zog ihn damit auf, wie schwierig es für ihn war, sich für ein Stück Lachs zu entscheiden. Genauso viel Zeit ließ er sich mit der Auswahl der Salatzutaten. »Du bist ein Essen-Snob.«

»Was ist daran falsch?«, wollte er gespielt beleidigt wissen, als sie sich der Kasse näherten.

Liana erstarrte. »O nein«, flüsterte sie. »*Nein.*«

»Liana? Was ist los?«

Er folgte ihrem Blick zu dem Regal mit den Zeitschriften. Auf dem Titel befand sich quer ein Foto, das zeigte, wie sie in dem Brautjungfernkleid mit ihm tanzte. Die Schlagzeile lautete: »Mode-Katastrophe: Was hat sie sich nur dabei gedacht?«, darunter stand die Frage: »Wer ist Lianas neuer Mann?« Travis stellte den Einkaufskorb auf das Laufband, griff nach dem Stapel Zeitschriften und ging dann an den anderen Kassen vorbei, um alle Exemplare einzusammeln.

Liana war vor Schreck verstummt.

Travis ließ die Zeitschriften neben seinen Einkäufen auf das Laufband fallen.

Der Teenager, der hinter der Kasse saß, schaute ihn mit großen Augen an. »Die wollen Sie alle haben?«

»Ja, alle«, bestätigte Travis und griff nach Lianas Hand. Er bezahlte und führte sie durch die Tür nach draußen. Sobald sie auf dem Parkplatz waren, ließ er die Zeitschriften in die Mülltonne fallen.

»Das hättest du nicht tun müssen«, meinte Liana leise.

Er griff nach seinem Handy. »O doch, das musste ich.« Er wählte eine Nummer. »Beck, ich brauche noch einen Gefallen.« Er erzählte seinem Sicherheitschef von dem Foto in der Zeitschrift. »Kannst du herausfinden, woher sie das haben? Ich schätze, es war der Hochzeitsfotograf. Falls ich recht habe, schaff seinen Hintern morgen früh um zehn in mein Büro. Und verstärke die Security am Tor. Ich will keine Reporter auf dem Grundstück sehen.« Er hörte einen Moment zu. »Okay, das wäre super. Danke. Das weiß ich sehr zu schätzen.« Er steckte das Handy weg und legte einen Arm um Liana.

»Sie werden in diese Stadt einfallen«, erklärte sie ausdruckslos. »Vermutlich wühlen sie schon in deinem Leben. Du solltest deine Familie informieren.«

Alarmiert von ihrem verstörten Gesichtsausdruck, half er ihr ins Auto. Dann stieg er ebenfalls ein und streckte die Hand nach ihr aus. »Hey, mach dir keine Sorgen. Beck wird sie nicht nach North Point reinlassen, und außerdem schickt er ein paar Leute rüber, um das Haus deiner Mom zu bewachen. Wenn sie kommen, werden sie dich nicht belästigen.«

Mit Tränen in den Augen schaute sie zu ihm auf. »Mit dem Vandalismus in North Point brauchst du alle deine Sicherheitsleute vor Ort.«

»Ich werde mich darum kümmern, Liana. Du kannst nicht von mir erwarten, dass ich einfach die Hände in den Schoß lege.«

»Mein Agent hat mir heute Morgen gesagt, dass sie mich unbedingt für ein paar weitere Aufnahmen in Mailand haben wollen. Vielleicht sollte ich einfach hinfliegen. Du kannst das hier im Moment wirklich nicht gebrauchen.«

»Was ist mit dem, was *du* brauchst?« Er legte ihr einen Finger ans Kinn und drehte ihren Kopf zu sich herum. »Was ist mit unserer Affäre?«

Sie zuckte mit den Schultern. »Vielleicht soll es einfach nicht sein.«

Er ließ seine Hand über ihren Oberschenkel gleiten und bemerkte erfreut, dass ihr der Atem stockte. »Du hast mir zwei Wochen versprochen, und wir hatten erst zwei Tage. Den guten Teil haben wir noch gar nicht erreicht.«

Sie belohnte ihn mit einem schwachen Lächeln.

Nach einem Kuss startete er den Motor und fuhr nach North Point.

Als er dort ankam, stand Beck am Tor. Er beugte sich ins Fenster, das Travis heruntergelassen hatte. »Ich habe ein paar Jungs losgeschickt, um die restlichen Ausgaben im Ort aufzukaufen und zu vernichten. Machen Sie sich keine Sorgen, Ms McDermott. Wir werden herausfinden, wer das Foto verkauft hat.«

»Danke, Beck. Und bitte, nennen Sie mich Liana. Ich weiß Ihre Hilfe wirklich zu schätzen, auch wegen Jessie.«

»Es ist natürlich eine schreckliche Bürde, doch irgendwie werde ich damit klarkommen.«

Liana lachte über seine gespielt verzweifelte Miene.

»Schon irgendwelche Anzeichen von Reportern?«, fragte Travis.

»Bisher nicht. Wir halten die Augen offen.«

»Gut. Danke. Niemand spricht mit ihnen über mich. Verstanden?«

»Ich habe bereits allen Bescheid gesagt.«

»Bist du mir immer einen Schritt voraus?«

Beck lächelte. »Sieht so aus, oder? Sie schicken Jessica in einer Limousine aus New York. Ich erwarte sie gegen zwei Uhr nachts, also bleibe ich hier, bis sie sich eingerichtet hat.«

»Super«, erwiderte Travis. »Tausend Dank.«

»Habt einen schönen Abend.«

Sie stellten den Wagen in der Garage unter dem Tower ab und fuhren mit dem Fahrstuhl in Travis' Apartment hinauf. Liana stieg vor ihm aus, und nachdem er die Einkäufe in der Küche verstaut hatte, machte Travis sich auf die Suche nach ihr.

Sie stand auf der Terrasse und schaute über die Bucht. Der Regen hatte aufgehört, und der klare Himmel erstrahlte unter der untergehenden Sonne.

Travis legte ihr die Hände auf die Schultern. »Wie geht es dir?« Als sie nicht antwortete, drehte er sie zu sich herum und zog sie in die Arme. »Alles ist gut, Süße. Sie werden dich hier nicht belästigen. Bei mir bist du sicher, weißt du noch?«

Sie hakte ihre Finger in die Gürtelschlaufen seiner Shorts und lehnte den Kopf gegen seine Brust. »Tut mir leid. Man sollte meinen, ich hätte mich inzwischen daran gewöhnt. Ich wollte wirklich einfach bloß mal etwas Zeit zu Hause verbringen, ohne dass sie in mein Leben eindringen.«

Er gab ihr einen Kuss auf die Stirn. »Und diese Zeit wirst du bekommen, versprochen.«

»Ich würde mich besser fühlen, wenn du deine Familie warnen würdest, dass sie belästigt werden könnte.«

»Okay.« Mit einem Kuss auf ihre Nasenspitze drehte er sich weg und holte sein Handy heraus. Er wählte eine Nummer und hielt Liana weiter fest, während er darauf wartete, dass am anderen Ende jemand abhob. »Hi, Mom. Ich bin's, Travis. Wie geht's dir?« Eine Minute lang hörte er seiner Mutter zu. »Hör mal, Mom. Ich wollte dir nur sagen, dass sich vielleicht Reporter bei euch melden. Tu mir bitte einen Gefallen, und sprich nicht mit ihnen, okay?«

»Steckst du in Schwierigkeiten, Travis?«

»Nein, nichts in der Art. Ich habe jemand Berühmtes kennengelernt, und die Presse hat Wind davon bekommen.«

»Wen kennst du denn, der berühmt ist?«

»Die wunderschöne Liana McDermott.«

»Das Model?«

»Genau die.«

»Wie hast du *die* denn kennengelernt?«

»Auf einer Hochzeit in North Point.« Unter dem Ansturm der Fragen verdrehte Travis die Augen. »Also, Mom, nicht mit der Presse reden, klar? Und sag auch allen anderen, sie sollen sie einfach ignorieren. Kannst du das für mich tun?«

»Wären wir im Fernsehen, wenn wir mit ihnen reden?«

Travis verspannte sich. »Ich bitte dich, es nicht zu tun, Mom«, sagte er leise, aber entschieden.

»Oh, schon gut, reg dich nicht gleich auf. Also, wann bringst du deine Modelfreundin mal mit zu uns?«

Darauf war Travis nun überhaupt nicht vorbereitet gewesen. Er schaute Liana an. »Sie hat wirklich viel zu tun und ist nur für ein paar Wochen in der Stadt, bevor sie wieder zurück an die Arbeit muss.«

»Du kommst uns ja sowieso nie besuchen.«

»Mom …«

»Gut, ich muss jetzt los. Vielleicht könntest du ab und zu mal anrufen, hm?«

»Okay«, stieß er durch zusammengebissene Zähne aus. »Wir hören uns bald wieder. Grüß Dad von mir.«

»Bis bald, Travis.«

Er steckte das Handy weg. »Du hast vermutlich jedes Wort gehört?«

Liana schaute ihn mit traurigen Augen an. »Es tut mir leid, dass ich dir Schwierigkeiten mache.«

»Das hat nichts mit dir zu tun. Das liegt an ihr. Sie ist unglücklich. Das war sie schon mein ganzes Leben lang. Es ist alles zu viel für sie – zu viele Kinder, nicht genügend Geld. Klagen über Klagen.«

»Es muss schwierig sein, damit zu leben. Du bist so ein positiver Mensch.«

Er lachte, doch es klang ein wenig brüchig. »Das war ich nicht immer.« Mit den Händen strich er ihr über die Arme, während sein Blick über die Terrassenbrüstung hinausging. »Meine Eltern haben mich hier mal für ein Wochenende besucht, damit sie sehen konnten, was ich so tue. Weißt du, was meine Mutter gesagt hat?«

Liana verzog das Gesicht. »Ich habe beinahe Angst davor, zu fragen.«

Er richtete den Blick wieder auf sie. »Sie sagte: ›Es muss schön sein, so viel Geld zu haben.‹ Ich habe dafür gesorgt, dass sie alles hatten, was sie brauchten, bevor ich hier auch nur einen Penny ausgegeben habe. Warum musste sie das sagen?«

»Ich weiß es nicht. Ich habe nie verstanden, warum einige Menschen andere niedermachen müssen, um sich besser zu fühlen.«

»Ja«, stimmte er erleichtert zu. »Genau so ist sie.«

»Sie wird nicht mit der Presse reden, oder?«

»Ich glaube nicht. So gerne sie jammert und sich beschwert, das tut sie mir dann doch nicht an.«

»Wie ist dein Vater so?«, wollte Liana wissen.

»Er ist ein guter Kerl, aber er trinkt. Viel. Ich glaube, das tut er, damit er ihr nicht zuhören muss.«

»Ich bin mir sicher, auf ihre Art sind sie beide stolz auf dich, Travis. Wie sollten sie es auch nicht sein?«

Er zuckte mit den Schultern. »Ich sage mir immer, dass es nicht wichtig ist.«

»Du hast hier etwas Unglaubliches erschaffen. Ich bin sehr stolz auf dich. Was nicht heißen soll, dass das das Gleiche ist …«

»Nein, unterbrach er sie rau. »Relativiere es nicht. Ich danke dir.«

Sie streichelte sein Gesicht und zog ihn für einen sanften, süßen Kuss an sich.

Travis hielt sie fest und erwiderte ihre Zärtlichkeit. Erfüllt von Verlangen und etwas, das sich verdächtig nach Liebe anfühlte, lehnte er sich zurück. »Wie ist es passiert, dass du auf einmal mich tröstest?«

Sie neigte den Kopf, damit er seine Lippen über ihren Hals gleiten lassen konnte. »Ich weiß es nicht«, antwortete sie atemlos.

»Es gibt aber auch eine positive Nachricht.«

»Und zwar welche?«

»Sie hat in letzter Zeit immer öfter angedeutet, dass sie mich für schwul hält, weil ich nicht verheiratet bin.«

Liana presste sich lachend gegen seine Erektion. »Du bist definitiv nicht schwul.«

»Und jetzt, wo sie weiß, dass ich mit dir ausgehe, kann sie das nicht mehr sagen.«

»Es freut mich, dass ich helfen konnte.«

»Ja, das hast du, Liana.«

»Gut.« Sie begann mit seinen Haaren zu spielen. »Warum hast du nie geheiratet?«

»Nachdem ich mit meinen Eltern aufgewachsen bin ...« Er erschauerte. »Außerdem habe ich nie eine Frau kennengelernt, von der ich mir vorstellen konnte, so viel Zeit mit ihr zu verbringen.«

»Ich weiß, was du meinst. Bei den paar Dates, die ich in den letzten Jahren hatte, war mein erster Gedanke meistens, wie lange es wohl dauern würde, bis ich nach Hause gehen und meinen Pyjama anziehen könnte.«

Er lachte leise, während er ihr mit den Händen über Rücken und Po strich.

Sie erzitterte unter seiner Berührung.

»Denkst du das jetzt auch?«

»Was ich im Moment denke«, sagte sie und ließ ihre Lippen über seinen Kiefer wandern, »hat absolut nichts mit Pyjamas zu tun.«

Den Blick fest auf sie gerichtet, nahm er ihre Hand und ging rückwärts zu seinem Schlafzimmer.

»Wo willst du hin?«, fragte sie mit einem kleinen Lächeln.

»Dahin, wo uns keiner beobachten kann.«

»Ich dachte, du magst es öffentlich.«

»Hierfür nicht.«

»Was ist mit dem Lachs?« Sie klang etwas nervös.

»Der hält sich.« Er stellte sich hinter sie, schob ihre Haare zur Seite und tupfte kleine Küsse auf ihren Hals, während er seine Arme um sie legte.

Sie lehnte sich gegen ihn.

Er knöpfte ihre Bluse auf und schob sie ihr über die Schultern. Als Liana versuchte, sich umzudrehen, hielt er sie auf.

»Travis ...«

»Was ist, Süße?«

»Du sorgst dafür, dass mir die Knie weich werden.«

Er lächelte an ihrem Hals. »Und dabei habe ich gerade erst angefangen.« Mit geschickten Fingern öffnete er den Vorderverschluss ihres BHs und schob ihr die Träger über die Schultern. »Hmm, sehr sexy.« Mit einer Hand zog er ihren Slip aus der Hosentasche und hielt ihn neben ihren BH. »Ein passendes Set. Das gefällt mir.«

Liana griff nach ihrem Slip, aber er hielt ihn außer Reichweite. »Oh, oh, oh.« Er steckte ihn in die Hosentasche zurück. »Der gehört jetzt mir.«

»Bitte, ich möchte mich umdrehen. Ich will dich berühren.«

»Bald.« Er strich mit der Fingerspitze vom Bündchen ihres Rocks über ihren Bauch und weiter hoch zwischen ihre Brüste. Ihr scharfes Einatmen ermutigte ihn, es ein weiteres Mal zu tun.

Liana drehte sich herum und zog ihm das T-Shirt über den Kopf.

Das Gefühl ihres Busens an seiner nackten Haut ließ ihn aufkeuchen.

Sie zerrte an seinen Shorts.

»Hey«, protestierte er. »Du übernimmst hier meine Verführung.«

Sie öffnete den Reißverschluss seiner Hose und schob sie herunter. »Du hast dir zu viel Zeit gelassen.«

»Du magst es schnell, hm?« Er drückte sie sanft rückwärts aufs Bett und legte sich auf sie.

»Schnell wäre gut.«

»Das letzte Mal, als wir genau an diesem Punkt waren, bist du ausgeflippt. Das passiert nicht noch einmal, oder? Denn bald gibt es kein Zurück mehr für mich.«

Sie ließ ihre Finger durch seine Haare gleiten. »Kein Ausflippen mehr.«

»Vielleicht ein bisschen?«, hakte er lächelnd nach und griff ihr unter den Rock.

Sie unterdrückte ein Stöhnen und klammerte sich an seinen Schultern fest, während er sich zu ihren Brüsten hinunterküsste.

Er liebte es, wie sie ihren Rücken durchbog und ihm freie Hand ließ, sie mit Zunge und Zähnen zu liebkosen, bis sie sich unter ihm wand. Schnell zog er den Reißverschluss auf und schob ihr den Rock über die Hüften. Dann hob er sich ihre Beine über die Schultern und spürte, wie ein Zittern sie durchlief, als er seine Lippen über die Innenseite ihrer Oberschenkel gleiten ließ.

Liana bedeckte sich mit den Händen. »Nicht«, sagte sie mit vor

Leidenschaft heiserer Stimme, in der vielleicht ein wenig Angst mitschwang.

»Warum nicht?«

»Das mag ich nicht.«

Sein Lachen war gedämpft. »Dann hast du es bisher noch nie richtig gemacht.«

»Travis, wirklich. Ich möchte das nicht.«

Seine Lippen wanderten weiter nach oben, während er ihre Hände links und rechts an ihren Hüften festhielt. »Ich dachte, du vertraust mir.«

»Das tue ich.«

»Dann entspann dich.« Er streichelte sie mit der Zunge.

Liana atmete scharf ein. »Wie soll ich mich entspannen, wenn du so etwas tust?«, fragte sie gepresst.

»Versuch es«, flüsterte er und ließ eine ihrer Hände los. Er verschränkte seine Finger mit ihren und drückte sie ermutigend.

Liana ließ sich zurück aufs Bett fallen. »O Gott. *O mein Gott ...*«

Sein Zeigefinger strich über sie, und seine Lippen fanden ihre empfindsamste Stelle.

Beinahe, als könnte sie nicht anders, hob Liana die Hüften.

Er schaute auf und sah, dass sie die Augen geschlossen und die Lippen leicht geöffnet hatte. Es war ein unglaublich erotischer Anblick, und er war jetzt fast schon schmerzhaft hart. Als er zwei Finger in sie hineinschob und gleichzeitig mit seiner Zunge über sie fuhr, überrollte sie ihr Orgasmus.

Travis blieb bis zum letzten Zucken bei ihr, dann arbeitete er sich mit den Lippen langsam über ihren Bauch nach oben. »Langsam wird es heiß«, flüsterte er und wollte sich erneut ihren Brüsten widmen.

Keuchend zog Liana ihn zu sich hoch. »Ich muss erst wieder zu Atem kommen.«

Er schlang die Arme um sie und hielt sie fest. Dabei verteilte er zärtliche Küsse auf ihrem Gesicht.

Sie streichelte seine Brust, woraufhin er nach Luft schnappte, als sie den Finger so über seinen Bauch wandern ließ, wie er es zuvor bei ihr getan hatte. »Es macht keinen Spaß, wenn nur einer von uns ins

Schwitzen kommt«, verkündete sie und drückte ihn rücklings aufs Bett.

»Liana …«

»Vertraust du mir?«

»Du kannst nicht meine Worte gegen mich verwenden …« Ihm stockte der Atem, als sie ihn von seinen Boxershorts befreite.

»Die gehören jetzt mir«, sagte sie grinsend und ließ sie um ihren Zeigefinger kreisen.

Travis brannte für sie, doch er zwang sich, ganz still liegen zu bleiben, während sie ihn eingehend betrachtete. Anscheinend gefiel ihr, was sie sah. Das Gefühl ihrer Lippen auf seiner Brust und ihrer Haare, die über seine Haut glitten, war unbeschreiblich. Sie liebkoste ihn, und er griff nach ihrer Hand. »Wenn du so weitermachst, ist das hier vorbei, bevor es überhaupt angefangen hat, Süße«, stieß er mit erstickter Stimme hervor.

»Wir haben Unmengen an Zeit«, flüsterte sie und ersetzte ihre Finger durch ihren Mund.

Travis kämpfte verzweifelt gegen den Drang an, sofort zu kommen. »Liana, Süße«, keuchte er. »Hör auf.«

Das schien sie allerdings bloß noch mehr anzuspornen. Sie nahm ihn tief in sich auf, massierte ihn mit der Hand, während sie ihn mit Lippen und Zunge bearbeitete. Während er sie beobachtete, versuchte er sich in Gedanken an einer Differenzialgleichung, um nicht zu schnell zu kommen. Er war sich ziemlich sicher, dass Liana so etwas in der Vergangenheit nicht oft getan hatte. Was ihr an Erfahrung fehlte, machte sie allerdings mit ihrem Enthusiasmus mehr als wett.

Sie ließ ganz leicht ihre Zähne über ihn gleiten, was endgültig zu viel für seine Selbstkontrolle war. Der explosive Höhepunkt ließ ihn vollkommen erschöpft zurück. Das Herz hämmerte wie verrückt in seiner Brust, als Liana sich lang auf ihm ausstreckte. Er vergrub eine Hand in ihrem Haar und hielt sie mit dem anderen Arm ganz fest.

»Du steckst voller Überraschungen«, flüsterte er, sobald er wieder sprechen konnte.

Mit einem selbstgefälligen Grinsen schaute sie zu ihm hoch. »Warum solltest nur du den ganzen Spaß haben?«

Erfüllt von Gefühlen, die er nicht identifizieren konnte, schluckte Travis den Kloß hinunter, der sich in seiner Kehle gebildet hatte. »Wirst du heute Nacht bei mir bleiben, Liana?«

»Ich würde gerne, aber meine Mutter …«

»Sie hat dir die Erlaubnis gegeben, Süße. Bitte, bleib bei mir.« Er biss ihr zärtlich ins Ohrläppchen. »Ich möchte die ganze Nacht Liebe mit dir machen.«

Sie erbebte. »Ich müsste sie trotzdem anrufen, sonst sorgt sie sich am Ende.«

»Okay, so lang kann ich dich dann aus dem Bett lassen.« Sie kuschelte sich an ihn, und er bemerkte überrascht, dass er schon wieder erregt war. »Bleib genau da.« Er küsste sie, schlüpfte unter ihr hervor und streckte die Hand zum Nachttisch aus. In der Schublade fand er ein Kondom und rollte es sich über. Als er sich wieder zu ihr umdrehte, sah sie ihn nachdenklich an. »Was ist?«

»Allzeit bereit, was?«

Er legte die Arme um sie. »Die habe ich gestern Nacht gekauft, nachdem ich dich nach Hause gefahren hatte.«

Sie zog die Augenbrauen hoch. »Ach tatsächlich?«

Er gab ihr einen tiefen Kuss, der sie beruhigen sollte. »Ich bin sehr lange mit niemandem zusammen gewesen. Ich hatte mit meiner Firma viel zu viel zu tun.«

»Es tut mir leid«, sagte sie und strich ihm über die Wange. »Ich klinge wie eine eifersüchtige, unsichere Freundin.«

»Mir gefällt's.« Er grinste, dann wurde er wieder ernst. »Aber du musst auf niemanden eifersüchtig sein, Liana. Du hast meine volle, ungeteilte Aufmerksamkeit.« Er schob ihr die Beine auseinander und küsste sie sanft, während er in sie eindrang.

Sie keuchte unter seinen Lippen auf und hob die Hüften, um ihn willkommen zu heißen.

Ganz langsam füllte er sie aus, und sie schaute ihn aus ihren großen violetten Augen an.

In diesen umwerfenden Augen konnte er sehen, dass sie ihm vertraute, und diese Erkenntnis erfüllte ihn mit Zärtlichkeit, als er begann, sich schneller in ihr zu bewegen.

Liana passte sich seinem Rhythmus an und grub ihre Finger in seinen Rücken.

Er spürte, wie sie sich Sekunden vor ihrem Höhepunkt anspannte, und ihr Schrei katapultierte ihn gemeinsam mit ihr geradewegs in die Seligkeit.

KAPITEL 9

*B*eck wartete im Büro in der Lobby des Towers und schaute alle paar Minuten auf die Uhr, bis er meinte, verrückt zu werden, wenn sie nicht bald einträfe. Vorhin, als Travis ihn gefragt hatte, ob er einer Freundin von Liana helfen könnte, hatte Beck nicht geahnt, dass es sich bei dieser Freundin um das Objekt seiner Träume handelte.

Liana war eine wunderschöne Frau und sehr sexy, und es freute Beck, dass Travis so viel Spaß mit ihr hatte. Aber das Supermodel, das *ihn* auf Touren brachte, dessen Fotos seinen Kalender zierten und das ihn ungeduldig auf jede neue Ausgabe des *Victoria's-Secret*-Katalogs warten ließ, war Jessica Stone.

Gott sei Dank hatte Travis ihn am Telefon um Hilfe gebeten, denn ansonsten hätte er Becks Faszination sofort erkannt. Von all den Frauen, die mitten in der Nacht auf dem Weg zu ihm sein könnten … Beck konnte es kaum erwarten, sie kennenzulernen.

Er überlegte, ob sie in echt so umwerfend war wie auf den vielen Fotos, die er in den letzten Jahren von ihr gesehen hatte, seitdem ihre Modelkarriere Fahrt aufgenommen hatte. Vor ihr hatte er noch nie für einen Promi geschwärmt. Er war mit Schwestern aufgewachsen, die Poster von hübschen Jungs an den Wänden ihrer Zimmer hängen hatten. Beck hingegen hatte Poster von Sporthelden, Motorrädern und Muscle Cars vorgezogen.

Außerdem war er sehr interessiert daran, zu hören, was es mit Jessies sogenanntem Stalker auf sich hatte.

Sein Handy klingelte.

»Peter Beck.«

»Hier ist Roland, Ms Stones Fahrer. Wir kommen gerade durch das Tor von North Point.«

Showtime! Beck erklärte ihm den Weg zum Tower und ging nach draußen, um die Kolonne aus drei Wagen in Empfang zu nehmen.

Aus dem ersten der beiden schwarzen SUVs, die die Limousine einrahmten, stiegen ein paar stiernackige Bodyguards. Sie schauten sich gründlich um, während Beck sich ihnen näherte.

»Peter Beck, Sicherheitschef«, stellte er sich vor. Sie schüttelten einander die Hand, wobei Beck kurz fürchtete, dass die Muskelmänner ihm die Knochen brechen würden. Mehrere Minuten lang beantwortete er ihnen ihre Liste von Fragen bezüglich der Sicherheit des Gebäudes und der Anlage, wobei er die ganze Zeit darauf wartete, endlich die Hauptattraktion zu treffen.

»Beeindruckend«, sagte einer der Bodyguards schließlich. »Mr Dale, der Agent von Ms Stone, hat uns gebeten, zu checken, ob hier alles koscher ist, bevor wir sie bei Ihnen zurücklassen.«

»Sie haben mein Wort, dass Ms Stone bei uns sicher ist. Dafür werde ich persönlich sorgen.«

Der andere Muskelberg musterte ihn noch einmal von Kopf bis Fuß, bevor er dem Fahrer ein Signal gab.

Ein Mann, von dem Beck annahm, dass es sich um Roland handelte, stieg aus der Limousine und öffnete die hintere Tür. Mit angehaltenem Atem wartete Beck darauf, einen ersten Blick auf Jessica Stone zu werfen. Doch die Frau im hellblauen Jogginganzug und mit Pferdeschwanz, die aus dem Auto stieg, hatte kaum Ähnlichkeit mit dem Bild des glamourösen Supermodels, das er im Kopf hatte.

Sie schaute sich um, obwohl sie vermutlich außerhalb der Lichtkegel von den Scheinwerfern der drei Autos nicht viel erkennen konnte. Schließlich richtete sie ihren Blick auf ihn – und es war wie ein Schlag in den Magen. Ein leichtes Lächeln breitete sich auf ihrem Gesicht aus, als sie zu ihm trat.

Beck war wie erstarrt. Er hätte sich nicht rühren können, selbst wenn hinter ihm ein Feuer ausgebrochen wäre.

Jessica streckte ihm die Hand hin und schaute ihn mit großen Augen an, die, wie er von den Fotos wusste, blau waren. »Ich bin Jessica Stone«, sagte sie mit leichtem Südstaatenakzent. »Aber meine Freunde nennen mich Jessie.«

Beck wusste, dass er etwas antworten sollte. Er sollte ihr die Hand schütteln. Doch er konnte sie einfach bloß anstarren. Schließlich riss er sich zusammen und nahm die dargebotene Hand. Sofort schoss ein Blitz durch seinen Arm. »Peter Beck«, brachte er heraus. »Meine Freunde nennen mich Beck.«

»Schön, Sie kennenzulernen, Beck.«

Aus irgendeinem Grund machte es ihn glücklich, dass sie ihm den Status eines Freundes zuerkannte. »Wir freuen uns, Sie als Gast bei uns zu haben, Ms Stone. Wenn es irgendetwas gibt, was wir für Sie tun können, müssen Sie nur fragen.«

Ihr Lächeln schien ein klein wenig schwächer zu werden. »Ich heiße Jessie, und das ist sehr nett von Ihnen. Ich habe Liana erst ein paarmal getroffen, aber Artie hat gesagt, diese Anlage gehört einem Freund von ihr.«

»Das stimmt. Travis North – ein Freund von mir und Liana.« Beck erwähnte nicht, dass Liana die Nacht in Travis' Penthouse verbrachte. »Er hat mich gebeten, dafür zu sorgen, dass Sie sich hier wohlfühlen.«

»Dafür bin ich Ihnen sehr dankbar. Meine … Situation … in New York ist ein wenig …« Ihre Augen füllten sich mit Tränen.

Selbst als Mann, der aus Erfahrung gelernt hatte, jegliche Verpflichtung und Frauen, die förmlich nach einem »bis ans Ende aller Tage« schrien, zu vermeiden, musste Beck sich arg zusammenreißen, um sie nicht in seine Arme zu ziehen und ihr zu versichern, dass alles gut werden würde. Denn dafür würde er sorgen. Doch da die Muskelberge jede seiner Bewegungen beobachteten, sagte er bloß: »Gehen wir nach oben, damit Sie sich ein wenig ausruhen können.«

Er zeigte Jessie und ihrer Entourage das Apartment im fünften Stock, das Travis für Gäste und VIPs eingerichtet hatte.

»Oh«, keuchte Jessie, nachdem Beck das Licht eingeschaltet hatte. »Es ist wunderschön.«

»Warten Sie nur, bis Sie den Blick am Morgen sehen. Von hier schaut man direkt über die Bucht.«

Roland stellte ihre Koffer ins Schlafzimmer. »Können wir sonst noch etwas für Sie tun, Ms Stone?«

»Nein, danke.« An die anderen gewandt erklärte sie: »Ihr wart alle fabelhaft. Und ich weiß eure Diskretion zu schätzen, dass ihr niemandem gegenüber erwähnt, wohin ihr mich gebracht habt.«

»Das ist doch selbstverständlich«, erwiderte Roland für sie alle.

»Wir werden uns gut um sie kümmern«, versicherte Beck den fünf Männern, bevor er sie zur Tür begleitete.

Als sie allein waren, wanderte Jessie langsam in dem großen Zimmer umher und betrachtete die modernen, eleganten Möbel. Wieder stiegen ihr Tränen in die Augen. »Es ist perfekt. Bitte danken Sie Ihrem Freund Travis von mir.«

»Das können Sie morgen früh selbst tun. Ich bin sicher, dass er und Liana nach Ihnen sehen wollen.«

»Ich kenne sie eigentlich gar nicht so gut.« Jessie verknotete nervös ihre Finger. »Ich war ein wenig entsetzt, als Artie mir erzählt hat, er hätte sie um Hilfe gebeten. Im Vergleich mit mir spielt sie in einer ganz anderen Liga.«

»Sie haben aber durchaus auch Ihren Anteil am Scheinwerferlicht.«

»Sie haben schon von mir gehört?« Sie fragte das mit so ungläubiger Miene, dass er schlucken musste.

»Äh, ja.« Er lachte leise. *Wenn du nur wüsstest ...* »Ich habe von Ihnen gehört.«

»Ich muss mich immer noch daran gewöhnen. Und jetzt ist da dieser Kerl ... Er schickt mir gruselige Briefe und taucht vor meinem Haus auf. Und wenn die Polizei kommt, ist er immer schon wieder weg.«

»Darüber reden wir morgen«, erwiderte Beck. »Jetzt brauchen Sie erst einmal etwas Ruhe.«

»Das wäre schön. Ich habe in letzter Zeit wenig geschlafen, weil ich mir immer Sorgen gemacht habe, dass er plötzlich vor der Tür steht.«

»Das wird hier nicht passieren. Ich verspreche, hier sind Sie in Sicherheit.« Er kam nicht darüber hinweg, wie klein sie war. Auf ihren Fotos sah sie wesentlich größer aus. Die Fotos hatten jedoch ihre Kurven und ihre makellose Haut, die nun vom Weinen gerötet war, korrekt wiedergegeben.

Während Lianas elegante Schönheit nur als königlich bezeichnet werden konnte, war Jessie einfach süß. In den sechsunddreißig Jahren seines Lebens hatte Beck noch nie ein so überwältigendes Bedürfnis verspürt, einen anderen Menschen zu beschützen. Dieser Gedanke, der ihm eigentlich eine Heidenangst einjagen sollte, war erstaunlicherweise elektrisierend.

Er führte sie einmal kurz durch die Wohnung. »Haben Sie Hunger? Wir haben den Kühlschrank mit allem gefüllt, was uns eingefallen ist.«

»Nein, danke. Wir haben unterwegs angehalten und etwas gegessen. Aber trotzdem danke.«

»Nun gut.« Beck kam sich ungewohnt steif und sprachlos vor. »Ich schaue dann morgen früh wieder nach Ihnen.«

»Müssen Sie wirklich schon los?«, fragte sie und schien es sofort zu bereuen. »Tut mir leid. Natürlich wollen sie los. Sie können es sicher nicht erwarten, nach Hause zu kommen.«

»Es macht mir nichts aus, ein wenig zu bleiben.«

»Wirklich?« Sie seufzte erleichtert. »Wir haben natürlich darauf geachtet, dass uns niemand folgt, doch ich habe trotzdem Angst, dass er mich finden könnte.«

»Das wird er nicht. Ich schwöre es Ihnen, Jessie. Niemand kommt durch dieses Tor, der nicht hierhergehört.« Noch während er das sagte, erinnerte er sich an die Vandalen, die in North Point gewütet hatten, und beschloss, seine Sicherheitskräfte zu verdoppeln. Niemand würde diese Frau belästigen – oder Liana.

»Wissen Sie, was, ich komme schon klar.« Ihr Versuch, zu lächeln, misslang. »Sie können gerne gehen.«

Er trat an die Bar. »Ich weiß nicht, wie es bei Ihnen ist, aber ich könnte einen Drink vertragen.«

Der Ausdruck auf ihrem Gesicht, als sie begriff, dass er noch bleiben würde, traf ihn mitten ins Herz. »Gibt es Weißwein?«

»Kommt sofort.«

LIANA ERWACHTE VOM GERÄUSCH DER LAUFENDEN DUSCHE. DURCH DIE bodentiefen Fenster fiel Sonnenschein in Travis' Schlafzimmer. Sie streckte sich, und das leichte Ziehen an verschiedenen intimen Stellen ihres Körpers sorgte dafür, dass sie sich an all die Positionen erinnerte, die sie in der Nacht ausprobiert hatten.

Sie schlug die Augen auf und war überrascht, festzustellen, dass Dash sie anstarrte.

»Du hast doch nicht etwa zugeschaut, oder?«, fragte Liana die Hündin.

Dash musterte sie, ohne zu blinzeln.

Liana vergrub das Gesicht in den Kissen und stöhnte. *Wie soll ich ihm jemals wieder in die Augen sehen? Ich schaff das ja nicht mal bei seinem Hund!* Aber so verlegen sie auch wurde, wenn sie an alles dachte, so glücklich war sie, weil das, was sie mit Travis erlebt hatte, wahre Leidenschaft gewesen war. Zumindest musste sie jetzt nicht den Rest ihres Lebens verbringen, ohne zu wissen, wie sich das anfühlte. Sie würde immer diese zwei Wochen haben, an die sie sich erinnern konnte.

Der Gedanke, sich allein auf Erinnerungen verlassen zu müssen, erfüllte sie mit Traurigkeit. *Ach, Liana, sei vernünftig. Du kannst dich nicht in einer einzigen Nacht in ihn verliebt haben. Allerdings einer umwerfenden einzigen Nacht ...*

Als Travis nur mit einem Handtuch um die Hüften aus dem Bad kam, hatte Liana ihr Gesicht noch immer im Bettzeug vergraben. Er küsste sich an ihrem Rücken entlang nach oben, was ihr eine wohlige Gänsehaut verursachte. »Warum versteckst du dich in dem Kissen?«

Ihre Wangen brannten, und sie antwortete nicht.

»Liana«, verlangte er. »Zeig mir dein Gesicht.«

»Das kann ich nicht.«

Lachend ließ er einen Finger über ihre Seite wandern. »Ich habe Mittel und Wege, dich da rauszuholen«, erwiderte er und fing an, sie zu kitzeln.

Kreischend drehte sie sich von seiner Hand weg.

Er strich ihr die Haare aus dem Gesicht. »Macht es dich verlegen, Süße?«

Sie biss sich auf die Lippe und nickte, wich seinem Blick jedoch weiter aus.

Travis beugte den Kopf, um kleine Küsse auf ihrem Nacken zu verteilen. »Es gibt nichts, was dir peinlich sein müsste.«

Sie verzog das Gesicht. »Wenn du das sagst.«

Er nahm ihr Kinn und zwang sie, ihn anzusehen. »Du bist eine wunderschöne, sexy Frau, Liana. Du musst dich nicht dafür schämen, im Bett Spaß zu haben.«

Sie schlug die Augen nieder.

»Liana.« Er seufzte und gab ihr einen schnellen Kuss auf den Mund. »Das war die unglaublichste Nacht meines Lebens. Ich hasse es, dass ich jetzt zur Arbeit muss, aber ich habe heute viel zu erledigen.« Er öffnete seine Hand. An seinem Finger baumelte ein Schlüsselbund.

»Was ist das?«

»Die Schlüssel zu meinem Auto und zu meiner Wohnung. Du hast gesehen, wie ich den Schlüssel im Aufzug benutzt habe, oder?«

Sie nickte.

»Komm und geh, wie es dir gefällt. Nimm den Wagen. Hab Lunch mit deiner Mutter, und dann bring sie heute Abend zum Essen mit in den Club, okay?«

»Brauchst du dein Auto heute denn nicht?«

»Ich bin den Großteil des Tages in Meetings, und wenn ich

irgendwo hinmuss, kann ich einen der Pick-ups nehmen. Du hast einen Führerschein, oder?«

Sie lächelte. »Ich bin zwar seit einer Weile nicht mehr gefahren, aber ja, ich habe einen Führerschein. Trotzdem will ich dein Auto nicht.«

»Es ist versichert.«

Sie lachte und streckte die Hand nach seiner frisch rasierten Wange aus. »Danke«, sagte sie und gab ihm einen sanften Kuss.

»Du wirst heute nicht vor Verlegenheit sterben, oder?«

»Könnte passieren«, gestand sie.

»Tu's nicht.« Er schob die Decke beiseite und verwöhnte kurz eine ihrer empfindlichen Brustspitzen mit den Lippen. »Denn ich will das heute Nacht alles noch mal machen.«

Ihr Körper bebte unter seiner Berührung.

Mit sichtlichem Widerwillen löste er sich von ihr. »Ich muss los«, erklärte er. »Nächste Woche nehme ich mir ein paar Tage frei, damit wir den ganzen Tag im Bett bleiben können.«

»Ich weiß nicht, ob ich das überlebe.«

Er griff nach der Kondomschachtel auf dem Nachttisch und schüttelte sie. Die wenigen übrig gebliebenen Kondome raschelten leise. »Ich hätte die größere Packung kaufen sollen.«

Liana ließ sich wieder ins Kissen zurückfallen. »Hör auf«, flehte sie.

»Ich hatte ja keine Ahnung, dass du so unersättlich bist.«

Sie richtete sich empört auf. *»Ich?«*

Er lachte und stand auf, um sich einen hellen Sommeranzug anzuziehen.

Während Liana beobachtete, wie er sich im Zimmer bewegte, beschloss sie, dass er der aufregendste Mann war, den sie je kennengelernt hatte – dabei kannte sie viele aufregende Männer. Aber keiner von ihnen besaß diese einzigartige Mischung aus umwerfendem Aussehen, Einfühlsamkeit und Humor. Ganz zu schweigen von seinem Durchhaltevermögen im Bett. *Ja, das solltest du auf keinen Fall vergessen*, dachte sie und kicherte leise.

»Worüber lachst du?«, wollte er lächelnd wissen, während er seine Krawatte richtete und sich zu ihr umdrehte.

»Über nichts.«

Er überraschte sie, indem er sich auf sie fallen ließ. »Sag es mir.«

Sie wurde von einem Lachanfall gepackt, den er noch verstärkte, indem er sie wieder kitzelte. »Travis! *Stopp!*«

»Erzähl mir, worüber du gelacht hast.«

»Okay, okay.« Sie versuchte, wieder zu Atem zu kommen. »Ich habe im Kopf eine Liste all der Sachen erstellt, die ich an dir mag.«

»Die muss ich hören.«

Während ihre Hände unter dem Jackett über seinen Rücken glitten, beschloss sie, ihm das Vergnügen zu gönnen. »Du bist wirklich attraktiv, und ich bin sicher, das weißt du auch.«

»Ja, darüber denke ich ziemlich oft nach.«

Lächelnd fuhr sie fort: »Du bist lustig und einfühlsam, und man kann Spaß mit dir haben.«

Er stöhnte auf. »Musstest du meine Einfühlsamkeit erwähnen?«

»Aber es stimmt doch«, beharrte sie.

Er zog eine Grimasse. »Also, welche meiner Eigenschaften haben dich zum Lachen gebracht?«

Sie errötete erneut. »Dein sexuelles Durchhaltevermögen.«

Nun grinste er. »Durchhaltevermögen, hm? Das gefällt mir.«

»Das dachte ich mir.«

Er belohnte sie mit einem langen Kuss, und Liana merkte überrascht, dass sie schon wieder erregt war.

»Du gehst jetzt besser«, verkündete sie und strich mit den Fingern durch seine noch feuchten Haare.

»Ich will nicht.«

»Du hast ein Meeting.«

»Ich habe die attraktivste Frau der Welt in meinem Bett. Mit einem Mal kommen mir meine Meetings gar nicht mehr so wichtig vor.«

Sie gab ihm einen kleinen Schubs. »Travis …«

Mit einem Knurren rollte er sich auf die Seite, setzte sich auf und warf ihr einen Blick über die Schulter zu. »Zieh dich heute nicht von mir zurück, Liana.«

Die Besorgnis auf seinem Gesicht berührte sie. Sie griff nach seiner Hand. »Das werde ich nicht.«

Er gab ihr einen Kuss auf den Handrücken, dann auf die Lippen. »Dinner um sieben?«

»Wir werden da sein.«

»Ich werde heute viel an dich denken«, sagte er. »Denkst du auch mal an mich?«

»Ich vermute, du wirst ab und zu in meinen Gedanken aufkreuzen.«

Er lächelte. »Gut.«

KAPITEL 10

Vor sich hinpfeifend schlenderte Travis mit Dash an seiner Seite über den Rasen zu seinem Büro im Clubhaus. Die Sonne hatte den Regen vertrieben, das Wasser in der Bucht funkelte, und die Luft war vom Duft nach Jasmin erfüllt. Ein perfekter Tag nach einer perfekten Nacht. *Wie soll ich nur die Stunden überstehen, bis ich sie wiedersehe? Und wie soll ich sie in elf kurzen Tagen wieder gehen lassen?*

Er hatte ihr erklärt, dass er nie geheiratet hatte, weil er niemanden gefunden hatte, von dem er sich vorstellen konnte, so viel Zeit mit ihm zu verbringen. Nach einer Nacht mit ihr hatte er keine Zweifel, dass er eine Ewigkeit mit ihr verbringen und dabei vollkommen zufrieden sein könnte. Aber sie hatte deutlich gemacht, dass sie am Ende ihres zweiwöchigen Urlaubs abreisen würde, also wäre es nicht gut für ihn, wenn er sich Fantasien über etwas hingäbe, das niemals passieren würde.

»Trav!«

Er blieb stehen und sah, dass Beck joggend zu ihm aufschloss.

»Guten Morgen«, begrüßte Beck ihn.

»Hey.« Travis musterte seinen Freund kurz. »Was hat es denn mit deinem zerknitterten Look heute auf sich?«

»Ich habe es letzte Nacht nicht nach Hause geschafft.« Vor Travis’ erstaunten Augen errötete Peter Beck.

»Du und Jessica Stone?«

»Es ist nicht, was du denkst.«

»Ach nein?« Travis genoss Becks Unbehagen. »Was ist es dann?«

»Sie war wegen des Stalkers noch ganz verängstigt, deshalb bin ich dageblieben, um ihr Gesellschaft zu leisten. Am Ende sind wir auf dem Sofa eingeschlafen.«

»Wirklich?«

»Total platonisch. Das schwöre ich.«

»Wenn du das sagst. Wie ist sie so?«

»Bezaubernd. Es ist kaum zu glauben, dass die sexy Frau von den Fotos wirklich sie ist. Sie würde sich gerne mit dir treffen und dir für deine Hilfe danken.«

»Ich sehe später nach ihr, und ich bin sicher, Liana wird das auch tun.«

»Darüber würde sie sich bestimmt freuen.«

»Irgendwelche Anzeichen von Reportern?«

»Ich fürchte ja«, antwortete Beck. »Ich habe einen Anruf vom Tor erhalten, dass an die zwanzig von ihnen vor dem Zaun kampieren.«

»Mist«, zischte Travis. »Was ist mit dem Haus von Lianas Mutter?«

»Auch mindestens zehn.«

»Verdammt!« Travis kickte frustriert gegen den Kies auf dem Weg. »Sie will einfach nur ein wenig Frieden haben. Ist das zu viel verlangt?«

»Nicht, wenn sie auf dem Grundstück bleibt. Wir können die Presse von hier fernhalten, doch sobald Liana die Anlage verlässt, kann ich nichts mehr tun.«

»Ich habe ihr gerade meinen Wagenschlüssel gegeben. Sie will sich mit ihrer Mutter zum Lunch treffen.«

»Warum lässt du ihre Mutter nicht stattdessen herbringen?«

»Weil sie nicht wie eine Gefangene hier eingeschlossen sein will.« Frustriert strich sich Travis durchs Haar. »Was für andere Optionen haben wir?«

»Ich könnte ein paar Jungs abstellen, die ihr folgen, um sicherzugehen, dass niemand sie belästigt.«

Während er überlegte, was er tun sollte, schaute Travis zum Tower hinüber.

»Trav?«

Er dachte daran, was Liana über das Überschreiten einer Grenze gesagt hatte: dass die anderen dann gewinnen würden. Aber seine Besorgnis, dass sie verfolgt, belästigt oder möglicherweise sogar verletzt werden könnte, war größer. »Ja, mach das.«

Beck musterte ihn kurz. »Geht es dir gut?«

»Natürlich. Alles in Ordnung.«

»Du und Liana McDermott.« Beck schüttelte amüsiert den Kopf. »Das habe ich nicht kommen sehen.«

»Freu dich nicht zu sehr. Das ist nur vorübergehend.«

»Ach wirklich?«

»Sie fliegt Sonntag in einer Woche wieder zurück nach Europa, um zu arbeiten.«

Beck rieb sich das Kinn und nickte.

Travis seufzte. »Was ist? Ich sehe doch, dass dir was auf der Seele brennt.«

»Ich kenne dich schon sehr lang, und in den letzten paar Tagen hast du dich verändert. Man muss kein Genie sein, um sich zu fragen, ob Liana McDermott vielleicht der Grund dafür ist.«

»Sie ist eine unglaubliche Frau, Beck.«

Die Untertreibung ließ Beck leise lachen.

»Ich rede nicht bloß von ihrem Aussehen. Sobald du sie kennenlernst – *richtig* kennenlernst –, ist das völlig zweitrangig.«

»Ja, klar«, erwiderte Beck lachend.

»Ernsthaft«, beharrte Travis. »Ach, egal.« Er wandte sich zum Gehen, aber Beck hielt ihn mit einer Hand am Arm zurück.

»Hey, ich zieh dich nur auf, Kumpel. Sei einfach vorsichtig.«

»Wieso?«

»Ich will nicht, dass du verletzt wirst. Wenn sie wirklich wieder abreist, pass auf dich auf.«

Travis war bereit, das Thema zu wechseln, das für ihn langsam unbehaglich wurde. »Hast du herausgefunden, wer das Foto an die Presse verkauft hat?«

»Wir sind uns alle ziemlich sicher, dass es der Hochzeitsfotograf war. Ich habe ihm gesagt, dass du mit ihm um zehn über einen großen Auftrag sprechen willst.«

»Gut. Vielleicht solltest du besser auch dabei sein – um mich davon abzuhalten, ihm in den Hintern zu treten.«

Beck schnaubte. »Ich würde bloß danebenstehen und zugucken.«

LIANA BESCHLOSS, EIN BAD IN TRAVIS' GROSSER WANNE ZU NEHMEN. Das heiße Wasser löste die harten Muskeln in ihrem Körper. Sie lehnte den Kopf gegen den Wannenrand und entspannte sich zum ersten Mal seit langer Zeit.

Niemand wartete ungeduldig darauf, sie zu frisieren und zu schminken. Keine Stylisten riefen ihr zu, sich zu beeilen, keine schrecklichen Fotografen verlangten von ihr, dass sie sich in unmenschliche Posen warf, die sie für Stunden halten sollte. Selbst die Anspannung von gestern, als sie sich gefragt hatte, wann Travis wohl endlich beschließen würde, dass es an der Zeit war, mit ihr ins Bett zu gehen, war fort. Zurück blieb eine Ruhe, wie sie sie in ihrem Leben nur selten erfahren durfte.

Seufzend verschränkte sie die Beine, als ihr Körper bei den Gedanken an die letzte Nacht wieder zu kribbeln anfing. Travis war ein leidenschaftlicher Liebhaber, aber das hatte sie ja geahnt. Ihre Wangen brannten, als sie sich daran erinnerte, wie sie unter der unglaublich intensiven Lust, die er in ihr entfacht hatte, geschrien hatte. Sein Versprechen von einem Orgasmus nach dem anderen hatte er definitiv wahr gemacht. Und auch wenn es ihr peinlich war, daran zu denken, wünschte sie, er hätte nicht gehen müssen, damit sie das alles noch einmal hätten tun können.

Ganz bald, dachte sie, als sie aus der Wanne stieg, sich abtrocknete und in ihre Klamotten vom Vorabend stieg – bis auf den Slip, den sie nirgendwo finden konnte. Sie lächelte, als sie merkte, dass er ihn vor ihr versteckt hatte. Diese Affäre war die beste Idee, die sie je gehabt hatte – oder vielmehr die beste Idee, die Enid je gehabt hatte. Der Gedanke an ihre Cousine ließ Liana leise lachen. *Sie wäre heute stolz auf mich.*

Eine halbe Stunde später nahm sie den Aufzug in die Tiefgarage. Er hielt auf dem Weg nach unten im fünften Stock an, und als die Türen sich öffneten, sah Liana überrascht Jessica Stone im Flur stehen. Sie hatte ganz vergessen, dass das andere Model herkommen sollte.

»Hi, Jessie«, sagte sie und hielt ihr die Tür auf.

»Hallo, Liana. Ich bin dir so dankbar, dass du das alles für mich arrangiert hast. Wobei ich keine Ahnung hatte, dass Artie dich mit meinen Problemen belasten würde.«

»Ist nicht schlimm. Und außerdem hat Travis alles arrangiert.«

»Ich würde ihn gerne kennenlernen, um ihm ebenfalls zu danken.«

»Er kommt später wieder zurück. Heute Vormittag hat er Meetings.«

»Ist er ein alter Freund von dir? Wenn ich mich recht erinnere, kommst du doch aus dieser Gegend, oder?«

»Ja, das stimmt.« Lianas spürte, wie ihr warm wurde, als die Erinnerungen an letzte Nacht wieder in ihr aufstiegen. »Aber ich habe ihn erst kürzlich kennengelernt.«

»Oh.«

»Wir haben eine Affäre.« In dem Moment, in dem die Worte raus waren, wünschte Liana, sie könnte sie zurücknehmen.

Jessie starrte sie geschockt an. »Oh!«

»Ich habe so etwas noch nie zuvor getan. Du sollst nicht denken …«

Jessie tätschelte ihr den Arm. »Und du solltest dir nicht den Kopf darüber zerbrechen, was andere Leute denken könnten.«

»Nicht?«

»Natürlich nicht. Du solltest dich entspannen und deine Ferien genießen.«

»Ja, da hast du recht.« Mit einem Lächeln fügte Liana hinzu: »Und ich genieße es wirklich. Was ist mit dir? Geht es dir gut? Artie hat nicht viel darüber rausgelassen, was los ist.«

»Da ist dieser Irre, der mir das Leben zur Hölle macht«, erklärte Jessie mit ihrem trägen Südstaatenakzent, als sie aus dem Fahrstuhl in die Garage traten. »Er belästigt mich schon seit Monaten, doch in letzter Zeit ist es vollkommen aus dem Ruder gelaufen. Ich stand kurz vor einem Nervenzusammenbruch, also hat Artie vorgeschlagen, dass ich die Stadt für eine Weile verlasse, während die Polizei versucht, ihn aufzuspüren. Es tut mir wirklich leid, dass Artie dich da mit reingezogen hat. Ich wusste nicht, dass er dich fragen würde.«

»Das ist schon okay. Das hier ist der ideale Ort, um unterzutauchen. Aber wir könnten ein paar Probleme mit der Presse bekommen. Gestern stand ein Haufen Unsinn über mich in einem der Klatschblätter.«

Jessie runzelte die Stirn. »Davon habe ich gehört. Es tut mir leid.«

»Ich würde es hassen, wenn sie herausfinden, dass du auch hier bist.«

»Normalerweise erkennen sie mich nicht.«

»Genieße es, solange es anhält«, riet ihr Liana trocken. »Okay, ich fahre jetzt zu meiner Mutter. Hast du alles, was du brauchst?«

»Ja, mir geht es gut. Mach dir um mich keine Sorgen.«

»Du solltest versuchen, dich zu entspannen. Es ist wirklich schön hier.«

»Ja, das stimmt. Ich werde mir mal den Strand angucken.«

Liana umarmte die andere kurz. »Wir sehen uns später.«

Nervös ging sie auf den glänzenden, bordeauxroten Jaguar zu und atmete einmal tief ein, bevor sie die Tür öffnete. Langsamer als eine alte Dame fuhr sie aus der Garage und wandte sich in Richtung Haupttor. »O nein«, stöhnte sie, als sie die Gruppe von Reportern und Fotografen vor dem Eingang herumlungern sah.

Schnell griff sie nach der Red-Sox-Cap, die sie gestern im Auto gelassen hatte, und zog sie sich tief ins Gesicht. Dann trat sie aufs Gaspedal und schoss durch das Tor und den Hügel hinauf. Ein Blick in den Rückspiegel verriet ihr, dass ihr die Flucht gelungen war und die Paparazzi sie nicht erkannt hatten. *Sie erwarten vermutlich nicht, dass eines der berühmtesten Topmodels der Welt selbst fährt,* dachte sie und grinste zufrieden. Wie gut es sich anfühlte, diese Runde gewonnen zu haben!

Sie schaltete das Radio ein und ließ die Fenster herunter. Auf dem Weg durch Portsmouth sang sie lauthals mit und genoss die Musik, die warme Sommerbrise und den kraftvollen Wagen. Sie musste häufiger Auto fahren. Sie hatte ganz vergessen, wie viel Spaß das machte.

Sie bog auf die McCorrie Lane ab und verlangsamte das Tempo, als sie Kinder auf der Straße spielen sah. Als sie um die letzte Kurve vor dem Haus ihrer Mutter fuhr, keuchte sie auf. Dutzende Reporter und Fotografen warteten dort auf sie. »Verdammt!«

Wenn ich kurz mit ihnen spreche, lassen sie mich vielleicht in Ruhe. Sie bog auf die Einfahrt ihrer Mutter, nahm die Kappe ab und fuhr sich mit der Hand durch die Haare.

»Liana!«, ertönte es in dem Moment, in dem sie aus dem Auto stieg. Drei Männer in North-Point-Polohemden versuchten, die Reporter vom Rasen ihrer Mutter fernzuhalten.

»Liana! Was läuft da zwischen dir und Travis North?«

»Wie hast du North kennengelernt?«

»Ist etwas dran an den Gerüchten über eine baldige Verlobung?«

Wo hatten sie diesen Mist nur immer her? Liana ging quer über den Rasen, um eine Minute mit der Presse zu reden. Travis' drei Sicherheitsleute hielten die Menge weiter in Schach, während Kameras klickten und Blitze zuckten.

»Wusstest du, dass er die Gelegenheit ausgeschlagen hat, für die NFL zu spielen?«

»Was sagst du zu den Fotos im Internet?«

Das Letzte ließ sie erstarren. »Was für Fotos?«

»Von dir und Travis North«, erwiderte einer der Reporter mit einem schmutzigen Grinsen.

Liana drehte sich auf dem Absatz um und ging ins Haus, während sie ihr weiter Fragen hinterherschrien. Drinnen lief sie sofort ins

Schlafzimmer ihrer Mutter und schnappte sich ihren Laptop. Sie öffnete den Browser und rief einige Klatschseiten auf.

»Lianas neuer Lover verschmähte einst die NFL«, verkündete eine Headline.

»O mein Gott«, stöhnte sie, als sie die Reihe von Fotos entdeckte, auf denen zu sehen war, wie Travis gestern Abend ihre Hand ergriffen und sie von der Dachterrasse in seine Wohnung geführt hatte. Da Travis' Apartment der höchste Punkt der Stadt war, mussten die Bilder aus einem Flugzeug oder Hubschrauber geschossen worden sein. Liana schaute sich die Fotos noch einmal an.

Ich habe kein Flugzeug gehört. Ich war zu sehr mit ihm beschäftigt, um irgendetwas anderes mitzubekommen. Die Seite bot auch einen Link zu der Geschichte, wie Travis das Angebot der Arizona Cardinals ausgeschlagen hatte. Liana klickte darauf und las den Artikel. Das Begleitfoto zeigte einen wesentlich jüngeren Travis.

Eine weitere Schlagzeile fiel ihr ins Auge: »North unterstützt seinen Bruder mit Downsyndrom«.

Lianas Augen füllten sich mit Tränen, als sie auf diesen Link klickte und ein Foto von den Special Olympics fand, auf dem Travis neben einem Jungen herlief, der bis auf die für das Downsyndrom typischen Gesichtszüge genauso aussah wie er. Betroffen von der Invasion seiner Privatsphäre, die sie ausgelöst hatte, ließ sie den Kopf auf die Tischplatte sinken.

Nachdem sie sich wieder gefasst hatte, schloss sie den Browser und bemerkte überrascht einige Dokumente auf dem Desktop des Computers. Neugierig öffnete sie eines davon. »Soziologie 302, Agnes McDermott«. Ein anderes hieß »Geschichte 412«. Ein drittes war mit »Kreatives Schreiben 400« überschrieben. Sie war von der Entdeckung so überrascht, dass sie nicht hörte, wie ihre Mutter nach Hause kam.

»Liebes?«, rief Agnes von der Tür her.

Liana drehte sich zu ihr um. »Hattest du vor, mir irgendwann davon zu erzählen?«

»Wovon zu erzählen, Liebes?« Agnes setzte sich aufs Bett und streifte sich die Schuhe von den Füßen.

»Dass du aufs College gehst.«

Agnes erstarrte.

»Warum hast du es mir nicht gesagt, Mom?«, rief Liana und stand auf. »Warum hältst du so etwas vor mir geheim?«

Agnes verzog das Gesicht. »Ich wollte es nicht vor dir geheim halten. Ich war bloß nicht sicher, ob ich es überhaupt schaffe, und ich dachte, warum soll ich es dir erzählen, wenn ich doch nur eine oder zwei Vorlesungen besuche? Dann führte ein Kurs zum nächsten, und bevor ich wusste, wie mir geschah, hatte ich das halbe Studium hinter mir. Zu dem Zeitpunkt fühlte es sich wie eine Unterlassungssünde an.«

»Ich hab schon gedacht, du hast vielleicht Alzheimer.«

Agnes starrte sie ungläubig an. »Alzheimer? Wie um alles in der Welt bist du denn darauf gekommen?«

»Weil du so durcheinander und irgendwie abgelenkt warst. Wir haben uns fürchterliche Sorgen um dich gemacht – ich, Tante Edith, Enid, Onkel Charlie. Und dabei bist du die ganze Zeit aufs College gegangen!« Mit einem Mal war Liana so erleichtert, dass sie sich lachend neben ihrer Mutter aufs Bett fallen ließ.

»Ich wusste, du würdest es für lächerlich halten«, erwiderte Agnes leise.

»Was?«, keuchte Liana. »Lächerlich? Ich bin so stolz auf dich, dass ich platzen könnte! So unglaublich stolz.«

»Wirklich?«

Liana nahm die Hand ihrer Mutter. »Wirklich. Wann bist du fertig?«

»Nächsten Mai. Es ist ein Diplom in Soziologie. Es tut mir leid, dass man es mir angemerkt hat, aber ich habe all meine Energie gebraucht, um in den Kursen mithalten zu können.«

»Hast du die Hochzeit deshalb so früh verlassen?«

Agnes grinste verlegen. »Ich hatte am nächsten Tag eine Zwischenprüfung. Da war ich am Montagmorgen, als ich gesagt habe, ich hätte etwas zu erledigen. Ich war so sauer, als ich einen Sommerkurs belegen musste, um rechtzeitig den Abschluss machen zu können, weil ich wusste, dass der mit deinem Urlaub kollidiert.«

Liana legte ihrer Mutter einen Arm um die Schultern und lehnte den Kopf an ihre Schläfe. »Ich kann gar nicht in Worte fassen, wie erleichtert ich bin. Ich habe mich so um dich gesorgt.«

»Es tut mir leid, Liebes. Ich hätte es dir erzählen sollen, doch das Ganze fühlte sich in meinem Alter so albern an. Wer geht schon mit sechzig aufs College?«

»Es ist nicht albern«, beharrte Liana. »Es ist großartig. Hast du das schon immer tun wollen?«

»Nicht wirklich. Aber nach dem Tod deines Dads habe ich etwas gebraucht, um meine Zeit zu füllen, also habe ich angefangen, hier und da eine Vorlesung zu besuchen. Und irgendwann hat sich dann die Idee festgesetzt, ein komplettes Studium zu versuchen.«

»Ich bin schwer beeindruckt.« Mit einem Mal erinnerte Liana sich wieder an die Reporter vor dem Haus und an das, was sie im Internet über Travis erfahren hatte.

»Was ist los, Liebes? Geht es um Travis?«

»Nein«, sagte Liana. »Travis ist unglaublich.«

Agnes erwiderte Lianas Lächeln. »Dann müssen es die Reporter sein, die auf meinem Rasen herumlungern.«

»Ich bin sie so leid! Sie folgen mir überallhin. Sie haben gestern Abend sogar Fotos von mir und Travis auf seiner Dachterrasse gemacht. Und diese Fotos sind heute im Internet. Sie haben auch über alle möglichen persönlichen Dinge von ihm berichtet. Ich fühle mich so angegriffen. Ich kann mir nicht mal vorstellen, wie es ihm gehen muss. Ich ertrage das einfach nicht mehr!«

Agnes zog ihre Tochter in die Arme. »Es tut mir leid, dass du dich damit herumschlagen musst, doch das gehört zu dem Leben, das du dir ausgesucht hast, Liebes. Du kannst nicht nur den einen Teil haben und den anderen nicht.«

»Ich weiß«, erwiderte Liana bedrückt. »Die haben mich nur vorher nie hier gefunden, und ich wollte einfach mal zwei Wochen Ruhe haben. Ist das zu viel verlangt?«

»Natürlich nicht. Aber da das nicht mehr passieren wird, musst du eben andere Möglichkeiten finden.«

Liana hob den Kopf von der Schulter ihrer Mutter. »Was meinst du damit?«

»Anstatt auszugehen und uns dem Ärger zu stellen, könnten wir hier was essen und uns gegenseitig eine Maniküre machen. Was meinst du?«

»Solange wir Zeit miteinander verbringen, ist es mir egal, was wir machen. Du musst heute nicht lernen, oder?«

Agnes lachte leise auf. »Erst später.«

»Travis will uns um sieben zum Dinner im Club treffen. Passt dir das?«

»Sicher.« Agnes stand auf und schlüpfte in ihre Sandalen.

»Mom? Kann ich dich noch was fragen?«

»Natürlich.«

»Hast du einen Freund?«

Wieder erstarrte Agnes.

Liana riss die Augen auf. »Du hast einen!«

»Liana …«

»Ich kann nicht fassen, dass du mir das alles verschwiegen hast.«

»Ich dachte nicht, dass du es gutheißt. Also das Zweite.«

»Warum meinst du, meine Zustimmung zu benötigen?«

»Weil du meine Tochter und der wichtigste Mensch auf der Welt für mich bist. Was du denkst, ist natürlich wichtig. Du hast deinem Dad so nahegestanden, und du warst nach seinem Tod dermaßen am Boden zerstört. Ich dachte, du würdest nicht wollen, dass ich mit jemand anders zusammen bin.«

»Ich möchte, dass du glücklich bist«, sagte Liana und legte ihrer Mutter die Hände auf die Schultern. »Wenn aufs College zu gehen und einen Freund zu haben dich glücklich macht, werde ich dir nicht im Wege stehen.«

»Es tut mir leid, Liebes. Ich hätte es dir erzählen sollen.«

»Wer ist er?«

»Er heißt David«, erwiderte Agnes und wandte sich zur Küche, um das Essen vorzubereiten. »David Leary.«

Liana folgte ihr. »Und wie hast du diesen David Leary kennengelernt?«

Agnes wurde rot.

Liana lachte. »Jetzt weiß ich, wo ich das herhabe.« Sie spürte, wie ihre eigenen Wangen warm wurden, als sie daran dachte, wie sehr Travis es genoss, sie zum Erröten zu bringen.

»Er war einer meiner Dozenten im ersten Jahr.«

»*Mutter!*«

»Wir sind erst miteinander ausgegangen, als das Semester vorbei war«, erklärte Agnes und zögerte, bevor sie hinzufügte: »Da ist noch etwas, das du vermutlich wissen solltest.«

»Und das wäre?«

»Er ist, äh, jünger als ich.«

»Definiere ›jünger‹.«

»Er ist fünfundfünfzig.«

»Das sind nur acht Jahre, Mom, was nicht wirklich ein Skandal ist. Aber wenn er dein Dozent im ersten Semester war, seht ihr euch schon eine ganze Weile.«

Agnes' Wangen röteten sich erneut. »Drei Jahre.«

»Und keiner weiß davon? Nicht Tante Edith, nicht Enid?«

Agnes schüttelte den Kopf. »Ich hätte es niemals nur ihnen und dir nicht erzählt.«

»Wie hast du das nur vor allen geheim gehalten?«

»Wir fahren immer weg, wenn wir uns sehen. Und er hat ein Wochenendhaus in Vermont. Da haben wir viel Zeit verbracht.«

Noch immer leicht fassungslos fragte Liana: »Wann lerne ich ihn kennen?«

»Oh, nun ja … Ich … äh … ich weiß es nicht.«

»Bitte ihn heute Abend zum Dinner dazu«, schlug Liana vor und stibitzte sich eine Gurke aus dem Glas, das ihre Mutter gerade geöffnet hatte.

»Das kann ich nicht! Travis hat ihn nicht eingeladen.«

»Travis ist das egal.« Sie schnappte sich das Telefon und reichte es ihrer Mutter. »Okay, du sagst Folgendes: ›Hallo, David? Hier ist Agnes. Wir sind aufgeflogen. Also bitte komm heute Abend mit mir und meiner Tochter zum Essen.‹«

»Und mit dem überaus attraktiven Travis North«, ergänzte Agnes.

Liana lächelte. »Jetzt kommen wir der Sache schon näher.«

Kopfschüttelnd wählte Agnes eine Nummer. »Hi«, sagte sie, als David ranging. Ihr Gesicht lief knallrot an. »Wir sind aufgeflogen.«

Liana lachte, und die Reporter vor dem Haus waren vergessen.

KAPITEL 11

Jessie bückte sich, um eine weitere Muschel aufzuheben. Sie war im ländlichen Georgia aufgewachsen und hatte immer davon geträumt, am Strand zu leben. Es gab wahrlich schlimmere Orte, an denen man festsitzen konnte. Sie war im Himmel!

Beck hatte ihr erzählt, dass das Wasser vor North Point eine Bucht war und das Meer auf der anderen Seite der Insel lag. Er hatte versprochen, sie mal dorthin mitzunehmen, um ihr das Bodysurfen beizubringen. Sie hatten sich die ganze Nacht lang unterhalten – nicht über irgendetwas Wichtiges oder Besonderes, aber irgendwie hatte er es trotzdem geschafft, dass sie sich wichtig und besonders vorkam. Und sicher. Zum ersten Mal seit langer Zeit fühlte sie sich wirklich sicher.

Er hatte ihr von seiner Kindheit mit drei jüngeren Schwestern in Ohio erzählt, davon, wie er mit Travis North an der Ohio State Football gespielt hatte, von seinen Jahren als FBI-Agent, bevor er ins private Sicherheitsgeschäft gewechselt war. Auch wenn er groß, blond und muskulös war, hatte sie sich mehr von seiner ruhigen, stillen Art angezogen gefühlt als von seinem guten Aussehen. Ohne in Schweiß auszubrechen oder bloß einen Finger zu heben, war er der Inbegriff von Autorität und Kompetenz. Und von beidem brauchte sie im Moment so viel, wie sie nur kriegen konnte.

Sie hatte den Saum ihres T-Shirts angehoben, um die Muscheln darin zu tragen, und machte sich nun auf den Weg zurück zum Tower, um sie zu waschen. Der Anblick von Beck, der ihr auf dem Strand entgegenkam, ließ ihr Herz höherschlagen. Während sie verfolgte, wie er mit ausholenden Schritten über den Sand lief, erinnerte sie sich an das seltsame Gefühl des Wiedererkennens, das sie gestern Nacht verspürt hatte, als sie ihn zum ersten Mal gesehen hatte.

»Da bist du ja«, sagte er erleichtert. »Ich habe nach dir gesucht. Nach dem, was du mir gestern Nacht erzählt hast, hätte ich mir allerdings denken können, dass ich dich hier finde.«

»Tut mir leid. Ich hätte dir Bescheid geben sollen.«

»Ich will dir nicht zu viele Beschränkungen auflegen, aber ich habe versprochen, dich zu beschützen.« Er reichte ihr ein Handy. »Würde es dich stören, das bei dir zu tragen, damit du kommen und gehen kannst, wie du willst, und ich dich trotzdem jederzeit finde?«

Die Vorstellung, von ihm gefunden zu werden, gefiel ihr, und so nahm sie das Handy. »Klar, kann ich machen.«

»Wenn du es einschaltest, steht die Nummer gleich auf dem Startbildschirm. Du kannst sie gerne jedem geben, mit dem du in Kontakt sein willst.« Er hielt inne und sah jungenhaft süß und gleichzeitig unglaublich männlich aus. »Möchtest du eigentlich Travis kennenlernen?«

»O ja, sehr gerne.« Vor allem jetzt, wo sie wusste, dass Liana eine Affäre mit ihm hatte. »Kann ich schnell nach oben laufen, um die Muscheln wegzulegen und mich umzuziehen?«

»Kein Problem.« Er ging neben ihr her.

»Ich hätte erwartet, dass ich müde bin, nachdem ich die ganze Nacht wach war.«

»Und, bist du es nicht?«

»Nein. Ich bin voller Energie. Was ist mit dir?«

»Das müssen die zehn Jahre sein, die ich älter bin als du, doch ich bin heute nicht sonderlich energiegeladen«, verkündete er mit einem schiefen Grinsen.

»Das tut mir leid.«

»Das muss es nicht. Ich habe jede Minute genossen.«

Lächelnd schaute sie ihn an. »Ich auch.«

»Glaubst du …?«

»Was?«, fragte sie atemlos.

Er errötete leicht, was sie ganz bezaubernd fand. »Kann ich dich heute Abend zum Essen einladen?«

»Sehr, sehr gerne. Aber bist du nicht zu müde?«

Er nahm ihre Hand, um ihr die Treppe hinaufzuhelfen, die vom Strand zum Grundstück führte. »Ich habe das Gefühl, dass ich heute Abend noch einmal einen Energieschub bekomme.«

Sie lächelte und protestierte nicht, als er auf dem Weg über den Parkplatz zum Tower ihre Hand nicht losließ.

LIANA LIESS SICH ZEIT DAMIT, SICH FERTIG ZU MACHEN. WÄHREND SIE ES kaum erwarten konnte, den Mann im Leben ihrer Mutter kennenzulernen, war sie mindestens genauso aufgeregt, den Mann in *ihrem* Leben wiederzusehen. Die Zeiger der Uhr hatten sich noch nie so langsam bewegt wie heute. Liana trug ein eng anliegendes Jerseykleid mit Wasserfallausschnitt und Dreiviertelärmeln in einer Farbe, die, wie sie wusste, seine Lieblingsfarbe war: ein tiefes Bordeauxrot.

Warte nur, bis du siehst, was ich unter dem Kleid anhabe, dachte sie und lachte nervös. Während sie in ihre schwarzen Slingback-Pumps schlüpfte, fuhr sie sich mit den Händen durch die langen Haare, die ihr locker über den Rücken fielen. Nach einem letzten Blick in den Spiegel schnappte Liana sich ihre Handtasche, Travis' Schlüssel und eine Tasche mit Wechselkleidung, damit sie die Nacht bei ihm verbringen konnte.

»Mom?«, rief sie und klopfte an die Tür zum Schlafzimmer ihrer Mutter.

Die Tür ging auf.

»O Mom, du siehst umwerfend aus.« Liana gefielen das schwarze Cocktailkleid und die High Heels, die ihre Mutter ausgesucht hatte.

»Genau wie du«, erwiderte Agnes und zog ihre Tochter für eine rasche Umarmung an sich. »Travis wird ins Schwitzen kommen, wenn er dich sieht.«

»Und David wird bei deinem Anblick in Ohnmacht fallen.«

Agnes errötete. »Also wirklich, Liana.«

Liana lachte bloß. »Ich gehe jetzt. Wir treffen uns dort?«

Agnes ließ ihre Handtasche nervös auf- und zuschnappen. »Wir sind gleich da.«

Liana legte eine Hand auf die ihrer Mutter. »Wenn du ihn liebst, werde ich ihn auch lieben.«

Agnes' Augen füllten sich mit Tränen. »Danke«, sagte sie leise.

Liana gab ihrer Mutter zum Abschied einen Kuss auf die Wange. Als sie das Haus verließ, waren die Reporter sofort da, und Liana lief schnell zum Auto. Als sie hinter dem Lenkrad saß, zog sie ihre Schuhe aus und fuhr die kurze Strecke barfuß.

Am Club angekommen, bemerkte sie verstört, dass ein schwarzer Wagen direkt hinter ihr einbog, als sie auf dem Platz parkte, der für »Mr North« reserviert war. Sie flüchtete unter die bordeauxfarbene Markise und durch die Eingangstür des Clubs, bevor die zwei Männer aus dem anderen Wagen ihr folgen konnten.

»Guten Abend, Ms McDermott«, empfing sie der in einen Smoking gekleidete Oberkellner. »Hier entlang. Mr North erwartet Sie bereits.«

Liana spürte die Blicke der anderen Gäste auf sich, doch sie hatte nur Augen für den dunkelhaarigen Mann, der in einer diskret verborgenen Nische in der hinteren Ecke des großen Speisesaals saß.

Er telefonierte gerade, hörte aber auf, als er sie kommen sah. Vor ihm auf dem Tisch lag ein Stapel Papier neben einem Glas Bier. Er schob den Stapel beiseite und stand auf, um sie mit einem Kuss auf die Wange zu begrüßen. »Du bist atemberaubend«, flüsterte er und ließ sie vor sich auf die Bank rutschen. Dann setzte er sich so, dass sein breiter Rücken sie vor neugierigen Blicken abschirmte, fasste sie an den Händen und zog sie für einen Kuss an sich.

Liana hätte vor Erleichterung weinen mögen, so gut fühlte es sich an, wieder bei ihm zu sein. Als er mit der Zunge Einlass begehrte, öffnete sie die Lippen, und der Kuss wurde ziemlich schnell sehr hitzig.

Travis riss sich von ihr los und betrachtete sie mit beinahe erstaunter Miene. »Du hast mir gefehlt.«

Sie lächelte und strich ihm über den Oberschenkel.

Er keuchte auf, als sie dabei seine Erektion streifte.

»Das merke ich«, sagte sie, erfreut über seine Reaktion. »Du hast mir auch gefehlt.«

In seiner Wange zuckte ein Muskel. »Ich will dich sofort von hier entführen und direkt ins Bett tragen«, flüsterte er. »Ich denke, ich habe da einen Blick auf etwas sehr Interessantes unter deinem hautengen Kleid erhascht, und da ich nicht Stunden warten kann, um herauszufinden, ob es wahr ist …« Er strich mit seiner Hand ihr Bein hinauf und unter ihr Kleid. Dann hielt er abrupt inne, als er einen der Strapse berührte, die ihre Nylons festhielten. »Oh, *Jesus*«, stöhnte er.

»Später«, erwiderte sie und richtete sich auf.

»Wollte deine Mom nicht mitkommen?«, fragte er, nachdem er seine Hand äußerst widerstrebend zurückgezogen und einen großen Schluck Bier getrunken hatte.

»Wie sich herausgestellt hat, hattest du recht.«

»Womit?«

»Sie hat tatsächlich einen Freund.«

Ein Lächeln erhellte Travis' Miene. »Wirklich? Wie schön für sie.«

»Ich hoffe, es ist okay, dass ich ihn eingeladen habe, sich zu uns zu gesellen.«

»Natürlich ist es das.« Er strich mit dem Daumen über ihre Unterlippe. »Warum bearbeitest du deine arme Lippe schon wieder?«

»Es ist nur … Ich habe ihr gesagt, dass ich mich für sie freue, und ich habe sie ermutigt, ihn heute mitzubringen.«

»Und wo ist das Problem, Süße?«

»Ich hoffe, ich bin bereit, sie mit einem anderen Mann zu sehen.«

Travis zog sie in seine Arme und hielt sie ganz fest. »Ich bin bei dir.«

Sie hob ihr Gesicht, um ihn zu küssen. »Das hilft. Danke. Ich habe außerdem herausgefunden, dass sie keinen Alzheimer hat.«

»Auch das habe ich dir gesagt.« Er grinste zufrieden.

»Sie geht aufs College. Wer hätte das gedacht? Im Mai macht sie ihren Abschluss.«

»Das ist ja unglaublich.«

»Ich weiß. Ich konnte es gar nicht fassen. Was für eine Erleichterung, das herausgefunden zu haben.«

»Das kann ich mir vorstellen.«

Sie streichelte seine Wange. »Ich glaube, ich habe mich entschieden.«

Er hob amüsiert eine Augenbraue. »Weswegen?«

»Ein Hauch von einem Bartschatten.« Sie strich mit den Lippen über sein Kinn. »Ja, ich ziehe definitiv einen leichten Bartschatten vor.«

»Ich werde schauen, was ich deswegen tun kann«, antwortete er lachend.

Ihr fiel wieder ein, was sie ihn fragen wollte, und sofort wurde sie ernst. »Hast du den Müll im Internet gesehen?«

»Vielleicht.«

»Travis, es tut mir so leid.« Sie kämpfte gegen den Kloß in ihrer Kehle an. »Was sie über dich und deinen Bruder geschrieben haben …«

Er gab ihr einen sanften Kuss. »Ist schon gut, Süße. Es tut mir leid, dass ich dir nichts von Evan erzählt habe. Das hätte ich noch getan.«

»Es ist *nicht* gut! Du solltest nicht von der Presse dazu gezwungen werden, mir persönliche Dinge zu erzählen. Das macht mich so wütend.«

»Du wirst froh sein, zu hören, dass auch etwas Gutes dabei herausgekommen ist.«

Überrascht fragte sie: »Was?«

»Der Hochzeitsfotograf wird die hunderttausend Dollar, die er von der Zeitschrift erhalten hat, an die National Down Syndrome Society spenden – und zwar im Namen von Evan North.«

Liana riss erstaunt die Augen auf. »Wirklich?«

»Jap.« Travis nickte zufrieden.

»Und wie hast du das geschafft?«

»Ich habe ihn an die Vertraulichkeitsvereinbarung erinnert, die jeder unterschreibt, der in North Point arbeitet. Ich habe ihm mit einer kostenintensiven Klage gedroht und ihn wissen lassen, wie viele Hochzeiten hier nächstes Jahr stattfinden werden. Er hat nicht lange gebraucht, um seinen Fehler einzusehen.« Er griff nach dem Stapel Papiere und zog einen Bogen Negative heraus, die er ihr reichte. »Alle Fotos von dir – und uns – auf der Hochzeit.«

»Danke.«

»Ich danke dir.« Er gab ihr einen weiteren Kuss. »Deinetwegen ist eine sehr wichtige Initiative heute Abend ein wenig reicher geworden.«

»Das fühlt sich gut an.«

»Erinnere dich an das Gefühl, wenn du mal wieder denkst, du kannst nichts anderes als modeln.«

Lianas Herz zog sich zusammen, als sie einen langen, intensiven Moment lang seinen Blick erwiderte. »In Ordnung.«

»Ich habe vorhin deine Freundin Jessie kennengelernt.«

»Was hältst du von ihr?«

»Sie ist umwerfend – aber natürlich nicht so umwerfend wie du.« Liana lächelte.

»Beck scheint sehr angetan von ihr zu sein – und umgekehrt.«

»Sie hat mir erzählt, dass sie sich die ganze Nacht unterhalten haben.«

Travis zog besorgt die Stirn kraus. »Er hat sich ein paarmal die Finger verbrannt, wodurch er inzwischen jemand ist, der sich auf nichts Festes einlässt. Sie scheint mir ein sehr zerbrechlicher Typ zu sein.«

»Ich kenne sie nicht sonderlich gut. Ich kann mir allerdings vorstellen, dass sie zäher ist, als sie aussieht.«

»Ich habe mit ihnen zu Mittag gegessen. Er konnte kaum den Blick von ihr abwenden.«

»Sehr interessant.«

»Entschuldigen Sie, Mr North«, unterbrach sie der Oberkellner.

»Es tut mir leid, Sie zu stören, aber Ihre anderen Gäste sind da. Soll ich sie hereinführen?«

Travis drückte Liana aufmunternd die Hand. »Ja, Stuart. Vielen Dank.«

Sie standen auf, um Agnes und David zu begrüßen, der groß war und mit seinen grauen Haaren und strahlend blauen Augen sehr distinguiert wirkte. Er trug einen dunklen Anzug und hatte einen Arm um Agnes gelegt, als sie von Stuart zum Tisch geleitet wurden.

Travis begrüßte Agnes mit einem Kuss auf die Wange. »Es ist schön, Sie wiederzusehen, Agnes.« Dann schüttelte er David die Hand. »Travis North.«

»David Leary. Schön, Sie kennenzulernen.«

»Gleichfalls.« Travis behielt seinen Arm um Liana. »Ich bin froh, dass Sie uns heute Abend Gesellschaft leisten können.«

»Honey, das ist David. David, meine Tochter Liana.«

»Es ist mir eine große Freude, Sie endlich kennenzulernen, Liana.« David ergriff ihre ausgestreckte Rechte mit beiden Händen. »Ich habe so viel von Ihnen gehört.«

»Ich wünschte, ich könnte das Gleiche sagen«, gab sie mit einem amüsierten Blick zu ihrer Mutter zurück, die während der Vorstellungsrunde ihre Nervosität kaum verbergen konnte.

»Nun«, bemerkte Travis. »Ich denke, wir können alle einen Drink gebrauchen.« Er winkte dem Kellner und bedeutete Agnes und David, ihm und Liana gegenüber Platz zu nehmen.

»Ich auf jeden Fall«, erklärte Agnes, und alle lachten.

SIE GENOSSEN GERADE EIN GLAS PORTWEIN NACH DEM DESSERT, ALS Stuart an ihren Tisch zurückkehrte.

»Es tut mir sehr leid, Sie erneut zu stören, Mr North, aber in Ihrem Büro wartet ein dringender Anruf auf Sie.«

»Wenn ihr mich kurz entschuldigen wollt?«, fragte Travis.

»Ich hoffe, es ist nichts Schlimmes«, erklärte Liana.

»Ganz bestimmt nicht.« Er gab ihr einen Kuss auf die Wange. »Ich bin gleich wieder zurück.«

Liana sah ihm nach, wie er den Raum durchquerte, und richtete ihren Blick dann auf ihre Mutter und David, die sie, wie sie bemerkte, beobachteten. »Was ist?«

Agnes lächelte. »Du wirkst ziemlich hingerissen.«

»Sei nicht albern, Mutter. Wir sind bloß Freunde.«

»Mich dünkt, da protestiert jemand zu sehr«, sagte David mit einem amüsierten Blick zu Agnes.

»*Mich* dünkt, sie mag dich nicht so sehr, wie sie geglaubt hat«, zog Liana ihn auf.

David lachte. »Er ist ein beeindruckender junger Mann.«

»Ja.« Liana strich mit dem Finger über den Rand ihres Weinglases. »Das ist er.«

»Ihr seid ein so hübsches Paar«, merkte Agnes an. »Eure Kinder wären bezaubernd.«

»*Mom!*«

Agnes lachte leise und hob abwehrend eine Hand. »Entspann dich, Liebes. Ich meine ja nur …«

»Was meinst du nur?«

»Dass er perfekt für dich ist. Mehr nicht.«

Amüsiert antwortete Liana: »Halt dich bloß nicht zurück. Sag mir, was du wirklich denkst.«

»Okay, das mache ich. Du hast dich von deinem Beruf und der ungewollten Aufmerksamkeit, die damit einhergeht, einsperren lassen. Reporter folgen dir überallhin, und ich glaube, es ist schon sehr lange her, dass du deine Arbeit wirklich genossen hast. Das glamouröse Leben passt nicht zu dir, Liebes. Du gehörst nicht in diese verrückte Welt, in der du lebst – das hast du nie getan, und das wirst du nie tun.«

Als Liana widersprechen wollte, ergriff ihre Mutter ihre Hand.

»Du bist zu anständig, zu nett, zu großzügig. Es ist an der Zeit für dich, sesshaft zu werden und eine Familie zu gründen. Und ich kann mir keinen idealeren Kandidaten für den Posten des Ehemanns vorstellen als den Mann, der den ganzen Abend über kaum den Blick von dir abwenden konnte.«

»Sonst noch was?«, fragte Liana mit dünner Stimme.

»Ja, eine Sache.«

»Ich kann es kaum erwarten, es zu hören«, murmelte Liana.

»Da du bereits in ihn verliebt bist, sei nicht so dumm und versuch, so zu tun, als wärst du es nicht.«

Bevor Liana etwas auf diese erstaunliche Feststellung erwidern konnte, kehrte Travis mit besorgter Miene an den Tisch zurück und setzte sich neben Liana.

»Was ist los?«, wollte sie wissen.

»Erinnerst du dich an Niki? Du hast sie auf der Hochzeit kennengelernt, als wir versucht haben, deine Mutter zu finden.«

»Ah, sie war die, die sich erinnert hat, dass Mom sich ein Taxi genommen hat«, sagte Liana mit einem vielsagenden Blick zu ihrer Mutter, die betreten mit den Schultern zuckte.

»Ganz genau die. Sie war in einen ziemlich schweren Verkehrsunfall verwickelt.«

»O nein, Travis! Geht es ihr gut?«

»Das wird es bald wieder tun. Aber sie hat sich ein Bein und mehrere Rippen gebrochen und liegt im Krankenhaus.«

»Das ist ja schrecklich.«

»Damit fällt sie für ein paar Wochen aus«, sagte er grimmig. »Ich hasse es, in einem Moment wie diesem an die Arbeit zu denken, doch sie sollte die Hochzeiten an diesem und am nächsten Wochenende managen. Ich habe mich so auf Enids und Bradys Hochzeit konzentriert, dass ich mit den nächsten beiden nichts zu tun hatte.«

»Kann ich irgendwie helfen?«, fragte Liana.

Er küsste ihre Hand, die auf seiner lag. »Nein, Süße, du hast Ferien. Trotzdem danke.«

»Ich möchte aber gerne«, beharrte Liana. »Ganz sicher gibt es irgendetwas, was ich tun kann? Das macht bestimmt Spaß.«

Travis musterte sie. »Willst du das wirklich? Das ist eine Menge Arbeit.«

Sie nickte und war selbst überrascht, wie sehr sie ihm helfen wollte, wenn sie konnte. Das, zusammen mit der Beobachtung ihrer Mutter, sorgte dafür, dass ihr Magen sich nervös zusammenzog. *Bin ich wirklich in ihn verliebt?*

»Dann nehme ich das Angebot dankend an, wenn auch nur für ein paar Stunden pro Tag. Du brauchst dringend Erholung.«

Liana klatschte in die Hände. »Wann kann ich anfangen?« Als sie zu ihrer Mutter schaute und bemerkte, dass sie mit David einen wissenden Blick tauschte, funkelte sie die beiden böse an.

»Gleich morgen«, sagte Travis.

KAPITEL 12

Nachdem sie sich von ihrer Mutter und David verabschiedet hatten, gingen Liana und Travis Hand in Hand über den Steg, der den Club mit dem Tower verband. Die vom Wasser kommende Brise war warm und trug leicht den Geruch des Meeres mit sich. Der Mondschein war die perfekte Ergänzung zu dem gedämpften Licht, das den Weg säumte.

»Danke für das Dinner«, sagte Liana.

»Es war mir ein Vergnügen. David scheint ein netter Kerl zu sein.«

»Ja, er ist ganz reizend. Und genau das, was ich mir für sie gewünscht habe.«

»Jetzt, wo sie aufgeflogen sind, will er sie vermutlich heiraten.«

»Ich weiß.«

»Du bist damit einverstanden?«

»Ja.«

»Warum klingst du dann so traurig?«

»Ich vermisse meinen Dad trotzdem.« Liana seufzte. »Wir haben uns immer nahegestanden, und selbst nach sieben Jahren ist es ein Schock, nach Hause zu kommen und zu merken, dass er nicht mehr da ist.«

»Er muss sehr stolz auf dich gewesen sein.«

»Das war er, doch ich glaube, er war auch ein bisschen enttäuscht, dass ich den offensichtlichen und einfachen Weg gewählt und mich auf mein Aussehen verlassen habe, um Geld zu verdienen.«

»Was hatte er denn für dich im Sinn?«

»Nichts Spezielles. Ich hatte nur immer das Gefühl, dass er glaubte, ich hätte etwas Anspruchsvolleres machen können.«

»Nun, vielleicht findest du in nächster Zeit heraus, was er damit gemeint haben könnte.«

»Ja, vielleicht.«

»In der Zwischenzeit ist aber nichts verkehrt an dem, was du tust. Es erfüllt für die Leute, für die du arbeitest, einen Zweck.«

Liana lächelte ihn an. »Ehrlich gesagt ist meine Branche ziemlich oberflächlich und eitel. Danke, dass du versuchst, es besser klingen zu lassen.«

Sie hatten eine dunkle Stelle auf dem Steg erreicht, und Travis drückte Liana an die Brüstung. »Du siehst heute Abend so unglaublich schön aus. Vorhin im Speisesaal, als du auf mich zukamst, hätte ich beinahe vergessen, zu atmen. Ich konnte nur daran denken, was für ein glücklicher Mann ich bin, weil du zu mir wolltest. Und noch dazu meine Lieblingsfarbe trägst.«

»Ich hatte gehofft, dass es dir auffällt.«

Seine Lippen strichen über ihre, versagten ihr aber den Kuss, nach dem sie sich so sehnte. »Was dich betrifft, entgeht mir nichts.«

Sie legte ihm die Arme um den Hals und eroberte mit Lippen, Zunge und Zähnen seinen Mund. Erfreut spürte sie ihn vor Verlangen erschauern. Dass sie diese Wirkung auf einen so starken, attraktiven Mann hatte, war ein mächtiges Aphrodisiakum.

»Liana«, flüsterte er und zog sie eng an sich. »Ich will dich so sehr, dass ich an nichts anderes denken kann.«

Berührt von seinem Geständnis erwiderte sie: »Du hast mich. In diesem Moment, in dieser Nacht, gehöre ich dir, Travis.«

»Dann lass uns nach Hause gehen.«

Den restlichen Weg zum Tower legten sie schweigend zurück. Im Fahrstuhl hielt Travis sie ganz nah bei sich, und als sie in seiner Wohnung ankamen, führte er sie direkt ins Schlafzimmer, wo er sie so lange küsste, bis ihr die Knie nachgaben. »Warte eine Sekunde«, bat er.

Sie hörte ihn im Dunkeln herumlaufen und atmete überrascht ein, als ein Streichholz den Raum erhellte. Liana beobachtete, wie er zwei Kerzen auf dem Nachttisch entzündete. »Die waren heute Morgen noch nicht da.«

»Ich habe sie vorhin aus dem Club geklaut, damit ich dich im Kerzenschein lieben kann.«

»Du bist ja ein Romantiker!«, stellte sie fest.

Mit einem kleinen Schnauben pustete er das Streichholz aus und entledigte sich seines Jacketts. »Das ist ja noch schlimmer, als einfühlsam genannt zu werden.«

»Aber alle Anzeichen deuten auf einen einfühlsamen Romantiker hin.« Sie kicherte, als sie seinen entsetzten Blick bemerkte. »Ich mag das«, sagte sie und half ihm, die Krawatte zu lösen.

»Und ich mag dich.« Er griff nach ihr und zog sie in seine Arme. »Sehr sogar.«

Mit den Fingern strich sie durch die dichten dunklen Haare. »Ich mag dich auch.«

»Genießt du unsere kleine Affäre?«

»Mehr, als ich es mir je hätte vorstellen können.« Sie knöpfte ihm das Hemd auf. »Ich bin so froh, dass Enid dich für mich ausgewählt hat.«

Lachend streifte er sich die Hose ab. »Sie ist ganz schön herrisch und verzogen.«

»Hey. Ich liebe sie.«

»Ich liebe sie ebenfalls.« Langsam öffnete er den Reißverschluss von Lianas Kleid. »Immerhin ist sie diejenige, die dir die Idee von einer heißen Affäre in den Kopf gesetzt hat.«

»Das stimmt.«

Seine Augen glühten wie Kohlen, als er den schwarzen BH, den dazu passenden Slip und die Strapse sah, die sie unter ihrem Kleid trug. Er schluckte schwer. »Und dafür werde ich ihr bis in alle Ewigkeit dankbar sein.«

»In alle Ewigkeit?«, zog sie ihn auf.

»Vielleicht.«

»Travis …«

»Keine Sorge, Süße. Ich weiß, es ist nur eine Affäre.« Unter seinen Händen, die über ihren Körper glitten, erzitterte sie. »Aber verdammt, in diesem Aufzug siehst du aus wie eine Göttin. Ich weiß gar nicht, wo ich anfangen soll. Ich will dich überall berühren und dich schmecken, und dann an ein paar strategischen Stellen knabbern.«

Der intensive Ausdruck auf seinem Gesicht entlockte ihr ein nervöses Lachen.

Er zog eine Spur aus heißen Küssen von ihrem Hals zu ihren Brüsten und weiter zu ihrem Bauch.

Liana schloss die Augen und ließ sich von der Lust hinwegtragen. Sie grub die Finger in seine Haare und hielt sich an ihm fest, während er die Stellen küsste, an denen ihre Seidenstrümpfe den Strapshalter berührten.

Er löste die Clips und rollte ihr die Strümpfe so langsam die Beine hinunter, dass sie glaubte, verrückt werden zu müssen. »Ich kann ehrlich sagen«, flüsterte er und liebkoste mit der Zunge ihre Knie- kehle, »dass ich nie etwas Aufregenderes gesehen habe als dich in schwarzen Strapsen.«

Liana war zu sehr damit beschäftigt, darauf zu achten, dass ihr die Knie nicht einknickten, um etwas zu antworten. Und überhaupt hätte sie kein Wort herausgebracht, selbst wenn ihr Leben davon abge- hangen hätte.

»Bist du das gleiche Mädchen, das behauptet hat, es wüsste nichts übers Flirten oder über Affären?«, fragte er, den Mund an die Innen- seite ihres Oberschenkels gedrückt. Mit einer schnellen Bewegung zog er ihr den Slip aus. »Mir scheint, ein Mädchen, das solch skanda- löse Unterwäsche besitzt, weiß etwas über beides.«

»Die durfte ich nach einem Katalog-Shooting behalten«, erklärte sie atemlos. »Und auch wenn es dafür heute Abend eigentlich zu warm war, dachte ich, sie könnte dir gefallen.«

»Da hast du richtig gedacht. Aber ich hasse die Vorstellung, dass irgendjemand anderes dich so sehen konnte. Ich werde jede Ausgabe dieses Katalogs aufspüren und vernichten.«

Ihr war gar nicht aufgefallen, dass er sie sanft zum Bett gedrängt hatte. Einen Moment später hatte er jedoch ihre volle Aufmerksamkeit, als er ihre Beine spreizte und sie mit Lippen und Zunge zu verwöhnen begann. Sie war so bereit für ihn, dass sie praktisch sofort kam. Sie erschauerte immer noch, als er sich ein Kondom überstreifte und mit einem Stoß in sie eindrang.

Er öffnete den Verschluss ihres BHs und umfasste ihre Brüste, während er sich beinahe vollständig aus ihr zurückzog, nur um sie gleich darauf wieder auszufüllen.

Liana keuchte auf und schlang die Beine um seine Hüften. Das schien ihn fast wahnsinnig zu machen.

Seine Lippen schlossen sich um eine ihrer Brustspitzen, und sie wurde sogleich von einer Welle der Lust überrollt.

»*Liana*«, stöhnte er. »O Gott, Liana …«

Sie hielt ihn fest an sich gepresst, während er den Kopf in den Nacken warf und mit geschlossenen Augen kam.

Dann ließ er sich auf sie sinken, und sein Atem strich schwer über ihren Hals.

Liana schob ihm zärtlich die Haare aus der feuchten Stirn. *Mom hat recht. Ich liebe ihn. Wie könnte ich auch nicht?* Aber schließlich war sie es gewesen, die auf einer Affäre ohne Gefühle bestanden hatte, also durfte er nie erfahren, dass sie ihre eigenen Regeln gebrochen hatte. Sie schloss die Augen und schmiegte sich enger an ihn.

DAS ALSO WAR LIEBE. SO FÜHLTE ES SICH AN, DAS FEHLENDE PUZZLETEIL zu finden und zu erkennen, dass man nie wieder der Gleiche sein würde – dass man ohne sie nie wieder vollständig sein konnte. Noch nie in seinem Leben hatte Travis diesen vollkommenen Kontrollverlust erlebt wie mit ihr. Als sie ihre endlos langen Beine um ihn geschlungen hatte … Bei der Erinnerung erbebte er, und Liana kuschelte sich an ihn.

»Erdrücke ich dich?«, fragte er.

»Nein.« Sachte pustete sie ihm eine Haarsträhne aus der Stirn.

Dabei wurde ihm ganz warm ums Herz, und er musste sich zusammenreißen, um ihr nicht sofort zu gestehen, dass er sie liebte. Er musste sich daran erinnern, dass Liana das nicht wollte. Sie wollte eine heiße Affäre, und die hatte er ihr versprochen. Keine Gefühle, kein Gerede von einem Morgen. Nichts außer dem Heute zählte. Wenn er anfinge, über Liebe zu sprechen, würde er damit ihre Affäre ruinieren, und er würde Liana verlieren, bevor er die Gelegenheit erhielt, ihr zu zeigen, was sie zusammen haben könnten.

Nein, er würde seine Gefühle für sich behalten und die Zeit, die ihnen blieb, nutzen, um für sie lebensnotwendig zu werden. Das war seine einzige Hoffnung. Und wenn das am Ende ihrer zwei gemeinsamen Wochen nicht reichte, nun, dann würde er den Rest seines Lebens damit verbringen, sie zu vermissen.

BECK GING ZUR BEIFAHRERSEITE DES PICK-UPS UND ÖFFNETE JESSIE DIE Tür. Einen Teil des Nachmittags hatte er damit verbracht, den firmeneigenen Wagen zu reinigen, und sich dabei gewünscht, er hätte ein besseres Fahrzeug, mit dem er sie ausführen konnte. Aber ihr schien es nichts auszumachen. Sie war gar nicht anspruchsvoll, was sowohl unerwartet als auch charmant war.

Er hatte vorgehabt, mit ihr in ein edles Restaurant zu gehen, doch sie hatte gefragt, ob sie sich nicht irgendwo etwas zu essen holen könnten, um am Strand zu picknicken. Da er wusste, wie sehr sie den Strand liebte, war er ihrem Wunsch nur zu gerne nachgekommen. Und er hatte zugeben müssen, dass auf einer Decke im Sand zu essen wesentlich lustiger war, als in einem steifen Restaurant zu sitzen.

»Nächstes Mal bringen wir unsere Badesachen mit«, sagte sie, während er ihr aus dem Wagen half.

Ihre blonden Korkenzieherlocken streiften seine Hand, und er hätte so gerne eine davon um seinen Finger gewickelt. Bei der Erwähnung eines nächsten Mals setzte sein Herz einen Schlag aus. »Definitiv.« Er war erleichtert gewesen, dass er sie vom Anwesen hinunterund wieder hineingebracht hatte, ohne das Interesse der Reporter zu wecken, die weiter vor dem Tor kampierten und auf einen Blick auf Liana und Travis hofften.

Jessie hakte sich bei ihm unter. »Danke für diesen schönen Abend. So viel Spaß hatte ich schon lange nicht mehr. Und so entspannt war ich seit ewigen Zeiten nicht.«

»Ich auch nicht«, gestand er. »Wir hatten hier auf der Anlage in letzter Zeit ein paar Probleme mit Vandalismus. Das hat mich ziemlich gestresst.«

»Tut mir leid, das zu hören.«

»Ich mag es nicht, Travis zu enttäuschen, weißt du?« Er war überrascht, wie leicht es ihm fiel, sich ihr anzuvertrauen – wie leicht überhaupt alles mit ihr war.

»Ich bin sicher, dass er das nicht so sieht. Er weiß, dass du alles tust, was in deiner Macht steht.«

Er ließ sie vor sich in den Aufzug einsteigen. »Das scheint jedoch nicht genug zu sein. Irgendwie kommen sie immer wieder rein, obwohl wir alles unternehmen, um sie aufzuhalten.« Er sah, dass sie schluckte, und hätte sich für seine eigene Dummheit ohrfeigen können. »Du musst dir keine Sorgen machen, dass er dich hier findet, Jessie. Es tut mir leid, dass ich den Vandalismus erwähnt habe. Ich habe nicht nachgedacht.«

»Ist schon okay.« Sie schaute mit diesen bodenlosen tiefblauen Augen zu ihm auf. »Ich hasse es nur, eine weitere Last für dich zu sein. Du hast so schon genug zu tun, auch ohne dass du den Babysitter für mich spielst.«

Er lächelte. »Ihr Babysitter zu sein ist wirklich eine schwere Last, Ms Stone.«

Ihre Augen funkelten amüsiert, als sie den Schlüssel zu ihrem Apartment herausholte. Sie klang wie Scarlett O'Hara, als sie entgegnete: »Sie sind ein ganz schöner Charmeur, Mr Beck.«

Er nahm ihr den Schlüssel ab und schloss die Tür auf. Als er ihn ihr zurückgeben wollte, verblüffte Jessie ihn damit, dass sie ihre Hand auf seine legte.

»Kannst du noch ein bisschen mit reinkommen?«

Überrascht konnte er nichts anderes tun, als ihr in das bezaubernde Gesicht zu schauen. »Ich, äh, ich sollte vermutlich besser nach Hause gehen. Wir könnten beide ein wenig Schlaf gebrauchen.« Er hatte die besten Absichten. Wirklich. Sie war hierhergekommen, um Schutz vor einem Mann zu suchen, der sie belästigte. Das Letzte, was Beck wollte, war, ihr Leben komplizierter zu machen. Aber als sie ihre Arme um seinen Nacken legte und ihren herrlichen Körper an ihn presste, tat er, was jeder Mann in seiner Situation getan hätte – er neigte den Kopf und bedeckte ihren Mund mit seinem.

Alles an diesem Kuss erschütterte seine Welt. Von der Art, wie sie sich an ihn drückte, bis hin zu den schüchternen Vorstößen ihrer Zunge, von den leisen Lauten, die ihr entschlüpften, bis hin zu den Fingern, die sich in sein Haar vergruben. So etwas wie das hier hatte Beck noch nie erlebt. Ihr köstlicher Duft, der ihn an Sommerblumen erinnerte, stieg ihm in die Nase, als er sie an sich zog und versuchte, den Drang, sie in den Wahnsinn zu küssen, zu zügeln.

»Hmm«, seufzte sie an seinen Lippen. »Darin bist du wirklich gut.«

Er lachte. Verdammt, sie war so süß! Und jung – viel zu jung für ihn, wenn er ehrlich war. Der Gedanke ernüchterte ihn schlagartig. Er zog sich von ihr zurück. »Ich sollte gehen.«

»Oh.« Sie ließ ihn los und trat einen Schritt zurück. »Es tut mir leid. Ich bin normalerweise nicht so forsch. Ich weiß nicht, was ich mir gedacht habe.«

»Du warst nicht forsch. Ich wollte es genauso sehr wie du – vielleicht sogar mehr.«

»Was stimmt dann nicht?«

»Ich bin zehn Jahre älter als du. Du bist hier, weil du einem Mann entkommen willst, der dich belästigt. Das hier ist nicht das, was du im Moment gebrauchen kannst.«

Ihre sanften blauen Augen wurden hart. »Ist es nicht ein wenig anmaßend, mir zu sagen, was ich brauche? Haben wir uns nicht erst gestern kennengelernt?«

Er war überrascht, unter dem zarten Südstaatenäußeren Krallen zu entdecken. »Du hast recht. Es tut mir leid.«

»Oh, das ist nicht fair«, schnaubte sie. »Ich war gerade dabei, mich so richtig aufzuregen, und du nimmst mir einfach den Wind aus den Segeln.«

»Du bist eine tolle Frau, Jessie Stone«, erwiderte er lachend und strich ihr über die Wange. »Und ich bin immer noch zu alt für dich.«

Sie griff nach seiner Hand und zog ihn in die Wohnung. Mit dem Fuß trat sie die Tür hinter sich zu. Sie führte ihn zum Sofa, drückte ihn darauf und setzte sich ihm gegenüber auf den Couchtisch. »Ich stehe, seit ich fünfzehn bin, auf eigenen Beinen.«

»Warum schon so früh?«

Sie musterte ihn einen Moment und schien dann eine Entscheidung zu fällen. »Darüber rede ich nicht. Niemals.«

»Das musst du auch nicht.«

»Ich weiß. Aber aus irgendeinem Grund möchte ich es gerne.«

Berührt von ihrer Ehrlichkeit, griff er nach ihrer Hand und verschränkte seine Finger mit ihren.

»Mein Stiefvater hat mich missbraucht.«

Beck keuchte auf. »Jessie …«

Sie schwieg sehr lange, als würde sie ihre Gedanken sammeln. »Er war so nett zu mir, als er und meine Mom anfingen, miteinander auszugehen. Hat mir Geschenke mitgebracht, mich an Orte mitgenommen, wo ich noch nie gewesen war. Er hat mich wie eine Prinzessin behandelt. So hat er mich sogar genannt – Prinzessin.«

Gefesselt von ihrer weichen Stimme und angespannt wegen dem, wo diese Geschichte hinführen würde, verfolgte Beck, wie Jessie sich in sich und in ihre Erinnerungen zurückzog.

»Mein Körper hat sich ziemlich früh entwickelt«, erzählte sie und errötete leicht. »In jenem Sommer habe ich bemerkt, dass er mich mit einem komischen Ausdruck im Gesicht beobachtete. Ich wusste nur nicht, was das zu bedeuten hatte.« Ihre Stimme verebbte. Dann fuhr sie beinahe flüsternd fort: »Das Schlimme fing an, als ich zwölf war. Ich erinnere mich, anfangs geschockt und verwirrt gewesen zu sein. Und ich hatte Angst. Schreckliche Angst.«

Beck schluckte den Kloß in seiner Kehle herunter. »Du hast es deiner Mutter nicht gesagt?«

Sie lächelte, doch das Lächeln erreichte ihre Augen nicht. »Sie hat mir nicht geglaubt. Sie meinte, ich wäre eifersüchtig auf sie.«

»O Honey, das tut mir so leid.«

Jessie zuckte mit den Schultern, und die hilflose Geste zerrte an seinem Herzen. »Ich habe schnell verstanden, dass es für sie wichtiger war, ihre Ehe zu erhalten, als mich zu schützen.«

Er griff nach ihr und zog sie auf seinen Schoß. »Sie hat dich im Stich gelassen.«

Jessie legte ihren Kopf an seine Schulter. »Ich weiß. Deshalb durfte ich mich selbst nicht im Stich lassen. Ich hatte bereits vor Ort ein wenig gemodelt. Dabei habe ich jeden Penny gespart, den ich verdient habe. Als ich fünfzehn war, bin ich in den Bus nach New York gestiegen und habe nie wieder zurückgeschaut.«

Dann hatte sie den Missbrauch dieses Monsters also drei Jahre lang ertragen. »Ich kann mir nicht vorstellen, wie es ist, mit fünfzehn allein in dieser Stadt zu sein.«

»Es war beängstigend, aber nicht so schlimm, wie sich zu fragen, in welcher Stimmung mein Stiefvater wohl wäre, wenn er abends nach Hause käme. Das war wesentlich furchteinflößender.«

Beck musste sich zurückhalten, um ihr nicht zu versprechen, dass ihr niemals wieder jemand wehtun würde.

»Ich hatte das Glück, ziemlich schnell ein paar Modeljobs zu bekommen, obwohl ich damals sogar jünger aussah, als ich war. Man sagt, das tue ich noch immer.«

»Auf den Fotos nicht. Da siehst du wesentlich älter aus.«

»Ich habe beschlossen, dass jung auszusehen in meinem Beruf nicht so schlimm ist. Wie auch immer, in der Zeit habe ich genügend verdient, um mir eine Einzimmerwohnung leisten zu können, und in den Pausen zwischen den Aufträgen habe ich gekellnert. Vor drei Jahren habe ich Artie als Agenten gewinnen können, und danach ging es steil bergauf. Ich wurde von *Victoria's Secrets* und *Sports Illustrated* gebucht. Seitdem ist es ziemlich verrückt, und nicht unbedingt auf die gute Art.« Ihre Miene verdüsterte sich, und er wusste, dass sie an den Stalker dachte.

»Sei vorsichtig, was du dir wünschst?«

»Ganz genau!« Sie schien froh, dass er sie verstand. »Bislang habe ich mit der Presse Glück gehabt. Die Menschen erkennen mich außerhalb der Arbeit nicht, also muss ich mich nicht mit diesem Wahnsinn herumschlagen wie Liana. Ich weiß nicht, wie sie das erträgt.«

»Nach allem, was ich von Travis gehört habe, gar nicht.« Er spielte mit ihren Fingern. »Was ist mit deiner Mutter und deinem Stiefvater?«

»Ich habe mit keinem von beiden mehr gesprochen, seitdem ich zu Hause ausgezogen bin. Ich habe gehört, dass sie noch zusammen sind, aber meine Mutter ist stark gealtert. Inzwischen muss sie begriffen haben, dass es nicht gelogen war, wenn ich gewillt war, einfach zu gehen und nie zurückzukehren.«

»Und doch ist sie bei ihm geblieben, obwohl sie wusste, was er ihrer Tochter angetan hat. Das ist ekelhaft.«

»Es tut mir leid«, sagte sie. »Das alles regt dich auf. Ich hätte dir das nicht erzählen sollen.«

»Du musst dich nicht entschuldigen, Honey. Dafür gibt es keinen Grund. Ich würde ihn mir allerdings gerne mal vorknöpfen und ihm zeigen, was mit Kerlen passiert, die sich an unschuldigen Kindern vergreifen.«

Sie lächelte.

»Was findest du so lustig?«

»Dich.« Sie legte ihm eine Hand an die Wange, drehte ihren Kopf und küsste ihn. »Danke, dass du meinetwegen wütend bist.«

»›Wütend‹ beschreibt meinen Zustand nicht einmal ansatzweise. Hast du je daran gedacht, ihn anzuzeigen? Kindesmissbrauch verjährt nicht.«

Sie schüttelte den Kopf. »Dieses Kapitel meines Lebens möchte ich nie wieder aufschlagen.«

»Was, wenn du nicht die Einzige warst? Wenn es andere gab oder sogar gibt?« Ihrer gequälten Miene entnahm Beck, dass sie über diese Möglichkeit auch schon nachgedacht hatte.

»Ich war jahrelang in Therapie, und ich habe hart daran gearbeitet, mich von alldem zu distanzieren. Es ist für mich schon eine große

Sache, mit dir darüber zu reden. Ich glaube nicht, dass ich es melden könnte. Selbst wenn ich es vermutlich sollte.«

»Ich verstehe dich. Das Letzte, was ich will, ist, es dir noch schwerer zu machen.«

Sie schmiegte sich an ihn. Als sie mit den Lippen über seine Haut strich, erstarrte er. »Du riechst gut«, flüsterte sie. »So unglaublich gut.«

»Jessie ...«

»Ja?«

Er schluckte. »Du machst es mir wirklich schwer, mich daran zu erinnern, dass ich ein anständiger Kerl sein und mich dir gegenüber korrekt verhalten will.«

Kichernd drängte sie sich gegen seine Erektion.

Er keuchte auf.

»Das war kein Witz.«

Er wusste, wenn er nicht innerhalb der nächsten dreißig Sekunden die Wohnung verließ, würde er etwas tun, was er am nächsten Morgen bereuen würde. »Ich sollte gehen.« Er hob sie an den Hüften von seinem Schoß und stand auf.

»Ich hatte immer Probleme«, erklärte sie und kaute auf ihrem Daumennagel, während sie ihn anschaute.

»Womit?«

»Mit Männern. Sex. Ich komme bis zu dem ›Moment‹, und dann bringe ich es nicht über mich, es durchzuziehen.«

»Also hast du nie ... mit einem anderen?«

Sie schüttelte den Kopf.

»Jessie«, sagte er und atmete lang aus.

»Ich will, dass es mit dir ist.« Die Worte kamen ihr hastig über die Lippen, als fürchtete sie, sie würde einen Rückzieher machen, wenn sie es nicht schnell aussprach. »Ich möchte, dass du derjenige bist, der mir zeigt, wie es sein soll.«

»Aber du kennst mich doch gar nicht ...«

»Ich kenne dich, Peter.« Sie legte ihre Hände an seine Brust. »Als ich dich gestern Abend das erste Mal gesehen habe, weißt du, was ich da gedacht habe?«

Unfähig, etwas darauf zu erwidern, schüttelte er nur den Kopf.

»Da ist er. Er ist mein Mr Right. Ich habe noch nie etwas so klar gespürt.«

Erstaunt, dass sie das gleiche Gefühl gehabt hatte wie er, legte Beck ihr die Hände auf die Schultern. »Ich fühle mich geehrt, Honey. Du hast keine Ahnung, wie sehr.«

Sie trat einen Schritt zurück. »Trotzdem willst du mich nicht.«

»Ich will dich nicht?«, fragte er ungläubig. »Meinst du das ernst? Jeder Mann würde dich wollen.«

»Ich will aber nicht jeden Mann. Ich will *dich*.«

Er strich sich mit den Fingern durch seine kurzen blonden Haare und erkannte, dass er dabei war, den vermutlich wichtigsten Moment seines Lebens zu vermasseln. Kurz entschlossen zog er sie in seine Arme und legte sein Kinn auf ihren Kopf. »Ich habe einen Vorschlag.«

»Ich höre.«

Er fragte sich, ob ihre Lippen die Haut an seiner Kehle absichtlich streiften. »Ich schlage vor, wir verbringen weiter Zeit miteinander. Wenn du nach einer Woche immer noch genauso fühlst, denke ich darüber nach.«

»Nein.«

Ihre heftige Ablehnung überraschte ihn. »Wieso nicht?«

Sie schaute zu ihm auf. »Wir sehen uns die Woche über, ich empfinde immer noch genauso, und du wirst über gar nichts nachdenken, sondern du wirst handeln.«

»Handeln?«

»*Handeln*«, bekräftigte sie mit einem verführerischen Lächeln.

»Bist du immer so bestimmt?«, erkundigte er sich. Mit jeder Minute, die verging, war er mehr von ihr fasziniert.

»Ich entscheide schon ziemlich lange, wo es in meinem Leben hingeht, Kumpel. Ich weiß, was ich will, und ich weiß, wie ich es bekomme.«

»Im Moment habe ich ein wenig Angst vor dir.« *Und ich bin außerdem höllisch angeturnt*, dachte er.

Sie warf den Kopf in den Nacken und lachte.

Als er sie beobachtete, sah er sowohl das sorglose Mädchen als auch eine Frau, die weiser war als ihre Jahre. Dass sie ihr Auge ausgerechnet auf ihn geworfen hatte, war unglaublich.

»Stört es dich, wenn ich dich Peter nenne? Da wir vorhaben, miteinander zu schlafen, fühlt es sich nicht richtig an, deinen Nachnamen zu benutzen.«

»So nennt mich sonst niemand, aber wenn du willst, darfst du das natürlich. Wir haben also eine Abmachung?«

Sie stellte sich auf die Zehenspitzen und gab ihm einen Kuss. »Darauf kannst du Gift nehmen.«

KAPITEL 13

Liana schlief in Travis' Armen, als ein Blitz, gefolgt von einem Donnerschlag, sie weckte. Durch die großen Fenster sah sie das Gewitter über den Himmel ziehen und erinnerte sich an Hunderte von Sommergewittern in ihrer Kindheit. Damals war sie ins Zimmer ihrer Eltern gerannt, hatte sich zwischen die beiden gekuschelt und den Kopf unter die Decke gesteckt, bis der Sturm vorüber gewesen war. Jetzt konnte sie nur hoffen, dass es schnell vorbei wäre. Sie konzentrierte sich darauf, langsam ein- und auszuatmen, um ihren Herzschlag zu beruhigen. Doch ein lauter Donner direkt über dem Haus ließ sie aufschreien.

»Was ist los, Süße?«, fragte Travis verschlafen.

»Nichts«, keuchte sie.

»Baby, dein Herz rast wie verrückt.«

Ein weiterer Donnerschlag ließ das Zimmer erbeben.

»Ist es das Gewitter?«

Sie nickte.

»Komm her.« Er zog sie an seine Brust und hielt sie fest. »Besser?«

»Ja«, flüsterte sie. »Tut mir leid, dass ich dich geweckt habe.«

Beruhigend strich er ihr mit der Hand übers Haar. »Äh, ich glaube, es war das laute Donnern, das mich geweckt hat. Hattest du schon immer Angst vor Gewittern?«

Wieder nickte sie.

»Vielleicht ist es an der Zeit, dass wir deine Erinnerungen an Blitze und Donner verändern.« Als ein weiterer Blitz sein blaues Licht durch den Raum warf, schenkte Travis ihr sein breites Grinsen, bei dem ihr immer die Knie ganz weich wurden.

»Und wie stellen wir das an?«

Er zog sie auf sich und begann, erst ihre Schultern, dann ihren Rücken zu massieren.

Liana seufzte erleichtert auf, als die Anspannung und die Angst aus ihrem Körper wichen.

Beim nächsten Donner küsste er sie zärtlich. »Na, wie machen wir uns?«, flüsterte er an ihren Lippen.

»Es ist schon besser.«

»Wenn du das nächste Mal Angst vor einem Gewitter hast, denkst du vielleicht daran, wie es war, hier bei mir zu sein. Das wird dich ablenken.«

»Das kann ich versuchen«, antwortete sie, auch wenn sie nicht daran denken wollte, irgendwo ohne ihn zu sein. Ihre Muskeln verspannten sich, als ein neuer Blitz über den Himmel zuckte.

»Alles ist gut, Süße«, flüsterte er und hielt sie fester. »Bei mir bist du sicher, weißt du noch?«

Überwältigt von Liebe für ihn, konnte sie nur nicken und dann zufrieden seufzen, als er ihr seine Lippen auf die Stirn drückte. Obwohl er erregt war, tat er nichts weiter, als sie zu halten und ihr tröstende Worte zuzuflüstern, während das Unwetter langsam verebbte. Als das Donnergrollen sich entfernte und die Blitze seltener kamen, fürchtete Liana sich nicht mehr.

»Danke.« Sie bedeckte sein Gesicht mit zärtlichen Küssen.

»Wofür?«

»Dafür, dass du so einfühlsam bist und dich um mich kümmerst.«

Er stöhnte. »Davon wirst du wohl nicht ablassen, oder?«

»Nicht wenn es so starke Beweise gibt.«

»Du hättest Anwältin werden sollen.«

»Du wirst morgen ganz kaputt sein.«

»Das ist mir egal«, erwiderte er.

»Tja, *ich* muss morgen arbeiten, also sollten wir jetzt versuchen, zu schlafen.«

»Du *musst* nicht arbeiten.«

»Das hatten wir doch schon. Ich will es.«

Er drehte sich auf die Seite und zog sie mit sich. »Die Braut wird nicht fassen können, wer ihre Hochzeitsplanerin sein wird.« Nach einem zärtlichen Kuss schloss er die Arme enger um sie. »Wenn ich sie wäre, würde ich mir Sorgen machen, dass mich das Personal aussticht.«

Liana schnaubte. »Alle werden nur Augen für die Braut haben.«

»Ich weiß, wen ich ansehen werde, und das ist nicht die Braut. Danke, dass du einspringst.«

»Ich freue mich darauf. Das klingt nach einem Riesenspaß.«

»Wir werden Niki morgen im Krankenhaus besuchen, dann kann sie uns alles sagen, was wir wissen müssen.«

Liana gähnte. »Okay, Boss.«

Travis lachte. »Ich glaube, ich werde das genießen.«

Liana lächelte, und das leichte Kitzeln seiner Brustbehaarung an ihrem Gesicht war das Letzte, was sie wahrnahm, bevor der Schlaf sie übermannte.

AM NÄCHSTEN MORGEN WAR LIANA FROH, EINEN ROCK UND EIN Oberteil eingepackt zu haben, die für die Arbeit angemessen waren. Bei der Vorstellung, in einem Büro zu arbeiten – in *Travis'* Büro –, musste sie grinsen, als sie sich die Haare bürstete.

Travis stellte sich hinter sie und überraschte sie mit einem Kuss auf den Nacken. »Denkst du wieder an mein sexuelles Durchhaltevermögen?«

Sie lachte. »Nein, dieses Mal nicht.«

Er nahm ihr die Bürste aus der Hand und zog sie ihr behutsam durch die seidigen Strähnen.

Liana lehnte den Kopf zurück und beobachtete ihn im Spiegel. Das ungeminderte Verlangen, das sie in seiner Miene sah, erschütterte sie.

»Worüber hast du eben gelacht?«, wollte er wissen, während er fortfuhr, ihr Haar mit langen Strichen zu bürsten.

»Darüber, dass ich mit dir zur Arbeit gehe. In ein Büro. Das ist noch etwas, was ich nie zuvor gemacht habe.«

»Mit dir in der Nähe werde ich mich niemals vernünftig konzentrieren können.«

Sie drehte sich zu ihm um. Heute trug er ein bordeauxrotes North-Point-Polohemd zu seinen Stoffshorts. »Ich erwarte, wie jeder andere Angestellte behandelt zu werden«, erklärte sie mit gespieltem Ernst.

»Sicher doch, Süße.« Er strich ihr mit der Hand über das frisch gebürstete Haar. »Was immer du willst.«

Liana wartete darauf, dass er sie küsste, doch das tat er nicht.

»Bist du bereit?«

»Ja.« Sein plötzlicher Rückzug verstörte sie. »Ist alles in Ordnung?«

»Was sollte nicht in Ordnung sein?« Er führte sie an der Hand aus dem Badezimmer. »Die Paparazzi werden uns vermutlich zum Krankenhaus folgen, aber ich denke, wir sollten sie einfach ignorieren.«

»Die Bilder werden danach überall sein«, warnte sie ihn.

»Wenn es dir nichts ausmacht, dann mir auch nicht.«

Sein Ton war so geschäftsmäßig, beinahe kühl, dass Liana einen Anflug von Furcht verspürte. Er zog sich von ihr zurück. Nachdem er sich in der Nacht so zärtlich um sie gekümmert hatte, schmerzte dieser Verlust. »Travis?« Sie musste sich anstrengen, damit man ihr die Enttäuschung nicht anhörte.

Er steckte sein Portemonnaie ein, nahm seine Schlüssel und drehte sich zu ihr um.

Schnell trat sie einen Schritt vor und legte ihre Hände auf seine Schultern. In seinen dunklen Augen stand ein unergründlicher Ausdruck, als sie sich auf die Zehenspitzen stellte, um ihm einen Kuss zu geben. Seine Lippen waren angespannt, bis ihre Zunge über seine

Unterlippe glitt. Endlich zog er sie an der Taille zu sich und neigte den Kopf mit verzweifelter Lust.

»Liana«, flüsterte er an ihren Lippen.

»Was ist los?« Sie nahm sein Gesicht in die Hände.

Als die Worte ihn im Stich ließen, griff er nach ihren Händen und hielt sie fest.

»Travis, stimmt etwas nicht?«

Das charmante Lächeln, das sie inzwischen so gut kannte, kehrte so plötzlich zurück, wie es verschwunden war. »Nein«, sagte er und gab ihr noch einen Kuss. »Alles ist gut. Komm, besuchen wir Niki und finden heraus, was wir in den nächsten zwei Tagen alles zu tun haben.«

Liana war nicht überzeugt, ging aber trotzdem mit ihm.

Im Auto konzentrierte Travis sich darauf, die Pressemeute abzuhängen, die ihnen folgte, seit sie North Point verlassen hatten. Sich aufs Fahren zu konzentrieren war besser, als darüber nachzudenken, was eben im Badezimmer beinahe passiert wäre. Ihr die Haare zu bürsten war fast so intim gewesen, wie mit ihr Liebe zu machen, und hatte ihn mit einem Verlangen erfüllt, das sich nicht aufs rein Körperliche beschränkte.

Er wollte, dass sie ihn liebte. Mit einem Mal wollte er ihre Liebe so sehr, dass es mehr schmerzte als vorher, als er sie nur körperlich gewollt hatte. Beinahe hätte er ihr gesagt, dass er sie liebte. Die Anstrengung, es nicht zu tun, war qualvoll gewesen – und augenscheinlich für Liana genauso spürbar, denn sie hatte seine veränderte Stimmung sofort bemerkt. Dass sie ihn so gut lesen konnte, erschreckte ihn einerseits, und andererseits war es unglaublich aufregend.

Ihre Angst während des Gewitters hatte ihn tief berührt. Er hasste die Vorstellung, dass sie allein in irgendeinem luxuriösen Hotelzimmer lag und ein Gewitter ohne seinen Trost durchstehen musste.

Er wollte immer für sie da sein, ihr immer das Gefühl geben, in Sicherheit zu sein und geliebt zu werden.

Was hatte er heute vor einer Woche gemacht, bevor er sie kennengelernt hatte? Er hatte keine Ahnung. Und was würde er in zwei Wochen tun, wenn sie fort war? Er konnte es sich nicht einmal vorstellen …

Liana griff nach seiner Hand und verschränkte ihre Finger mit seinen. »Was ist da drüben bei dir los?«

Er lächelte und drückte ihre Hand. »Ich denke gerade über die Hochzeit an diesem Wochenende nach. Um zwei Uhr treffen wir uns mit dem Brautpaar, um ein letztes Mal den Ablauf durchzugehen. Ich bin mir sicher, dass Niki alles unter Kontrolle hat, aber es wird vermutlich noch ein paar Dinge geben, um die wir uns in letzter Sekunde kümmern müssen.«

»Ich glaube fest daran, dass wir das schaffen.«

Er warf ihr einen Blick zu und wusste, mit ihr an seiner Seite konnte er *alles* schaffen. »Daran hege ich keinen Zweifel.«

Als sie am Krankenhaus eintrafen, schlug Liana vor, dass er sie an der Tür absetzte und später nachkäme, um den Fotografen kein Bild von ihnen zusammen zu liefern. Doch Travis weigerte sich, sich wie ein Dieb hineinzuschleichen. Er parkte den Wagen und nahm Lianas Hand. Gemeinsam schritten sie durch die Fotografenmeute, die sich schon versammelt hatte.

Liana bekämpfte den Drang, das Gesicht zu verziehen, als sie sich die Schlagzeilen vorstellte. Die Reporter riefen ihnen Fragen zu, aber sie und Travis beachteten sie nicht weiter und antworteten auch nicht.

»Kommt es mir nur so vor, oder sind es mehr als gestern?«, fragte Liana, sobald sie drinnen waren.

»Es sind wesentlich mehr. Ich hätte ein paar meiner Leute mitbringen sollen.«

Liana warf einen Blick über ihre Schulter. »Gestern sind mir zwei Männer gefolgt. Das hatte ich bis jetzt ganz vergessen.«

Travis räusperte sich. »Das könnten die Männer gewesen sein, die ich dazu abgestellt hatte, ein Auge auf dich zu haben, für den Fall, dass die Presse zudringlich wird.«

»Travis! Ich habe dir doch gesagt, dass ich das nicht will!«

»Ich weiß, Süße. Aber ich habe mir Sorgen gemacht, dass die Sache außer Kontrolle geraten könnte, sobald sie Grund zu der Vermutung hatten, dass es hier eine Geschichte zu holen gibt.« Er zeigte auf die Reportergruppe, die sich vor dem Krankenhauseingang drängte. »Und wie es aussieht, hatte ich recht. Verzeihst du mir?«

»Dafür, dass du mich beschützen wolltest? Ich glaube, das kann ich dir vergeben.« Auf dem Weg zum Aufzug erklärte sie: »Ich habe nie verstanden, was die an mir so interessant finden. Ich bin bloß ein Model. Ich schauspielere nicht, ich singe nicht, ich tanze nicht. Wenn man es genau betrachtet, bin ich eigentlich ziemlich langweilig.«

»Langweilig?« Travis lachte. »Du bist der faszinierendste Mensch, den ich je kennengelernt habe. Und vermutlich sind sie so an dir interessiert, weil du ihnen nie etwas gegeben hast – zumindest bis jetzt nicht. Also bleibt ihnen nichts anderes übrig, als Spekulationen über dein glamouröses Leben anzustellen.«

»Als du mich auf Enids Hochzeit getroffen hast, wusstest du da, wer ich bin?«

Travis grinste verlegen. »Ich wusste, dass ich dich schon mal irgendwo gesehen hatte, doch einer der jungen Kellner hat mich aufklären müssen.«

Liana lachte. »Warum glaube ich dir das?«

»Mir ist es nie um dein öffentliches Bild gegangen, Liana.«

Sie hakte sich bei ihm unter. »Ich weiß.«

Niki hatte weiter Schmerzen, schien aber erleichtert, sie zu sehen, weil sie sich Sorgen wegen der anstehenden Hochzeiten machte. Sie diktierte ihnen eine lange Liste mit Einzelheiten, die noch geklärt werden mussten, und sagte ihnen ganz genau, wo sie was in ihrem Büro finden konnten.

»Wir kümmern uns um alles, Niki.« Travis drückte ihr die Hand. »Konzentrier dich einfach darauf, wieder gesund zu werden.«

»Ich hatte ja keine Ahnung«, bemerkte Liana, als sie das Krankenzimmer verlassen hatten.

»Wovon?«

»Davon, wie viele Details bei einer Hochzeit zu beachten sind.«

»Ja, Hochzeiten sind immer ziemlich aufwendig, doch zu unserem Glück sind nicht alle so kompliziert wie die von Enid.« Er verdrehte die Augen. »Willst du mehr hören?«

Liana lachte. »Ich kann es mir ziemlich gut vorstellen.«

»Bist du sicher, dass du dafür bereit bist?«

Ihre Augen funkelten aufgeregt. »Ich kann es kaum erwarten, loszulegen.«

In der Eingangshalle stellten sie zu ihrem Missfallen fest, dass die Reportermenge noch weiter angewachsen war.

»Wieso suchen wir uns nicht eine Seitentür, durch die wir verschwinden können?«, schlug er vor.

Sie fasste seine Hand fester. »Nein.«

»Nein?«

Sie schüttelte den Kopf. »Wenn ich ihnen ein kleines bisschen gebe, haben sie vielleicht ihre Geschichte und lassen mich in Ruhe.«

Travis hob skeptisch eine Augenbraue. »Meinst du wirklich?«

»Eher nicht.«

Er lachte, folgte ihr aber durch den Haupteingang aus dem Gebäude.

TRAVIS HATTE RECHT. DAS BRAUTPAAR, JUSTINE UND TOM, WAR überwältigt, als sie merkten, wer sich um die letzten Vorbereitungen für ihre Hochzeit kümmern würde. Liana hatte Nikis Aufzeichnungen genau studiert und setzte sich mit dem Pärchen zusammen, um noch einmal alle Einzelheiten durchzugehen – angefangen beim Eintreffen der Gäste bis zu deren Abfahrt. Sie stellte Hunderte Fragen und machte sich unzählige Notizen. Als das Meeting zum Ende kam, hatten Justine und Tom beinahe vergessen, wer sie war.

Aber nur beinahe.

Als Liana von ihren Notizen aufblickte und zu Travis sah, der ihr am Tisch gegenübersaß, setzte ihr Herz für einen Schlag aus. Der

Ausdruck auf seinem Gesicht erinnerte sie extrem an die Art und Weise, wie Brady auf der Hochzeit Enid angeschaut hatte. War das möglich? Konnte es wirklich sein, dass er sie liebte? *Nein, Liana, sei nicht albern. Er ist dankbar, mehr nicht.*

Sie räusperte sich und zwang sich, ihre abschweifenden Gedanken wieder auf die vor ihr liegende Aufgabe zu richten. »Äh, Travis, hast du noch eine Frage an Justine und Tom? Habe ich irgendetwas vergessen?«

Seine Augen funkelten amüsiert. »Es sieht so aus, als hättest du alles bedacht.«

Liana schob die Papiere zu einem ordentlichen Stapel zusammen. »Wir werden dafür sorgen, dass alles glatt über die Bühne geht. Genießen Sie einfach den Tag, und machen Sie sich keine Sorgen.«

Justine und Tom wechselten einen Blick.

»Könnten wir vielleicht«, begann die Braut zögernd, »ein Autogramm von Ihnen haben?«

Liana lächelte. »Natürlich.«

Justine griff in ihre Handtasche und holte eine Einladungskarte zu ihrer Hochzeit heraus, die sie über den Tisch schob.

Liana drehte sie um und schrieb ein paar Zeilen, bevor sie ihren Namen daruntersetzte und Justine die Karte zurückgab.

»Vielen Dank«, sagte Justine.

»Gern geschehen. Wir sehen uns am Samstag. Rufen Sie im Büro an, wenn Sie vor der Hochzeit noch mit einem von uns sprechen wollen.«

Travis und Liana geleiteten das Brautpaar hinaus, und als sie fort waren, wandte Travis sich ihr zu.

Liana nahm die Unterlippe zwischen ihre Zähne, während ihr eine Flut von Einzelheiten und Fragen durch den Kopf schoss.

Travis tippte ihr leicht gegen den Mund. »Warum gönnst du deiner Lippe nicht mal eine Pause und verrätst mir, was dich so beschäftigt?«

»Ich kann einfach nicht fassen, wie viel Planung so eine Hochzeit bedeutet. Ich habe nie darüber nachgedacht, was hinter den Kulissen passiert. Man denkt, es gibt Getränke, etwas zu essen, Blumen, Musik, eine Torte. Was soll daran schwierig sein?«

Travis lachte und legte einen Arm um sie, um sie wieder ins Büro zu geleiten. »Es wird kompliziert, wenn die Tischdecken einen bestimmten Apricot-Ton haben sollen und die Krebse aus Alaska kommen müssen und die frischen Blumen für die Tortendeko separat von den Tischgedecken angeliefert werden und die Band hinter der Bühne frisch gepressten Orangensaft benötigt.« Er schloss die Bürotür und zog Liana in seine Arme. »Ich würde es verstehen, wenn du es dir anders überlegt hast.«

»Sei nicht albern.«

Sie lehnte sich an ihn und bewegte sich im Takt eines Sinatra-Songs, der über das Soundsystem des Clubs erklang. »Ich habe jedoch eine Frage«, sagte sie nach ein paar Augenblicken des Schweigens.

»Und ich habe genau eine Antwort, aber erst brauche ich das hier.« Sein Kuss war innig und suchend. Seine Finger vergruben sich in ihren Haaren. »Du darfst dich nicht so in die Arbeit hineinziehen lassen, dass du unsere Affäre vergisst, okay?«

»Ja, Boss.«

Er lächelte und küsste sie erneut. »Okay«, erklärte er zwischen zwei Küssen. »Ich glaube, ich bin bereit für deine Frage.«

Liana strich sanft über den Bartschatten, den er nur für sie auf seinem Kinn hatte stehen lassen. »Was machen wir zuerst?«

Travis zog sie lachend an sich.

KAPITEL 14

Jessie nahm ihre Kaffeetasse mit auf den Balkon, der auf die blau glitzernde Bucht hinausging. Hier war alles so schön – vom Wasser über den Strand bis hin zu den Blumen und der Gartenanlage des Clubs. Fasziniert beobachtete sie, wie ein einsames Segelboot über das Wasser glitt und hinter einer Insel verschwand.

Von dem Augenblick an, in dem sie hier angekommen war, hatte sie das Gefühl gehabt, dass sie hier den Rest ihres Lebens verbringen könnte und nichts vermissen würde. Nachdem sie in so jungen Jahren ihr Zuhause hatte verlassen müssen, war sie nie wieder irgendwo heimisch geworden – bis sie in North Point eingetroffen war.

Sie wusste, sie sollte sich schämen, weil sie sich Peter dermaßen an den Hals geworfen hatte, doch irgendwie wollte ihr das nicht gelingen. Er begehrte sie genauso wie sie ihn. Wenn sie daran irgendeinen Zweifel gehabt hätte, hätte sie ihn nie in ihr Bett eingeladen. Sie hatte das Gefühl, mit ihm würde es anders sein – mit ihm würde *alles* anders sein.

Mein Gott, ich hoffe es wirklich, dachte sie seufzend. *Ich weiß nicht, wie lange ich so noch weitermachen kann.* Wenn sie sich Peter nackt und bereit vorstellte, summte ihr gesamter Körper vor Verlangen. Und vor

Neugierde. Sie schlug die Beine über in dem Versuch, das Pulsieren dazwischen zu unterbinden. Sie sehnte sich danach, das Geheimnis zu entdecken, das jede andere Frau bereits zu kennen schien. Es bereitete ihr keine Probleme, in einem Aufzug, der förmlich »SEX« schrie, über den Laufsteg zu stolzieren, aber den Akt an sich hatte sie bisher nie ertragen können.

Seitdem die Geschichte mit dem Stalker begonnen hatte, hatte sie sich noch mehr in sich selbst zurückgezogen. Ihr Frust hatte ein episches Level erreicht. *Armer Peter*, dachte sie. Er hatte keine Ahnung, worauf er sich da eingelassen hatte.

Es klingelte an der Tür, und sie stand auf, um zu öffnen, obwohl sie nur ein Nachthemd trug, das ihr bis auf die Mitte der Oberschenkel reichte. Nach einem Blick durch den Spion breitete sich pure Freude in ihr aus.

Mit wild klopfendem Herzen öffnete sie die Tür und sah Peter mit einem Strauß Wildblumen vor sich stehen. »Guten Morgen.« Er ließ seinen Blick über sie wandern. Heute trug er zu seinen üblichen Shorts ein weißes Polohemd mit dem North-Point-Logo. Es betonte die Bräune seiner Haut, und bei näherem Hinsehen erkannte Jessie, dass er sich am Morgen nicht rasiert hatte. Der goldene Bartschatten ließ ihn noch attraktiver aussehen – wenn das überhaupt möglich war.

Sie nahm die dargebotenen Blumen. »Die sind wunderschön.« Sie winkte ihn herein und ging in die Küche, um eine Vase zu suchen. »Danke.«

»Ich habe sie selbst gepflückt.«

»Das ist süß von dir.« Sie füllte die Vase mit Wasser und arrangierte die duftenden Blumen. Als sie sich umdrehte, bemerkte sie überrascht, dass er direkt hinter ihr stand.

Als wöge sie nichts, hob er sie auf den Küchentresen. Dann legte er ihre Beine um sich und zog sie fest gegen seine harte Erektion.

Atemlos vor Vorfreude klammerte Jessie sich an seine breiten Schultern. Sie konnte es kaum erwarten, zu hören, was er für sie geplant hatte.

Er neigte den Kopf und nahm ihr Ohrläppchen zwischen die

Lippen. »Ich konnte letzte Nacht nicht schlafen«, gestand er mit vor Verlangen rauer Stimme. »Ich konnte nur an dich denken. Und daran, wie sehr ich dich will.«

»Es war dein Vorschlag, eine Woche zu warten«, erinnerte sie ihn.

Seine Lippen schwebten über ihren. »Sag mir noch mal, warum ich das für eine so gute Idee gehalten habe?«

Sie befeuchtete sich die Unterlippe und sah, wie seine blauen Augen aufflammten. »Ich kann mich nicht erinnern.«

Schnell ersetzte er ihre Zunge durch seine. »Du bist unfassbar köstlich, Jessie. Ich könnte dich auf der Stelle verschlingen.«

»Lass dich von mir nicht aufhalten.«

Während er seine Erektion heftiger gegen sie presste, drückte er seinen Mund auf ihren. Er begann ein sinnliches Duell, unter dem sich ihre Brustspitzen aufrichteten und sich Hitze in ihrem Schritt sammelte.

Dann verlagerte er seine Aufmerksamkeit ein Stück weiter, und als er mit den Zähnen über die empfindliche Stelle zwischen Hals und Schulter strich, schrie Jessie leise auf.

»Tut mir leid«, murmelte er und zog sich zurück.

Sie hielt ihn fest. »Das hat nicht wehgetan«, keuchte sie. »Mach das noch mal.«

Er ließ seine Hände unter ihr Shirt zu ihrem nackten Busen gleiten, während er erneut vorsichtig zubiss.

Noch nie hatte Jessie einen solchen Drang verspürt, zu kommen, wie in diesem Moment. »Peter ... Ich brauche dich ... *Bitte*.«

Mit dem Daumen strich er über ihre aufgerichteten Brustspitzen. Und dann hob er sie hoch und trug sie ins Wohnzimmer zum Sofa, ließ sich mit ihr darauffallen.

Jessie vergrub ihre Finger in seinem Haar und hielt ihn fest.

Ihm entfuhr ein tiefes Knurren, während er ihre Beine spreizte und seine Erektion an sie presste.

Kurz darauf landete ihr Nachthemd auf dem Boden, und sie lag nackt bis auf das kleine Seidenhöschen vor ihm.

Ehe sie Zeit hatte, sich vorzubereiten, fasste Peter nach ihren

Brüsten und beugte den Kopf, um die Spitzen in seinen Mund zu saugen.

Jessie hob ihm die Hüften entgegen.

Während er ihren Busen mit Lippen und Zunge liebkoste, strich er mit einer Hand um sie herum zu ihrem Po. Dort packte er den Saum ihres Slips und zog daran. Der Stoff gab nach, und er schleuderte die Fetzen beiseite.

Jessie meinte von innen heraus zu verbrennen. Bis zu diesem Punkt war sie auch schon mit anderen Männern gekommen, aber keinen von ihnen hatte sie so begehrt wie ihn. Sie zog ihn zu sich herauf, vergrub ihr Gesicht an seinem Hals und atmete seinen frischen männlichen Duft ein.

Seine Hand strich zärtlich über ihre Brüste und weiter nach unten.

Jessie wand sich und öffnete ihre Beine weiter, um ihm Zugang zu dem Punkt zu gewähren, an dem sie ihn dringender spüren wollte als jemals jemanden zuvor. Ihr war ganz heiß, und sie fühlte, dass sie am Rande von etwas Mächtigem stand. »Bitte …«

Seine Finger glitten in die Hitze zwischen ihren Schenkeln. »O Gott«, murmelte er an ihrer Halsbeuge. »Jessie. *Gott.*« Mit dem Knie spreizte er sie weiter, bevor er einen Finger in sie schob.

Sie konnte nicht anders, als sich der Berührung entgegenzudrängen.

Er nahm einen zweiten Finger dazu und massierte mit dem Daumen den Punkt, der wie wild pochte.

Jessies Welt explodierte. Ungekannte Gefühle ließen sie von den Fingerspitzen bis in die Zehen erbeben. Die ganze Zeit über blieb er bei ihr und lockte sie in eine zweite, noch mächtigere Erlösung. Als er schließlich seine Hand wegzog, lag Jessie völlig verausgabt da. Was auch immer er mit ihr angestellt hatte, es hatte sie für immer verändert.

»Du bist so schön«, flüsterte er. »Die schönste Frau, die ich je getroffen habe. Ich will dich mehr als den nächsten Atemzug.«

»Ja«, erwiderte sie. »*Ja.*«

»Ich will dich mit dem Mund verwöhnen.« Er legte seine Hand wieder auf sie. »Genau hier.«

Stöhnend drängte sie die Hüften gegen seine Hand. So etwas hatte noch nie jemand zu ihr gesagt, und die Vorstellung, wie er sein Gesicht zwischen ihren Beinen vergrub, war beinahe mehr, als sie ertragen konnte.

Sein mächtiger Brustkorb dehnte sich unter einem tiefen Atemzug. Er legte seinen Kopf an ihre Schulter. »Aber deshalb bin ich nicht hergekommen. Ich wollte dich nicht einmal küssen.«

Lachend erklärte sie: »Und trotzdem liege ich jetzt nackt auf dem Sofa, während du weiter vollständig bekleidet bist.« Sie zog ihm das Hemd aus der Hose und strich mit den Fingernägeln über seinen Rücken. »Das ist nicht fair.«

Er erzitterte unter ihrer Berührung. »Ich muss wieder an die Arbeit.«

»Okay«, sagte sie, ließ ihn allerdings nicht los, sondern schob ihre Hand hinten in seine Shorts. Als er sich protestierend aufrichtete, nutzte sie die günstige Gelegenheit und fuhr mit ihrer Hand nach vorn.

Sein Keuchen wurde zu einem Stöhnen, als sie ihn umfasste und anfing, ihn zu streicheln. »Jessie ... *Himmel.*«

Seine Reaktion entlockte ihr ein Lächeln. »Ich will dir das Gleiche geben, was du mir gegeben hast«, flüsterte sie. Seine Größe faszinierte sie. Der Gedanke, ihn in sich zu spüren, ließ sie erschauern.

»Später.« Er versuchte, ihre Hand wegzustoßen, doch sie blieb standhaft.

»Jetzt.« Mit ihrer freien Hand öffnete sie seinen Gürtel und zog den Reißverschluss der Shorts auf. »Setz dich hin.«

»Jessie, warte. Honey ...«

Sie drückte gegen seine Schultern, um ihn so zu positionieren, wie sie ihn haben wollte, und zog ihm die Shorts über die Oberschenkel. Nackt und von einem Gefühl der Macht erfüllt, nahm sie sich einen Moment, um ihn zu betrachten. Dann legte sie ihre Finger um ihn und fing an, ihn zu streicheln.

Peter schloss die Augen und ließ den Kopf nach hinten sinken.

Da er nicht hinschaute, musste sie sich zurückhalten, um sich nicht einfach auf ihn zu setzen und ihn ganz tief in sich aufzunehmen. Aber sie hatten eine Abmachung, also ließ sie nur ihre Fingerspitze über die Kuppe gleiten. Als sie ihren Finger durch ihre Zunge ersetzte, wäre Peter beinahe vom Sofa gesprungen. Sie stützte sich auf seine Oberschenkel, um ihn an Ort und Stelle zu halten, und nahm ihn in den Mund.

Sein scharfes Einatmen ermutigte sie und erfüllte sie mit einer Leidenschaft, die sie noch nie zuvor empfunden hatte. Wie es schien, war zu geben genauso aufregend, wie zu empfangen.

Jessie strich mit Lippen und Zunge an ihm hinauf und hinunter. Sie hatte so etwas erst einmal zuvor getan und wusste nicht, ob sie es richtig machte, doch dann vergrub er seine Finger in ihren Haaren, und sie spürte, dass seine Hände zitterten. Offensichtlich machte sie es richtig. »Ist das gut?«, flüsterte sie.

»Das ist so unglaublich gut. Aber du solltest aufhören, bevor wir hier eine Riesensauerei veranstalten.«

»Ich höre erst auf, *nachdem* wir eine Sauerei veranstaltet haben.«

»Mein Gott«, murmelte er und zog sein Hemd hoch, um es aus der Schusslinie zu bringen.

Sie nahm ihn so tief in den Mund, wie sie nur konnte, und verwöhnte ihn mit der Zunge.

Er stieß mit den Hüften zu.

Jessie ließ ihre freie Hand weiter nach unten gleiten.

Mit einem Aufschrei stieß Peter ein letztes Mal zu und kam.

Immer noch schwer atmend, legte er seine Hand in einer beschützenden Geste um ihren Hinterkopf. »Hast du das je zuvor getan, Honey?«, fragte er.

»Nicht bis zum Ende.«

»Es war für mich nie besser.«

Es war beinahe lachhaft, wie sehr sie das freute. Sie schaute zu ihm auf. »Wirklich?«

»Ich schwöre bei Gott. Es ist nie so gut gewesen.«

Sie schob sein Hemd ein Stück weiter hoch und leckte über seine Brustwarze. »Bist du sicher, dass wir eine ganze Woche warten müssen, bis wir zu dem guten Teil kommen?«

Er stöhnte auf, doch bevor er etwas erwidern konnte, klingelte sein Handy.

Jessie zog es aus seiner Hosentasche und reichte es ihm.

»Beck.« Während er zuhörte, beobachtete sie, wie sich seine entspannte Miene verdunkelte. »Ich bin in einer Minute da.« Er legte auf und schaute Jessie an. »Ich muss los. Wir haben ein Problem mit den Reportern vor dem Tor. Es sind noch wesentlich mehr als gestern.«

Jessie wollte aufstehen, aber er hielt sie zurück und legte seine Hände um ihr Gesicht. Lange musterte er sie, bevor er sagte: »Ich glaube, ich bringe dir auch morgen ein paar Blumen vorbei.«

Grinsend griff sie nach ihrem Nachthemd. Ihr Körper vibrierte noch von den Nachwirkungen und dem Wunsch nach mehr. Sie wusste, sie wäre erst befriedigt, wenn sie ihn ganz gehabt hatte. Schnell zog sie sich das Hemd über den Kopf, während Peter seine Kleidung richtete. »Kann ich heute Abend für dich kochen?«

»Das wäre schön.«

»Danke für die Blumen. Und die Orgasmen.«

Er lachte. »Das Vergnügen war ganz auf meiner Seite.« Er küsste sie und fügte hinzu: »Wo die herkamen, gibt es noch eine Menge mehr.«

»Ich kann es kaum erwarten.«

BECKS HERZ klopfte immer noch so heftig wie eben bei Jessie, als er mit dem Aufzug in die Parkgarage fuhr, wo Travis gerade aus seinem Wagen stieg.

»Hey«, sprach der ihn an. »Was hast du denn gerade gemacht?«

»Nichts. Wieso?«

Travis musterte ihn von Kopf bis Fuß. »Dein Gesicht ist irgendwie so rot.«

Beck zuckte mit den Achseln. Er war noch nicht bereit, seinem Freund zu erzählen, was sich zwischen ihm und Jessie entspann.

»Wie geht es Jessie?«

»Gut. Wieso?«

»Meine Güte.« Travis lachte. »Was ist los mit dir?«

»Nichts.«

Travis stemmte die Hände in die Hüften. »Was gibt es, Beck?«

Da er seinem Freund und Chef ja kaum sagen konnte, dass er gerade den umwerfendsten Blowjob seines Lebens von der Frau erhalten hatte, die er beschützen sollte, beschloss er, ein anderes Thema anzuschneiden. »Die Presse ist überall.«

»Ich weiß. Ich habe eben zehn Minuten gebraucht, um das Tor zu passieren.«

»Tut mir leid. Ich habe vier Männer da draußen, aber angesichts der Vorfälle mit den Vandalen kann ich keine weiteren Leute erübrigen.«

»Wenn du mehr anheuern musst, tu das. Ich will nicht, dass Liana oder Jessie belästigt werden, während sie hier sind.«

Beck überlegte, ob das, was er gerade mit Jessie getan hatte, unter »belästigen« fiel. »Ich auch nicht.«

Travis blickte ihn erneut lange an. »Bist du sicher, dass alles in Ordnung ist?«

»Es könnte nicht besser sein.« Das stimmte.

»Okay. Dann sehen wir uns später.«

Beck ging in Richtung Tor. »Okay. Bis dann.«

Den Rest des Tages verbrachte er damit, die Menschenmenge zu managen, die sich vor dem Tor drängte, sich mit seinen Mitarbeitern zu treffen, um sicherzustellen, dass die regelmäßigen Patrouillen über das Geländes trotz der Pressemeute weiter stattfanden, und zu versuchen, nicht jede Minute an Jessie zu denken. Um sechs Uhr abends war er entsetzlich angespannt, und dafür gab er der Südstaatenschönheit im fünften Stock des Towers die Schuld.

Er schüttelte den Kopf und fragte sich, ob er wohl irgendwie um das Abendessen mit ihr herumkommen könnte. Er musste einen Schritt zurücktreten und seinen verloren gegangenen gesunden Menschenverstand wiederfinden.

»Beck?«, fragte Liana von der Tür her.

Erschrocken schaute er auf. »Oh, hey. Wie geht's?«

»Alles okay bei dir?«

»Klar. Was ist los?«

Ihre langen dunklen Haare waren zu einem Pferdeschwanz gebunden, mit dem sie irgendwie noch schöner war als sonst. Vermutlich könnte sie einen Kartoffelsack tragen und sähe trotzdem wie ein Topmodel aus. Es stand außer Frage, dass sie unfassbar attraktiv war, doch auch wenn sie ihm vor zwei Tagen noch den Atem geraubt hätte … sie war einfach nicht Jessie.

»Ich habe mich gefragt, ob wir uns mal über die Situation mit der Presse und der an diesem Wochenende anstehenden Hochzeit unterhalten können.«

»Natürlich.« Er bedeutete ihr, hereinzukommen und sich zu setzen. Dann zwang er sich, seine Gedanken auf den Job zu konzentrieren, und erklärte Liana das, was er früher am Tag mit seinen Mitarbeitern besprochen hatte, um eine glatte Ankunft der Gäste zu gewährleisten.

»Es tut mir wirklich leid, dass ich dir so viel Extra-Arbeit bereite, vor allem weil ihr schon genügend Probleme habt.«

»Das ist kein Problem. Du hast ein Recht auf deine Privatsphäre, und Travis will, dass du deinen Aufenthalt hier genießt.«

»Ich liebe es, hier zu sein«, erwiderte sie leise.

Er fragte sich, ob sie auch den Mann liebte, dem diese Anlage gehörte.

»Wie geht es Jessie?«, fragte sie. »Ich wollte sie eigentlich anrufen und hören, was sie so macht. Die Hochzeitsvorbereitungen waren nur so total verrückt.«

Sein Kopf war mit einem Mal leer. Ihm fiel nichts ein, was er hätte sagen können.

»Beck?«

»Es geht ihr gut.«

Liana lehnte sich in ihrem Sessel zurück und kaute auf dem Stift herum, während sie Beck mit wissendem Blick musterte. »Du magst sie.«

»Na klar. Wer würde sie nicht mögen?«

»Nein, du *magst* sie.«

»Ich kenne sie doch kaum«, protestierte er und erinnerte sich daran, dass Liana mit dem Boss schlief – dem gleichen Boss, der ihn gebeten hatte, sich um Jessie zu kümmern.

»Ich kenne sie persönlich nicht so gut, aber sie wirkt echt lieb.«

»Mhm.« Beck schaute auf die Uhr. »Okay, ich muss jetzt los. Gib Bescheid, wenn du Hilfe mit der Security für die Hochzeit brauchst.«

»Das mache ich.«

Er begleitete sie zu Travis' Büro. »Liana?«

Sie drehte sich zu ihm um.

»Wenn ich sie tatsächlich mögen würde … wäre das schlimm?«

Ein Lächeln erhellte ihr Gesicht. »Natürlich nicht.«

»Es ist nur, sie ist hergekommen, um sich zu verstecken, weil irgendein Kerl sie belästigt. Ich will sie nicht ausnutzen.«

»Mag sie dich auch?«

»Äh, ja, scheint so.« Er lachte leise auf, weil es ihm immer noch schwerfiel, das zu glauben.

Liana legte ihm eine Hand auf den Arm. »Du könntest genau das sein, was sie braucht.«

»Meinst du?«

»Ja, meine ich.«

»Sie ist wesentlich jünger als ich.«

»Nach allem, was ich von ihr weiß, ist sie kompetent und vernünftig und genießt in der Branche höchstes Ansehen. In unserer Welt wird man sehr schnell erwachsen, oder man schafft es nicht.«

»Also bin ich kein alter Lustmolch, wenn ich sie mag?«

Liana lachte. »Wohl kaum.«

Travis betrat das Clubhaus durch den Haupteingang. Als er Beck in angeregter Unterhaltung mit Liana sah, blieb er stehen. »Machst du dich etwa an mein Mädchen ran?«

»Sie gehört ganz dir.« Beck zwinkerte Liana zu. »Habt einen schönen Abend, ihr zwei.«

»Du auch«, rief sie ihm hinterher.

»Worum ging es da gerade?«, wollte Travis wissen.

»Wie es scheint, hat dein Freund Beck ein Auge auf meine Freundin Jessie geworfen und umgekehrt.«

Travis schaute zur Tür. »Mir gegenüber hat er davon kein Wort erwähnt, als ich ihn vorhin getroffen habe. Ich habe allerdings gemerkt, dass ihn etwas beschäftigt.«

Liana führte ihn in sein Büro, legte ihre Ordner auf den Schreibtisch und schlang die Arme um ihn. »Ich musste es ihm auch aus der Nase ziehen.«

»Trotzdem, *dir* hat er es erzählt.«

Sie gab ihm einen Kuss auf den Schmollmund. »Ich glaube, es ist ihm peinlich.«

Travis zog verwirrt die Stirn kraus. »Warum?«

»Weil er ein ganzes Stück älter ist als sie. Weil du ihn gebeten hast, sie zu beschützen. Weil er dich nicht enttäuschen will.«

Travis schüttelte den Kopf. »Ich hasse es, wenn er so tut, als täte ich ihm einen Gefallen, indem ich ihn hier arbeiten lasse. Er ist das Rückgrat der gesamten Anlage. Doch weil ich ihn nach seinem Burnout beim FBI eingestellt habe, ist er ständig so dankbar, was mich wahnsinnig macht. Als wären wir nicht schon vorher jahrelang befreundet gewesen.«

»Er hat das Gefühl, dir etwas schuldig zu sein.«

»Aber das stimmt nicht!«

»Dann solltest du mal mit ihm darüber reden.« Während sie kleine Küsse auf seinem Kinn verteilte, spürte sie, wie seine Anspannung nachließ.

»Nicht heute Abend. Die Einzige, mit der ich heute reden will, bist du.«

»Meinetwegen gerne.« Sie hakte sich bei ihm unter. »Was gibt's zum Dinner?«

KAPITEL 15

Beck überquerte den Parkplatz vor dem Tower. In der Lobby begab er sich zum Haustelefon, nahm den Hörer ab – und hängte ihn genauso schnell wieder ein. Während er durch die wunderschön gestaltete Eingangshalle tigerte, ging er im Kopf all die Gründe durch, aus denen es falsch war, das mit Jessie weiterzuverfolgen. Und er kam immer zu dem gleichen Schluss – sie war hergekommen, um Ruhe und Frieden zu finden, und nicht, um sich mit ihm einzulassen.

Außerdem konnte es sowieso nirgendwo hinführen. In einer oder zwei Wochen würde sie in ihr normales Leben zurückkehren, und er würde mit seinem weitermachen. Wo war da der Sinn? Und wer brauchte schon solchen Herzschmerz? Er auf jeden Fall nicht, so viel stand fest. Davon hatte er in seinem Leben schon mehr als genug gehabt. Entschlossen, des Wahnsinns Herr zu werden, der ihn kurzzeitig überfallen hatte, hob er den Telefonhörer wieder ab und wählte Jessies Nummer.

Sie nahm ab und klang, als wäre sie zum Telefon gelaufen, und sein Magen zog sich vor Bedauern zusammen.

»Hey«, sagte er. »Es ist leider etwas dazwischengekommen. Ich kann heute Abend nicht.«

»Oh.«

Er kam sich vor wie der letzte Mistkerl. Er schloss die Augen und bemühte sich, seine Stimme barsch klingen zu lassen. »Tut mir leid.«

»Mir auch«, erwiderte sie leise. »Ich habe für uns gekocht.«

»Hör mal, Jessie …«

»Auf diese Worte folgt niemals etwas Gutes.«

Sein gesamter Körper vibrierte vor Anspannung.

»Versuchst du, mir zu sagen, dass das mit uns vorbei ist?«

»Ja.«

»Aber warum?«

»Weil es nicht funktionieren kann. Das weißt du so gut wie ich.«

»Da du nichts Manns genug bist, persönlich mit mir darüber zu reden, schätze ich, dass du recht hast.«

»Jessie …«

»Lass es, Peter. Du hast mich enttäuscht. Ich dachte, du wärst anders.«

Das war unfair. Er versuchte doch nur, das zu tun, was für sie am besten war. »Ich komme hoch.«

»Spar dir die Mühe. Ich bin nicht interessiert.«

»Ich komme trotzdem.« Er knallte den Hörer auf und stapfte zum Fahrstuhl. Ein guter Kerl zu sein war nicht so toll, wie es sich immer anhörte. In der fünften Etage hämmerte er an ihre Tür. »Mach auf, Jessie.«

»Geh, bevor ich den Sicherheitsdienst rufe.«

»Ich *bin* der Sicherheitsdienst. Also mach jetzt auf.«

»Ich rufe Travis an und sage ihm, dass du mich belästigst.«

»Nein, das tust du nicht.« Etwas sanfter fügte er hinzu: »Mach bitte auf.« Er lehnte die Stirn gegen die Tür und wartete mehrere endlose Minuten, während er sich innerlich mit Vorwürfen überhäufte, weil er so dumm gewesen war. In dem Moment, in dem sie ihm gesagt hatte, sie wäre nicht interessiert, hatte er gemerkt, dass sie das Einzige war, was er wirklich wollte. Er hatte keine Ahnung, wie er zu der Überzeugung gelangt war, dass sich von ihr abzuwenden das Richtige wäre.

»Es tut mir leid«, erklärte er. »Jessie, es tut mir so leid.«

Die Tür wurde so schnell geöffnet, dass er vorwärtsstolperte und hinfiel. Vom Boden schaute er zu ihr auf. Sie trug ein dünnes Kleid mit Blumenmuster, das unglaublich sexy aussah. Ihre blonden Locken fielen ihr offen über die Schultern und umrahmten ihr bezauberndes Gesicht.

Er versuchte zu atmen, scheiterte aber. Vorsichtig setzte er sich auf und zwang sich, Luft in seine Lunge zu saugen.

»Für die Kür gibt es fünf von sechs Punkten«, verkündete sie und stemmte eine Hand in die Hüfte. »Die Landung hast du gründlich vermasselt.«

»Ich bin froh, dass du dich amüsierst«, erwiderte er, als er wieder sprechen konnte. Er rappelte sich auf die Knie, atmete noch ein paarmal tief durch und merkte dabei, dass irgendetwas hier ganz vorzüglich duftete. »Was hast du gekocht?«

»Lendensteak, Kartoffelgratin nach dem Rezept meiner Großmutter, grünen Spargel und meinen berühmten bunten Salat. Zu schade, dass du am Telefon mit mir Schluss gemacht hast.« Sie beugte sich weit genug vor, um ihm einen faszinierenden Blick in ihr Dekolleté zu gewähren. »Ich wette, es hätte dir geschmeckt.«

Beck schluckte schwer. »Ich versuche nur, zu tun, was für dich am besten ist.«

»Und was wäre das?«

»Ich auf jeden Fall nicht. Das weißt du, Jessie.«

Ihre großen Augen blitzten wütend auf. »Was ich weiß, ist, dass ich vom ersten Moment an, in dem ich dich gesehen habe, etwas für dich empfunden habe. Wie kannst du mir das wegnehmen, bevor ich die Chance hatte, herauszufinden, was genau es ist?« Ihre harte Fassade bekam Risse. »Wie kannst du mir das antun?«

Er richtete sich auf. »Ich will nicht, dass du irgendetwas bereuen musst.«

»Ich bereue lieber, als dass ich mich weiter fragen muss.«

Er war nicht sicher, ob er noch das Recht dazu hatte, streckte jedoch trotzdem die Arme aus und atmete erleichtert auf, als sie hineintrat. »Meine Absichten waren gut.«

»Vielleicht. Aber an der Umsetzung musst du noch feilen.«

»Ich weiß. Es tut mir leid.« Er hob ihr Kinn und gab ihr einen sanften Kuss. »Verzeihst du mir?«

Sie sah ihn aus ihren blauen Augen an und sagte: »Ist dir meine Vergebung wirklich wichtig, oder hast du bloß Hunger?«

Er lächelte. »Sie ist mir wichtig. Und das macht mir eine Heidenangst.«

»Mir auch.«

Lange blieben sie so stehen, und bei dem Gedanken, dass er vermutlich seine letzte Chance auf ein Entkommen verpasst hatte, erfüllte ihn eine große Erleichterung.

Spät am Freitagnachmittag saß Liana mit Travis an der Bar des Clubs, um noch ein letztes Mal alles durchzugehen. Sie trank ein Glas Wein, während sie die Liste Punkt für Punkt abhakte.

»Du bist echt organisiert«, stellte Travis beeindruckt fest.

»Alle hier waren so unglaublich nett und hilfsbereit. Hast du sie gebeten, mir das Händchen zu halten?«

Er zuckte die Achseln. »Ich habe sie gebeten, ihren Job zu machen, aber ich hatte auch vollstes Vertrauen, dass du deinen Teil beiträgst.«

Sie lächelte ihn an. »Du hast tolle Mitarbeiter.« Ein Boulevardmagazin im Fernseher über der Bar erregte ihre Aufmerksamkeit. Sie sah sich und Travis gemeinsam das Krankenhaus betreten. »Da sind wir.«

Er schaute in dem Moment auf, in dem eine Montage aus den aktuellen Schlagzeilen über den Bildschirm wanderte.

»Travis und Liana verlobt?«

»Gibt Liana für ihn das Modeln auf?«

»Travis landet einen Touchdown bei Liana«.

»Hat Liana ihren Mr Right gefunden?«

Die letzte Schlagzeile lautete: »Travis lässt Liana für sich arbeiten«, darunter ein Foto, das von einem Boot aus gemacht worden war und zeigte, wie sie die Vorbereitungen im Zelt überwachte.

Liana schluckte schwer, als sie das Zucken von Travis' Kiefermuskel sah. »Es tut mir leid, Travis. Das ist so übergriffig.«

»Die Analogie mit dem Touchdown gefällt mir überhaupt nicht«, erklärte er leise.

Sie griff nach seiner Hand. »Ich glaube, sie wollten nur ein Wortspiel in Bezug auf Football haben. Mehr nicht.«

Mit einem Mal weiteten sich seine auf den Fernseher gerichteten Augen.

»Was ist?«, fragte sie.

»Ach du …«, flüsterte er. »Sie belästigen meinen Footballtrainer von der Highschool.«

Liana sah zu, wie ein älterer Mann abwinkte und sich ohne einen Kommentar zwischen den Reportern hindurchdrängte. »Das tut mir so leid«, sagte sie.

Travis fasste sich und zwang sich zu einem Lächeln. »Das muss dir nicht leidtun. Wenigstens ist es nicht meine Kindergärtnerin.«

»Ich bin froh, dass du Witze darüber machen kannst.«

»Hey.« Er legte einen Finger unter ihr Kinn. »Es ist keine große Sache, okay?«

»Es ist schrecklich.«

»Das ist nur Klatsch. Mehr nicht.«

»Was müssen deine Angestellten denken …«

»Es ist mir egal, was sie denken. Ich bezahle sie gut für ihre Diskretion.«

»Ich hatte nicht geplant, dass unsere Affäre dein ganzes Leben auf den Kopf stellt.«

»Das tut sie nicht«, beharrte er. »Nun, zumindest nicht so, wie du es meinst.«

Sie musterte ihn interessiert. »Wie denn dann?«

Er nahm ihre Hand und führte sie an die Lippen, wobei er ihren Blick erwiderte. »Alles, woran ich denken kann – morgens, mittags und nachts –, ist, wie lange ich warten muss, bis ich dich wieder in meinem Bett habe.«

Hitze durchzuckte sie.

Travis lächelte über ihre Reaktion und strich mit dem Finger über die Wange. »Das hat mir in den letzten Tagen gefehlt. Ich bin froh, dass ich dich immer noch zum Erröten bringen kann.«

Liana trank ihr Glas in einem Zug aus. »Komm, lass uns gehen.«

Travis stand auf und hielt ihr seine Hand hin. Sie schauten kurz in seinem Büro vorbei, um die Mappe mit den Hochzeitsunterlagen abzulegen und Dash einzusammeln, bevor sie zum Tower hinübergingen. Der Hund rannte voraus, und Liana lachte, als er einen Hasen aufspürte und ihn in Richtung Strand verfolgte.

Travis stöhnte. »Na super. Jetzt ist sie für mindestens eine halbe Stunde verschwunden.«

Liana schlang ihm einen Arm um die Taille. »Du hast jetzt schon so lange gewartet, da bringt dich eine halbe Stunde mehr auch nicht um.«

»Vielleicht doch«, sagte er.

Sie musste über seine Miene lachen. »Wie wäre es mit einem Spaziergang am Strand, bis wir sie gefunden haben?«

»Die Presse hat sich aufs Meer gewagt«, erinnerte er sie und zeigte auf die Boote, die vor North Point ankerten. Auf ihnen warteten Fotografen mit riesigen Teleobjektiven darauf, ein Bild von ihnen zu erwischen.

»Ist schon okay. Bald ist es sowieso dunkel, da werden sie nicht viel Glück haben.«

»Du bist diese Woche ganz schön mutig geworden«, stellte er fest.

»Ja, auf mehr als eine Weise.« Sie warf ihm einen vielsagenden Blick zu, woraufhin er vor Verlangen aufstöhnte. Sie brachte ihn zum Schweigen, indem sie ihre verschränkten Hände ein wenig löste, damit sie mit dem Daumen über seine Handfläche streichen konnte.

»Dash kennt den Weg nach Hause«, bemerkte er erstickt.

»Kann sie auch einen Aufzug bedienen?«, neckte Liana ihn und zog ihn mit zum Strand. »Was für ein Hundevater bist du, dein kleines Mädchen allein weglaufen zu lassen?«

Er pfiff nach Dash und fluchte, als sie nicht reagierte. »Komm«, sagte er widerwillig. »Finden wir den ungehorsamen Köter.«

BECK NAHM SICH AM FREITAG DEN HALBEN TAG FREI – WAS ER NOCH nie getan hatte –, um mit Jessie an den Strand zu gehen. Er gab sein Bestes, um ihr das Bodysurfing beizubringen, aber sie verbrachten mehr Zeit damit, herumzumachen, als zu surfen. Als sie bei Sonnenuntergang zum Tower zurückkehrten, lagen seine Nerven blank. Er wollte sie so sehr, dass es schmerzte.

»Du warst auf dem Rückweg ziemlich still.« Sie reichte ihm ein Bier und setzte sich neben ihn auf den Balkon. »Ist alles in Ordnung?«

Er griff nach ihrer Hand. »Ich habe heute viel Spaß gehabt.«

»Ich auch. Ich liebe die Wellen.«

»Und ich liebe deinen Bikini – genau wie jeder andere Mann am Strand.«

Sie verzog das Gesicht. »Tut mir leid, wenn dich das stört. Mir fällt es schon gar nicht mehr auf.«

»Das stört mich nicht.«

»Was dann?«

»Der Gedanke daran, dass da draußen ein Typ herumläuft, der total auf dich fixiert ist, dir Angst macht, dich verfolgt. *Das* stört mich. Du kannst dich nicht für immer hier verstecken. Irgendwann musst du in dein Leben zurückkehren.«

»Ich weiß«, erwiderte sie mit einem Seufzen.

»Ich würde gerne die New Yorker Polizei kontaktieren. Ich kenne da einige Leute und könnte ein paar Strippen ziehen. Ich möchte dir helfen, Jessie. Lässt du mich?«

»Du hast hier so viel zu tun – der Vandalismus und die Presse. Ich will nicht, dass du von mir abgelenkt wirst.«

Er hob ihre Hand an seine Lippen. »Dafür ist es schon zu spät.«

Sie lehnte ihren Kopf zurück und betrachtete ihn. »Es ist süß von dir, dass du helfen willst.«

»Ich will nicht nur, ich muss.«

»Okay. Aber deine Arbeit hier hat oberste Priorität.«

»Ich denke, ich kann meine Prioritäten selbst festlegen, vielen Dank.« Er zog an ihrer Hand, damit Jessie sich auf der Liege zu ihm gesellte.

Über ihrem Bikini trug sie lediglich ein kurzes Sommerkleid, was unglaublich sexy war, als sie sich nun neben ihm ausstreckte und mit dem Finger über sein stoppeliges Kinn fuhr. »Ich schau dich gerne an.«

Er schnaubte. »*Du* schaust *mich* gerne an?«

»Hast du damit ein Problem?«

»Ich habe definitiv die bessere Aussicht. Denn *ich* kann *dich* angucken.«

Sie vergrub ihr Gesicht an seinem Hals. »Wie viele Tage noch?«

Ihr Atem, der wie eine zärtliche Berührung über seine Haut strich, machte ihn hart wie Stein. »Ich habe die Übersicht verloren. Ganz sicher ist inzwischen doch schon eine Woche vergangen, oder?«

»Es fühlt sich eher an wie ein Monat.«

Er umfasste ihr Gesicht und senkte seinen Mund auf ihren. Innerhalb weniger Sekunden hatte er sich auf sie gerollt. Sie schlang ihre Beine um seine Hüften, während er mit der Zunge jeden Zentimeter ihres Mundes erkundete. »Ich weiß, wir haben gesagt, dass wir warten wollen, Honey.« Er klang so atemlos, wie er sich fühlte. »Aber ich kann nicht länger warten. Ich will dich so sehr, ich habe das Gefühl, ich sterbe, wenn ich dich nicht haben kann.«

»Ja«, erklärte sie. »Jetzt.«

Er schaute sie an. »Bist du dir sicher?«

Sie nickte.

Er stand auf und griff nach ihrer Hand. Dann schloss er sie in seine Arme und hielt sie sehr lange fest.

Als er sie endlich losließ, um mit ihr nach drinnen zu gehen, hoffte er, dass er das Richtige tat. Er erinnerte sich daran, dass es ihr erstes Mal war und er vorsichtig mit ihr sein musste. Heute ging es nicht um ihn, sondern einzig und allein um sie.

»Peter?«

»Hmm?«

»Was ist das?«

»Was ist was?«

»Das da.« Sie streckte den Arm aus.

Am südlichen Ende der Anlage schossen Flammen aus dem Dach eines der im Bau befindlichen Häuser. »O nein. So eine Scheiße«, flüsterte er und ließ ihre Hand los. »Bleib hier. Ich komme so schnell zurück, wie ich kann.« Damit rannte er zum Fahrstuhl.

NACHDEM SIE DASH GEFUNDEN HATTEN, VERBRACHTEN TRAVIS UND Liana noch eine Stunde mit ihr am Strand. Travis warf bestimmt hundert Mal den Stock und war immer wieder erstaunt, wie zielsicher seine Hündin ihn selbst in der hereinbrechenden Dämmerung fand. Die Paparazzi waren durchgedreht, als Travis und Liana den Strand betreten hatten, aber irgendwann wurde es ihnen auch langweilig, zwei Leute zu fotografieren, die mit einem Hund herumtollten.

Liana freute sich, als Dash ihr den Stock brachte.

Travis verfolgte grinsend, wie sie ihn warf.

»Was ist?«

»Normalerweise apportiert sie nur für mich. Nicht mal für Beck. Das treibt ihn fast in den Wahnsinn.«

Liana lächelte. »Wirklich?«

»Wirklich.«

Dash kehrte mit dem Stock zurück und ließ ihn Liana vor die Füße fallen.

»Vergiss nicht, wer dich füttert, du undankbares Vieh«, grummelte Travis.

Dash ignorierte ihn und forderte Liana bellend auf, weiterzumachen.

Liana schleuderte den Stock und schrie überrascht auf, als Travis sie sich über die Schulter warf und herumwirbelte. »Mir wird schlecht!«, rief sie zwischen zwei Lachanfällen. »Lass mich wieder runter.«

»Würden die Fotografen es nicht lieben, eine Aufnahme von der heißen Liana McDermott mit dem Hintern in der Luft zu schießen? Hier drüben, Jungs.«

»Travis! Mir strömt das ganze Blut in den Kopf.«

Er strich ihr mit der Hand über den Po. »Mir strömt es woandershin.«

»Oh, du bist wirklich furchtbar«, erwiderte sie und lachte wieder. »Komm, lass mich runter. Ich geb dir auch deinen Hund zurück. Versprochen.«

Er ließ sie an sich runtergleiten und hielt sie fest. In der einbrechenden Dunkelheit konnte er ihre Gesichtszüge kaum ausmachen, doch er bemerkte, dass sie ihn mit einem Ausdruck anschaute, der voller Liebe zu sein schien. Durfte er zu hoffen wagen?

Dashs scharfes Bellen unterbrach den Moment.

Travis hob den Stock auf und ließ ihn ein letztes Mal über den Strand fliegen. Während Dash ihm hinterherrannte, beugte er sich vor und gab Liana einen sanften Kuss. Er war nicht sicher, wer von ihnen zuerst stöhnte, aber als Dash zurückkehrte, hielten sie einander ganz fest.

Die Hündin wimmerte und wälzte sich im Sand, während sie auf sie wartete.

Wie durch einen Nebel wurde Travis bewusst, dass er Liana, wenn die Paparazzi nicht wären, gleich hier und jetzt auf dem Sand genommen hätte. Dieser Kontrollverlust war neu für ihn, und das brachte ihn völlig aus dem Konzept. Davon ließ er sich jedoch nichts anmerken, sondern legte Liana einen Arm um die Taille und pfiff nach Dash.

Sie bückten sich gerade, um ihre Schuhe aufzuheben, die sie an der Treppe gelassen hatten, als sie Beck panisch ihre Namen rufen hörten. Im gleichen Moment fing Travis' Handy an zu klingeln.

Er rannte vor Liana und Dash die Treppe vom Strand hinauf. »Was ist los?«, fragte er seinen aufgebrachten Sicherheitschef.

»Ein Feuer«, stieß Beck außer Atem hervor und zeigte zum südlichen Ende des Grundstücks.

Travis schaute in die Richtung und sah Rauchwolken aufsteigen und Flammen züngeln.

»Die Feuerwehr ist schon unterwegs.«

Liana schloss zu ihnen auf und sog scharf den Atem ein, als sie den hellen Schein in der Ferne entdeckte.

»Geh hoch in meine Wohnung, Liana«, verlangte Travis, ohne den Blick von den Flammen zu nehmen. »Ich komme nach, sobald ich kann.«

»Ich will mit dir kommen«, widersprach sie und packte ihn am Arm.

Er nahm ihre Hand. »Nein.«

»Bitte, Travis.«

Travis riss den Blick gerade lange genug vom Feuer los, um Liana anzuschauen und die Besorgnis in ihren Augen zu sehen. »Also gut.«

Als sie zu Becks Pick-up liefen, preschte Dash in Richtung Feuer an ihnen vorbei.

»Dash!«, rief Travis. »Dash. Stopp!«

Doch der Hund rannte weiter in die Dunkelheit hinein, als hätte Travis nichts gesagt.

»Verdammt!«, fluchte er.

»Sie würde nicht in die Nähe des Feuers gehen«, versicherte ihm Liana, während Beck den Schotterweg entlangraste, der zu der Baustelle führte. »Dafür ist sie zu klug.«

Während der Fahrt sprach Beck sich mit seinen Mitarbeitern ab.

Sie trafen kurz vor der Feuerwehr an dem inzwischen gänzlich in Flammen stehenden Haus ein.

»An einem Freitagabend und um diese Uhrzeit ist hoffentlich niemand hier, oder?«, fragte Travis.

»Wir versuchen gerade, das mit dem Bauunternehmer zu klären«, erwiderte Beck.

Sie erstarrten, als sie Dashs Bellen aus der Richtung des brennenden Gebäudes hörten.

Travis wollte sofort hinlaufen, Beck hielt ihn allerdings zurück.

Dashs Bellen wurde immer wilder.

Der Chef der Feuerwehr dirigierte seine Männer mit den Schläuchen an ihre Positionen, bevor er zu ihnen eilte, um mit Beck und Travis zu reden. »Ist da ein Hund drin?«

»Wir hoffen nicht.« Becks Mund war eine grimmige Linie.

»Aber wenn sie so bellt, muss jemand im Haus sein.« Travis

bemühte sich, die überwältigende Angst im Griff zu behalten, die ihn überkommen hatte.

Der Captain informierte seine Männer über das Funkgerät, dass sich eventuell eine Person im Haus befand.

Travis, Liana und Beck standen am Rand und beobachteten, wie zwei Feuerwehrmänner das Gebäude betraten, während die anderen ihre Schläuche darauf richteten.

Das Bellen hatte aufgehört. Travis starrte ins Feuer und spürte, wie Liana den Griff um seine Hand verstärkte.

»Es geht ihr gut«, flüsterte sie.

Über die Funkgeräte kam die Nachricht, dass die Feuerwehrmänner im Inneren jemanden gefunden hatten. Sofort eilten die Sanitäter mit einer Trage und ihrer Ausrüstung herbei.

Endlos erscheinende Minuten später trugen die beiden Feuerwehrmänner einen Mann aus dem Haus.

»Er lebt«, rief einer von ihnen den Sanitätern zu. »Aber nur so gerade eben noch.«

Während sich die Sanitäter um den Verletzten kümmerten, ließ Travis Lianas Hand los und löste seinen Arm aus Becks Griff.

»Haben Sie da drin einen Hund gesehen?«, rief er einem der Feuerwehrmänner zu, die im Haus gewesen waren. »Einen gelben Labrador?«

»Nein.« Der Mann wischte sich den Schweiß aus dem Gesicht. »Wir haben zwar einen Hund bellen hören, konnten ihn allerdings nicht finden.«

Die Sanitäter luden den Bewusstlosen in den Krankenwagen und fuhren mit Sirene und Blaulicht los.

»Dash! Dash!«, brüllte Travis. Als er auf das Haus zurannte, hörte er Liana rufen, er solle zurückkommen. Er lief weiter, bis ihm auf einmal die Füße weggezogen wurden und er hart unter Beck auf dem Boden landete. In genau diesem Moment stürzte die erste Etage des Hauses ein.

»Was glaubst du, was du da tust?«, fuhr ihn Beck an.

»Dash ist da drin! Ich muss sie rausholen!«

»Du wirst dich nicht wegen eines Hundes umbringen.«

»Aber es ist Dash!« Travis versuchte, sich aus Becks eisernem Griff zu lösen.

»Ich weiß. Trotzdem kannst du da nicht rein, Travis.«

Travis stiegen Tränen in die Augen, als er sich von Beck aufhelfen und sich zu der Stelle zurückführen ließ, an der Liana wartete. Auch ihre Wangen waren feucht.

Sie streckte die Arme aus, und Travis ließ sich von ihr umfangen. »Wir müssen sie holen.«

»Vielleicht ist sie gar nicht ins Haus gerannt.« Liana hielt ihn ganz fest. »Vielleicht hat sie von draußen gebellt.«

»Aber wo ist sie dann?«

»Sie könnte Angst bekommen haben, Trav«, sagte Beck.

Travis rief weiter nach dem Hund, bis seine Stimme von dem Rauch und der Anstrengung ganz rau war. Er gab selbst dann nicht auf, als die Feuerwehrmänner das Feuer schon längst unter Kontrolle hatten.

Der Captain kam mit grimmiger Miene auf ihn zu. »Das war Brandstiftung«, verkündete er und hielt einen angesengten Benzinkanister hoch.

»Wir haben hier ein Problem mit Vandalismus«, erklärte Beck. »Bisher nichts in dieser Art, doch die Polizei weiß Bescheid.«

»Ich rufe den Brandermittler an«, erwiderte der Captain. »Bis wir unsere Untersuchungen abgeschlossen haben, ist das hier ein Tatort. Niemand betritt ihn. Habe ich mich klar ausgedrückt?« Diese Frage richtete er gezielt an Travis.

»Sie haben unsere volle Kooperation«, versicherte Beck ihm.

»Mr North?«

Travis nickte.

Der Captain verabschiedete sich, und Beck wandte sich an Travis. »Ich hole mein Team her, sie sollen nach Dash suchen. Wir finden sie.«

Travis konnte den Blick nicht von der Ruine des Hauses wenden.

»Warum gehst du nicht nach Hause, Trav?«

Er schüttelte den Kopf. »Nein«, flüsterte er rau. »Nicht, solange wir sie nicht gefunden haben.«

Beck legte ihm eine Hand auf die Schulter. »Sie versteckt sich vielleicht, weil sie Angst hat. Du musst nach Hause und dort warten. Ich rufe dich sofort an, sobald wir sie haben.«

Travis zeigte auf das, was vom Haus übrig geblieben war. »Was, wenn sie da drin ist?«

»Dann holen wir sie, sobald der Brandinspektor eintrifft. Fahr nach Hause, Travis.« Er gab Liana die Schlüssel zu seinem Pick-up und schob Travis sanft darauf zu. Nachdem er ihn auf den Beifahrersitz bugsiert hatte, drückte Beck Lianas Schulter. »Kümmere dich um ihn. Ich finde Dash.«

KAPITEL 16

Auf dem Weg zum Tower starrte Travis einfach nur geradeaus. Liana warf ihm einen Blick zu. Sein Gesichtsausdruck brach ihr das Herz. Er war am Boden zerstört.

In der Garage parkte sie auf seinem Platz und ging um den Wagen herum, um die Beifahrertür zu öffnen.

»Liana!«, rief Jessie, die mit einer Taschenlampe aus der Dunkelheit kam. »Geht es allen gut?«

»Das hoffen wir. Die Feuerwehr hat einen Mann aus dem Haus geholt und ihn ins Krankenhaus gebracht.« Mit gesenkter Stimme fügte sie an: »Und wir können Dash, Travis' Hündin, nicht finden.«

»O nein. Was kann ich tun?«

»Halt die Augen offen. Sie ist ein gelber Labrador.«

»Das mache ich. Ist Beck auch auf dem Weg?«

Liana schüttelte den Kopf. »Er ist dortgeblieben, um Dash zu suchen. Ich muss Travis nach oben bringen.«

»Natürlich. Gib Bescheid, wenn du etwas brauchst. Das Ganze tut mir so leid.«

»Danke.« Liana beugte sich ins Auto. Als Travis sich nicht regte, berührte sie ihn an der Schulter. »Travis? Komm, lass uns nach oben gehen.« Sie nahm seine Hand und zog sanft daran, um ihn dazu zu bringen, aus dem Wagen und in den Lift zu steigen.

Als die Fahrstuhltür sich in seiner Wohnung öffnete, ging er direkt zum Sofa.

Liana folgte ihm. Sie setzte sich ihm gegenüber auf den Couchtisch und nahm seine Hände. »Beck findet sie«, versicherte sie ihm.

»Was ist, wenn sie tot ist?« Seine Stimme war kaum mehr als ein Flüstern. »Was soll ich nur ohne sie tun? Sie ist meine …«

»Deine was, Baby?«

»Meine Familie«, presste er hervor, und eine Träne lief ihm über die Wange.

Liana setzte sich auf seinen Schoß und schlang die Arme um ihn. Sie wollte ihm sagen, dass *sie* seine Familie wäre, sollte Dash wirklich nicht wiederkommen, aber irgendwie brachte sie die Worte nicht heraus.

Er barg seinen Kopf an ihrer Schulter. »Ich kann nicht glauben, dass sie in ein brennendes Gebäude gerannt ist.«

»Sie hat dem Mann vermutlich das Leben gerettet«, erklärte Liana. »Und du auch. Du hast anhand ihres Bellens erkannt, dass irgendetwas nicht stimmte.«

»Ich muss mich nach ihm erkundigen«, stieß Travis rau hervor.

»Ich bin sicher, dass Beck das macht und dich informiert, sobald er etwas hört. Außerdem kannst du kaum noch reden. Hast du irgendwo Honig oder Zitrone?«

Er schüttelte den Kopf. »Ruf im Club an. Die schicken jemanden, der dir bringt, was du brauchst.«

»Ich will das für dich.« Sie gab ihm einen Kuss auf die Stirn und stand auf.

Dann rief sie im Club an und bat darum, dass man ihnen einen heißen Tee mit Honig und Zitrone schickte. In der Küche feuchtete sie ein Papiertuch an und nahm es mit zum Sofa, um Travis den Ruß aus dem Gesicht zu wischen.

Er lehnte seine Stirn an ihre. »Ich bin so froh, dass du hier bist.«

»Ich bleibe so lange, wie du mich brauchst«, versicherte sie ihm.

Seufzend wickelte er sich eine ihrer Haarsträhnen um den Finger. »So lange kannst du nicht bleiben.«

Die Sehnsucht, die sie in seiner Stimme hörte, zerrte an ihrem Herzen.

Die Gegensprechanlage summte, und Liana stand auf, um ranzugehen. Eine Minute später stand der Kellner mit dem Tee in der Tür.

»Ich habe das mit Dash gehört, Mr North«, begann der junge Mann, nachdem er Liana das Kännchen überreicht hatte. »Es tut mir sehr leid.«

»Danke, Sam«, erwiderte Travis.

»Passen Sie gut auf sich auf«, antwortete Sam und stieg wieder in den Fahrstuhl. »Geben Sie Bescheid, wenn Sie noch etwas brauchen.«

Liana brachte Travis den Tee. »Hier. Das wird deinem Hals guttun.«

Travis nahm einen Schluck. »Danke.«

»Dieser Sam scheint ein netter Kerl zu sein«, bemerkte Liana in dem Versuch, Travis von den Sorgen um Dash abzulenken.

»Er ist derjenige, der mich über dich aufgeklärt hat«, entgegnete Travis mit einem kleinen Lächeln. »Ich habe ihn gebeten, nächsten Sommer wiederzukommen und im Büro zu arbeiten, da er BWL studieren will.«

»Oh, das ist eine tolle Chance für ihn. Von dir kann er viel lernen.«

Travis zuckte mit den Schultern und bedeutete Liana mit einer Geste, näher zu ihm zu rutschen.

Sie legte ihm einen Arm um die Mitte, bettete ihren Kopf an seine Brust und lauschte dem steten Rhythmus seines Herzschlags. »Wie geht es deinem Hals?«

»Etwas besser.«

»Vielleicht kann ich als Krankenschwester arbeiten, wenn das mit dem Modeln nichts mehr für mich ist.«

»Oder als Hochzeitsplanerin.«

»Ja, klar.«

»Ich meine das ernst.« Seine Stimme klang ein wenig besser, und Liana merkte, dass er sich bemühte, sich mit etwas anderem zu beschäftigen. »Wir haben das ganze Jahr über jedes Wochenende eine Hochzeit, manchmal sogar zwei. Im Sommer die großen im Freien, und außerhalb der Saison kleinere im Clubhaus. Niki kann das nicht alles allein schaffen, und ich muss mich nun, da die erste große Hochzeit hinter uns liegt, auf andere Dinge konzentrieren. Wir haben schon darüber gesprochen, eine Hochzeitsplanerin einzustellen. Der Job gehört dir, wenn du ihn haben willst.«

Erstaunt schaute Liana zu ihm auf. »Du meinst das ernst.«

»Natürlich. Was das Geschäft angeht, mache ich niemals Scherze.«

»Aber du hättest für den Job doch sicher lieber jemanden mit mehr Erfahrung. Jemanden, der weiß, was er tut.«

»Ich hätte lieber dich.« Er gab ihr einen Kuss auf die Stirn. »Du hast Stil und Klasse, und deine Bekanntheit würde North Point sicher auch nicht schaden. Und nachdem ich dich in den letzten Tagen in Aktion gesehen habe, habe ich keinerlei Zweifel daran, dass du das kannst.«

»Meinst du das wirklich?«

»Ich meine das nicht nur, ich weiß es. Du hast mir gesagt, dass du dir eine Welt ohne das Modeln nicht vorstellen kannst. Ich schlage dir bloß etwas vor, das dir vielleicht gefallen könnte.«

Sie legte ihren Kopf wieder an seine Brust.

»Du musst dich nicht sofort entscheiden. Denk einfach mal darüber nach.«

Er bot ihr die Chance, bei ihm zu bleiben, ihm zu helfen, seinen Traum weiter zu verwirklichen. Liana musste zugeben, dass ihr die Idee gefiel. Sie hatte die letzten zwei Tage mehr genossen, als sie erwartet hatte. Aber er hatte kein Wort darüber verloren, ob sie als Paar zusammenbleiben würden, sollte sie sein Angebot annehmen. Doch das würde ihre Entscheidung wesentlich beeinflussen.

Eine der gestrigen Schlagzeilen war ihr die ganze Nacht durch den Kopf gegangen: »Hat Liana ihren Mr Right gefunden?« Gut möglich, sie könnte allerdings niemals bei ihm bleiben, wenn er sie nicht so liebte wie sie ihn.

Sein Handy klingelte, und Liana setzte sich auf, damit er an seine Hosentasche kam.

»Ja?«, meldete er sich und stellte das Handy auf Lautsprecher, damit Liana mithören konnte.

»Hey«, sagte Beck. »Wir suchen noch. Die gute Nachricht ist, es gibt keinerlei Anzeichen von ihr im Haus. Es ist da drin weiter ziemlich heiß, aber das Team von der Brandermittlung hat sich mal kurz umgeschaut und sie nicht gesehen.«

Travis seufzte erleichtert auf. »Sie könnte trotzdem verletzt sein. Oder Schlimmeres.«

»Ja, das könnte sein, doch dass wir sie im Haus nicht gefunden haben, ist definitiv eine gute Nachricht.«

»Stimmt«, pflichtete ihm Travis bei.

»Wir brechen die Suche für heute ab. Ohne Mondschein ist es dunkel wie in der Hölle. Gleich bei Anbruch der Dämmerung schicke ich meine Jungs wieder raus.«

»Okay«, erwiderte Travis. »Danke für eure Bemühungen.«

»Ich will sie auch finden.«

»Das weiß ich. Hast du etwas von dem Mann gehört, den sie aus dem Haus geholt haben?«

»Er ist ein Schreiner, der spät gearbeitet hat. Im Moment liegt er mit Verbrennungen zweiten Grades und einer Rauchvergiftung im Newport Hospital, aber sie erwarten, dass er sich vollständig erholt.«

»Das ist eine Erleichterung«, antwortete Travis.

»Es gibt vielleicht noch mehr gute Neuigkeiten.«

»Und zwar welche?«

»Die Fotografen, die dich und Liana verfolgt haben – einer von ihnen hat kurz vor dem Ausbruch des Feuers in der Gegend gefilmt. Möglicherweise hat er etwas aufgenommen, das die Polizei nutzen kann, um den Mistkerl festzunageln, der für das alles verantwortlich ist. Der Fotograf hat seine Speicherkarte bereits der Polizei übergeben.«

»Na, das wäre doch mal was«, sagte Travis.

»Definitiv. Okay, versuch, ein wenig zu schlafen. Ich weiß, du machst dir Sorgen, aber wir werden sie finden. Auf die eine oder andere Weise werden wir sie finden.«

»Danke, Beck. Wir sprechen uns morgen.« Er legte auf und schaute Liana an. »Ist das zu glauben?«

»Wie großartig wäre es bitte, wenn einer der Paparazzi uns zu den Vandalen führt? Das wäre den ganzen Ärger der letzten Tage wert.«

Er gab ihr einen Kuss auf die Nase. »Und das hätten wir dann dir und deiner Berühmtheit zu verdanken.«

»Ich hoffe, er hat etwas aufgenommen, was der Polizei weiterhilft.«

»Mein Gott, ich rieche immer noch Rauch.«

Sie nahm seine Hände, zog ihn vom Sofa und führte ihn ins Schlafzimmer. Dort drehte sie ihn um, streifte ihm sein schmutziges North-Point-Polohemd über den Kopf und ließ es zu Boden fallen.

»Liana, die Krankenschwester, gefällt mir«, erklärte er lächelnd, während er ihr die Bluse aufknöpfte.

Liana beobachtete sein Gesicht, während sie einander entkleideten. Die hektische Leidenschaft von vorhin war verschwunden, und an ihre Stelle war etwas wesentlich Zärtlicheres getreten.

Er sammelte die nach Rauch riechenden Sachen ein und trug sie ins Badezimmer, wo er sie mit einer großzügigen Portion Waschmittel in die Waschmaschine steckte, während Liana die Dusche anschaltete.

Sie spülte sich den Rauchgeruch und die Anspannung der letzten Stunden mit dem heißen Wasser vom Körper.

Travis trat hinter sie, schlang die Arme um sie und stützte sein Kinn auf ihre Schulter.

Sie drehte sich zu ihm um. »Wie geht es dir?«

»Ich halte durch.«

»Deine Stimme erholt sich langsam.«

»Mein Hals tut weh.«

Liana hielt ihn lange fest, bevor sie nach dem Shampoo griff und ihm die Haare wusch.

Nachdem sie fertig war, nahm er ihr die Flasche ab. »Jetzt bin ich dran.«

Liana ließ sich entspannt gegen ihn sinken, während er das Shampoo in ihre Haare massierte.

Als er sie umdrehte, um es auszuspülen, beugte er den Kopf und nahm ihren Mund mit einem langen, innigen Kuss.

Liana schlang ihm die Arme um den Hals, und er zog sie an den Hüften näher zu sich.

Als er sie ein wenig nach hinten schob und anhob, keuchte sie unter der Kälte der Fliesen an der Wand auf. Sie löste ihre Lippen von seinen und hielt ihn zurück. »Nein, Travis. Nicht ohne Schutz.«

Er presste seine Lippen an ihren Hals. »Nur für eine Sekunde.«

»Nein.« Sie drückte ihn von sich. *»Nein.«*

Er schien selbst von dem erstaunt zu sein, was er gerade hatte tun wollen. »Es tut mir leid, Süße. Ich habe nicht nachgedacht.«

»Ist schon gut«, sagte sie, auch wenn ihr Herz von unerfüllter Leidenschaft pochte. Sie stellte sich unter den Wasserstrahl und spülte sich den Rest des Shampoos aus den Haaren.

Travis stieg vor ihr aus der Dusche und wartete mit einem Handtuch auf sie. Er schlang es ihr um den Körper und legte seine Arme um sie. »Es tut mir leid.«

»Mach dir darüber keine Gedanken.« Sie wickelte sich ein weiteres Handtuch um die nassen Haare. »Du bist heute Nacht mit deinen Gedanken woanders.«

»Das ist keine Entschuldigung dafür, so leichtsinnig zu sein.« Er gab ihr einen Kuss auf die nackte Schulter. Ihre Blicke trafen sich im Spiegel. »Wäre es wirklich so schlimm?«

»Was?«

»Wenn du schwanger würdest.«

Liana riss die Augen auf. *»Ja!* Das *wäre* schlimm.«

»Ach ja. Ich hatte vergessen, dass dein Körper dein Kapital ist.«

Wut stieg in Liana auf, und sie drehte sich zu ihm um. »Das ist es nicht.«

»Was dann? Ist es die Vorstellung, *mein* Baby zu kriegen, die dich so abschreckt?«

»Es gibt eine richtige Art, ein Baby in die Welt zu setzen, und das hier ist sie nicht«, entgegnete sie scharf. Fassungslos schob sie sich an ihm vorbei, ging zu dem Schrank, in dem ihre Tasche lag, und zog Shorts und ein locker sitzendes T-Shirt heraus. Als sie wieder zurückkam, wartete Travis auf sie. Er trug immer noch nicht mehr als das um die Hüften geschlungene Handtuch, und er schien sich auch immer noch zu bemühen, ruhig zu bleiben.

»Hast du vor, das zu erklären?«, fragte er.

»Wir haben die Hälfte einer zweiwöchigen Affäre hinter uns. Wir haben gesagt: keine Gefühle, keine Verpflichtungen. Wo passt da für dich ein Baby rein?«

»Was, glaubst du, würde passieren, wenn du während dieser nicht emotionalen Affäre schwanger würdest? Es ist durchaus schon mal passiert, dass ein Kondom geplatzt ist.«

Seine erbitterte Miene nervte Liana, denn mit einem Mal fiel es ihr schwer, ihn anzusehen. Er löste das Problem, indem er ihr Kinn anhob und sie zwang, ihm in die Augen zu schauen.

»Was, glaubst du, würde ich tun, wenn du schwanger wärst?«

»Darüber habe ich nie nachgedacht.«

Er lachte, doch es hatte einen harten Beiklang. Liana war nicht sicher, ob es an seiner schmerzenden Kehle lag oder daran, dass ihm das Thema wichtig war.

»Ja, klar. Du hast gewusst, dass du dich auf mich verlassen kannst, egal, was passiert. Sonst wärst du nie mit mir ins Bett gegangen.«

Liana wusste nicht, was sie darauf antworten sollte. *Wie gut er mich kennt …*

»Tja, ich schätze, das bringt uns zurück zur Eitelkeit.«

»Du bist ein Mistkerl.«

Sein Lächeln war beinahe grausam. »Hab ich da einen Nerv getroffen?«

Ihre Augen füllten sich mit Tränen. »Nein! Überhaupt nicht. Ob du es glaubst oder nicht, es geht *nicht* um Eitelkeit. Es geht um Moral. Kennst du die noch? Nur weil ich gewillt war, mit dir eine Affäre zu haben, bedeutet das nicht, dass ich ein uneheliches Kind will. Sollte ich je ein Baby bekommen, Travis, dann von meinem Ehemann, den ich liebe und der mich ebenfalls liebt – und nicht von einem Mann, mit dem ich eine zweiwöchige Affäre habe. Macht das die Sache für dich klarer?«

Sein Gesicht war vollkommen ausdruckslos geworden. »Ja. Ich verstehe.« Er ging zum Schrank und zog sich eine alte Jeans und ein Hemd über.

»Wo willst du hin?«, fragte sie, als er sich eine Taschenlampe schnappte.

»Zum Strand, um Dash zu suchen.«

Als sie allein war, stützte Liana ihre Arme auf den Küchentresen und atmete ein paarmal tief durch, um ihr rasendes Herz zu beruhigen. *Ich hätte es ihm sagen sollen. Ich hätte sagen sollen, dass mich nichts glücklicher machen würde, als sein Baby zu bekommen – einen hübschen, dunkelhaarigen Jungen mit dem umwerfenden Lächeln seines Vaters und diesen dunklen, eindringlichen Augen.* Vielleicht hätte sie es ihm gesagt, wenn er nicht so sehr darauf aus gewesen wäre, sie zu provozieren.

Sie hob den Kopf und schaute in den Spiegel. »Ich liebe dich, Travis«, flüsterte sie und wünschte, sie brächte es über sich, es ihm zu sagen. »Ich liebe dich so sehr.«

TRAVIS STIEG IN DER TIEFGARAGE AUS DEM FAHRSTUHL UND BENUTZTE die Taschenlampe, um unter den Autos nach Dash zu suchen. Warum hatte er das getan? *Nur weil du nicht den Mut hast, ihr zu sagen, was du für sie empfindest, bedeutet das nicht, dass du sie derart bedrängen musst. Und wie kommst du überhaupt darauf, dass eine Frau wie Liana McDermott sich mit deinem Kind belasten wollte?*

Sein Herz schmerzte, als er sich eine kleine Prinzessin mit den glänzenden Haaren und den strahlend violetten Augen ihrer Mutter vorstellte. *Warum hast du ihr nicht einfach gesagt, dass du der Mann sein willst, der sie liebt und heiratet und ihr Babys schenkt – und alles andere, was sie sich wünscht oder braucht? Warum hast du es nicht einfach ausgesprochen?* Weil er wusste, dass es nicht das war, was sie wollte. Das hatte sie gerade eben sehr deutlich gemacht. Sie war wegen des Sex dabei, und so war es von Anfang an gewesen. Tja, nun, was das anging, hatte er geliefert, oder? Doch wenn das alles für sie war, warum hatte sie sich dann nach dem Feuer so liebevoll um ihn gekümmert?

Sie hatte ihm Tee besorgt. Selbst von seiner eigenen Mutter hatte er sich nie so umsorgt gefühlt. Wenn das keine Liebe war, kannte er die Liebe vielleicht nicht. Aber *verdammt*! Es hatte sich für ihn wie Liebe angefühlt. Und es hatte ihm gefallen. Sogar sehr.

KAPITEL 17

Ganz langsam drehte Beck mit dem Pick-up eine letzte Runde um das Grundstück, leuchtete mit seiner Taschenlampe in die Büsche und rief nach Dash, bis er beinahe so heiser war wie Travis. Er fühlte sich schrecklich. Es war ihm nicht gelungen, die Vandalen von der Anlage fernzuhalten. Ein Mann war schwer verletzt worden, ein Millionen-Dollar-Haus nur noch Schutt und Asche. Und Travis' geliebter Hund wurde vermisst.

Als Travis ihm das Angebot gemacht hatte, sein Sicherheitschef zu werden, hatte Beck es als Bullshit-Posten in einem noblen Resort angesehen. Er hatte den Kopf darüber geschüttelt, welchen steilen Absturz seine Karriere hingelegt hatte – vom Special Agent des FBI zum Babysitter der Reichen und Verwöhnten. Aber sobald er erkannt hatte, was Travis hier aufbaute, hatte er ein Teil davon sein wollen. Offensichtlich konnte er jedoch nicht einmal einen Bullshit-Job richtig erledigen.

Da ihm nichts mehr einfiel, wo er noch nach Dash suchen konnte, bog er auf seinen Parkplatz vor dem Clubhaus ab und stieg aus dem Wagen.

»Peter!«

Beim Klang von Jessies Stimme drehte er sich um und erinnerte sich zum ersten Mal seit Stunden daran, was sie gerade vorgehabt hatten, als sie die Flammen bemerkt hatte.

»Geht es dir gut?«, fragte sie atemlos, weil sie quer über den Parkplatz gelaufen war.

»Ja«, krächzte er.

»Oh, du klingst ja schrecklich!« Sie klemmte sich die Taschenlampe unter den Arm und streckte die Hände nach ihm aus.

Er trat einen Schritt zurück. »Ich bin ganz dreckig.«

»Das ist mir egal. Ich habe mir solche Sorgen gemacht. Es würde zu dir passen, in ein brennendes Haus zu rennen, wenn jemand dich braucht.«

»Ich musste Travis zu Boden werfen, um ihn davon abzuhalten, hineinzulaufen. Wir glauben, Dash …«

»Ich weiß.« Sie streichelte ihm über die Wange. »Ich habe davon gehört. Kann ich irgendetwas tun?«

Er schüttelte den Kopf.

»Warum gibst du dir die Schuld an etwas, das jemand anderes getan hat?«

»Darum! Wenn ich hier gewesen wäre, anstatt mit dir am Strand herumzutollen, wäre das vielleicht nicht passiert.« Er erwartete, dass seine Aussage sie wütend machen würde, sie zwingen würde, sich von ihm zu distanzieren, aber stattdessen schlang sie nur die Arme um seinen Nacken und hielt ihn fester.

»Darfst du dir keine Auszeit nehmen?«

»Das ist nicht der Punkt.« Er versuchte, sie abzuschütteln, doch sie ließ nicht los.

»Komm mit mir. Du kannst in meiner Wohnung duschen, und ich habe auch etwas zu essen da.«

»Ich habe noch zu tun.«

»Heute Nacht kannst du nichts mehr erreichen, und das weißt du auch.« Ihre Hände glitten an seinen Armen hinunter zu seinen Händen. Während sie rückwärts in Richtung Tower ging, zog sie ihn mit sich. Er hielt kurz inne, um eine Tasche aus seinem Pick-up zu holen.

Schweigend fuhren sie mit dem Aufzug in ihre Wohnung hinauf. Dort führte sie ihn ins Badezimmer und holte ihm ein Handtuch.

»Lass dir Zeit«, sagte sie und wischte ihm einen Schmutzfleck von der Wange.

»Danke.«

In der Dusche ließ Beck den Kopf hängen und wünschte, der heiße Wasserstrahl könnte die Scham und den Selbsthass wegspülen, die ihn plagten, seitdem der Vandalismus in North Point begonnen hatte. Wenn er an den Mann dachte, den sie in dem brennenden Haus gefunden hatten … Jemand hätte unter *seiner* Aufsicht sterben können … Er erschauerte und zwang die Gedanken beiseite.

Morgen würde er noch mal ganz von vorn anfangen. Sie würden ihre Patrouillen neu organisieren, alles einmal kräftig aufmischen und die Mistkerle finden, die hinter dem ganzen Spuk steckten. Irgendwie würde es ihm gelingen, sie aufzuspüren, und dann würden sie für jede Minute des Unwohlseins, die sie Travis verursacht hatten, zahlen. Das war der Teil, der Beck am meisten belastete – Travis so erschüttert und in Sorge um seinen verschwundenen Hund zu sehen. Er hatte sein Herz und seine Seele in diesen Ort gesteckt, ganz zu schweigen von Millionen von Dollar.

Beck trocknete sich ab und zog Shorts und T-Shirt an, die er für Notfälle immer im Pick-up hatte. War das hier ein Notfall? Es fühlte sich zumindest so an. Jessie wartete auf ihn, aber nach dem, was er zu ihr gesagt hatte, könnte er es ihr nicht vorwerfen, wenn sie nichts mehr mit ihm zu tun haben wollte. Der Gedanke deprimierte ihn mehr als alle anderen zusammen. Er atmete tief durch und rüstete sich dafür, ihr gegenüberzutreten.

Während sie allein in Travis' Apartment war, rief Liana ihre Mutter an.

»Hey, Liebes«, meldete sich Agnes.

»Hab ich dich geweckt?«

»Schön wär's. Ich lerne.«

Liana lachte leise. »Das klingt immer noch komisch, wenn du das sagst.«

»Ich bin froh, dass ich zu deiner Belustigung beitragen kann.«

Liana erzählte ihrer Mutter von dem Feuer und dass Dash verschwunden war.

»Oh, Schatz, sein Hund!«, rief Agnes aus. »Er liebt sie doch so sehr.«

»Ich weiß.« Liana seufzte. »Sein Herz ist gebrochen. Im Moment ist er draußen und sucht nach ihr.«

»Bitte richte ihm aus, dass es mir furchtbar leidtut.«

»Mach ich. Warst du vorhin mit David aus?«

»Nur für ein kurzes Dinner, dann habe ich ihn nach Hause geschickt, um zu lernen.«

»Ich wette, er kann es kaum erwarten, dass du den Abschluss in der Tasche hast. Ich wäre nicht überrascht, wenn er dich bittet, ihn zu heiraten. Wo ihr jetzt aufgeflogen seid.«

»Er hat mich sogar schon vor einiger Zeit gefragt.«

»Tja, und nun kannst du Ja sagen.«

»Wirklich?«

»Natürlich! Ich möchte einfach, dass du glücklich bist, Mom. Und wenn David dich glücklich macht, dann heirate ihn.«

»Danke, Liebes. Deine Unterstützung bedeutet mir viel.«

»Mir gefällt der Gedanke, dass sich jemand um dich kümmert, wenn ich es nicht kann.«

»Und mir gefällt es, dich in der gleichen Stadt zu wissen und dass du in derselben Zeitzone bist wie ich.«

»Wo wir gerade von der gleichen Stadt sprechen, Travis hat mir einen Job als Hochzeitsplanerin in North Point angeboten.«

»Wirklich? Was hast du gesagt?«

»Noch nichts. Er hat mich gebeten, darüber nachzudenken, aber ich weiß nicht.«

»Was weißt du nicht?«

»Ob ich bereit bin, das Modeln aufzugeben. Ob ich damit klarkomme, ein Dutzend Hochzeiten auf einmal zu planen. Ob ich damit umgehen könnte, jeden Tag mit ihm zusammen zu sein.«

»Ich denke, das wäre wohl der leichteste Teil.«

»Als er den Job erwähnt hat, hat er nichts über uns gesagt. Es war rein geschäftlich.«

Agnes lachte. »Erde an Liana! Er will dich in seinem Leben haben, sonst hätte er dir dieses Angebot niemals gemacht. Er konkurriert mit dem, was er hat, gegen den Sog der glamourösen Welt, in der du lebst – mit seiner Firma und dem Leben, das er sich hier aufgebaut hat.«

»Ich glaube nicht, dass es etwas mit uns als Paar zu tun hat.«

»Ich habe gesehen, wie er dich anschaut, Liana. Vielleicht bist du so daran gewöhnt, von Männern angeguckt zu werden, dass du den Unterschied nicht merkst.«

Liana dachte darüber nach, wie er sie während des Treffens mit Justine und Tom angeblickt hatte. Damals hatte sie sich gefragt, ob das, was sie in seinen Augen las, vielleicht Liebe war. Könnte es sein, dass ihre Mutter das Gleiche gesehen hatte? »Wenn er mich liebt, warum sagt er es dann nicht?«

»Weil er glaubt, dass du das nicht willst, Liebes. Du hast ihn ganz klar wissen lassen, dass du nächsten Samstag wieder zurückfliegst, oder?«

»Ja.«

»Dann muss er sich davor schützen, verletzt zu werden. Wenn er dir gesteht, dass er dich liebt, und du trotzdem gehst – was soll er dann tun?«

»Ich weiß es nicht«, flüsterte Liana.

»Wenn du willst, dass er dich liebt, Liana, musst du in deinem Leben Platz für ihn schaffen.«

»Ich bin mir nicht sicher, ob ich dazu schon bereit bin.«

»Bevor du das nicht herausgefunden hast, kannst du nicht erwarten, dass er sich dir zu Füßen wirft und dich anfleht, zu bleiben. So ein Mann ist er nicht. Wenn er es wäre, wärst du nicht an ihm interessiert, und ganz sicher würdest du ihn nicht lieben.«

»Wann bist du so weise geworden? Hast du das alles auf dem College gelernt?«

Agnes lachte. »Das war das Leben, Liebes. Man schnappt auf dem

Weg so einiges auf. Warum sagst du Travis nicht einfach, was du für ihn empfindest?«

»Das kann ich nicht«, erwiderte Liana seufzend. »Schließlich war ich diejenige, die darauf bestanden hat, dass es keine Verpflichtungen gibt.«

»Regeln sind dazu da, gebrochen zu werden. Denk mal drüber nach.«

»Mir gefällt es, zu wissen, dass du ganz in der Nähe bist, Mom.«

»Viel Glück mit der Hochzeit morgen. Ich drücke die Daumen.«

»Drück sie vor allem Justine, der Braut. Sie hat eine unerfahrene Hochzeitsplanerin, die den größten Tag ihres Lebens organisiert.«

»Du wirst das super hinkriegen«, versicherte Agnes ihr. »Travis hätte dich das nicht machen lassen, wenn er nicht glauben würde, dass du damit klarkommst.«

»Danke für dein Vertrauen. Lass uns Sonntag etwas zusammen unternehmen, ja?«

»Okay.«

Liana legte auf und drückte das Telefon an ihre Brust. Dann zog sie die Füße unter sich und lehnte ihren Kopf gegen die Sofalehne. *Wenn du willst, dass er dich liebt, musst du in deinem Leben Platz für ihn schaffen.* Die weisen Worte ihrer Mutter gingen ihr durch den Kopf, während sie darauf wartete, dass Travis zurückkam. Ihr Herz schmerzte für ihn, als sie sich vorstellte, wie er da draußen in der Dunkelheit seine geliebte Hündin suchte.

Er war schon über eine Stunde fort, als Liana den Fahrstuhl leise klingeln hörte. Sie hielt den Atem an und hoffte, dass er Dash bei sich hatte.

Doch die Tür ging auf, und Travis kam allein in die Wohnung.

Liana stand auf und trat zu ihm. »Keine Spur von ihr?«

Er zog sie fest an sich. »Es tut mir leid. Ich weiß nicht, warum ich diese Dinge zu dir gesagt habe.«

Sie küsste ihn auf die Wange, die Stirn, die Lippen. »Du machst dir Sorgen um Dash. Das verstehe ich.«

»Ich hätte es nicht an dir auslassen dürfen.«

Sie nahm sein Gesicht zwischen die Hände und sah ihn direkt an. »Mit etwas hast du recht gehabt.«

»Mit was?«

Erneut küsste sie ihn. »Ich weiß, dass du für mich da wärst, sollten wir aus dieser Affäre mehr mitnehmen, als wir geplant hatten.«

»Ja, das wäre ich«, versicherte er ihr.

»Ich weiß, Travis.« Sie vergrub ihre Finger in seinem Haar. »Ich weiß es.«

Für einen langen Moment presste er sie an sich.

»Hättest du eventuell Lust, mir mit einer anderen neuen Erfahrung zu helfen?«, fragte sie mit einem kleinen Lächeln.

»Welche wäre das?«

»Versöhnungssex«, sagte sie und fing an, ihm die Hose aufzuknöpfen.

»Oh.« Er grinste auf diese Art, die sie so liebte, auch wenn seine Augen noch traurig blickten. »Das ist der beste Sex.«

»Das habe ich ebenfalls gehört.«

Er hob sie auf die Arme und trug sie zum Bett.

EINE STUNDE SPÄTER SCHAUTE LIANA IHN AN. »TRAVIS?«

Mit geschlossenen Augen murmelte er: »Hm?«

»Können wir uns morgen wieder streiten?«

Lächelnd griff er nach ihrer Hand und drückte sie an seine Brust. »Ich bin sicher, dass während der Hochzeit das eine oder andere harte Wort zwischen uns fallen wird.«

»Das hoffe ich.« Liana gähnte.

»Ich schätze, das heißt, Versöhnungssex gefällt dir?«

»O ja. Da habe ich bisher definitiv etwas verpasst.«

»Danke, dass du dich heute Nacht um mich gekümmert und mich ertragen hast.«

»Ja, es ist ziemlich schwer, dich zu ertragen.« Sie löste ihre Hand aus seiner, damit sie sein müdes Gesicht streicheln konnte. »Meine Mutter lässt dir ausrichten, dass es ihr so leidtut, was passiert ist.«

»Das ist nett. Sag ihr vielen Dank.«

»Mach ich.«

»Du bist da drüben viel zu weit weg.«

Liana kuschelte sich in seine Arme und seufzte zufrieden in der leichten Meeresbrise, die durch das offene Schlafzimmerfenster drang. Während sie Travis' Rücken streichelte, wurde sein Atem immer tiefer. Liana kämpfte darum, wach zu bleiben. Sie wollte ihn im Schlaf beobachten und es genießen, in seinen Armen zu liegen. Bald schon würde sie wieder allein sein, und dann würde sie nur die Erinnerungen an Momente wie diesen haben.

Selbst im Schlaf war er so attraktiv, dass sie nicht anders konnte, als sanft mit den Fingern über sein Gesicht zu streichen. Wenn sie für jemanden Platz in ihrem Leben schaffen würde, dann für ihn. Sie wusste bloß nicht, ob sie dazu schon bereit war. Wenn sie nur mehr Zeit hätten und sich nicht alles so dringend anfühlen würde. Sie war so damit beschäftigt, zu überlegen, was sie seinetwegen unternehmen sollte, dass sie fürchtete, sie könnte die Zeit mit ihm gar nicht mehr genießen. Aber das durfte nicht passieren. *Ich muss in der Gegenwart leben und aufhören, mir Sorgen über die Zukunft zu machen. Die Zukunft wird sich von allein regeln. Zumindest hoffe ich das.* Sie strich ihm das Haar aus der Stirn und gab ihm einen zärtlichen Kuss auf die Lippen.

Er schreckte auf. Er erwiderte ihren Blick mit einer Intensität, unter der ihr das Herz stockte.

»Es tut mir leid«, flüsterte sie. »Ich wollte dich nicht wecken.«

Er vergrub seine Finger in ihrem Haar und zog ihren Kopf für einen innigen Kuss an sich. Dann rollte er sich auf sie und entführte sie an Orte, an die sie nur mit ihm gelangen konnte.

KAPITEL 18

Als Jessie hörte, wie die Badezimmertür geöffnet wurde, stand sie auf, um zu ihm zu gehen. Jedem anderen Mann hätte sie gesagt, er solle verschwinden, nachdem er so um sich geschlagen hatte. Aber sie wusste, dass Beck wegen des Vandalismus aufgebracht war und Luft hatte ablassen müssen. Aus irgendeinem Grund freute es sie, dass er das bei ihr getan hatte. Menschen taten so etwas nur bei den Personen, bei denen sie sich wohlfühlten.

»Ich habe dir ein Sandwich gemacht.« Sie führte ihn in die Küche und bedeutete ihm, sich zu setzen. Dann stellte sie ihm ein dickes Truthahnsandwich und ein Bier hin, griff nach ihrem Wein und ließ sich auf dem Platz neben ihm nieder, während er aß.

»Danke«, antwortete er.

»Gern geschehen.«

Er schluckte seinen Bissen runter und trank von seinem Bier. »Was ich vorhin gesagt habe, tut mir leid.«

»Und mir tut es leid, dass ich dich von deiner Arbeit abgelenkt habe.«

»Das hast du nicht.« Ein kleines Lächeln umspielte seine Mundwinkel. »Okay, hast du schon, aber ich beschwere mich nicht. Es war nicht fair von mir, so mit dir zu reden.«

Sie streckte die Hand aus und verschränkte ihre Finger mit seinen. »Du warst aufgewühlt, und ich war gerade da. Ist schon okay.«

»Ist es nicht.«

Während er sie mit diesen strahlend blauen Augen anschaute, überfiel sie ein seltsames Gefühl. *O Gott. Ich liebe ihn.*

»Jessie? Was ist los?«

Sie räusperte sich und trank einen Schluck Wein. »Nichts.«

»Du hast diesen seltsamen Gesichtsausdruck gehabt, als würde dich irgendetwas erschrecken.«

Wie gut er sie doch kannte … »Ich bin nur froh, dass du in dem Feuer nicht verletzt worden bist.«

Er aß das Sandwich auf und schob den Teller beiseite. »Es tut mir leid, dass du dir Sorgen gemacht hast.«

»Magst du mit mir darüber sprechen, wie du dich fühlst? Du vibrierst förmlich vor Spannung und Frust.«

Abrupt ließ er ihre Hand los und stand auf, um den Teller in die Spüle zu stellen. Einen Moment blieb er dort stehen, bevor er sich zu ihr umdrehte.

Was sie auf seinem Gesicht sah, brach ihr das Herz, das sie ihm gerade erst geschenkt hatte.

»Können wir nach draußen gehen? Ich brauche frische Luft.«

»Sicher.« Sie folgte ihm auf den Balkon, über dem am samtenen Nachthimmel unzählige Sterne funkelten und der Mond die Bucht in sein silbriges Licht tauchte. »Es ist hier so schön.«

»Ja. Als Travis mir erzählt hat, was er hier vorhatte, habe ich ihn anfangs für verrückt gehalten. Er hatte an der Börse ein Vermögen verdient, von dem er den Rest seines Lebens bequem hätte leben können. Doch er wollte lieber etwas Dauerhaftes aufbauen.«

»Das ist bewundernswert.«

Beck nickte. »Er hatte eine echte Vision, und eins muss ich ihm lassen, er hat sie trotz aller Hindernisse umgesetzt.«

»Und du hasst es, dass jemand das zerstören will.«

»Ja, da hast du verdammt recht. Es macht mich tierisch wütend.«

»Und du hasst es, dass du es nicht verhindern kannst.«

»Ja«, antwortete er leise.

»Es ist nicht deine Schuld, Peter. Du hast alles getan, was möglich war, und noch mehr.«

»Aber es reicht nicht. Heute Nacht wäre beinahe jemand gestorben. Weißt du, was das mit Travis angestellt hätte?«

»Wie ist es damit, was es mit dir anstellt?«

»Das ist nicht wichtig.«

Sie trat näher zu ihm und schlang ihm die Arme um die Mitte. »Mir ist es schon wichtig.«

Er schüttelte den Kopf. »Ich bin es nicht wert, Jessie.«

»Das sehe ich nicht so.« Sie widerstand seinen Bemühungen, sich aus der Umarmung zu befreien. »Du kannst gegen mich ankämpfen, und du kannst mich wegstoßen, doch ich werde immer wieder zurückkommen.«

»Ich habe dich nicht verdient.«

»Wieso sagst du das?« Es alarmierte sie, ihn so niedergeschlagen zu sehen, wo er normalerweise doch immer gut gelaunt und selbstbewusst war.

»Ich habe eine miserable Statistik.« Er senkte den Blick zu Boden. »Ich war verlobt. Zwei Mal.«

»Was ist passiert?«

»Sie haben beide jemanden gefunden, den sie lieber mochten.«

Jessies Augen brannten, und das Herz tat ihr weh. »Und du machst dir Sorgen, dass dir mit mir das Gleiche passiert, wenn du dich auf uns einlässt?«

Er zuckte mit den Schultern. »Sieh dich doch nur an. Du musst bloß mit den Fingern schnippen …«

»Nach allem, was ich dir erzählt habe, nach allem, was ich dir *anvertraut* habe, glaubst du wirklich, ich würde mit den Fingern nach einem anderen schnippen? Ich habe dir Dinge erzählt, die ich noch keinem Menschen erzählt habe.«

»Warum ich? Das ist es, was ich nicht verstehe. Warum ich?«

Sie strich ihm durch seine dichten blonden Haare. »Weil ich dich erkannt habe. In dem ersten Moment, in dem ich dich gesehen habe, kannte ich dich. Und ich werde nie jemand anderen wollen als dich.«

»Woher willst du das wissen? Wir sind uns doch erst vor ein paar Tagen zum ersten Mal begegnet.«

»Ich weiß es einfach. Ich weiß es bis in die Tiefen meiner Seele.« Langsam legte sie ihm eine Hand auf den Hinterkopf und ließ all ihre Liebe in den Kuss einfließen. »Ich werde dich niemals für einen anderen verlassen. Das schwöre ich dir.«

»Ich sollte mich eigentlich um dich kümmern. Wie kommt es, dass du dich jetzt um mich kümmerst?«

»Es spricht nichts dagegen, dass wir uns umeinander kümmern.«

Er legte seine starken Arme um sie und hob sie hoch. »Ich liebe dich, Jessie. Ich kenne dich kaum, aber ich liebe dich so sehr.«

»Und ich liebe dich genauso.« Sie hielt sich an seinen Schultern fest und war überrascht, wie leicht ihr diese Worte bei dem richtigen Menschen im richtigen Moment über die Lippen kamen. »Bring mich ins Bett, Peter.«

Dieses Mal stellte er keine Fragen. Er verstärkte nur seinen Griff und ging mit ihr auf den Armen ins Schlafzimmer. Vorsichtig setzte er sie auf dem Bett ab.

»Wirst du etwas für mich tun?«, fragte sie.

»Alles, was du willst.«

»Kannst du mich bitte nicht so behandeln, als wäre ich zerbrechlich? Sondern so, wie du jede andere Frau behandeln würdest?«

»Du bist nicht jede andere Frau. Du bist *die* Frau.«

»Du weißt, was ich meine.«

»Ich will dir nicht wehtun.«

»Das tust du nur, wenn du mich in Watte packst. Mach mich zu *deiner* Frau.«

»Die bist du bereits, Jessie«, flüsterte er und nahm ihre Lippen in Besitz. Er zupfte an ihrem Tanktop. »Zieh das aus.«

Sie sah ihm direkt in die Augen und streifte sich das Top über den Kopf.

Beim Anblick ihrer entblößten Brüste verdunkelten sich seine Augen. Er griff nach ihren dünnen Pyjamashorts, während sie an seinem T-Shirt zerrte.

Sie lachten.

»Beeil dich.« Ihre Kleidung landete auf dem Boden.

Als sie nackt waren, rollte er sich ein Kondom über und trat einen Schritt zurück.

»Was ist?«

»Ich will dich einfach ansehen.«

Ihr Lachen klang leicht nervös.

Er seufzte. »Umwerfend.«

»Du bist aber auch nicht schlecht. Wie wäre es, wenn du das da hier rüberbringst? Ich warte schon ziemlich lange darauf.«

»Ich habe Lampenfieber«, erklärte er und legte sich neben sie aufs Bett.

»Das musst du nicht.« Jessie konnte ehrlich sagen, dass sie noch nie etwas Ähnliches erlebt hatte, wie gegen diesen harten, muskulösen Körper gepresst zu werden. Seine Brusthaare kitzelten sie am Busen, während er sich auf sie schob. Sie vergrub ihre Nase an seinem Hals und atmete seinen sexy Geruch ein. »Peter?«

Seine Hand strich träge über ihren Rücken. »Hm?«

»Machst du noch mal, was du vor Kurzem gemacht hast, damit ich … Du weißt schon?«

»Damit du kommst?«, flüsterte er an ihrem Ohr, was ihr einen Schauer über den Körper laufen ließ.

Ihre Wangen röteten sich. »Ja.«

Er massierte ihre Schultern. »Du bist so verkrampft, Baby. Versuch, dich zu entspannen. Es wird nichts passieren, was du nicht willst.«

»Ich habe Angst, dass ich in letzter Sekunde einen Rückzieher mache«, gestand sie und schaute zu ihm hoch. »Lass es nicht zu, okay?«

»Wie wäre es, wenn du einfach versuchst, ganz locker zu bleiben und der Natur ihren Lauf zu lassen?« Er drückte sie sanft zurück in die Kissen.

Jessie hatte Mühe, ihr rasendes Herz und ihren zitternden Körper unter Kontrolle zu bekommen.

»Schließ die Augen«, flüsterte er. »Nicht verkrampfen, und denk immer daran, ich liebe dich mehr, als ich je irgendwen geliebt habe.«

Er umfasste ihre Brüste und ließ erst seinen Daumen, dann seine Zunge über die aufgerichteten Spitzen gleiten.

Die Berührung sandte heiße Blitze direkt in ihre Mitte. Als er an ihr saugte, schrie sie auf, und als er ihrer anderen Brust die gleiche Aufmerksamkeit zukommen ließ, konnte Jessie nicht mehr ruhig liegen bleiben. Sie wand sich unter ihm, hob ihm ihre Hüften entgegen und spürte, wie das Verlangen sich wie eine Flutwelle in ihr aufbaute. Da sie ihre Augen weiter geschlossen hielt, war sie nicht darauf vorbereitet, dass seine Zunge in ihren Bauchnabel glitt.

»Was … was tust du da?«

»Pst. Entspann dich, Honey. Vertraust du mir?«

»Ja. Das weißt du.«

»Dann lass mich dafür sorgen, dass es dir gut geht.« Er fuhr fort, sich an ihr hinunterzuküssen, bis er zu ihrem Schritt kam. »Spreiz deine Beine ein wenig mehr.«

Jessie biss sich auf die Unterlippe, um die Tränen zurückzudrängen. Alles, was er bisher getan hatte, war wundervoll gewesen, aber die nagende Angst, die dieses Erlebnis in der Vergangenheit immer ruiniert hatte, steckte noch tief in ihr. Entschlossen, das nicht erneut zuzulassen und daran zu denken, dass es dieses Mal allein um die Liebe ging, schob sie ihre Knie ein wenig weiter auseinander.

Mit seinen breiten Schultern drückte er ihre Knie nach außen, bis sie geöffnet vor ihm lag.

Ihr Gesicht brannte vor Scham und von einem Verlangen, das neu für sie war.

»Du bist so schön«, flüsterte er an ihrem Oberschenkel. Bevor sie Zeit hatte, in Panik zu verfallen, schob er ihr seine großen Hände unter den Po und hob ihre Hüften an, bis sie seine Zunge spürte.

»O Gott«, stöhnte Jessie. Die Position allein reichte beinahe schon, um sie kommen zu lassen, und er hatte sie innerhalb von wenigen Sekunden an den Abgrund getrieben. Die Augen fest geschlossen, sog sie die exquisiten Empfindungen in sich auf, die er ihr bereitete.

»Komm für mich, Jessie«, sagte er und ließ seine Zunge über sie gleiten. »Jetzt.«

Auf sein Kommando hin überrollte sie ein so heftiger Orgasmus, dass es ihr den Atem raubte. Sie rang nach Luft, während die Gefühle durch ihren gesamten Körper brandeten. Noch in den Nachwehen der mächtigen Erlösung keuchte sie auf, als er in sie hineinglitt.

Sie riss die Augen auf und sah, dass er sie voller Liebe, Verwunderung und unendlicher Zärtlichkeit anschaute. Wenn sie ihn nicht bereits geliebt hätte, hätte sie sich in diesem Moment in ihn verliebt.

Sobald er vollständig in sie eingedrungen war, hielt er für einen langen, atemlosen Moment ganz still. »Alles okay?«

Sie biss sich auf die Unterlippe und nickte.

Er stützte sich auf seine Unterarme und presste die Zähne zusammen. In Jessies Augen war er nie attraktiver gewesen. »Mein Gott, Baby, du bist so eng.« Ohne sich sonst zu bewegen, beugte er sich herunter, um sie zu küssen.

Jessie schmeckte sich auf seinen Lippen. Sie schlang ihm die Arme um den Hals, hielt ihn ganz fest und spannte ihre inneren Muskeln an, um ihn fest zu umschließen.

»Jessie …«, keuchte er. »Ich muss mich bewegen.«

Sie hob die Hüften, um ihn zu ermutigen.

Seine Stöße waren langsam und kontrolliert.

Jessie spürte, dass er sich zurückhielt, und war ihm dankbar dafür, dass er das erste Mal für sie zu etwas Besonderem machen wollte.

Auf seiner Stirn bildete sich ein Schweißtropfen, den sie mit dem Finger wegwischte.

»Geht es dir gut, Honey?«, fragte Beck mit gepresster Stimme.

»Ja«, flüsterte sie. »Du fühlst dich so gut an.« Nichts von alldem hier hatte irgendetwas mit dem zu tun, was ihr in der Vergangenheit passiert war. Erfüllt von der Freude darüber, dass sie es endlich geschafft hatte, diese Intimität mit einem Mann zu erleben, den sie liebte und respektierte, stieg Jessie zu einem weiteren Höhepunkt empor.

Seine Lippen pressten sich fest auf ihre, seine Zunge drang in ihren Mund, und als er ihren Po umfasste, um sie eng an sich zu ziehen, kam Jessie.

Er stieß noch ein paarmal zu, verlängerte ihren Orgasmus, bevor er sich ebenfalls gehen ließ. Schwer atmend und verschwitzt vergrub er sein Gesicht an ihrem Hals und flüsterte ihr süße Worte der Liebe und des Trostes zu, die sie kaum verstand.

Aber das war egal. Er musste nichts sagen. Er hatte ihr bereits alles gesagt, was sie wissen musste, und er hatte ihr das unbezahlbare Geschenk eines ersten Mals gemacht, das sie niemals vergessen würde.

LIANA GLAUBTE, ZU TRÄUMEN, ALS SIE KURZ VOR SONNENAUFGANG VOM Bellen eines Hundes geweckt wurde. Ein paar Minuten lang lag sie ganz still da und lauschte dem entfernten Geräusch. Dann streckte sie eine Hand nach Travis aus.

»Travis.« Sie schüttelte ihn.

»Hmmm?«

»Travis! Wach auf!«

»Was ist los?«

»Ich glaube, ich höre Dash.«

Er öffnete die Augen und lauschte ebenfalls. »Das ist sie!« Er sprang aus dem Bett, schnappte sich seine Jeans von dem Haufen auf dem Boden und zog sie über.

Liana blieb liegen und lauschte darauf, wie er in den Fahrstuhl stieg. Nachdem er fort war, stand sie auf und ging an seinen Schrank, um sich seinen Morgenmantel zu borgen. Sie konnte es kaum erwarten, auf die Terrasse hinauszutreten und zu sehen, ob sie die beiden entdecken konnte. Gleichzeitig hatte sie Angst, dass in der Nähe wieder Paparazzi auf der Lauer lagen. Das Letzte, was sie wollte, war, ihnen ein Foto von ihr im Bademantel zu liefern. Also lief sie im Wohnzimmer auf und ab, und als sie ein paar Minuten später den Aufzug klingeln hörte, fing ihr Herz an zu rasen.

Travis trug Dash auf den Armen in die Wohnung.

Liana klatschte vor Freude in die Hände. »Dash!« Tränen stiegen ihr in die Augen, als sie den Hund und Travis gleichzeitig umarmte.

Dash leckte ihr übers Gesicht.

Die enthusiastische Begrüßung brachte Liana zum Lachen. »Oh,

Baby, du hast uns solche Sorgen gemacht! Wo hast du denn gesteckt, mein süßes Mädchen?« Sie blickte auf und sah, dass Travis sie erneut so anschaute wie bei dem Meeting vor Kurzem – als wäre sie die Antwort auf all seine Gebete. »Was ist?«, fragte sie leise.

Er schüttelte nur den Kopf.

Da sie nicht wusste, ob er über das, was mit ihm los war, nicht reden wollte oder konnte, richtete sie ihre Aufmerksamkeit wieder auf die Hündin. »Geht es ihr gut?«

»Sie ist dreckig und stinkt nach Rauch, aber ich sehe keine offensichtlichen Verletzungen. Ich fahre nachher mit ihr zum Tierarzt, bloß um auf der sicheren Seite zu sein. Doch vorher: ab in die Badewanne mit dir.« Er gab der Hündin einen Kuss auf den Kopf.

Dash winselte und vergrub ihren Kopf in Lianas Armbeuge.

Liana lachte und lockte die Hündin aus ihrem Versteck. »Ich fasse es nicht, dass sie wirklich alles versteht, was du sagst.« Sie folgte Travis ins Badezimmer und half ihm, Wasser einlaufen zu lassen.

»Du solltest lieber Schutz im Schlafzimmer suchen. Das hier wird normalerweise ziemlich übel.«

Liana beugte sich vor und gab Travis einen Kuss auf die Wange. »Ich bin so froh, dass du sie gefunden hast.«

»*Du* hast sie gefunden«, korrigierte er sie und reckte den Kopf für einen ordentlichen Kuss. »Warum legst du dich nicht noch ein Weilchen hin? Wir haben einen langen Tag vor uns.«

»Okay. Gute Idee.«

»Rufst du bitte Beck an und sagst ihm, dass wir Dash gefunden haben? Die Nummer ist in meinem Handy gespeichert.«

»Klar, ich kümmere mich darum.« Sie verließ das Badezimmer, rief Beck an, der hörbar erleichtert war, und ging wieder ins Bett. Obwohl sie vorhatte, noch ein wenig zu schlafen, musste sie über Travis' gedämpfte Flüche, die von dem Kampf mit seinem Hund aus dem Bad drangen, grinsen. Als er ein paar Minuten später von Kopf bis Fuß durchnässt wieder auftauchte, lachte Liana so laut, dass ihr die Tränen über die Wangen liefen.

»Du findest das also lustig?«, knurrte er.

Seine Miene, mit der er sich ihr näherte, ließ sie nur lauter lachen.

»Travis …« Mit einem Mal erkannte sie, was er vorhatte, und versuchte zu flüchten, aber er packte sie am Knöchel, zog sie zu sich und ließ sich auf sie fallen.

Kreischend versuchte sie der Nässe zu entkommen, die er mit sich brachte, und gab dann lachend auf.

Er hielt ihre Hände über ihrem Kopf fest und schüttelte sich wie ein Hund, sodass kalte Wassertropfen auf sie herabregneten.

»Travis!«

Selbst seine Lippen waren kalt, als er sie über ihren Hals gleiten ließ. Liana erschauerte unter der Kühle und der Hitze seiner Berührung.

Dash kam aus dem Bad gesaust und wälzte sich auf dem Teppich, bevor sie wieder aufstand, sich schüttelte und eine neue Wasserfontäne durch den Raum sandte.

Travis lachte. »Es war sowieso an der Zeit, die Bettwäsche zu wechseln.« Er senkte den Kopf und küsste Liana erneut.

Sie erwiderte den Kuss enthusiastisch. Als sie sich schließlich von ihm löste, verlangte sie: »Lass meine Hände los. Ich will dich berühren.«

»Nein.« Er hob ihre Arme über ihren Kopf und legte ihre Finger um die hölzernen Streben des Kopfteils. »Bleib so.« Seine Augen verengten sich vor Lust, als er am Gürtel des Bademantels zog. Er packte sie aus wie ein Kind sein letztes Weihnachtsgeschenk an Heiligabend – ganz langsam und voller Vorfreude.

Lianas Fingerknöchel waren weiß, ihre Lippen trocken, und ihr Herz raste, als er jeder neuen Entdeckung huldigte. Seine vom Baden des Hundes noch feuchten Haare strichen über ihren Bauch, und das Gefühl ließ sie aufkeuchen. »Travis.«

Mit vor Verlangen dunklen Augen schaute er sie an. »Was möchtest du?«

»Dich«, stieß sie atemlos hervor. »Ich will dich.«

Er drückte ihre Beine auseinander, berührte sie dort aber nicht. Stattdessen tupfte er kleine, feuchte Küsse auf ihre Wade, ihr Knie, die Innenseite ihrer Oberschenkel.

Stöhnend hob Liana ihm die Hüften entgegen.

Er lachte. »Was für einen Unterschied so ein paar Tage machen.«

»Halt den Mund«, keuchte sie. »Und tu es einfach. Okay?«

»Sehr gerne.« Er strich mit zwei Fingern über ihre Mitte, was Liana einen Schrei entlockte. »Bist du sicher, dass du das wirklich willst?«, neckte er sie und schob seine Finger in sie.

Liana wimmerte und spürte, wie ihr der Schweiß ausbrach. Mit seinen Fingern und seiner Zunge trieb er sie in den Wahnsinn, bis sie mit einem Schrei nicht nur einmal, sondern gleich zweimal kam.

Er nahm das letzte Kondom und glitt vorsichtig in sie hinein. Während er sie küsste, begann er sich langsam zu bewegen.

Liana hatte das Gefühl, in ihm zu ertrinken. Sie schaute auf und sah, dass er sie beobachtete. Sie wollte ihm so gerne sagen, dass sie ihn liebte. Doch anstatt es auszusprechen, schlang sie ihre Beine um ihn und zeigte es ihm mit ihrem Körper.

KAPITEL 19

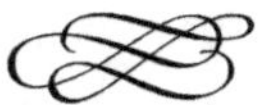

Nachdem ihn der Anruf von Liana geweckt hatte, stützte Beck sein Kinn in die Hand und beobachtete die schlummernde Jessie. Sie lag auf dem Bauch, das Kissen fest im Arm, und ihre blonden Haare breiteten sich wie ein Heiligenschein um ihren Kopf aus. Zwischen ihren leidenschaftlichen Liebesspielen hatte sie in dieser unvergesslichen Nacht immer wieder in seinen Armen geschlafen. Er wickelte sich eine Locke um den Finger und hielt sie sich an die Nase, um den Duft nach Blumen und Sonnenschein einzuatmen, der so typisch Jessie war.

Er war immer noch überwältigt davon, wie sie in sein Leben geplatzt war und seine wohlgeordnete Existenz auf den Kopf gestellt hatte. Wenn er doch nur eine Woche in die Zukunft blicken könnte, um herauszufinden, ob sie es schaffen würden, ihre Leben miteinander zu vereinen. Er stellte sich vor, wie sie in die Limousine stieg, um nach New York zurückzufahren – und sah sich mit einsteigen. Er würde seinen Job, sein Zuhause, sein gesamtes Leben für sie aufgeben, wenn es nötig wäre.

Dabei hatte er sie vor einer Woche nicht einmal gekannt. Bei dem Gedanken lachte er leise auf und presste seine Lippen auf ihre Schulter.

Sie rührte sich und schlug die endlos tiefen blauen Augen auf. »Hey.«

»Selber hey.«

»Ich hatte gerade den umwerfendsten Traum.«

Er drehte sich so, dass er ihren Körper mit seinem bedeckte. »Ach ja?«

»Hmm.« Sie hob den Po und presste sich gegen seine Erektion.

Beck konnte nicht glauben, dass er sie schon wieder wollte. »Was ist in diesem Traum passiert?«

»Ich habe dich und mich und drei kleine blonde Kinder herumlaufen sehen. Du hast eine ausgewaschene Jeans und ein aufgeknöpftes rot kariertes Hemd getragen. Ich habe dich mit den Kindern beobachtet und dabei gedacht, wie sehr ich das Stück von deiner Brust küssen wollte, das ich unter dem Hemd erkennen konnte. Es gab auch einen Weihnachtsbaum und ein Feuer im Kamin. Ich konnte den Duft der Kiefernnadeln und den Rauch riechen, und vielleicht einen Truthahn, der im Ofen briet. Es war so lebendig, dass ich die Hand ausstrecken und alles berühren wollte.«

Liebe und Gefühle, die er noch nie empfunden hatte, schnürten ihm die Kehle zu. Beck schob seine Hände unter Jessie und umfasste ihre Brüste. Er sah, wie ihr eine einzelne Träne über die Wange rollte, und küsste sie weg.

»Ich will das so sehr«, flüsterte sie. »Es ist das Einzige, was ich je wirklich gewollt habe – ein eigenes Zuhause, das sicher ist und voller Menschen, die mich lieben.«

»Das gebe ich dir, Jessie. Ich will dir alles geben, was du willst.«

Sie wand sich unter ihm, suchte ihn.

»Warte, Honey. Ich brauche ein Kondom.«

»Kein Kondom. Nur dich.«

»Das geht nicht.«

Sie streckte die Hand nach hinten aus, um ihn aufzuhalten. »Das geht doch. Das Timing ist sowieso nicht richtig.«

Er drang von hinten in sie ein. Da er wusste, dass diese Position neu für sie war, bewegte er sich sehr vorsichtig und genoss die Hitze und das unbekannte Gefühl, Sex ohne Kondom zu haben. »Du wirst nachher ganz wund sein, Honey.«

»Das ist mir egal.« Sie nahm seinen Rhythmus auf. »Mach nicht so langsam.«

Er biss sich auf die Lippe, um nicht zu früh zu kommen, dann zog er Jessie hoch, bis sie auf Händen und Knien vor ihm war, spreizte ihre Beine ein wenig mehr und gab ihr, was sie wollte.

TRAVIS UND LIANA VERBRACHTEN DEN TAG DAMIT, SICH UM DIE letzten Details für die Hochzeit zu kümmern. Er verschwand für eine Stunde, um mit Dash zum Tierarzt zu fahren, der nichts an der Hündin feststellen konnte. Um fünf Uhr, eine Stunde vor Beginn der Hochzeit, stand Liana in dem leeren Zelt und ließ ihren Blick noch einmal durch den Raum wandern.

Travis beobachtete, wie sie auf ihrer Unterlippe kaute, die Augenbrauen konzentriert zusammengezogen. *Mein süßes, umwerfendes Mädchen. Dein Vater hatte recht – an dir ist so viel mehr als nur dein wunderschönes Gesicht.* Und was sollte er jetzt, wo er wusste, wie viel mehr, bloß ohne sie anstellen? War es wirklich erst eine Woche her, dass er Sam gefragt hatte, wer das zauberhafte Geschöpf in dem schrecklichen Kleid war?

Er betrat das Zelt, um sie davor zu retten, sich allzu sehr in dem zu verlieren, was schiefgehen könnte. Er massierte ihr die Schultern und gab ihr einen Kuss auf den Nacken unterhalb ihres Pferdeschwanzes. »Das sieht alles perfekt aus, Süße.«

Sie drehte sich zu ihm um. »Bist du dir sicher? Hast du noch mal alles gecheckt?«

»Nicht, dass das nötig gewesen wäre, aber ja, hab ich. Du hast einen fabelhaften Job gemacht.« Er spielte mit dem kabellosen Headset, das ihr um den Hals hing. »Du bist ein Naturtalent. Das sagen hier alle.«

Sie winkte lachend ab. »Das müssen sie. Sie wissen, dass ich deine

Freundin bin.« Ihre Augen verdunkelten sich. »Oder, nun ja, deine Was-auch-immer …«

»Meine Freundin.« Er gab ihr einen sanften Kuss. »*Mindestens* meine Freundin.«

Das aufgeregte Funkeln in ihren Augen freute ihn. »Ach ja?«

Er nickte. »Willst du mit mir gehen?«, fragte er lächelnd.

»Noch etwas, was ich bisher nie gemacht habe.«

Travis zog sie in seine Arme. Sie berührte ihn auf so vielen Ebenen. Wieder lagen ihm die Worte auf der Zunge, die er so gerne aussprechen würde. »Liana …«

Sie lehnte ihren Kopf an seine Brust. »Hm?« Als er nicht weiterredete, schaute sie zu ihm hoch. »Was ist los, Travis?«

Er schüttelte den Kopf. »Nichts.« Nach einem letzten Kuss auf die Stirn und die Nase sagte er: »Komm, ziehen wir uns um.«

Travis duschte und rasierte sich und nahm seinen Smoking mit ins Schlafzimmer, damit Liana das Bad für sich hatte.

Dash lag in ihrem Körbchen in der Ecke und beobachtete ihn mit müden Augen.

Als er sich angezogen hatte, hockte Travis sich neben sie und kraulte sie hinter den Ohren.

Die Hündin seufzte glücklich.

»Wie geht es meinem Mädchen?« Er sprach ganz leise, und Dash schien an jedem seiner Worte zu hängen. »Ich bin so froh, dass du wieder da bist. Ich wusste, du würdest nach Hause kommen, damit ich nicht allein bin, wenn Liana abreist. Nun, wir beide werden irgendwie klarkommen, richtig? Uns ging es gut, bevor sie aufgetaucht ist, und uns wird es auch danach wieder gut gehen.«

»Travis?«

Immer noch in der Hocke, drehte er sich um. Der Anblick von ihr in einem schlichten schwarzen Kleid raubte ihm den Atem.

Sie strich sich mit den Händen über den langen Rock. »Ist das in Ordnung?«

Travis stand auf und trat zu ihr. »Wann hast du die Zeit gefunden, einkaufen zu gehen?«

Sie lächelte. »Es zahlt sich aus, Leute im Modebusiness zu kennen. Mein Freund Marco hat es mir gestern per Kurier geschickt. Ich hab schon für ihn gemodelt, also hat er meine Maße. Ich wollte nichts, was zu auffallend ist, aber da die Hochzeit doch einen sehr formellen Rahmen hat …« Ihre Stimme verebbte. »Es ist vollkommen falsch, oder?«

»Nein, Süße.« Seine Stimme war belegt. Mit den Händen strich er über ihre nackten Schultern. Er sah, dass sie sich bemüht hatte, ihr Aussehen herunterzuspielen. Dadurch war sie allerdings nur noch schöner als sonst. »Es ist perfekt.«

»Ich habe mir Gedanken darüber gemacht, was du gesagt hast. Vielleicht stört es Justine und Tom, eine, wenn auch bloß kleine, Berühmtheit auf ihrer Hochzeit zu haben. Ich will nichts tun, was die Aufmerksamkeit von ihnen ablenkt, also ist es vielleicht am besten, wenn ich gar nicht hingehe. Du solltest dich allein um alles kümmern.«

»Erstens, die Anzahl der Reporter vor meinem Tor weist darauf hin, dass du eine ziemlich große Berühmtheit bist. Und zweitens, Tom und Justine haben nichts dagegen, dass du da bist. Im Gegenteil, sie finden das sehr aufregend.«

»Woher weißt du das?«

»Ich habe sie gefragt, bevor ich dir die Verantwortung für die Feier übertragen habe.«

»Wirklich?«, erwiderte sie erstaunt.

Er nickte und gab ihr einen Kuss auf die Nasenspitze. »Hat dein *Freund* Marco dir zu dem Kleid auch Schuhe mitgeschickt?«

Lianas Gesicht erhellte sich unter einem Lächeln. »Bist du etwa eifersüchtig?«

»Sei nicht albern.« Travis schnaubte. »Eifersüchtig auf einen Mann, der seinen Lebensunterhalt damit verdient, Kleider zu nähen?«

Liana lachte. »Oh, du bist es!«

Er tippte auf seine Uhr. »Schuhe, Liana …«

Sie legte ihm die Arme um den Hals. »Habe ich erwähnt, dass Marco ein Vollblutitaliener mit rabenschwarzem Haar und dieser wundervollen olivfarbenen Haut ist, die allen Sizilianern eigen ist? Hmm …«

»Du versuchst nur, mich wütend zu machen, damit du mehr Versöhnungssex haben kannst«, erklärte er.

Liana warf den Kopf in den Nacken und lachte.

Er nutzte die Gelegenheit und biss ihr sanft, aber besitzergreifend in den Hals.

Liana keuchte auf.

»Du wirst deinen italienischen Hengst darüber informieren müssen, dass du jetzt in festen Händen bist«, sagte er und ließ seine Zunge über ihr Schlüsselbein gleiten.

»Marco und sein Partner werden sich freuen, das zu hören. Sie versuchen schon seit Jahren, mir einen Freund zu vermitteln. Sie meinen, jeder sollte einen haben.«

Travis legte ihr den Arm um die Taille und hob sie hoch. »Du bist eine böse Frau«, stellte er mit gespielt ernstem Blick fest.

Sie legte ihre Hände an seine Wangen und küsste ihn vollkommen selbstvergessen. »Und du bist sehr, sehr sexy, wenn du eifersüchtig bist«, flüsterte sie. »Vor allem in Armani.«

»Lass mich raten.« Er ließ sie runter und hob fragend eine Augenbraue. »Auch ein Freund von dir?«

Da sie es nicht leugnen konnte, nickte sie bloß und strich mit den Fingern über die Aufschläge seines Smokings. »Er würde wollen, dass du für ihn modelst, wenn er wüsste, wie seine Sachen an dir aussehen.«

Travis verzog das Gesicht. »Nicht in diesem Leben, Süße.«

»Du könntest ein Vermögen verdienen«, beharrte sie.

»Ich würde lieber auf der Ladefläche eines Pick-ups hausen.«

Travis sah einen Anflug von Verletztheit über ihr Gesicht huschen, und es tat ihm leid, dass er so flapsig gewesen war.

»Findest du das wirklich so schlimm?«, fragte sie.

»Für mich wäre das nichts. Mehr will ich damit gar nicht sagen. Für dich ist es etwas, worin du sehr erfolgreich bist, und darauf solltest du stolz sein.«

»Das bin ich.« Sie reckte trotzig das Kinn. »Ich weiß, es ist nicht gerade ein nobler Beruf, doch ich habe immer daran geglaubt, dass man in dem, was man tut, die Beste sein sollte.«

Bei der Erinnerung daran, dass sie viel zu bald an ihre Arbeit zurückkehren würde, welkte etwas in Travis. »Und das bist du. Die Allerbeste. Und jetzt hol deine Schuhe, damit wir nicht zu spät kommen.«

Liana schien noch etwas sagen zu wollen, überlegte es sich dann aber anders. Sie drehte sich um und lief ins Badezimmer zurück, wo sie die Schuhe zurückgelassen hatte.

Hand in Hand gingen sie den kurzen Weg vom Tower zum Clubhaus. Dash trottete neben ihnen her. Fotografen mit Teleobjektiven drehten vor dem Tor und auf den Booten entlang der Küste durch.

»Man sollte doch meinen, dass sie es langsam leid sind«, bemerkte Liana.

»Wir scheinen mit jedem Tag interessanter zu werden.«

»Ich kann es gar nicht erwarten, zu sehen, zu welchen Schlagzeilen sie unser formeller Aufzug heute inspiriert.«

Travis blieb mit einem Mal stehen und zog Liana in seine Arme. »Was machst du da?«, flüsterte sie nervös.

»Ich verschaffe ihnen das Bild des Tages«, erwiderte er, bevor er seine Lippen für einen leidenschaftlichen Kuss auf ihre senkte.

Als er sie schließlich wieder losließ, war Lianas Gesicht gerötet. »Das hättest du nicht tun sollen«, erklärte sie und wischte sich mit der Hand über den Mund.

Travis war überrascht, dass sie wirklich genervt zu sein schien. »Warum nicht?«

Der Blick, mit dem sie ihn bedachte, besagte, dass er genau wusste, warum nicht. Dann betrat sie vor ihm den Club.

Drinnen wurden sie gleich mit ein paar Fragen in letzter Minute bestürmt, und Travis hatte keine Gelegenheit mehr, das Thema weiterzuverfolgen.

Stunden später stand er am Rand des Zelts – beinahe an der gleichen Stelle, von wo aus er sie das erste Mal zu Gesicht bekommen hatte – und beobachtete Liana, die das Anschneiden der Torte überwachte.

Beck gesellte sich zu ihm. »Ist hier alles in Ordnung?«

»Sieht so aus. Liana hat alles unter Kontrolle. Benimmt Dash sich?«

»Sie schläft schon den ganzen Abend ruhig im Büro.«

»Vermutlich ist sie noch ganz erschöpft von ihrem großen Abenteuer.«

»Ja, zweifellos.«

»Hast du mit dem Fotografen gesprochen?«

Beck nickte. »Ich habe ihm sehr deutlich gemacht, dass wir ihm eine Klage anhängen, sollten irgendwelche Fotos von Liana oder dir in der Presse auftauchen.«

»Danke. Wie geht es Jessie?«

»Super.«

Travis musterte seinen Freund und bemerkte den zufriedenen Gesichtsausdruck. Er hätte darauf wetten können, dass Beck kürzlich Sex gehabt hatte. »Gibt es irgendetwas, das du mir erzählen willst?«

»Ich liebe sie.«

Travis starrte ihn an.

»Tu nicht so überrascht. Als säßest du nicht im selben Boot.«

»Nun ja, also …«

»Du kannst es nicht abstreiten, oder?«

Travis wusste, es hatte keinen Sinn, es überhaupt zu versuchen. »Nein.«

Schweigend standen sie zusammen und verfolgten, wie Liana sich um das Brautpaar kümmerte.

»Sie kann echt gut mit Menschen umgehen«, stellte Beck fest. »Sieh sie nur an. Sie hat es beinahe geschafft, dass die beiden vergessen haben, wer sie ist.«

Erfreut, dass sein Freund hinter Lianas glänzende Fassade schauen konnte, nickte Travis. »Ich habe ihr einen Job als Hochzeitsplanerin angeboten.«

Beck hob überrascht die Augenbrauen. »Wirklich?«

Travis zuckte die Achseln, ohne den Blick von Liana zu wenden. »Ich dachte, es könnte ihr gefallen. Sie hat nicht geradeheraus abgelehnt, aber sie reist nächste Woche ab und kehrt in ihr normales Leben zurück. Vermutlich ist es besser so.«

»Meinst du?«

»Dort gehört sie hin.«

»Lass mich dir eine Frage stellen: Als du ihr den Job angeboten hast, hast du ihr da gesagt, dass du sie liebst?«

Travis runzelte die Stirn. »Nein, das habe ich nicht erwähnt.«

»Warum nicht?«

Seine Brust zog sich schmerzhaft zusammen, als er sah, wie Liana mit der Braut lachte. »Ich dachte, ich fange erst mal mit dem Job an. Und wenn ich sie überzeugen kann, können wir den Rest später klären.«

»Und natürlich weißt du, dass du damit das Pferd von hinten aufgezäumt hast.«

»Äh, nein, bis du mich so dezent darauf hingewiesen hast, eigentlich nicht.« Travis' Stimme troff vor Sarkasmus. »Aber danke. Hast du es Jessie schon gesagt?«

»Jap. Gestern Nacht. Wenn man die Richtige gefunden hat, ist es nicht schwer, die Worte auszusprechen.«

Travis schaute wieder zu Liana. »Ja, ich schätze, da hast du recht.«

»Sag es ihr, Trav.«

Er zuckte mit den Schultern. »Ich will nicht, dass sie sich mir gegenüber verpflichtet fühlt. Wofür auch immer sie sich entscheidet, es muss von ihr kommen.«

»Sie kann nichts entscheiden, wenn sie nicht weiß, was du für sie empfindest.«

Travis musste zugeben, dass Beck da nicht unrecht hatte. »Ich werde darüber nachdenken. Was hast du wegen Jessie vor?«

»Ich habe nicht die leiseste Ahnung.«

Travis lachte. »Lass es mich wissen, wenn du es herausgefunden hast, okay?«

»Du wirst der Zweite sein, der es erfährt.«

Travis suchte sich seinen Weg durch das Zelt zu Liana, die gerade mit dem Teamleiter sprach. Er nahm sein Headset ab, warf es dem erstaunten Kellner zu und griff nach Lianas Hand.

Liana, die mitten im Satz aufgehört hatte zu reden, versuchte, sie ihm zu entwinden. »Was soll das? Ich arbeite.«

»Du bist fertig«, erklärte er und zog sie mit sich auf die Tanzfläche.

»Sagt wer?«

»Dein Boss.«

»Oh, du bist einfach unerträglich.«

Er gab ihr einen Kuss auf die Wange. »Du hast heute einen fabelhaften Job gemacht, Süße. Alles lief wie am Schnürchen.« Er spürte genau den Moment, in dem ihr Ärger schwand.

Sie schaute zu ihm auf. »Wirklich?«

»Wirklich.« Ihre Verletzlichkeit berührte ihn, und so drückte er sie enger an sich und wiegte sich im Takt der Musik.

»Travis.«

»Was ist?«, murmelte er an ihrem Ohr, woraufhin sie erbebte.

»Danke, dass du mich das hast machen lassen. Dass du mir gezeigt hast, dass es andere Dinge gibt, die ich tun kann.«

»Nein, ich sollte *dir* danken. Du hast mir diese Woche den Hintern gerettet.«

»Es war interessant. In den letzten Tagen hatte ich so viel Spaß wie seit Langem nicht mehr.«

»Das geht mir auch so. Seit Jahren gibt es für mich nur Arbeit, aber keinen Spaß. Wo wir gerade von Spaß sprechen, was meinst du: Sollen wir diese Woche ein paar Tage von hier verschwinden?«

»Und wohin?«

»Nach New Hampshire. Beck hat ein Haus am Squam Lake. Wir könnten uns davonstehlen, die Paparazzi hinter uns lassen und für ein paar Tage untertauchen. Was meinst du?«

»Das würde ich zu gerne tun, doch ich habe meiner Mutter versprochen, morgen ein wenig Zeit mit ihr zu verbringen.«

»Das ist in Ordnung. Wir können Montag früh losfahren. Wie wäre es, wenn wir morgen sie und David zu einer Bootstour einladen?«

»Ich frage sie mal. Sie ist dein größter Fan, also glaube ich, dass sie den Tag gerne mit dir verbringen würde.«

»Sie ist mein größter Fan, hm?«, fragte Travis grinsend.

»Du bist schon wieder unerträglich.«

»Und was hält ihre Tochter von mir?« Er schaute sie an und hielt in Erwartung ihrer Antwort den Atem an.

Liana streckte die Hand aus und strich ihm über die Wange. »Ihre Tochter findet, dass du ein ganz besonderer Mann bist.« Lächelnd fügte sie hinzu: »Ein *einfühlsamer*, romantischer, ganz besonderer Mann.«

Das war nicht das, was er hatte hören wollen, aber immerhin ein Anfang.

KAPITEL 20

Die frische Brise von Westen half Travis, beinahe allen Fotografen davonzusegeln, die ihrem Boot folgten.

Liana schaute sich immer wieder nach ihnen um.

»Entspann dich, Liebes.« Agnes tätschelte ihrer Tochter das Knie. »Ignorier sie einfach. Sie können uns nur den Tag verderben, wenn wir es zulassen.«

»Du hast recht, Mom. Tut mir leid. Kann ich dir noch eine Cola light holen?«

»Nein, danke.«

Travis hatte das Beiboot mitgebracht, sodass sie an den Strand rudern konnten, nachdem er vor Prudence Island vor Anker gegangen war. Auf seiner zweiten Tour zum Strand fluchte er laut, als Dash aus dem Boot sprang und vor ihm ans Ufer gelangte.

Liana und Agnes lachten, als sie seine Miene sahen.

Auf einer Decke im Sand genossen sie den Lunch, den Travis mitgebracht hatte, auch wenn sie dabei die ganze Zeit fotografiert wurden. Nach dem Essen wanderte Agnes zum Wasser hinunter. Als ihr der breitkrempige Strohhut vom Kopf geweht wurde, setzte Travis ihm sofort nach. Schließlich gelang es ihm, ihn zu fangen und ihr zurückzugeben.

»Danke, Travis.«

»Gern geschehen.« Er schaute zur Decke zurück, auf der Liana in eine Unterhaltung mit David vertieft war, und beschloss, mit Agnes einen Spaziergang am Wasser zu machen.

»Was für ein zauberhafter Tag«, erklärte Agnes. »Ich war seit Jahren nicht mehr segeln.«

»Ich freue mich, dass es dir gefällt. Und ich hoffe, dass du noch mal mitkommst, auch wenn Liana wieder abgereist ist.«

Agnes schaute zu ihm auf. »Bist du sicher, dass sie abreisen wird?«

Er zuckte mit den Schultern. »Hier hält sie nichts.«

»Ach, Travis, wie kannst du so etwas sagen? Ich denke, sie würde alles aufgeben, wenn du sie darum bitten würdest.«

»Ich will nicht, dass sie das für mich tut. Es muss ihre Entscheidung sein, sonst könnte sie mich eines Tages dafür hassen.«

»Wenn sie wüsste, was hier auf sie wartet, würde sie vielleicht ernsthaft darüber nachdenken.«

»Vielleicht. Aber ich glaube immer noch, dass sie selbst herausfinden muss, was sie mit ihrem Leben anstellen will, bevor sie entscheiden kann, was sie meinetwegen unternehmen möchte.«

»Ich war fünfunddreißig, als ich sie bekommen habe«, meinte Agnes. »Ich hatte die Hoffnung schon aufgegeben, jemals Kinder zu haben, und dann war ich auf einmal schwanger. Es war die aufregendste Zeit meines Lebens.« Sie beschattete ihre Augen mit der Hand und schaute zu ihm auf. »Ich erinnere mich noch daran, wie es sich angefühlt hat, als sie in mein Leben kam. Ich glaube, was du empfindest, ist im Grunde genommen ganz ähnlich.«

»Ja, vermutlich«, gab Travis zu.

»Du bist genau das, was sie braucht, Travis.«

Ihr Kompliment ließ ihn überrascht auflachen. »Wieso sagst du das?«

»Weil du selbstbewusst genug bist, um mit Liana McDermott umzugehen. Und du weißt, wie man Spaß hat. Diese Woche hast du ihr gezeigt, dass es im Leben mehr gibt als nur Arbeit – seitdem sie zu Hause ausgezogen ist, hat das niemand mehr geschafft.«

Travis lächelte. »David hat wirklich Glück, dass er dich hat. Ich mag ihn. Und ich finde seine Gesellschaft sehr angenehm.«

»Ja, ich auch. Allerdings glaube ich, dass er gerade dabei ist, dort drüben bei meiner Tochter um meine Hand anzuhalten.« Agnes blickte zu den beiden. »Was das angeht, ist er ein wenig altmodisch.«

»Ich finde das süß«, erwiderte Travis. Es amüsierte ihn, dass Agnes genauso leicht errötete wie ihre Tochter. »Ich würde eure Hochzeit gerne in North Point ausrichten. Das wäre mein Geschenk an euch.«

Agnes keuchte auf. »Travis! Das geht nicht! Das wäre zu viel!«

Er blieb stehen und schaute sie an. »Ich habe die letzten Jahre damit verbracht, diesen Ort aufzubauen und zu hegen und zuzusehen, wie er wächst. Wozu soll diese ganze Arbeit gut sein, wenn ich dort nicht ab und zu das machen kann, was ich will?«

»Es ist nur … Ich weiß nicht, was ich sagen soll.«

»Sag einfach Ja.«

Sie stellte sich auf die Zehenspitzen und gab ihm einen Kuss auf die Wange. »Du bist ein bezaubernder junger Mann, und ich hoffe, meine Tochter erkennt, wie viel Glück sie hatte, weil sie dich kennengelernt hat.«

»Danke«, entgegnete er gerührt. »Also ist das ein Ja?«

»Ja. Ich feiere die Hochzeit gerne in North Point. Über die Einzelheiten können wir uns später streiten.«

Travis lachte. »Liana ist wirklich deine Tochter.«

»Das nehme ich als Kompliment.«

Er bot ihr seinen Arm an, und gemeinsam wandten sie sich zurück zu den anderen. »Das war auch so gemeint.«

AUF DER DECKE TRANK DAVID EINEN WEITEREN SCHLUCK VON SEINEM Bier und schaute dann Liana an. »Also, Liana, hat deine Mutter erwähnt, dass ich sie gebeten habe, mich zu heiraten?«

»Ja, das hat sie.«

»Und wie denkst du darüber?«

Liana streckte die Hand aus und legte sie ihm auf den Unterarm, um den armen Mann aus seinem Elend zu erlösen. »Ich möchte, dass meine Mutter glücklich ist. Und du machst sie glücklich. Es würde mich sehr beruhigen, zu wissen, dass sie dich hat, wenn ich nicht hier sein kann.«

»Danke«, erwiderte er mit hörbarer Erleichterung. »Sie hat mich ganz schön zappeln lassen.«

Liana lachte. »Das glaube ich unbesehen.«

David schüttelte amüsiert den Kopf. »Aber sie ist es wert. Jetzt, wo du endlich von uns weißt, werden wir noch vor Ende des Jahres heiraten. Sie muss nicht warten, bis sie mit dem Studium fertig ist. Ich will ihr nicht zu viel Zeit geben, sonst ändert sie ihre Meinung noch.«

»Ja, das ist vermutlich ein guter Plan.«

»Sie wird wollen, dass du bei der Hochzeit dabei bist.«

»Und das werde ich auch sein.«

Er blickte zu Travis und Agnes, die sich gerade angeregt unterhielten. »Sie hatte den Eindruck, dass du für eine Weile hierbleiben wolltest.«

Liana schaute sehnsüchtig zu Travis. »Ich habe Verträge. Verpflichtungen. Ich kann es mir nicht einfach anders überlegen und die Menschen im Stich lassen, die für mich arbeiten. Sie zählen auf mich.«

»Was ist mit dem, was du willst?«

Sie zuckte die Achseln.

»Ich weiß, es geht mich vermutlich nichts an, aber …«

»Du wirst früher oder später mein Stiefvater werden, also möchte ich, dass du mir gegenüber ganz offen bist.«

Er lächelte. »Ich gebe mein Bestes, dich als Agnes' Tochter und nicht als die weltberühmte Liana McDermott zu betrachten.«

»Das weiß ich sehr zu schätzen.«

»Du bist überhaupt nicht so, wie ich es erwartet hatte, Liana. Im Gegenteil, du bist eine positive Überraschung. Und was ich sagen wollte, ist: Es gibt keinen Vertrag, aus dem man nicht herauskommt, keine Verpflichtungen, die nicht aufgelöst werden können, wenn du etwas anderes willst. Lass dich nicht davon abhalten, das zu tun, was dich glücklich macht. Vertrau mir – der wahren Liebe begegnet man einmal im Leben, und wenn man so viel Glück hat wie ich, eventuell zweimal.«

»Woher weiß man, ob es die wahre Liebe ist?«

»Wenn man an nichts anderes denken kann als an den anderen. Wenn sich deine gesamte Energie darauf richtet, das, was auch immer gerade vor dir liegt, durchzustehen, damit du wieder zu ihm oder ihr zurückkehren kannst.«

Liana schaute zu Travis hinüber, der mit ihrer Mutter am Arm am Wasser entlangschlenderte. Nach Davids Definition war das, was sie für Travis empfand, ganz klar Liebe. Sie wandte sich wieder an David. »Ich mag es, dich in meiner Familie zu haben.« Etwas schüchtern gab sie ihm einen Kuss auf die Wange. »Und ich bin froh, dass meine Mutter mir endlich von dir erzählt hat.«

Er lachte. »Ich auch. Du hast keine Ahnung, wie sehr.«

Travis und Agnes gesellten sich auf der Decke zu ihnen.

»Also, Honey, Liana hat uns ihren Segen gegeben.« David griff nach dem Rucksack, den er mit an den Strand gebracht hatte. Er holte ein kleines Kästchen heraus und ließ den Deckel aufschnappen. Zum Vorschein kam ein funkelnder Diamantring. »Jetzt kannst du ihn ohne irgendwelche Bedenken annehmen.«

Liana seufzte und lehnte sich an Travis.

Er legte seine Arme um ihre Schultern.

Agnes traten Tränen in die Augen, als David ihr den Ring an den Finger steckte und sie küsste.

»Jetzt kommst du aus der Nummer nicht mehr raus.« Er wischte ihr die Tränen weg.

Agnes schlug spielerisch seine Hand fort. »Ich fasse es nicht, dass du den Ring mit an den Strand genommen hast!«

»Ich trage ihn bei mir, seitdem ich dich das erste Mal gefragt habe – nur für den Fall, dass du deine Meinung änderst. Ich habe dir doch gesagt, dass ich nicht aufgebe.«

»Herzlichen Glückwunsch, Mom.« Auch Liana musste sich die Augen abtupfen. »Der Ring ist wunderschön.«

Agnes umarmte ihre Tochter. »Danke, Liebes.«

»Nun«, verkündete Travis. »Wie es aussieht, haben wir eine weitere Hochzeit zu planen.«

～

BECK WAR IN SEINEM BÜRO UND STELLTE GERADE DEN DIENSTPLAN FÜR die nächsten achtundvierzig Stunden auf, als sein Handy klingelte.

»Peter Beck.«

»Mike Tripp hier. Was für ein Anruf aus der Vergangenheit, deine Nachricht zu kriegen, Mann! Wie lange ist es her? Fünf Jahre? Sechs?«

Lächelnd lehnte Beck sich auf seinem Stuhl zurück. »Ich wollte mich immer melden, aber du weißt ja, wie es ist. Die Zeit rinnt einem durch die Finger.«

»Ich weiß genau, was du meinst. Ich war auch ziemlich beschäftigt«, erwiderte Tripp mit seinem Brooklyn-Akzent. Als Beck noch in New York City für das FBI gearbeitet hatte, hatten sich seine Wege und die des NYPD-Lieutenants, der inzwischen Captain war, oft gekreuzt. Nachdem sie ein paar Minuten lang Neuigkeiten ausgetauscht hatten, sagte Tripp: »Hör zu, ich habe mir die Situation deiner Freundin Jessica Stone mal angeschaut. Der Kerl, der sie belästigt, ist ein ganz übler Bursche. Sexualstraftäter auf Bewährung.«

Becks Lächeln schwand, und seine Brust zog sich zusammen. »Wieso könnt ihr ihn nicht wegen Verstoß gegen seine Bewährungsauflagen verhaften?«

»Er schlüpft uns immer wieder durch die Finger. Gestern hätten wir ihn beinahe gehabt, haben ihn dann aber wieder verloren.«

Beck richtete sich abrupt auf. »Was meinst du damit, ihr habt ihn verloren?«

»Er ist in einer Menschenmenge untergetaucht, und wir konnten ihn nicht lokalisieren. Wir halten jedoch nach ihm Ausschau. Solange deine Freundin sich nicht in der Stadt aufhält, sollte sie in Sicherheit sein. Er weiß, dass er gegen seine Bewährungsauflagen verstößt, wenn er auch nur einen Schritt über die Grenze von Manhattan hinaus macht.«

»Kannst du mir ein Foto von dem Kerl schicken?«, fragte Beck und gab ihm seine E-Mail-Adresse.

Kurz darauf hatte er das Foto des Stalkers auf dem Bildschirm vor sich. Thomas Spector war ein durchschnittlich aussehender weißer Mann mit kleinen Augen und einem runden, teigigen Gesicht. Außer seinem Vorstrafenregister, das Tripp ebenfalls mitgeschickt hatte, war nichts an ihm bemerkenswert.

Beim Blick auf die Vorstrafen musste Beck die aufsteigende Panik hinunterschlucken. »Ist es möglich, täglich einen Bericht zu erhalten, bis ihr in geschnappt habt?«

»Kein Problem. Was läuft denn da mit dir und dem Model, Beck?«

»Sie ist meine …« *Meine Welt*, hatte er sagen wollen, tat es aber nicht. »Wir sind zusammen.«

Tripp stieß einen Pfiff aus. »Du Glückspilz.«

Mit dem Handy am Ohr stand Beck auf, schloss sein Büro ab und ging Richtung Tower. »Ja, das bin ich. Und bis ihr diesen Spector findet, wird sie hier bei mir bleiben.« Er würde sie ans Bett fesseln, wenn es sein müsste.

»Wir finden ihn. Hoffentlich außerhalb von Manhattan, damit wir seinen Hintern ins Gefängnis zurückverfrachten können, wo er hingehört.«

Beck joggte über den Parkplatz, weil er es nicht erwarten konnte, zu Jessie zu kommen. »Meinetwegen gerne. Halt mich auf dem Laufenden.«

»Mach ich.«

In der Eingangshalle des Towers drückte Beck mehrmals auf den Rufknopf für den Fahrstuhl. Nach einer kleinen Ewigkeit glitten die Türen endlich auf, und der Lift brachte ihn in den fünften Stock. Er klopfte an die Tür. Sein Herz schlug heftig vor Angst und Liebe – mehr Liebe, als er je für möglich gehalten hätte. »Jessie?« Er hämmerte gegen die Tür, dann holte er, ohne nachzudenken, seinen Schlüssel für die Wohnung heraus. »Jessie?«

Er lief durch die Wohnung, aber Jessie war nicht da.

Er rief auf dem Handy an, das er ihr gegeben hatte, und erreichte nur die Mailbox. Schnell nahm er sein Funkgerät vom Gürtel und befahl seinen Mitarbeitern, sich sofort auf die Suche nach ihr zu machen.

Von der Terrasse aus ließ er seinen Blick über den Strand und die Promenade schweifen, doch beides war leer. Sein Herz schlug wie verrückt. Wo zum Teufel steckte sie?

Mit dem Aufzug fuhr er wieder nach unten. Er lief gerade auf das Clubhaus zu, als ihn einer seiner Mitarbeiter darüber informierte, dass Jessie im Fitnesscenter war.

Erleichtert beugte Beck sich vor und stützte die Hände auf die Knie, während er darum kämpfte, seine Gefühle unter Kontrolle zu kriegen. Noch nie in seinem Leben hatte er solche Angst verspürt. Nach ein paar tiefen, beruhigenden Atemzügen richtete er sich auf und sah, dass einer seiner Männer ihn beobachtete.

»Alles in Ordnung?«

Beck nickte. »Ja, alles klar.«

Mit einem kurzen Nicken drehte der andere Mann sich um und ging zum Haupttor.

Beck betrat das Clubhaus und lief sofort in den Fitnessraum.

Jessie war ganz allein dort und sammelte gerade ihre Sachen zusammen, als er reinkam. Ihr Gesicht glühte von der Anstrengung, und Beck hätte ihr am liebsten einen Bademantel über die knappe Sportkleidung geworfen, auch wenn er wusste, wie albern der Gedanke in Anbetracht ihres Jobs war.

»Ich habe gehört, dass du nach mir gesucht hast. Ist alles in Ordnung?«

Er durchquerte den Raum und zog sie in seine Arme.

»*Peter!* Ich bin ganz verschwitzt.«

»Ist mir egal.«

»Lass mich los. Ich muss unter die Dusche!«

»Gib mir nur eine Minute, Jessie.«

Sie hörte auf, sich zu wehren, und ließ sich gegen ihn sinken. »Sagst du mir, was los ist? Dein Gesicht ist ganz rot, und du wirkst aufgebracht.«

»Ich konnte dich nicht finden. Du warst weder in deiner Wohnung noch am Strand. Und du bist auch nicht an dein Handy gegangen. Ich habe dich gesucht.« Er musste sich zusammenreißen, um nicht vor Erleichterung darüber, sie in seinen Armen zu haben, die Fassung zu verlieren. »Du hast mir einen gehörigen Schrecken eingejagt.«

»Ich bin doch hier.« Sie strich ihm durchs Haar und hauchte ihm kleine Küsse aufs Kinn. »Ich bin hier.«

Abrupt ließ er sie los, griff ihre Hand und zog sie mit sich zu seinem Büro, sperrte hinter ihnen ab.

Jessie trat einen Schritt zurück. »Was machst du da?«

»Das.« Er drängte sie gegen die geschlossene Tür und eroberte ihren Mund. Dann schob er seine Finger unter die Träger ihres Bodys und streifte ihn ihr zusammen mit ihren Leggins ab.

Jessie keuchte auf und versuchte, sich zu bedecken. »Nicht hier«, protestierte sie. »Hast du völlig den Verstand verloren?«

»O doch, genau hier«, beharrte er und ließ seine Shorts fallen. Dann hob er Jessie hoch, drückte sie mit dem Rücken gegen die Tür und schob sich, bevor sie etwas entgegnen konnte, in sie.

Ihre hübschen, rosigen Lippen formten ein überraschtes O, und in ihren blauen Augen brannte Verlangen. »Das ist verrückt«, sagte sie. »*Du* bist verrückt.«

»Verrückt nach dir.« Er packte ihren Po und stieß in sie, wobei sich ihre Brüste an seinem Oberkörper rieben.

Sie ließ den Kopf nach hinten fallen, und Beck nutzte die Gelegenheit, um mit Lippen und Zähnen über ihren eleganten weißen Hals zu reiben und dabei ihren femininen Duft einzuatmen. Was ihr unangenehm war, war für ihn der Himmel. »Ich liebe dich, Jessica«, flüsterte er. »Ich liebe dich so sehr.«

Eine Hand in seinem Haar vergraben, den anderen Arm um seinen Nacken geschlungen, bewegte sie sich schneller, leidenschaftlicher.

Er presste sie fester gegen die Tür und stieß in sie hinein, bis ihre Atmung sich mit einem Mal veränderte und ihre inneren Muskeln sich um ihn zusammenzogen. Mit seinen Lippen erstickte er ihren Schrei, unmittelbar bevor der Orgasmus auch ihn überrollte.

Eine volle Minute später brach Jessie das Schweigen mit einem nervösen Lachen. »Ich sollte mich öfter mal aus dem Staub machen.«

»Bitte nicht. Du hast mir eine Heidenangst eingejagt.«

»Es tut mir leid. Ich hatte meinen iPod auf, deshalb habe ich das Klingeln des Handys nicht gehört.«

Emotional und körperlich ausgelaugt, ließ Beck sich gegen sie sinken und hielt sie beide mit zitternden Beinen aufrecht. »Schon okay.«

»Ist etwas passiert?«

Er nahm an, sie wusste, dass ihr Stalker ein Sexualstraftäter war, aber sie wusste nicht, dass die Polizei seine Spur verloren hatte. Wenn es nach Beck ginge, würde sie das auch nie erfahren. »Nein, es ist nichts passiert. Ich konnte dich einfach nur nicht finden, und das hat mir nicht gefallen.«

Sie zog ihn fester an sich. »Ich bin hier, und ohne dich gehe ich nirgendwohin.«

Beck schloss die Augen und tat noch etwas, das er nie zuvor getan hatte – er sprach ein stummes Dankgebet.

KAPITEL 21

Um sieben Uhr morgens machte Travis sich auf den Weg zum Supermarkt. Er hoffte, wieder zurück zu sein, bevor die Reporter sich für einen neuen Tag am Tor versammelten, um »Triana« zu beobachten, wie sie in der Presse genannt wurden. Um diese Uhrzeit standen nur zwei Typen am Tor, die beide Fotos von ihm schossen, wie er das Gelände verließ. Travis fragte sich, wie die Männer diese Langeweile ertrugen – stundenlang darauf zu warten, dass etwas Interessantes geschah.

Im Supermarkt deckte er sich mit allem ein, was sie für ihren Ausflug nach New Hampshire brauchen würden. An der Kasse ließ er seinen Blick über die Boulevardmagazine wandern. Er fand es immer noch seltsam, sein eigenes Gesicht darauf zu sehen. Er streckte die Hand nach einer der Zeitschriften aus und zuckte zusammen, als er das große Foto auf der Titelseite entdeckte. Darauf war zu erkennen, wie er Liana direkt vor Toms und Justines Hochzeit küsste. »Oh, das wird sie einfach lieben«, murmelte er und warf die Zeitung aufs Förderband. »Super gemacht, North.«

Zurück vom Supermarkt, verstaute er die leicht verderblichen Einkäufe in einer mit Eis gefüllten Kühlbox und stellte die restlichen

Tüten in den Kofferraum des zu North Point gehörenden bordeaux-roten SUV.

Beck lenkte seinen Pick-up in die Garage. »Seid ihr abfahrbereit?«

»Ich hole nur schnell Liana. Sie ist heute Morgen etwas langsam. Wir sind gleich wieder da.« Mit dem Aufzug fuhr er in seine Wohnung hinauf und ging ins Schlafzimmer. »Bist du bereit, Süße?«

»Ja«, sagte Liana mit einem Gähnen und zog den Reißverschluss ihrer Tasche zu.

»Du hast eine Jeans und einen Pullover eingepackt, oder? Da oben kann es abends selbst im Sommer ziemlich frisch werden.«

»Mhm.«

Er nahm sie in seine Arme. »Sorry, dass wir so früh aufstehen mussten. Ich will hier weg sein, bevor die Reporter auftauchen.«

»Kein Problem«, erwiderte sie und gähnte erneut.

»Du kannst im Auto noch ein bisschen schlafen.« Er gab ihr einen Kuss auf die Stirn. Dann nahm er ihre Taschen und pfiff nach Dash. Der Lift brachte sie in die Tiefgarage. Beck ließ die Hündin auf den Beifahrersitz, während Travis die Reisetaschen im Kofferraum verstaute.

Dann hielt er Liana die hintere Tür auf. »Hinein mit dir.«

Sie stieg ein, und er setzte sich neben sie.

»Warum legst du dich nicht hin? Ich komme auch dazu«, schlug Travis vor.

Als sie sich auf der Rückbank ausgestreckt hatten, breitete Beck eine Decke über sie.

In dem Moment, wo sie zusammen im Dunkeln lagen, musste Liana sich ein Lachen verkneifen. »Das ist so lächerlich.«

Travis entging die Absurdität der Situation ebenfalls nicht, und als Beck den Motor anließ, lachten beide wie die Kinder.

»Ihr reißt euch besser zusammen, sonst lache ich gleich mit, und wenn die Reporter mitbekommen, dass ich nicht allein im Wagen bin, war das hier alles für die Katz.«

Travis tastete im Dunkeln herum, bis er Lianas Gesicht gefunden hatte, um ihren Kopf still zu halten und ihr Gekicher mit einem Kuss zu ersticken.

»O mein Gott«, stöhnte Beck, als er sie sich küssen hörte. »Ich glaube, das Gekicher hat mir besser gefallen.«

Travis grinste an Lianas Lippen, aber als er sich von ihr zurückziehen wollte, schlang sie ihren Arm um seinen Nacken und hielt ihn fest.

»Wir haben das Tor passiert, ohne dass jemand was bemerkt hat«, verkündete Beck. Als er bloß Schweigen zur Antwort bekam, sagte er zu niemandem im Besonderen: »Danke, Beck. Das sind gute Neuigkeiten. Wir sind froh, dass wir unentdeckt entwischt sind.« Wieder folgte nur Schweigen. Er seufzte und murmelte: »Ich fühle mich, als wäre ich wieder auf der Highschool.«

Beck fuhr sie von der Insel zu einem vorher ausgesuchten Platz an der Route 24, wo ein weiterer North-Point-Mitarbeiter mit einem zweiten Wagen auf sie wartete, um Beck wieder zurückzubringen. »Okay, ihr beiden, es ist an der Zeit, aufzutauchen.« Er stieg aus dem Wagen und klopfte an die hintere Seitenscheibe. »Ab jetzt seid ihr auf euch gestellt.«

»Danke, Beck!«, rief Travis. An Liana gewandt, bemerkte er: »Lässt du mich jetzt los?«

»Nein, noch nicht.« Sie schob ihre Hände in die hinteren Taschen seiner Jeans und hielt ihn fest.

»Was hast du vor?« Sein Vergnügen verwandelte sich in Verlangen, als sie ihre Zunge über sein Ohr gleiten ließ. »Liana …«

»Willst du wissen, was ich auch noch nie gemacht habe?«, flüsterte sie.

»Ich habe beinahe Angst, zu fragen.«

Sie bewegte verführerisch die Hüften. »Ich habe es noch nie in einem Auto gemacht …«

Travis schluckte schwer. »Wenn du Sex im Auto haben willst, Süße, solltest du das besser im Dunkeln und nicht direkt neben einem viel befahrenen Highway tun.«

»Wo ich bin, ist es dunkel«, sagte sie.

»Wenn wir dabei erwischt werden …«

»Ich dachte, du liebst das Risiko.« Sie ließ ihre Hand zur Vorderseite seiner Jeans gleiten.

Er keuchte auf, als sie anfing, ihn zu streicheln.

»Komm schon«, flüsterte sie. »Du willst mich doch nicht abweisen, oder?«

Da er wusste, dass er ihr nichts abschlagen konnte, schüttelte er den Kopf. »Nein.«

»Hast du ein Kondom?«, fragte sie und begann sich an seinem Reißverschluss zu schaffen zu machen.

»Im Portemonnaie«, stieß er hervor.

Sie fischte es aus seiner Hosentasche und reichte es ihm.

Travis musste die Decke ein wenig zur Seite schieben, damit er etwas sehen konnte.

Liana nahm ihm das Kondom ab. »Lass mich.«

Travis ließ sich wieder auf die Rückbank sinken und biss die Zähne zusammen, als Liana ihm das Kondom überstreifte.

In der Enge des Wagens stieß sie immer wieder mit ihm zusammen, während sie aus ihren Shorts und ihrem Slip schlüpfte. »Das ist so aufregend«, flüsterte sie, und ihre Augen funkelten im frühen Morgenlicht.

Erfüllt von Liebe zu ihr, strich er ihr die Haare aus der Stirn und zog ihren Kopf zu sich heran, um sie zu küssen. Dann legte er sich zwischen ihre Oberschenkel und drang in sie ein.

Sie bog sich ihm entgegen und winkelte ihre Beine an, um ihn noch tiefer in sich aufzunehmen.

»Liana«, stöhnte er. »Du treibst mich in den Wahnsinn.«

Grinsend klammerte sie sich an ihm fest und ermutigte ihn, weiterzumachen. »Sei verrückt, Travis«, flüsterte sie. »Vergiss die Kontrolle, auf die du so stolz bist.«

Ihre Worte befeuerten seine Leidenschaft, und er spürte, wie sich ein leichter Schweißfilm auf seinem Rücken bildete. Zum ersten Mal in seinem Leben schrie er auf, als er gleichzeitig mit ihr kam. »O mein Gott«, sagte er, als er wieder sprechen konnte. »Du hast irgendeinen Zauber auf mich gelegt, oder?«

Sie kicherte. »Das muss der gleiche Zauber sein, den du auf mich gelegt hast.«

Er hob den Kopf und sah sie an. »Ich liebe dich, Liana.« Die Worte kamen ihm über die Lippen, bevor er sie aufhalten konnte.

Sie keuchte auf.

»Ich weiß, ich sollte es nicht, aber ich tue es.«

Sie rappelte sich unter ihm auf.

Travis benutzte ein Taschentuch, um das Kondom abzunehmen, und kleidete sich, genau wie Liana, wieder an.

Danach schaute Travis sie an, doch er konnte ihre Miene nicht deuten. »Würdest du bitte etwas sagen? Bitte?«

Sie schaute zu ihm auf, und in ihren Augen schwammen Tränen. »Ich liebe dich auch.«

»Ehrlich?« Travis glaubte, vor Erleichterung sterben zu müssen, als er diese Worte von ihr hörte. Er streckte die Hände nach ihr aus und zog sie an sich.

Sie nickte an seiner Brust.

»Wie lange schon?«

»Beinahe von Anfang an. Und du?«

»Seitdem ich dich in diesem pinkfarbenen Ungetüm auf Enids Hochzeit gesehen habe und du dir solche Sorgen um deine Mutter gemacht hast.«

Sie seufzte. »Was sollen wir jetzt tun?«

Er gab ihr einen Kuss auf den Scheitel und drückte sie einen Moment an sich. »Zuerst einmal werden wir Dash vom Vordersitz verscheuchen, damit wir nach New Hampshire kommen. Um den Rest kümmern wir uns später.« Er gab ihr noch einen Kuss. »Ich liebe dich. Das will ich dir schon seit Tagen sagen, und ich kann gar nicht beschreiben, wie gut es sich anfühlt, es endlich auszusprechen.«

Sie biss sich auf die Unterlippe und sah ihn unter ihren Wimpern hervor an. »Ich habe Angst.«

»Wovor, Süße?«

»Davor, dich zu verletzen, dich zu enttäuschen … vor so vielen Dingen.«

»Wie wäre es damit: Wir genießen es heute und morgen einfach, verliebt zu sein, ohne uns darum zu sorgen, was als Nächstes kommt. Schaffen wir das?«

»Ja«, erklärte sie und nickte entschlossen. »Das schaffen wir.«

~

AUF DEM WEG ZURÜCK NACH NORTH POINT GING BECK IN GEDANKEN seine To-do-Liste durch und machte sich im Geiste eine Notiz, mit seinen Mitarbeitern ein paar Dinge zu besprechen, die er ausprobieren wollte, um die Vandalen zu fassen. Er musste auch noch bei der örtlichen Polizei nachfragen, ob sie auf dem Video vom Feuer irgendetwas Brauchbares entdeckt hatten. Sie benötigten einen Durchbruch, und hoffentlich würden sie den haben, bevor wieder etwas passierte.

Als er den Wagen über die lange Straße lenkte, die nach North Point führte, konnte er nicht glauben, was er vor dem Tor sah. Die Pressemeute hatte sich im Vergleich zum Vortag bestimmt verdreifacht. »Meine Güte«, murmelte er. Er konnte sich nicht vorstellen, seinen Lebensunterhalt damit zu verdienen, auf ein Foto von einem Prominenten zu hoffen.

Er näherte sich der Menge und wurde langsamer. Dann drückte er auf die Hupe, um die Menschen von der Straße zu treiben. »Verdammte Idioten.« Ein Blick nach rechts ließ ihn aufkeuchen. Dort stand der Mann mit den kleinen Augen und dem teigigen Gesicht, den er von dem Polizeifoto kannte, das Tripp ihm geschickt hatte. Beck trat auf die Bremse, schaltete auf Parken, sprang aus dem Wagen und drängte sich durch die Menge.

Unglücklicherweise drängte die Menge zurück.

»Was zum Teufel tust du da?«, rief einer von ihnen. »Nimm deine Hände weg!«

»Aus dem Weg!«, brüllte Beck und schob sich weiter zwischen den aufgebrachten Fotografen hindurch.

Doch sie alle wollten ihren vermeintlichen Kollegen beschützen und weigerten sich, Beck durchzulassen.

Während er seinen Blick über die dicht stehenden Bäume und Büsche wandern ließ, griff er nach seinem Handy und wählte den Notruf. »Hier ist Peter Beck, Sicherheitschef von North Point«, sagte er, so laut er konnte. »Ich habe gerade einen in New York gesuchten Sexualstraftäter gesehen, der sich unter die Reporter vor unserem Tor gemischt hat.«

Mit einem Mal waren die Reihen nicht mehr so eng geschlossen, und Beck kam besser voran. Inzwischen war es Spector jedoch gelungen, zu verschwinden. Obwohl er keinen Stein auf dem anderen ließ, konnte Beck ihn unter den über hundert Reportern und Kameramännern nicht mehr entdecken. Rasch musterte er prüfend die Autos, die in einer langen Schlange am Straßenrand standen.

Als die Polizei kurz darauf eintraf, gab er einen offiziellen Bericht ab und zeigte ihnen das Foto des Mannes, den er suchte. Kaum war er mit ihnen fertig, hörte er ein Gerücht in der Menge die Runde machen.

»Befindet sich Jessica Stone ebenfalls in North Point?«, fragte einer der Reporter.

Beck drehte sich zu der Stimme um und bemühte sich, eine neutrale Miene beizubehalten. »Nein.«

»Wir haben aber verlässliche Informationen, dass sie sich hier aufhält«, warf ein anderer ein.

»Sie ist nicht hier.«

»Und woher wollen Sie das wissen?«

»Weil ich alles weiß, was hier vor sich geht.«

Der Polizist teilte den Reportern über ein Megafon mit, dass sie sich von der Straße und dem Tor zur Anlage fernhalten sollten. »Jeder, der ein Hindernis oder Ärgernis darstellt, wird verhaftet«, fügte er hinzu.

Beck schüttelte ihm die Hand. »Vielen Dank für Ihre Hilfe.«

»Kein Problem. So etwas wie das habe ich hier in der Gegend noch nie erlebt.«

»Wem sagen Sie das?«

Beck stieg in seinen Pick-up und wählte Mike Tripps Nummer. »Ich habe ihn gesehen«, begann er ohne Vorrede. »Spector. Er ist hier, in North Point, wo wir Jessica verstecken. Er ist in den Reporter- und Fotografenmassen verloren gegangen, aber ich habe ihn gesehen.«

»Ich gebe einen dringlichen Suchbefehl raus und kontaktiere die örtliche Polizei. Vielleicht komme ich sogar selber raus, wenn es nötig ist.«

»Woher zum Teufel weiß er, dass sie hier ist?«, fragte Beck. Sein Herz klopfte wie wild, als er seinen Wagen vor dem Tower abstellte.

»Keine Ahnung, doch ich würde denjenigen, der es ihm verraten hat, nur allzu gern in die Finger kriegen.«

»Ich auch.« Beck stieg in den Fahrstuhl. »Ich melde mich später wieder.«

Er betrat Jessies Wohnung und ging direkt ins Schlafzimmer, wo sie zusammengerollt schlafend mitten auf dem Bett lag. Eine Hand an den Türrahmen gestützt, ließ er den Kopf erleichtert sinken. In seinem Gehirn überschlugen sich die Pläne und Szenarien. Er musste Jessie von hier fortschaffen. Er konnte North Point allerdings nicht verlassen, solange die Vandalen noch auf freiem Fuß waren und Travis sich in New Hampshire befand. Und wie sollte er auch nur eine Minute Seelenfrieden finden, wenn er sich nicht persönlich um Jessies Sicherheit kümmerte?

»Hey. Du bist zurück.« Sie gähnte. »Komm her.«

Beck streckte sich neben ihr auf dem Bett aus.

»Sind Travis und Liana unerkannt entkommen?«

»Mhm.«

»Du warst lange fort.« Sie kuschelte sich an ihn. »Und du bist ganz verschwitzt und aufgeregt.« Ihre Lippen wanderten über seinen Kiefer. »Ich bin die Einzige, die dich in diesen Zustand versetzen darf. Also, wer ist sie? Und kann ich sie umbringen?«

Er zwang sich zu einem Lächeln und starrte an die Decke, während er überlegte, wie viel er ihr erzählen sollte.

»Peter? Was ist los? Du bist ja ganz verspannt.«

»Wir müssen reden.«

Sie wurde in seinen Armen ganz still. »Ich dachte, wir hätten das alles geklärt.«

»Es geht nicht um uns.«

Sofort entspannte sie sich.

Er rollte sich herum, sodass er auf ihr lag. »Ich werde dich nie verlassen, Jessie. Also mach dir darüber niemals, wirklich *niemals* Sorgen, okay?«

Sie strich ihm mit den Fingern durch die Haare und zog ihn für einen Kuss zu sich heran. »Okay.«

»Ich will nicht, dass du Panik bekommst oder ausflippst …«

»Liegst du deshalb auf mir?«, fragte sie und lächelte verführerisch.

»Das ist ein Grund.« Er atmete tief durch und legte seine Stirn an ihre. »Baby, ich habe Spector draußen vor dem Tor gesehen.«

Sie keuchte auf. »Nein. Das ist nicht möglich.«

»Er war es. Ich weiß es. Aber er ist entkommen, bevor ich ihn mir schnappen konnte.«

»Er kann nicht hier sein«, erklärte sie mit einem panischen Unterton in der Stimme.

»Hör mir zu.« Er gab ihr einen Kuss. »Hörst du mir zu?«

Ihre blauen Augen füllten sich mit Tränen, doch sie nickte.

»Er kommt hier nicht rein. Jeder aus meinem Team hat sein Foto. Ich schwöre bei Gott, dass er dich nicht kriegt.«

Sie zitterte am ganzen Körper. »Ich habe Angst.«

Beck schob seine Arme unter sie und zog sie fest an sich. »Du musst keine Angst haben, das verspreche ich dir. Ich werde dich nicht aus den Augen lassen. Niemand wird dir je wieder wehtun.«

»Ich sollte von hier verschwinden, irgendwo anders untertauchen. Vielleicht fliege ich nach Tahiti oder so.«

»Das ist natürlich eine Option.« Er schluckte seine eigene Panik herunter. Er konnte Jessie schließlich nicht zwingen, in North Point zu bleiben, wohl wissend, dass ihr Stalker vor dem Tor lauerte. Aber wie sollte er sie ziehen lassen, und sei es bloß vorübergehend, wenn sie in Gefahr war? »Wenn du das willst, arrangiere ich alles.«

»Aber nur, wenn du mitkommst.«

»Das kann ich nicht, Honey. Nicht jetzt, und vor allem nicht, wo Travis nicht da ist.«

»Dann gehe ich auch nicht.«

»Ich hatte gehofft, dass du das sagst.« Er beobachtete, wie sich ein anderer, mutiger Ausdruck auf ihr Gesicht legte, der sein Herz erwärmte.

»Ich bleibe hier. Wir stehen das gemeinsam durch.«

Er presste seine Lippen auf ihre. »Das ist mein Mädchen.«

KAPITEL 22

Auf der dreistündigen Fahrt zu Becks Hütte in Holderness, New Hampshire, schwiegen Travis und Liana die meiste Zeit. Sie beide mussten die neue Richtung, die ihre »Affäre ohne Gefühle« eingeschlagen hatte, erst einmal verdauen. Durch Boston und nach New Hampshire hinein sorgte allein das Radio für Unterhaltung.

Ab und zu warf Travis einen Blick zur Seite und versuchte, Liana die Zeit zu geben, die sie brauchte, um sich an die Vorstellung zu gewöhnen, dass er sie liebte. *Die arme Unterlippe*, dachte er und wünschte, er könnte anhalten und Liana in seine Arme nehmen. *Bald sind wir in der Hütte, und ich kann sie zwei Tage lang im Arm halten.* Sie liebte ihn auch. Das war alles, was zählte. Solange sie das Gleiche empfanden, würden sie einen Weg finden. Bevor sie am Sonntag abreiste, würde er sie bitten, ihn zu heiraten. Er konnte sie nicht gehen lassen – nicht einmal für eine kurze Zeit –, ohne ihr zu sagen, dass er sein Leben mit ihr verbringen wollte. Er wusste, sie hatte Verpflichtungen und Verträge, aber er konnte warten, bis sie die erfüllt hatte. Solange er wusste, dass sie ihn liebte, konnte er für immer warten. Hoffte er wenigstens.

Er ergriff Lianas Hand und verschränkte seine Finger mit ihren.

Sie sah ihn lächelnd an, doch ihre Augen wirkten traurig.

Entschlossen, sich die kribbelnde Freude nicht nehmen zu lassen, die er in diesem Moment empfand, entschied er sich, ihre Niedergeschlagenheit nicht zu hinterfragen. In den nächsten paar Tagen würde er alles tun, um ihr zu zeigen, dass Liebe nichts war, wovor man sich fürchten oder was man bedauern musste – und ganz sicher war die Liebe nichts, wegen dem man traurig sein sollte.

»Bist du schon mal hier oben gewesen?«, fragte er auf dem Weg in Richtung der White Mountains, als ihm das Schweigen doch zu lang wurde.

»Meine und Enids Eltern sind im Winter immer mit uns zum Skifahren hergekommen.«

»Habt ihr beide euch schon immer nahegestanden?«

Sie nickte. »Wir sind beide Einzelkinder, also waren wir wie Schwestern, nur besser. Wir konnten am Ende des Tages nach Hause gehen und mussten nicht ständig aufeinanderhocken wie echte Schwestern.«

»Und Brüder«, ergänzte er.

»Damit kenne ich mich nicht aus. Wie viele Brüder hast du?«

»Vier. Dazu zwei Schwestern, sieben Neffen und drei Nichten.«

Liana schüttelte den Kopf. »Ich kann mir nicht vorstellen, so eine große Familie zu haben. Stehst du irgendeinem von ihnen nahe?«

»Eigentlich bloß Evan«, antwortete er und verzog beinahe schmerzhaft das Gesicht. »Den anderen nicht so sehr. Unsere Leben haben sich in verschiedene Richtungen entwickelt, seitdem ich zu Hause ausgezogen bin. Von meinen Geschwistern ist keiner aufs College gegangen, und sie nehmen es mir irgendwie übel, dass ich es getan habe.«

»Das klingt nicht fair.«

Er zuckte mit den Achseln. »Was sie nicht verstehen, ist, dass ich etwas habe, was ihnen allen fehlt: Ehrgeiz. Selbst ohne das Sport-Stipendium hätte ich einen Weg gefunden, aufs College zu gehen. Das ist der Unterschied zwischen ihnen und mir – sie meckern lieber über das, was sie nicht geschafft haben, als alles zu tun, was in ihrer Macht steht, um es zu erreichen.«

Liana drehte sich so auf dem Sitz herum, dass sie ihn besser anschauen konnte.

»Und eins kann ich dir sagen«, fuhr er mit bitterer Miene fort. »Keiner von ihnen hat Probleme, mich um Geld zu bitten. Und das nicht selten.«

»Gibst du es ihnen?«

»Meistens ja, aber ich habe angefangen, wesentlich öfter Nein zu sagen.«

»Das tut mir leid, Travis.«

»Es ist, wie es ist. Man kann sich zwar seine Freunde aussuchen, seine Familie jedoch nicht«, witzelte er. »Zum Glück habe ich Evan. Ich würde lieber zehn wie ihn als einen von den anderen haben.«

Linda lächelte. »Wie groß ist der Altersunterschied zwischen euch?«

»Ich war elf, als er auf die Welt kam. Und ich habe ihn vom ersten Tag an abgöttisch geliebt. Während alle anderen nur gesehen haben, was mit ihm nicht stimmt, habe ich das süßeste Baby der Welt gesehen.« Er warf ihr einen Blick zu. »Erinnerst du dich noch, dass ich dir erzählt habe, dass ich meine Eltern versorgt habe, bevor ich mit North Point angefangen habe?«

Sie nickte.

»Ich habe sie mehr oder weniger erpresst, mir die Vormundschaft für Evan zu übertragen, bevor ich ihnen das Geld gegeben habe. Es hat mir nicht gefallen, wie sie ihn behandelt haben, also habe ich ihm, sobald ich die Vormundschaft hatte, einen Platz in einer guten Gruppe für betreutes Wohnen besorgt und ihm geholfen, einen Job zu finden, den er liebt.«

»Wo wohnt er?«

»In Newport.«

»Wirklich? Ich wusste nicht, dass er so nah bei dir ist.«

Travis nickte. »Zwei Wochenenden im Monat verbringt er in der Regel bei mir, und meistens telefonieren wir einmal am Tag.«

»Meinst du, ich könnte ihn mal kennenlernen?«

»Das fände ich sehr schön.«

Sie beugte sich vor und gab ihm einen Kuss auf die Wange.

»Wofür war der?«

»Dafür, dass du ein guter Kerl bist.«

»Ich schätze, das ist besser als ›einfühlsam‹.«

»Das bist du ebenfalls.«

Er stöhnte. »Wir sind beinahe in Holderness«, erklärte er, um das Thema zu wechseln.

Liana betrachtete die malerische Seenlandschaft vor dem Fenster. »Es ist hübsch hier.«

»Ja.« Er schaute jedoch sie an und nicht die Landschaft. »Das ist es.«

»Du scheinst genau zu wissen, wo du hinmusst.«

»Beck und ich kommen öfter her, um zu angeln.«

»Kannst du das nicht auch zu Hause?«

»Mir fällt es schwer, mich um Umkreis von hundert Meilen um North Point zu entspannen«, gestand er. »Außerdem kann man hier besser Ski fahren als in Rhode Island.«

»Das stimmt. Wie hast du Beck kennengelernt?«

»Wir haben an der Ohio State zusammen Football gespielt. Er war mein Lieblings-Receiver. Sein Großvater hat die Hütte gebaut und sie nach seinem Tod Beck vererbt.«

Der SUV holperte über die ungeteerte Straße, die zur Hütte führte. Travis parkte den Wagen und ging um die Motorhaube herum, um die hintere Tür für Dash und die Beifahrertür für Liana zu öffnen.

Liana stieg aus und atmete tief die frische, nach Kiefernnadeln duftende Luft ein. »Oh, hier ist es wunderschön!«, erklärte sie und betrachtete den See, der sich gleich unterhalb der Hütte erstreckte.

»Sieh dich ruhig um. Ich lade den Wagen aus und komme dann zu dir.«

»Ich helfe dir.«

»Ich mach das schon.« Er hob die Kühltasche aus dem Kofferraum. »Geh nur. Und hab bitte ein halbes Auge auf Dash.«

»Okay.«

∽

Liana wanderte den Weg entlang, der zwischen den Bäumen zum See führte, wo Dash bereits herumtollte. Sie setzte sich auf einen Baumstamm und sah der Hündin beim Spielen zu. Zum hundertsten Mal in den letzten paar Stunden grübelte sie darüber nach, was sie tun sollte, nachdem Travis ihr seine Liebe gestanden hatte. Sie musste ständig an ihn denken und wollte nichts lieber, als mit ihm zusammen zu sein.

Sie stützte den Kopf in die Hände und dachte an die Monate voller Arbeit, die vor ihr lagen. Am Sonntag würde sie für zwei Tage nach Mailand fliegen, um die Fotos für die *Vogue* nachzuschießen – ein Job, den sie während ihres Urlaubs leider nicht anders hatten planen können. Dann folgten drei Wochen in Spanien, in denen der erste Teil der nächsten Bademodenausgabe von *Sports Illustrated* fotografiert werden würde. Danach kamen die Fashionshows in Paris, Mailand und New York, dann weitere zwei Wochen auf den Bahamas für die restlichen *Sports-Illustrated*-Aufnahmen. Im Anschluss daran wartete ein weiteres Shooting auf sie, ein paar Wohltätigkeitsveranstaltungen um die Feiertage herum und was Artie in ihren Ferien sonst noch so an Land gezogen hatte.

Allein der Gedanke an die Arbeit trieb Liana die Tränen in die Augen. *Wie soll ich das durchstehen, wo ich doch eigentlich nur bei ihm sein will?*

So fand Travis sie. Er kniete sich vor ihr in den Sand und schlang seine Arme um sie. »Baby, was ist los?«

Liana klammerte sich an ihn.

Dash legte sich winselnd in den Sand, den Kopf auf Lianas Fuß gebettet.

Travis hielt Liana sehr lange einfach in den Armen.

»Es tut mir leid«, flüsterte sie.

Er wischte ihr die Tränen von den Wangen. »Dir muss nichts leidtun, Süße. Erzähl mir einfach, wie ich helfen kann.«

»Da gibt es nichts.« Sie streichelte das Gesicht, das sie so sehr lieben gelernt hatte. »Ich bin die Einzige, die tun kann, was notwendig ist.«

»Mir gefällt nicht, wie das klingt.«

»Würdest du mir glauben, wenn ich dir sage, dass es nichts mit dir zu tun hat?«

Er küsste ihre Hände. »Würdest du *mir* glauben, wenn ich dir sage, dass nach diesem Morgen alles in deinem Leben mit mir zu tun hat? Ich will dich glücklich machen, Liana.«

Sie strich ihm mit den Fingern durch das dichte Haar und musterte ihn. »Du machst mich glücklich.«

Er stand auf und zog sie mit sich auf die Füße. »Komm, schau dir die Hütte an.«

»Ist das eine Anmache?«, fragte sie mit einem schwachen Lächeln und in der Hoffnung, den Tag nach ihrem kleinen Zusammenbruch doch noch zu retten.

Grinsend legte er ihr einen Arm um die Schultern und führte sie den Weg entlang zur Hütte hinauf.

Liana ließ ihren Blick über die rustikalen Möbel, den großen Kamin und die knorrigen Kiefernwände und -böden schweifen. »Oh, wie schön!«

»Ich freue mich, dass es dir gefällt.« Travis ging in die Küche, um die restlichen Lebensmittel auszupacken. »Ich dachte, es wäre ein guter Platz, um sich für ein paar Tage zu verstecken.«

Sie stellte sich hinter ihn und schlang ihm die Arme um die Taille. »Es ist perfekt. Danke, dass du mich mit hergenommen hast.«

Er drückte ihre Hände. »Ich möchte, dass du dich einfach bloß entspannst und die Zeit genießt, okay?«

»Hmm.« Sie lehnte ihren Kopf an seinen Rücken. »Das kriege ich hin.«

Als er eine Packung Müsli aus der Einkaufstüte holte, fiel eine Zeitung heraus.

Liana beugte sich vor, um sie aufzuheben. »Oh«, sagte sie nur, als sie das Foto von ihnen beiden sah, wie sie sich küssten.

Travis drehte sich um und griff sich das Magazin. »Gib sie mir,

Liana. Du solltest so etwas nicht angucken. Ich weiß gar nicht, warum ich sie gekauft habe.«

Sie winkte ab und nahm das Klatschblatt mit ins Wohnzimmer, wo sie sich hinsetzte und den zu dem Foto gehörenden Artikel las. »Hör dir das mal an: ›Travis und Liana feierten ihre Verlobung mit einem formellen Dinner in Travis' exklusivem Country Club. Die Hochzeit soll an Silvester in North Point stattfinden, wo sich die beiden vor einer Woche kennengelernt haben. Ihre stürmische Romanze hat eine der schönsten Frauen der Welt vom Markt genommen und Männern überall auf der Welt das Herz gebrochen.‹«

»Was die sich für einen Mist ausdenken«, stellte Travis fassungslos fest. »Abgesehen von dem Teil mit der schönsten Frau der Welt natürlich. Wenn es etwas bringen würde, würde ich sie verklagen.«

»Das ist die Mühe nicht wert.«

»Okay, packen wir das dahin, wo es hingehört.« Er setzte sich neben sie aufs Sofa, nahm ihr das Magazin ab und warf es in den Kamin, um es später zu verbrennen. Dann zog er Liana an sich und gab ihr einen zärtlichen Kuss. »Worauf hast du heute Nachmittag Lust? Wir könnten schwimmen gehen, mit dem Kanu über den See fahren, angeln … Was möchtest du tun?«

»Was immer du willst, ich bin dabei.«

Er senkte den Kopf, um sie ein wenig leidenschaftlicher zu küssen. »Oder wir könnten den Nachmittag im Bett verbringen …«

»Ist das wirklich eine Option?«, fragte sie augenzwinkernd.

»Süße, das ist *immer* eine Option.«

Sie küsste ihn auf Kinn, Wangen und dann seine Lippen. »Warum machen wir nicht ein kleines Nickerchen und gehen danach angeln?«

Er tat, als müsse er darüber nachdenken. »Muss während dieses Nickerchens geschlafen werden?«

»Nein, das ist sogar streng verboten.«

»Was ist mit Pyjamas?«

»Auch verboten.«

Er bewegte sich so schnell, dass sie keine Zeit hatte, zu reagieren. Er hob sie vom Sofa, warf sie sich über die Schulter und trug sie zu dem größeren der beiden Schlafzimmer.

Lachend fielen sie aufs Bett.

Er liebte sie ganz langsam und erklärte ihr wieder und wieder seine Liebe, während er sich einredete, es wäre nicht schlimm, dass sie die Worte nicht erwiderte.

SPÄTER AM TAG ERRICHTETE TRAVIS AM STRAND EIN LAGERFEUER, UM die Regenbogenforelle zu braten, die sie bei ihrem Angelausflug mit dem Kanu gefangen hatten. Nach dem Essen nahm Liana die Taschenlampe und ging in die Hütte zurück, um die Marshmallows zu holen, die sie in der Küche vergessen hatten.

Auf dem Weg durchs Wohnzimmer holte sie das Klatschblatt aus dem Kamin, riss die Seite mit dem Artikel heraus und warf den Rest wieder zurück. Einen Moment betrachtete sie das Foto und erinnerte sich daran, wie genervt sie von Travis' Geste vor den Linsen der Presse gewesen war. Jetzt fiel es ihr schwer, diese Verärgerung zu empfinden, wenn sie das wunderschöne Foto betrachtete, das sie beide in einem intimen Moment vor der über der Bucht untergehenden Sonne zeigte. Sie faltete die Seite zusammen und steckte sie in ihren Koffer, denn sie wusste, schon bald wären Bilder und Erinnerungen alles, was ihr von ihrer Romanze bliebe.

Sie kehrte zum Strand zurück und reichte Travis die Marshmallows.

»Du warst aber lange weg. Hast du sie nicht gleich gefunden?«

»Nein, sie waren genau da, wo du gesagt hast, dass sie sein würden.«

»Ist alles in Ordnung?«

Sie hockte sich vor ihn, stützte ihre Arme auf seine Schultern und schmiegte ihre Wange an seine. »Alles ist perfekt – der See, die Forelle, die Hütte, du.«

»In der Reihenfolge?« Er hob amüsiert eine Augenbraue. Im Licht des Feuers war er noch attraktiver als sonst.

»Nein, nicht in der Reihenfolge.«

Er zog sie zu sich auf die Decke, die sie auf dem Sand ausgebreitet hatten. In der kühlen Brise, die vom See heraufwehte, bot das Feuer ein wenig willkommene Wärme.

Die ersten beiden gerösteten Marshmallows gab Travis seiner Hündin.

Liana lachte, als Dash den klebrigen Stock attackierte. »Sie ist so verwöhnt.«

Er zuckte die Achseln, leugnete es jedoch nicht, sondern reichte Liana das nächste goldbraune Marshmallow.

Sie nahm es vom Stock und steckte es sich in den Mund. »Mmm, gut.«

Travis griff nach ihrer Hand und leckte ihr die klebrigen Reste von den Fingern, bevor er neue Marshmallows aufspießte.

»Hier ist es so friedlich.«

»Das stimmt. Aber natürlich ist es überall friedlich, wo keine hundert Reporter hinter dir her sind.«

»Es tut mir leid, dass zu Hause so ein Zirkus ausgebrochen ist.«

»Ich habe dir doch schon gesagt, dass es dir nicht leidtun muss.« Er holte den Spieß aus dem Feuer und ließ sich von Liana füttern. Dann warf er das Holz in den Sand, zog sie an sich und küsste sie, noch mit dem Geschmack von warmem Marshmallow auf den Lippen.

»Hmm«, erklärte sie. »Das ist lecker.«

»Ja, du auch.« Er drückte sie sanft in den Sand neben dem Feuer und küsste sie ein weiteres Mal.

»Rate mal, was ich noch niemals getan habe«, flüsterte sie, als sie den Kuss unterbrachen.

Er strich ihr mit der Zunge über die Unterlippe. »Was denn?«

Das, was er mit ihrer Lippe tat, und die warme Haut, die sie unter seinem Sweatshirt berührte, ließen sie erbeben. »Sex am Strand.«

Er lachte. »Dafür ist es heute ein bisschen frisch, Süße.«

Liana griff nach der Decke und rollte sich herum, sodass sie auf ihm lag und die Decke sie wärmte.

»Na ja, wenn man es so betrachtet …«

Lachend beugte sie sich vor, um ihn zu küssen.

KAPITEL 23

$\mathcal{B}$eck lag wach neben Jessie und lauschte dem sanften Auf und Ab ihres Atems. Obwohl er erst ein paar Nächte mit ihr verbracht hatte, konnte er sich schon nicht mehr vorstellen, je wieder allein zu schlafen. Seine Gedanken rasten, und er merkte erst, dass er mit den Zähnen knirschte, als sie anfingen wehzutun. Er setzte sich auf, atmete tief ein und stieß die Luft langsam wieder aus.

Dann trat er ans Fenster und ließ seinen Blick über das Anwesen schweifen. Er fragte sich, ob Spector irgendwo da draußen war und sie beobachtete. Hatte er herausgefunden, wo Jessie wohnte? Beck starrte in die Dunkelheit, bis seine Augen vor Anstrengung zu tränen begannen. Er kehrte zum Bett zurück und zog sich seine Shorts an. Gerade als er sich das T-Shirt überstreifte, drehte Jessie sich suchend nach ihm um.

»Peter?«

»Ich bin hier, Baby.«

Sie schob sich die Locken aus dem Gesicht. »Was machst du da?«

»Ich muss mal für ein paar Minuten nach unten.« Er schaltete die Nachttischlampe an. »Ich bin gleich wieder zurück.«

»Geh nicht.«

Er setzte sich auf den Bettrand und legte eine Hand auf Jessies seidenweiche Schulter. »Ich bin bloß eine Minute weg.«

»Du willst nach ihm suchen. Nach Spector.«

»Nein, ich will nur …«

»Lüg mich nicht an, Peter. Bitte.«

Er ersetzte seine Hand durch seine Lippen. »Ich will mich nur mal schnell umschauen. Ich verspreche dir, ich bin gleich wieder zurück.«

»Ich habe nachgedacht.«

»Worüber?«

»Nun, ich habe mich gefragt, ob wir ihn irgendwie rauslocken können. Wir könnten dafür sorgen, dass er mich sieht, und dann vielleicht …«

»Nein. Das kommt nicht infrage.«

»Warum nicht?«, beharrte sie. »Ich ertrage es nicht länger, darauf zu warten, dass er den nächsten Schritt macht. Das treibt mich in den Wahnsinn. So wüsste ich zumindest, wann es passiert. Ich könnte es planen und kontrollieren. Natürlich nur mit deiner Hilfe.«

»Das steht überhaupt nicht zur Debatte, Jessie.«

»Es ist *mein* Leben.«

»Und dein Leben bedeutet mir alles, also bitte mich nicht darum, dich als Köder für einen Psychopathen zu benutzen. Hast du auch nur irgendeine Vorstellung davon, was dieser Kerl anderen Frauen angetan hat?«

»Nein«, antwortete sie mit leiser Stimme, die an seinem Herzen zerrte. »Ich habe der Polizei gesagt, dass ich es nicht wissen will.«

»Tja, wenn du es wüsstest, wärst du nicht so wild darauf, als Köder benutzt zu werden. Glaub mir.«

Sie setzte sich auf und verschränkte die Arme vor der Brust. »Wenn du gehen musst, dann beeil dich, damit du schnell wieder zurück bist.«

»Ich muss nicht gehen. Ich war bloß rastlos und wollte irgend-etwas tun.«

»Ich hasse das. Und deshalb will ich dem ein Ende setzen. Kannst du das nicht verstehen?«

»Natürlich verstehe ich das, aber dich in Gefahr zu bringen ist nicht der richtige Weg. Geben wir der Polizei die Chance, ihn zu fassen. Jedes Revier auf der Insel sucht nach ihm, und New York schickt ebenfalls ein paar Leute. Wir kriegen ihn, Honey.« Er streifte seine Hose und sein T-Shirt wieder ab und kroch zu ihr ins Bett.

Sie zog seinen Kopf an ihre Brust und strich ihm mit den Fingern durchs Haar. »Was sollen wir wegen allem anderen unternehmen?«

»Was meinst du?«

»Du weißt schon – du, ich, wir.«

»Oh, das.«

»Ja«, lachte sie. »Das.«

»Tja, ich hatte irgendwie gehofft, dass du mich heiraten würdest.« Jessie keuchte auf.

»Was ist?« Er hob den Kopf, um sie anzusehen. »Willst du nicht?«

»Ich will. Natürlich will ich es.«

Beck legte ihr einen Arm um den Nacken und zog sie für einen leidenschaftlichen Kuss an sich. »Das ist aber nicht mein offizieller Antrag. Den kriege ich besser hin.«

»Ich will nichts Besseres. Das war perfekt.«

»Keinen Wein? Keine Rosen? Ich soll nicht auf die Knie gehen und einen Diamantring präsentieren? Was werden die Leute sagen?«

»Sie werden sagen, dass Jessica Stone sich einen verdammt heißen Ehemann geangelt hat.«

Er lachte laut auf. »Na klar sagen sie das.« Er verschränkte seine Finger mit ihren und führte ihre Hand an die Lippen. »Ich liebe dich, Jessica Stone. Wirst du mich heiraten?«

»Ja, Peter Beck. Ich werde dich heiraten.«

»Was ist mit deiner Modelkarriere?«

Bei ihrem sinnlichen Lächeln stockte ihm der Atem. »Wenn ich erst mal schwanger bin, wird mich keiner mehr haben wollen.«

»*Ich* werde dich wollen.« Mit einer geschmeidigen Bewegung rollte er sie unter sich. »Ich werde dich immer wollen.«

Mit einer Mischung aus Überraschung und Verlangen sah sie ihn an.

»Einmal schwängern. Kommt sofort.«

Lachend schlang sie ihm die Beine um die Hüften und zog ihn an
sich.

~

AM MITTWOCH ERWACHTE LIANA VOLLER PANIK, ALS IHR BEWUSST
wurde, dass sie bloß noch vier Tage hatte, bevor sie zurück an die
Arbeit musste.

Sie drehte sich auf die Seite und beobachtete Travis im Schlaf. Er
hatte sich, seit sie hier am See angekommen waren, nicht rasiert und
trug nun einen leichten Bart. Am liebsten hätte Liana ihn in Flaschen
gefüllt und mitgenommen, damit sie nie wieder ohne ihn sein müsste.
Aber er hatte seinen Club und sein Leben in Portsmouth, und sie
würde bald wieder ihre ganze Aufmerksamkeit dem Modeln widmen
müssen.

Den Kopf auf seine Brust gestützt, schlang sie die Arme um ihn,
weil sie ihm so nah sein wollte, wie es nur irgend ging. Und weil sie
jede Minute, die sie noch mit ihm haben würde, genießen wollte.

»Travis«, flüsterte sie und weckte ihn mit zarten Küssen auf seinen
Oberkörper. »Es ist Zeit, aufzustehen. Wir müssen nach Hause
fahren.«

Er verstärkte seinen Griff um sie, hielt die Augen aber geschlossen.
»Ich will nicht.«

»Wir müssen eine Hochzeit vorbereiten«, rief sie ihm in
Erinnerung.

»Ist mir egal.«

Sie stützte sich auf einen Ellbogen. »Ist es nicht.«

»Können wir nicht für immer hierbleiben?«

»Ich wünschte, das wäre möglich.«

Endlich schlug er die Augen auf. »Wirklich, Liana? Wünschst du
dir das?«

»Ja.«

Er strich ihr mit den Fingern durch die Haare. »Wirst du es je
noch einmal sagen, oder war es etwas Einmaliges?«

Mit rasendem Herzen betrachtete sie ihn. »Es war nichts Einmaliges.« Sie streichelte ihm das Gesicht, die stoppeligen Wangen und das Kinn. »Wir müssen los. Heute Mittag haben wir ein Treffen mit Ben und Lucy.«

»Ja.« Er rollte sich von ihr weg, stieg aus dem Bett und schloss die Badezimmertür hinter sich.

Seufzend ließ Liana sich in die Kissen fallen. Sie wollte ihm so gerne geben, was er brauchte, doch sie hatte Angst, dass sie noch nicht so weit war. Bis dahin kam es ihr nicht fair vor, über Liebe zu sprechen. Er wusste, was sie empfand, und für den Moment musste das reichen.

Nach mehr als zwei Tagen, in denen sie vergeblich auf einen Blick auf »Triana« gewartet hatten, drehte die Presse durch, als die beiden kurz vor Mittag nach North Point zurückkehrten.

»Meine Güte«, murmelte Travis. »Das sind ja dreimal so viele wie bei unserer Abreise.«

Sein Sicherheitsteam hatte keine Chance gegen den Ansturm der Reporter und Fotografen, die sich um den SUV drängten und den Weg zur Anlage blockierten.

Liana streckte die Hand zum Fensterheber aus.

Travis hielt sie zurück. »Was machst du da?«

»Ich wollte sie nur bitten, uns durchzulassen. Normalerweise sind sie zu mir sehr höflich.«

»Liana, schau sie dir an. Sie kochen seit zwei Tagen in der brütenden Sonne, weil sie geglaubt haben, wir sind irgendwo auf dem Grundstück. Findest du, sie sehen glücklich darüber aus, dass wir nicht da waren?«

»Aber was wollen wir sonst tun? Wir können nicht den ganzen Tag hier sitzen bleiben.«

»Ich bin sicher, dass Beck inzwischen die Polizei gerufen hat.«

Liana biss sich auf den Daumennagel. »Das ist ganz schlecht für deinen Club.«

»Im Gegenteil. Letzte Woche sind die Reservierungen durch die

Decke geschossen. Vermutlich, weil die Mitglieder hoffen, einen Blick auf dich zu erhaschen.« Er ließ den Wagen ganz langsam weiterrollen und zwang die Fotografen, ihnen Platz zu machen.

Liana kaute nervös auf ihrer Unterlippe, während sie sich langsam dem Tor von North Point näherten, an dem mehrere Männer aus Travis' Sicherheitsteam versuchten, ihnen einen Weg frei zu halten.

Dash bellte die Reporter durchs Fenster an.

Ein paar Minuten später hatten sie das Tor passiert.

»Wow.« Travis schüttelte den Kopf und bog auf den Parkplatz am Club ab. »Das ist ein ganz neues Level, Liana. Die sind wie ein Rudel tollwütiger Hunde. Ich fürchte, bis zu deiner Abreise am Sonntag musst du auf dem Gelände bleiben. Nur so können wir deine Sicherheit garantieren. Und ich möchte, dass du ernsthaft darüber nachdenkst, einen Bodyguard zu engagieren, wenn du an die Arbeit zurückkehrst. Sie werden diese Geschichte nicht fallen lassen, nur weil du nicht mehr hier bist. So wie jetzt wird es von nun an immer sein.«

»Ich fürchte, du hast recht.«

»Du kannst dich nicht mehr ohne Schutz in der Öffentlichkeit bewegen. Nicht mal für einen Tag.«

»Ich weiß.« Sie stieg aus dem Wagen und ging in den Club, um sich auf das Treffen mit dem Brautpaar vorzubereiten.

Voller Angst, Sorge und Liebe sah Travis ihr hinterher, schlug frustriert aufs Lenkrad und stieg dann ebenfalls aus.

DIE NÄCHSTEN ZWEI TAGE VERGINGEN WIE IM NEBEL. LIANA KÜMMERTE sich um gefühlt tausend Kleinigkeiten für die Hochzeit von Ben und Lucy. Einen Großteil der Zeit verbrachte sie am Telefon, um der aufgeregten Braut zu versichern, dass alles reibungslos ablaufen würde.

Beck brachte am Donnerstagabend Travis' Bruder Evan für einen Besuch nach North Point. Liana verliebte sich sofort in den freundlichen jungen Mann. Und mit anzusehen, wie liebevoll Travis mit ihm

umging, sorgte dafür, dass sie ihn nur noch mehr liebte. Am Freitag-
morgen rief ihre Tante Edith an, um Liana zu einem Willkommens-
dinner für Brady und Enid am Abend einzuladen.

»Ich komme gerne, Tante Edith. Wann erwartet ihr die beiden?«

»Onkel Charlie ist bereits nach Boston gefahren, um sie abzuho-
len. Ihr Flug landet gegen Mittag«, antwortete Edith. »Ich weiß, Enid
würde sich freuen, dich zu sehen, bevor du wieder abreist.«

»Ja, ich würde mich auch freuen.«

»Du hast hier seit deiner Ankunft einen ganz schönen Wirbel
ausgelöst«, fuhr Edith fort. »Die Unterhaltungssendungen und Boule-
vardblätter sind voll von dir und Travis North. Und hast du diese
Woche das Cover vom *People*-Magazin gesehen?«

»Es ist ehrlich gesagt alles ziemlich nervtötend.«

»Das glaube ich.« Edith lachte. »Bring ihn heute Abend mit,
Honey.«

»Ich werde ihn fragen. Was hältst du davon, dass Mom verlobt ist?
Warst du schockiert?«

»Ich war platt … Absolut platt. Und so erleichtert, zu hören, dass
sie nicht langsam den Verstand verliert.«

»Ich weiß! Hast du David schon kennengelernt?«

»Das werde ich heute Abend. Ich kann es kaum erwarten.«

»Du wirst ihn mögen«, versicherte ihr Liana. »Er ist perfekt für
sie. Hat sie dir erzählt, dass ich hier in North Point bei ein paar Hochzeiten ausgeholfen habe?«

»Das hat sie. Klingt, als würde es dir Spaß machen.«

»Das tut es. Aber in fünfzehn Minuten habe ich ein Treffen mit
dem Team, also muss ich jetzt los. Wir sehen uns heute Abend.«

»Wir freuen uns drauf.«

Gerade als Liana auflegte, betrat Travis das Büro. Er hatte seine
Golfschläger dabei, die er in eine Ecke stellte. Den Vormittag hatte er
damit verbracht, Vertreter des Tourismusbüros zu unterhalten.

»Na, wie war's?«, fragte sie und merkte besorgt, dass er sich einen
leichten Sonnenbrand geholt hatte.

»Ziemlich gut. Ich habe sie gewinnen lassen, in der Hoffnung, dass sie dann eher bereit sind, auch außerhalb des Staates stärker für uns zu werben.«

»Klingt nach einer guten Strategie. Aber du hast keine Sonnencreme benutzt, hm?«

»Die brauch ich nicht.« Er grinste, als er ihre Miene sah, und beugte sich für einen Kuss über den Schreibtisch. »Wer war das am Telefon?«

Liana erzählte ihm von der Dinnereinladung ihrer Tante.

Travis strich sich über sein stoppeliges Kinn. »Warum laden wir sie nicht alle hierher ein?«

»Weil sie uns zu sich eingeladen haben.«

»Aber Liana, die Presse …«

»Ich lasse nicht zu, dass die Presse mir mein Leben diktiert.«

»Ich fürchte, du nimmst das nicht ernst genug, Süße.«

Sie stand auf, schnappte sich die Unterlagen, die sie für das Meeting benötigte, und ging um den Schreibtisch herum. »Weißt du, was, Travis? Ich bin erwachsen, und ich habe mein Leben bisher ziemlich gut im Griff gehabt. Ich brauche niemanden, der mir sagt, was ich tun und lassen soll.«

»Entschuldige bitte, dass ich mir Sorgen um deine Sicherheit mache. Aber nur zu, tu, was immer du willst.«

»Danke. Das werde ich.«

»Super.«

»Du darfst mich gerne heute Abend zu meinem Onkel und meiner Tante begleiten«, erklärte sie auf dem Weg zur Tür. »Wenn nicht, gib mir Bescheid, dann lasse ich mich von Mom und David abholen.«

»Ich komme mit«, knurrte er.

»Super«, äffte sie ihn nach.

~

Jessie fand Liana allein in Travis' Büro vor und klopfte an die offene Tür.

»Oh, hey!«, sagte Liana. »Komm doch rein.«

»Es tut mir leid, dass ich dich bei der Arbeit störe.«

»Ich kann eine Pause gut gebrauchen. Wie geht es dir?«

Mit einem Blick über ihre Schulter zur Tür ließ Jessie sich auf den Stuhl vor dem Schreibtisch sinken. »Er treibt mich in den Wahnsinn«, flüsterte sie. »Er lässt mich keine Sekunde aus den Augen.«

»Er macht sich Sorgen, so wie wir alle.«

»Das weiß ich ja auch zu schätzen. Ihr wart so nett zu mir. Aber ich ertrage diese Anspannung nicht mehr. Ich habe das Gefühl, bald durchzudrehen. Und Peter ... Wegen der Vandalen und dem Stalker schläft und isst er schon nicht mehr. Er ist fast am Ende seiner Kräfte.«

»Ich wünschte, wir könnten etwas tun.« Liana knabberte an ihrem Stift, während sie überlegte.

»Es gibt etwas, was wir tun könnten ... Ich habe lange darüber nachgedacht, aber ich bräuchte deine Hilfe.«

»Was immer in meiner Macht steht, Jessie. Ich helfe gern.«

Jessie stand auf und schloss die Tür. »Okay, also, ich stelle mir Folgendes vor ...«

KAPITEL 24

Bewaffnet mit einem Stapel Kopien, die sie hinter ihrem Rücken versteckte, erklärte Jessie Beck, dass sie mit Liana einen Spaziergang machen würde.

»Wohin?«, fragte er, die Augen misstrauisch zusammengekniffen.

Jessie schluckte. »Nur über die Promenade.«

»Gib mir eine Minute, dann komme ich mit.«

»Nein«, sagte sie entschiedener als geplant. »Ich brauche ein wenig Zeit unter Mädels, Peter.«

Er lehnte sich auf seinem Stuhl zurück, und sie sah an der Anspannung in seinen Schultern, dass er sich zurückhalten musste, um nicht darauf zu bestehen, sie zu begleiten. »Werdet ihr über mich reden?«

Jessie lächelte. »Vielleicht.«

»Passt auf euch auf, und komm schnell zurück. Ich mache mir Sorgen.«

»Es wird schon nichts passieren. Warum gehst du nicht in meine Wohnung und ruhst dich ein bisschen aus? Du siehst erschöpft aus.«

»Ich muss mich nicht ausruhen.« Der Vorschlag schien ihn persönlich zu beleidigen. »Geh, nimm dir deine Mädelszeit, aber bleib in Sichtweite des Clubs, verstanden?«

»Ja, Liebster.« Sie warf ihm eine Kusshand zu und schlüpfte zur

Tür raus. Sie wusste, sie hatten nicht viel Zeit, weil er ihnen garantiert folgen würde.

»Ist die Luft rein?«, fragte Liana, die auf dem Flur gewartet hatte.

»Vorübergehend ja. Los.«

Schnell gingen sie nach draußen und zum Haupttor. Genau wie Jessie gehofft hatte, richtete sich die Aufmerksamkeit der Reporter sofort auf sie, als sie Liana erblickten.

»Danke, dass du das für mich tust«, erklärte Jessie. »Ich weiß, wie sehr du sie hasst.«

»Wenn wir sie dazu nutzen können, etwas Gutes zu erreichen, ist es das wert.«

Als sie sich dem Tor näherten, wurden sie mit Fragen bombardiert.

Einige von Becks Männern stellten sich zwischen die Frauen und die Menge.

Liana hob eine Hand, um die Reporter zum Schweigen zu bringen, während ein wahres Blitzlichtgewitter um sie herum losbrach.

Geblendet und krank vor Angst überflog Jessie das Meer von Gesichtern, doch sie konnte nicht mehr erkennen als das grelle Licht der Blitze.

»Sie dürfen uns ein paar Fragen stellen«, sagte Liana. »Aber zuerst muss ich Sie um einen Gefallen bitten. Meine Freundin Jessica Stone wird von diesem Mann verfolgt.« Sie hielt eine Kopie des Polizeifotos hoch, die Jessie ihr reichte. »Er wurde in der Nähe gesehen. Sein Name ist Thomas Spector. Er ist ein verurteilter Sexualstraftäter aus New York, der gerade gegen seine Bewährungsauflagen verstößt.«

Jessie reichte dem am nächsten stehenden Reporter einen Stapel Kopien. Er nahm eine und gab die anderen weiter. Sie entspannte sich ein wenig, als sie das Gefühl hatte, die Reporter würden mit ihnen zusammenarbeiten.

»Wenn Sie ihn irgendwo in der Nähe von North Point sehen, wählen Sie bitte den Notruf, und informieren Sie das Sicherheitsteam von North Point. Dieser Mann gilt als gefährlich, also versuchen Sie nicht, ihn selbst zu fassen.«

»Liana, bist du mit Travis North verlobt?«

Lianas gesamter Körper spannte sich an. »Nein, bin ich nicht.«

»Gibt es Pläne für eine Hochzeit?«

»Nur für die, die dieses Wochenende hier im Club stattfindet«, antwortete sie mit einem Lächeln.

»Hast du dafür gesorgt, dass Jessica sich hier verstecken kann?«

»Ich habe einer Freundin einen Gefallen getan, die von einem gefährlichen Stalker verfolgt wird.«

»Jessica, wie hat Spector herausgefunden, dass du hier bist?«

»Das ist eine gute Frage. Wir wissen es nicht.«

»Wie lange habt ihr beide vor, hierzubleiben?«

»Ich werde am Sonntag zu meiner Arbeit zurückkehren«, erwiderte Liana.

»Ich bin noch nicht sicher, wie lange ich hierbleiben werde«, sagte Jessie.

»Wirst du Travis nach deiner Abreise wiedersehen, Liana?«

»Das hoffe ich doch.« Liana lächelte verbindlich. »So, das wäre dann erst einmal alles. Wir wären dankbar für jede Hilfe beim Auffinden von Thomas Spector. Vielen Dank.« Sie legte Jessie einen Arm um die Schultern, und gemeinsam drehten sie sich um – und sahen sich zwei wutschnaubenden Männern gegenüber.

»Was zum Teufel glaubt ihr, was ihr hier macht?« Peter nahm Jessie am Arm und führte sie in Richtung Tower.

Das schnelle Klicken der Kameras folgte den vieren, während sie über den Parkplatz liefen. Ohne Zweifel würden die Bilder morgen die Klatschspalten füllen.

»Das war eine unglaublich dumme Idee«, stellte Travis fest. »Was, wenn sie das Tor gestürmt und euch überrannt hätten?«

»Sie waren sehr nett.« Liana löste sich aus Travis' Griff.

»Du wolltest mich nicht als Lockvogel einsetzen«, wandte sich Jessie vorwurfsvoll an Peter.

»Also hast du stattdessen so eine dumme Nummer abgezogen?«

»Das war nicht dumm, wenn es uns hilft, ihn zu finden.«

»Kommt mit, wir gehen zu mir«, ordnete Travis an, als sie die Lobby des Towers erreichten.

In eisigem Schweigen fuhren sie nach oben und stiegen in Travis' Penthouse aus dem Fahrstuhl.

Jessie sah Peter hinterher, der durch das Wohnzimmer auf die Dachterrasse stapfte. Die Wut strahlte in Wellen von ihm aus, was ihr beinahe Angst bereitete, doch sie folgte ihm trotzdem. »Es tut mir leid, dass du sauer bist«, erklärte sie. »Aber es tut mir nicht leid, dass ich es gemacht habe. Ich musste irgendetwas unternehmen.«

Er wirbelte zu ihr herum. »Warum? Weil ich es nicht getan habe?«

Erschrocken über seinen Ton wich sie einen Schritt zurück. »Ich weiß, dass du alles tust, was in deiner Macht steht. Aber das hier war etwas, das *ich* tun konnte.«

»Ich tue vielleicht alles, was ich kann, aber es reicht nicht, oder? Ich kann deinen Stalker nicht fassen. Ich kann die Vandalen nicht fassen. Wofür bin ich überhaupt gut?«

Travis gesellte sich zu ihnen. »Beck ...«

»Was, Travis? Wirst du es jetzt auch sagen? Dass ich alles Mögliche unternehme? Glaubst du, der Mann, der mit Verbrennungen zweiten Grades im Krankenhaus liegt, ist dankbar für alles, was ich tue?«

Jessie hatte ihn noch nie zuvor so erlebt, und es erschreckte sie, dass ihr Plan ihn so weit getrieben hatte.

»Peter, Honey, hör mir zu.«

Er schüttelte ihre Hand ab.

Jessie betrachtete sein erschöpftes Gesicht, und ihr wurde klar, dass sie seinen Stolz verletzt hatte, indem sie die Sache selbst in die Hand genommen hatte.

»Du solltest jemand anderen für diesen Job finden«, teilte er Travis mit.

Jessie keuchte auf.

»Ich will aber keinen anderen«, erwiderte Travis. »Ich habe bereits den Besten, den es gibt.«

Peter schüttelte den Kopf. »Ich bin nicht der Beste. Nichts von dem, was ich versucht habe, hat funktioniert. Wenn du jemand anderes hinzuziehst, könnte vielleicht ...«

»Vergiss es«, unterbrach Travis ihn. »Entweder du oder keiner.«

»Es tut mir leid, Travis. Ich kündige.«

»Peter!«, rief Jessie. »Du kannst nicht kündigen! Du liebst diesen Job.«

Er sah sie mit den Augen eines gebrochenen Mannes an. »Du hast recht. Ich liebe meinen Job. Aber er braucht etwas, was ich ihm nicht geben kann. Genau wie du.« Nach einem Blick auf Travis fügte er hinzu: »Ich bleibe noch für die Hochzeit.«

»Beck …«

Peter wandte sich von seinem Freund ab und ging nach drinnen. Eine Minute später hörten sie das Klingeln des Fahrstuhls, dann war er fort.

Mit Tränen in den Augen wandte Jessie sich an Travis. »Was machen wir jetzt? Wir müssen irgendetwas tun.«

»Wir müssen ihm erst einmal ein wenig Zeit geben«, meinte Travis. »Er ist frustriert und müde. Er wird schon wieder zu Verstand kommen.«

Jessie wünschte, sie könnte sich da auch so sicher sein.

Liana legte einen Arm um Jessie. »Travis hat recht. Gib ihm Zeit, sich zu beruhigen. Wir haben ihn mit unserer Aktion aufgeregt, und nun schlägt er um sich.«

»Ihr habt uns beide aufgeregt«, betonte Travis mit einem vorwurfsvollen Blick zu Liana.

»Es tut mir leid, dass ich so viel Probleme bereite«, erklärte Jessie mit erstickter Stimme. »Ich musste einfach etwas wegen Spector unternehmen. Darauf zu warten, dass er das nächste Mal zuschlägt, hat mich in den Wahnsinn getrieben.«

»Hoffentlich kommt etwas Gutes dabei heraus«, bemerkte Liana und begleitete Jessie zum Fahrstuhl. »Ich schaue später noch mal nach dir.«

Jessie umarmte sie. »Danke für deine Hilfe.«

»Das hab ich gern gemacht. Es wäre wirklich schön, wenn die Paparazzi sich einmal in meinem Leben als nützlich erweisen würden.«

~

Liana wartete, bis sich die Fahrstuhltüren geschlossen hatten, bevor sie sich zu Travis umdrehte. »Sag es nicht.«

»Was soll ich nicht sagen? Dass euer Plan verrückt war? Dass du dich in Gefahr gebracht hast? Dass du Jessie in Gefahr gebracht hast?«

Liana spürte Ärger in sich aufsteigen. »Warten wir ab, was du sagst, wenn der ›verrückte Plan‹ tatsächlich aufgeht.« Sie drehte sich um und begab sich mit schwerem Herzen in die Küche. Seitdem sie vom See zurückgekehrt waren, war eine seltsame Entfremdung zwischen ihnen spürbar.

Sie bereiteten sich auf ihre bevorstehende Abreise vor, indem sie sich voneinander zurückzogen. Liana wusste, warum sie das tat, was lächerlich war, denn alles, was sie wollte, war, ihn in die Arme zu schließen und festzuhalten. Außerdem fühlte sie sich schlecht, weil sie ihn so angezickt hatte, obwohl er nur auf ihre Sicherheit bedacht war.

Sie gab Trockenfutter in Dashs Schüssel und füllte ihr Wasser auf. Die Hündin schmiegte sich an Lianas Bein.

Liana hockte sich hin, um sie zu streicheln. »Ich werde dich vermissen, du albernes Mädchen, und deinen Daddy auch.« Sie drückte dem Hund einen Kuss auf die Schnauze.

Dash erwiderte die Zärtlichkeit mit einem kurzen Schlecken über Lianas Wange.

Liana umarmte sie lachend.

»Du musst niemanden von uns vermissen«, verkündete Travis von der Tür aus.

Liana drehte sich zu ihm um, und mit einem Mal interessierte sie bloß noch, wie sie alles wieder geraderücken konnte. »Ich wollte nicht gemein sein. Ich weiß, du machst dir Sorgen um mich.«

»Ich habe panische Angst um dich, Süße. Angst davor, dass die Reporter dich bei ihrer Jagd nach einer Geschichte verletzen könnten. Und als ich dich da draußen am Tor gesehen habe, nur durch ein paar meiner Männer von der Meute getrennt …« Er erschauerte.

Bei seiner offensichtlichen Sorge um sie wurde ihr Herz ganz weich. »Vielleicht war es verrückt, aber Jessie war verzweifelt, und ich wollte ihr helfen.«

»Ich hätte das nicht sagen sollen. Wer weiß? Es könnte funktionieren. Es schmerzt mich bloß, daran zu denken, dass du abreist und dann ganz allein auf dich gestellt bist.«

»Ich habe heute Nachmittag mit Beck gesprochen, und er hat mir jemanden genannt, den ich wegen eines Bodyguards anrufen kann. Er hat sogar angeboten, das für mich zu arrangieren.«

»Danke.« Travis hockte sich neben sie und gab ihr einen Kuss auf die Stirn. »Jetzt werde ich nach deiner Abreise ruhiger schlafen können.« Er kraulte seine Hündin und erklärte: »Ich habe das gemeint, was ich eben gesagt habe, Liana. Du musst keinen von uns vermissen – oder dir Sorgen darüber machen, ob du ausreichend geschützt bist –, wenn du einfach hierbliebst.«

»Das kann ich nicht. Das weißt du.«

Er streckte die Hand aus, um sie davon abzuhalten, aufzustehen. »Du kannst alles, wenn du es nur genug willst.«

»Und riskieren, die nächsten fünf Jahre in Gerichtsprozesse um nicht erfüllte Verträge und in Streitigkeiten mit enttäuschten Mitarbeitern verwickelt zu werden? Nein, danke.«

»Bleib«, bat er mit flehendem Unterton. »Bleib bei mir.«

»Ich habe dir von Anfang an gesagt, dass ich gehen werde, Travis. Bitte, tu mir das nicht an.«

»Du hast auch gesagt: keine Verpflichtungen und keine Gefühle. Aber wir haben uns beide verliebt. Oder zumindest ich. Was wollen wir deswegen unternehmen?«

»Ich habe mich ebenfalls verliebt«, antwortete sie traurig. »Und ich wünschte, ich wüsste, was wir diesbezüglich unternehmen sollten.«

»Wenn du mich so sehr wollen würdest wie ich dich, würde dir etwas einfallen. Dann würdest du einen Weg finden.«

»Das ist unfair von dir. Du erwartest, dass ich meiner Karriere und meinem Leben den Rücken kehre, aber würdest du das andersherum auch tun? Würdest du North Point verkaufen und deinen Traum aufgeben, um mir um die Welt zu folgen?«

Er spannte den Kiefer an und musterte sie. »Wenn das nötig wäre, um mit dir zusammen zu sein, dann ja. Ich würde es sofort tun.«

Zutiefst gerührt streckte Liana die Hand aus, um ihm die Anspannung aus dem Gesicht zu streicheln. »Ich würde dich nie darum bitten, meinetwegen ein so großes Opfer zu bringen. Und ich will auch nicht, dass du mich darum bittest. Wenn einer von uns alles aufgibt, sollte es freiwillig passieren, sonst wird das Gute zwischen uns sich irgendwann in Abneigung verwandeln. Ich weiß, wenn wir zusammen sein wollen, muss ich diejenige sein, die ihr bisheriges Leben hinter sich lässt. Ich bitte dich um ein wenig Zeit, damit ich mir sicher sein kann, dass es das Beste für mich ist. Verstehst du, was ich damit sagen will, Travis?«

»Ja, ich glaube schon.«

»Wir kennen einander noch keine zwei Wochen. Auch wenn das die zwei wundervollsten Wochen meines Lebens waren.«

»Geht mir genauso.« Er setzte sich auf den Boden und zog sie in seine Arme.

»Trotzdem waren es nur zwei Wochen.« Sie lehnte ihren Kopf an seine Brust. »Ich brauche ein wenig Zeit, um mir über alles klar zu werden.«

»Wie viel Zeit?«

»Ich weiß es nicht.«

Er hob ihr Kinn, damit er ihr in die Augen schauen konnte. »Ich will, dass du mich heiratest, Liana.«

Sie schüttelte den Kopf. »Nicht.«

»Nicht was?«

»Sag das nicht, um mich zum Bleiben zu bewegen.«

»Wenn du das denkst, ist das eine Beleidigung. Ich will dich wirklich heiraten, aber ich hatte nicht vor, dich zu fragen, während wir auf dem Küchenfußboden sitzen.«

»Travis …«

»Warte.« Er brachte sie mit einem Kuss zum Schweigen. »Hör mich an.« Während er ihr zärtlich das Gesicht streichelte, fuhr er fort: »Ich liebe dich, Liana. Ich liebe dich mehr, als ich jemals jemanden geliebt habe. Ich möchte, dass wir unser Leben zusammen verbringen, und ich bin gewillt, alles zu tun, was dafür nötig ist. Du sagst mir, dass du dazu noch nicht bereit bist, also werde ich warten. Ein Jahr, zwei Jahre, wie lange es auch immer dauert. Aber ich will nicht, dass du am Sonntag abreist, ohne zu wissen, was ich mir für uns erhoffe.«

Zärtlich strich sie ihm durch die Haare. »In einer perfekten Welt würde ich nichts lieber tun, als dich zu heiraten und Kinder mit dir zu bekommen – einen attraktiven, dunkelhaarigen Jungen mit dem umwerfenden Grinsen seines Vaters ...«

Er wickelte sich eine ihrer Haarsträhnen um den Finger. »Und eine wunderschöne Prinzessin mit violetten Augen und den seidigen Haaren ihrer Mutter.«

Lianas Augen füllten sich mit Tränen. »Nicht«, flüsterte sie erneut. »Bitte.«

»Wir können das haben, Liana«, drängte er. »Alles, was du willst. Ich würde dir alles geben, wenn du mich nur lässt.«

Halbherzig boxte sie ihn gegen die Schulter, während ihr die Tränen über das Gesicht rannen. »Ich wusste, ich kann nicht einfach bloß eine Affäre haben.«

Er lachte leise und wischte ihr die Tränen fort. »Ich wusste es auch.«

»Warum hast du es mich dann versuchen lassen?«

»Weil ich die Zeit mit dir um nichts auf der Welt hätte verpassen wollen, egal, was noch vor uns liegt.«

»Ich liebe dich, Travis«, erklärte sie und schaute zu ihm auf. »Ich weiß, ich habe dich verletzt, weil ich es nicht öfter gesagt habe.«

»Du hast es gesagt.« Er presste seine Lippen auf ihre. »Und das ist alles, was zählt.«

»Wir kommen zu spät zum Essen.«

Er stand auf und half ihr hoch. »Meinst du, eine halbe Stunde mehr macht was aus?«

»Ich glaube nicht. Warum?«

»Ich will jetzt, in diesem Moment, mit dir zusammen sein, Liana.« Seine Miene war ernst und traurig. »Ich brauche dich.«

Sie nahm seine Hand und führte ihn ins Schlafzimmer, wo sie ihn auszog und sich dann ihrer Kleidung entledigte, bevor sie ihm ins Bett folgte.

Ganz lange hielt er sie fest an sich gedrückt, bevor er sie auch nur küsste. Als er sich von ihr löste, war Liana überrascht, Tränen in seinen Augen zu entdecken.

»Travis.« Sie umfasste sein Gesicht und gab ihm einen Kuss, in den sie ihre ganze Seele legte.

»Sieh mich an«, verlangte er, als er in sie eindrang.

Liana hob den Blick, um ihn anzuschauen.

»Sag es mir noch mal, Liana«, flüsterte er und hielt inne. »Nur ein einziges Mal.«

Verloren in dem Gefühl, vollkommen von ihm ausgefüllt zu sein, tat sie es. »Ich liebe dich, Travis. Ich liebe dich so sehr.«

»Und ich liebe dich. Niemand wird dich je wieder so lieben wie ich.« Ohne ihren Blick loszulassen, begann er, sich langsam in ihr zu bewegen.

EINE DREIVIERTELSTUNDE SPÄTER FUHREN SIE IN HOHEM TEMPO DURCH das Tor von North Point, bevor die Reporter in ihre Autos springen konnten, die sie am Straßenrand geparkt hatten.

Liana zeigte ihm ein paar Abkürzungen, auf denen sie ihren Vorsprung ausbauen konnten, und als sie Middletown erreichten, waren sie beinahe sicher, ihre Verfolger abgehängt zu haben.

»Das bringt das Herz zum Rasen, oder?«, fragte Liana und legte eine Hand an seine Brust.

»O ja«, stimmte er zu. »Ich hatte ja keine Ahnung, dass ich mit diesem Wagen mal Rennen fahren würde.«

Liana lachte und ließ sich entspannt in den Ledersitz sinken. Travis folgte ihren Anweisungen zum Memorial Boulevard, am First Beach vorbei und dann den Hügel hinauf zur Bellevue Avenue, zu dem Viertel, in dem die beeindruckendsten Villen von Newport standen.

Als er durch einen steinernen Torbogen kam, stieß Travis einen anerkennenden Pfiff aus. »Hier wohnen die? Ich wusste, dass sie Geld haben, aber so habe ich es mir nicht vorgestellt.«

»Das Haus befindet sich schon seit Ewigkeiten im Besitz der Familie von Onkel Charlie.«

»War es als Kind komisch für dich, zu wissen, dass deine Cousine so viel hatte und du … nun ja …«

»Weniger?«, schlug Liana lachend vor. »Nein, gar nicht. Denn so bestimmend Enid anderen Menschen gegenüber sein kann, bei mir hat sie so etwas nie versucht. Ich hätte es ihr auch nicht durchgehen lassen. Ich habe nur die besten Erinnerungen an dieses Haus. Wir haben im zweiten Stock Verstecken gespielt und hatten Teepartys und Weihnachtsfeiern.«

»Es ist lustig, dass dein Onkel, der so aufgewachsen ist, so normal ist«, bemerkte Travis, als er ihr aus dem Wagen half.

»Er ist ein ganz bezaubernder Mann.«

»Ich war immer froh, wenn er zu den Treffen vor der Hochzeit mitgekommen ist«, gestand Travis.

Liana lachte. »Glaub mir, ich weiß, was du meinst. Er hält sie unter Kontrolle.«

»Er ist der Grund, warum ich die beiden nicht vor der Hochzeit umgebracht habe.«

»Oh, du bist böse«, erklärte Liana grinsend. »Du sprichst da von meiner Tante und meiner Cousine.«

»Dann muss ich ja nicht mehr sagen.«

»Nein, musst du nicht.« Sie hielt ihn am Fuß der Treppe zurück und gab ihm einen Kuss. »Danke, dass du heute Abend mitkommst.«

»Es ist mir ein Vergnügen«, erwiderte er und zog eine Grimasse.

Liana lachte und küsste ihn ein weiteres Mal.

Die Tür ging auf, und Enid kreischte auf, als sie die beiden beim Küssen erwischte. »Ich habe in Europa überall von euch gelesen! Hört auf mit dem Geknutsche, und kommt rein.«

Travis bedeutete Liana, voranzugehen.

Sie und Enid umarmten einander an der Tür.

»Oh, wir beide werden uns später aber so was von unterhalten«, drohte Enid halb flüsternd.

»Liana genießt und schweigt«, bemerkte Travis.

»Mir gegenüber nicht«, klärte Enid ihn auf. »Und wie geht es Ihnen, Mr North?«

»Ganz wunderbar, Mrs Littleton«, antwortete er in dem Tonfall, den er nur für sie reserviert hatte. »Und selbst?«

Sie streckte sich und gab ihm einen Kuss auf die Wange. »Mir geht es himmlisch. Ich habe allerdings noch ein Hühnchen mit Ihnen zu rupfen.«

»Warum? Was habe ich angestellt?«

»Ich habe Sie bloß darum gebeten, Liana nach Hause zu fahren, und nicht, einen internationalen Vorfall zu provozieren.«

Travis lachte. »Ich glaube, Sie waren diejenige, die ihr ein paar Ideen in den Kopf gesetzt hat, die weit über eine schlichte Heimfahrt hinausreichten.«

Liana errötete. »Travis …«

»O ja, das habe ich.« Enid lachte über das Unbehagen ihrer Cousine und hakte sich bei ihr unter. Gemeinsam gingen sie ins Wohnzimmer, wo die anderen schon bei einem Cocktail zusammensaßen.

In einer Ecke des Raums stapelten sich die Hochzeitsgeschenke und warteten darauf, geöffnet zu werden. Travis und Liana wurden mit Küssen und Händeschütteln begrüßt.

»Da sind sie ja!«, rief Onkel Charlie. »Wir hatten schon angefangen, uns Sorgen zu machen.«

Travis und Liana wechselten einen schuldbewussten Blick, und Charlie grinste, als er sah, wie ihre Wangen sich röteten.

»Sorry, dass wir euch Sorgen gemacht haben«, murmelte Liana.

»Wir hatten ein paar Probleme, den Verteidigungswall der Presse zu durchbrechen«, ergänzte Travis.

»Nun«, sagte Edith, als Charlie die Getränke für die Neuankömmlinge zubereitet hatte. »Dann können wir jetzt ja essen.«

KAPITEL 25

Bei der ersten sich bietenden Gelegenheit lockte Enid ihre Cousine nach oben in ihr altes Kinderzimmer und schloss die Tür. »War es richtig heiß?«

Liana ließ sich aufs Bett fallen. »Aber so was von richtig heiß.«

»Das wurde auch verdammt noch mal Zeit.« Enid klatschte erfreut in die Hände und legte sich neben Liana. »Einzelheiten. Ich brauche Einzelheiten. Er ist *so* sexy. Wenn es Brady nicht gäbe, würde ich selber gerne mal eine Runde mit ihm drehen.«

»Du kannst ihn aber nicht haben«, erklärte Liana. »Er gehört mir.«

Enid musterte ihre Cousine einen Moment, bevor sie sich auf einen Ellbogen stützte. »O mein Gott. Du bist in ihn verliebt.«

»Total.«

»Oh, Leelee. Wirklich?«

Liana nickte und lachte dann aufgrund der puren Freude, die bei dem Geständnis in ihr aufsprudelte.

Enid zog sie in die Arme. »Ich freue mich so wahnsinnig. Ich wusste, er ist perfekt für dich. Also hörst du jetzt mit dem Modeln auf und heiratest ihn, oder?«

Liana zuckte die Achseln. »Ich weiß es noch nicht. Er will es –

mich heiraten, meine ich –, doch ich kann nicht anhand von zwei gemeinsamen Wochen eine Entscheidung treffen, die mein ganzes Leben auf den Kopf stellt. Das wäre dumm.«

»Es wäre dumm, wenn du es *nicht* machst. Es wäre das Beste, was du je getan hättest. Er ist so offensichtlich verrückt nach dir.«

»Ich will nicht zu irgendetwas gedrängt werden.« Liana stand auf und ging zum Fenster. »Ich muss meine eigenen Entscheidungen treffen.«

»Liana, wenn du diesen Mann gehen lässt, wirst du es für den Rest deines Lebens bereuen.«

Liana drehte sich zu ihr um. »Das weiß ich, aber ich will auch sicher sein, dass ich nichts anderes bereue. Ich brauche bloß ein wenig Zeit, um mir über alles klar zu werden.« Frustriert hob sie die Hände. »Warum hält mich jeder für unvernünftig, bloß weil ich nach zwei Wochen mit tollem Sex keine lebenswichtige Entscheidung treffen will?«

Enid schüttelte den Kopf. »Wenn es bloß toller Sex gewesen wäre, würdest du jetzt nicht vor einer lebensverändernden Entscheidung stehen, das weißt du.«

Liana setzte sich wieder aufs Bett. »Guck mich nicht so enttäuscht an. Das ertrage ich nicht.«

»Ich bin nicht enttäuscht. Ich will, dass du glücklich wirst, Leelee. Und ich glaube, mit dem göttlichen Mr North hast du eine reelle Chance darauf.«

»Meinem Mr Right?«

»Das kannst nur du wissen.« Enids Augen funkelten vergnügt. »Aber genug davon. Du musst mir von den richtig heißen Sachen erzählen. Wenigstens ein winziges Detail.«

»Ich halte es da wie Travis: Ich genieße und schweige.«

»Ach, komm schon.« Enid stupste sie an.

Liana nagte an ihrer Unterlippe und dachte darüber nach. »Okay, eine einzige Sache. Mehr gibt es nicht.«

»Also gut.« Enid zog ihre Knie an.

»Heute, bevor wir hierhergekommen sind, hat er mir gesagt, dass er mich heiraten will.«

»Hat er dir einen Antrag gemacht?«

»Nicht offiziell, er sagte bloß, dass er es vorhätte. Wie auch immer, wir hatten eine sehr intensive Unterhaltung, und dann sagte er, er müsse mit mir zusammen sein. Du weißt schon …« Liana spürte, wie ihre Wangen heiß wurden.

»Mhm.« Enid hing an ihren Lippen. »Im Bett.«

Liana nickte lächelnd. »Er hat mich gebeten, ihn anzuschauen, während wir …«

»Während ihr Sex hattet«, vervollständigte ihre Cousine den Satz.

Liana lachte über ihre Offenheit. »Ja, aber dieses Mal war es anders. Es war beinahe … spirituell. Das ist das einzige Wort, das mir dazu einfällt.«

»Wow«, seufzte Enid.

»Ja, es war unglaublich. Ich habe mich einem anderen Menschen noch nie so verbunden gefühlt wie ihm in diesem Moment.«

Enid schnaubte. »Und wie verbunden ihr wart.«

»Enid!« Lachend schubste Liana ihre Cousine um. »Wie auch immer, wir werden sehen, wie es weitergeht.«

Enid griff nach Lianas Hand. »Verlass ihn nicht einfach und glaub, dass du so eine Verbindung auch mit einem anderen findest, Liana.«

»Es gibt viel, worüber ich nachdenken muss«, gab Liana zu. »Daran besteht kein Zweifel. Aber was ist mit dir? Wie waren die Flitterwochen?«

Enids Blick wurde ganz verträumt. »Es waren die heißesten Flitterwochen aller Zeiten.«

Liana schrie auf und hielt ihrer Cousine mit der Hand den Mund zu, um sie davon abzuhalten, weitere Details preiszugeben.

JESSIE TIGERTE IN DER WOHNUNG AUF UND AB. WAS SICH VOR WENIGEN Tagen offen und weitläufig angefühlt hatte, war nun eine Gefängniszelle, in der sie sich vor Spector und der Bedrohung, die von ihm ausging, verstecken musste. Peter ging nicht an sein Handy, und er hatte sie gebeten, ohne ihn das Apartment nicht zu verlassen. Aber wie sollte sie hier herumsitzen und sich fragen, wo er war und ob er es ernst meinte, dass er seinen Job hinwerfen wollte?

Als die Nacht über North Point hereinbrach, ertrug sie es nicht länger. Sie schnappte sich ihre Schlüssel und das Handy, das Peter ihr gegeben hatte, und rief den Fahrstuhl.

Da sein Pick-up an der üblichen Stelle parkte, erkundigte sie sich im Clubhaus nach ihm. Doch dort hatte ihn niemand gesehen. Sie riefen sogar am Tor an und erfuhren, dass er seit ein paar Stunden nicht mehr dort vorbeigeschaut hatte. Übelkeit breitete sich in Jessies Magen aus, als sie sich fragte, ob er sie wohl zusammen mit seinem Job aufgeben wollte. Das konnte er nicht. Das würde sie nicht zulassen.

Sie ging zur Promenade und weiter an den Strand, in der Hoffnung, ihn dort in der Dunkelheit sitzen zu sehen. »Wo bist du?«, flüsterte sie. In das Leben zurückzukehren, das sie geführt hatte, bevor sie ihn kennengelernt hatte, war unvorstellbar. Mit einem Blick, einer Berührung hatte er sie für immer verändert, und sie würde alles tun, was nötig war, um ihn zu halten.

In der Dunkelheit zwischen den Lichtern an der Promenade beschleunigte sie ihre Schritte. Vielleicht war es nicht ihre klügste Idee gewesen, allein hierherzukommen. Sie wollte gerade nach ihrem Handy greifen und noch einmal Peters Nummer wählen, als jemand sie am Arm packte.

»Hallo, Jessie.«

Eine Hand über ihrem Mund erstickte ihren Schrei.

AUF DEM HEIMWEG LEGTE TRAVIS SEINEN ARM FEST UM LIANA UND strich mit den Lippen über ihre Haare. »Also, was hat deine Cousine aus dir herausgequetscht?«

»Nichts.«

»Warum glaube ich dir das nicht?«

»Weil du von Natur aus misstrauisch bist?«

»Okay, lass mich dir eine Frage stellen: Sind die Worte ›richtig heiß‹ gefallen?«

Liana lachte laut auf.

»Ich wusste es! Du genießt und schweigst *nicht*! Ich kann es nicht glauben.« Er kitzelte sie an den Rippen, was erneut einen Lachanfall auslöste. »Was hast du ihr erzählt?«

Liana gab ihm einen Kuss auf den Hals und fuhr ihm mit der Zungenspitze über die Ohrmuschel.

»Jesus«, murmelte er. »Versuchst du, uns umzubringen? Ich bin dabei, einen Wagen zu lenken.«

Sie tat es noch einmal, aber dieses Mal flüsterte sie ihm dabei zu, was sie alles mit ihm anstellen wollte, sobald sie wieder zu Hause waren.

»Liana«, stieß er hervor. »Hör auf!«

Sie ließ jedoch ungerührt ihre Hand seinen Oberschenkel hinaufwandern.

Travis atmete tief ein und lenkte den Wagen von der Straße auf den Parkplatz des First Beach. In dem Moment, in dem er den Motor abgestellt hatte, griff er nach ihr. Sein Kuss war beinahe brutal, und als er sich zurückzog, atmete er schwer. »Ich möchte einfach die Zeit anhalten. Ich weiß nicht, wie ich auch bloß einen Tag ohne dich aushalten soll, geschweige denn Monate.«

»Diese Art Schmerz wollte ich dir nie bereiten, Travis.«

»Keine Reue«, flüsterte er. »Egal was passiert, keine Reue.«

»Nein«, stimmte sie zu und griff erneut nach ihm.

Einige hitzige Minuten später fragte er: »Also, was hast du deiner Cousine erzählt?«

Liana schenkte ihm ein kokettes Lächeln. »Du weißt doch, ich genieße und schweige.«

»Du bist genauso eine Göre wie sie, aber das ist schon in Ordnung«, sagte er. »Ich kriege das noch aus dir raus.«

»Oh, ich glaube, das werde ich genießen.«

~

Nachdem sie sich wieder einmal einen Weg zwischen den dicht gedrängten Reportern hindurch gebahnt hatten, sahen sie überrascht, dass vor dem Tor von North Point zwei Streifenwagen parkten.

»Ich frage mich, was da los ist«, meinte Travis. Ein Muskel in seinem Kiefer zuckte vor Anspannung.

Liana griff nach seiner Hand. »Beck hätte dich angerufen, wenn irgendetwas vorgefallen wäre.«

»Ja, da hast du recht.«

Sie parkten am Club und gingen hinein. Vergessen war, wie wenig sie es eben noch hatten abwarten können, nach Hause zu kommen. Hand in Hand begaben sie sich direkt in Travis' Büro, wo Beck mit zwei Polizisten sprach.

»Was ist los?«, wollte Travis wissen. Ihm fiel auf, dass Beck ein wenig besser aussah als vor ein paar Stunden.

»Oh, hey«, sagte Beck. »Ich wollte dich gerade anrufen. Sie haben wegen des Vandalismus und des Feuers drei Verdächtige verhaftet.«

»Das Filmmaterial, das wir von dem Fotografen erhalten haben, hat uns zu zwei Schülern der Portsmouth High School geführt«, erklärte der eine Polizist. »Um es kurz zu machen, sie sind von Jim Silvestri angeheuert worden.«

Travis riss erstaunt die Augen auf. »Dem Sprecher des Stadtrats?«

»Ganz genau.«

»Offensichtlich hat dieses Land mal seiner Familie gehört, und er hat versucht, es zurückzukaufen«, fügte der andere Polizist hinzu. »Er hatte das Geld fast zusammen, als Sie aufgetaucht sind und zugegriffen haben. Er hat alles gestanden – von den Schwierigkeiten mit den Genehmigungen bis hin zur Beeinflussung anderer. Als das nichts genützt hat, hat er zwei stadtbekannte Rowdys engagiert und sie auf Ihr Anwesen losgelassen.«

»Wessen Idee war das Feuer?«, fragte Beck.

»Seine. Die Jungs behaupten, sie hätten nicht gewusst, dass sich jemand im Haus befand. Sie haben sich extra einen späten Freitagnachmittag ausgesucht, damit niemand verletzt wird.«

»Wie alt sind die beiden?«, wollte Travis wissen.

»Einer ist fünfzehn, der andere sechzehn.«

»Ich will keine Anzeige gegen sie erstatten.«

»Aber Travis …«, setzte Beck an.

Travis hob eine Hand, um ihn zum Schweigen zu bringen. »Ich will die beiden morgen früh hier sehen«, wandte er sich an den Polizisten. »Können Sie das möglich machen?«

»Sie werden wegen Brandstiftung angeklagt, Mr North«, erwiderte der Sergeant. »Die Staatsanwaltschaft verfolgt den Fall. Sie können um Milde bitten, aber sie werden verurteilt werden.«

»Ich möchte die beiden trotzdem treffen.«

»In Ordnung, wir versuchen das zu arrangieren.«

»Sind sie in Untersuchungshaft?«, fragte Travis.

»Nein, wir haben sie heute Nachmittag verhaftet, dann aber in die Obhut ihrer Eltern übergeben.«

»Was ist mit Silvestri?«

»Er wird morgen dem Richter vorgeführt.«

Travis schüttelte beiden Polizisten die Hand. »Vielen Dank für Ihre Zeit und Mühe.«

»Es tut uns leid, dass es so lange gedauert hat, den Fall aufzuklären.«

»Es lag jedenfalls nicht daran, dass Sie sich nicht bemüht haben«, entgegnete Travis.

Der Blick des Sergeants glitt zu Liana. »Ohne diesen Film wäre der Fall immer noch offen. Er hat uns zu den Jungs geführt, die mit dem Finger auf Silvestri gezeigt haben.«

Travis und Liana tauschten ein zufriedenes Lächeln.

Ein paar Minuten später begleitete Beck die beiden Polizisten hinaus.

»Unglaublich«, bemerkte Travis, als sie allein waren. »Ich komm gar nicht darüber hinweg, dass Silvestri der Drahtzieher war. Und dass das Video eine so große Hilfe war. Dafür haben wir dir zu danken. Wer weiß, wie lange das ohne deine reisefreudige Pressemeute noch so weitergegangen wäre?«

»Ich freue mich so für dich, dass es jetzt vorbei ist.« Liana schlang ihm die Arme um den Nacken. »Was willst du den Jungs sagen?«

»Da sie mir eine ganze Stange Geld schulden, werde ich ihnen die Gelegenheit geben, das hier bei mir abzuarbeiten.«

»Und sie unter deine Fittiche nehmen?«

Er zuckte die Achseln. »Vielleicht.«

»Du bist ein guter Mann, Travis North. Und ich liebe dich sehr.«

Er streichelte ihr die Wange und gab ihr einen Kuss.

»Also wirklich, macht ihr zwei auch mal Pause?«, fragte Beck, der in diesem Moment zurückkehrte.

Lächelnd drehte Travis sich zu seinem Freund um. »Ich schätze, das heißt, wir können hier wieder zum Normalzustand zurück?«

Beck zuckte mit den Schultern. »Ich meine immer noch, dass du mit einem anderen Mann als Sicherheitschef besser dran wärst.«

»Das sehe ich nicht so. Ich brauch dich hier, Beck. Ich brauche jemanden an meiner Seite, auf den ich mich verlassen kann.«

»Ich denke darüber nach.«

»Hast du mit Jessie gesprochen?«, wollte Liana wissen.

»Seit vorhin nicht mehr.«

»Ich weiß, du bist wütend über das, was wir getan haben, aber versuch doch mal, es von ihrem Standpunkt aus zu betrachten«, erwiderte Liana. »Die Warterei hat an ihren Nerven gezerrt.«

»Trotzdem, so an die Öffentlichkeit zu gehen und dich mitzuschleppen ...«

»Sie hat mich nirgendwohin mitgeschleppt, wo ich nicht hinwollte«, widersprach Liana. »Hör auf, so ein Idiot zu sein, und rede mit ihr.«

Beck grinste Travis an. »Springt sie mit dir auch so um?«

»Jap.« Travis sah Liana an. »Das ist nur eines von vielen Dingen, die ich an ihr so liebe. Los, finde deine Lady, und versöhn dich mit ihr. Okay?«

»Okay. Ich geh ja schon. Angesichts der Verhaftungen werde ich einige der Wachleute von den Grundstücksgrenzen zurückziehen und mich mehr auf den Mob vor dem Tor konzentrieren.«

»Klingt gut«, sagte Travis. »Wir sehen uns morgen früh, Beck.«

»Habt einen schönen Abend«, wünschte er ihnen auf dem Weg nach draußen.

»Wir müssen feiern«, verkündete Travis, als er Liana aus dem Büro führte.

»Was schwebt dir vor?«

»Wir fangen mit dem teuersten Champagner an, den ich in der Bar finde.«

»Und dann?«

Den Rest flüsterte er ihr ins Ohr und lachte laut auf, als sie errötete.

»Hör auf damit«, zischte sie.

»Sei froh, dass du nicht gerade am Steuer gesessen hast, als ich dir das angetan habe«, gab er zurück.

Sie lächelte ihn an, aber ihr Herz schmerzte bei dem Gedanken, dass sie nur noch zwei Nächte zusammen hatten.

KAPITEL 26

Auf dem Weg zum Tower überlegte sich Beck, was er sagen wollte. Jessie musste wissen, dass er das, was sie getan hatte, nicht guthieß, aber verstand, was sie dazu getrieben hatte. Er fragte sich, ob sie sauer auf ihn wäre, weil er sie den ganzen Abend ignoriert hatte. Zumindest hatte er zum ersten Mal gute Neuigkeiten, die er mit ihr teilen konnte. Die Erleichterung darüber, dass die Brandstifter gefasst worden waren, hatte seinen Zorn von vorhin verrauchen lassen. Er wünschte, er wäre derjenige gewesen, der sie gefasst hatte, doch das Einzige, was zählte, war, dass sie Travis keine weiteren Probleme bereiten würden.

Wie typisch für Travis, den fehlgeleiteten Jugendlichen gegenüber Milde walten zu lassen. Manchmal hätte Beck seinem gutherzigen Freund zu gerne etwas Verstand eingebläut. Aber Travis verfügte über ausgezeichnete Menschenkenntnis, also nahm Beck an, dass er wusste, was er tat. Wenn es nach ihm gegangen wäre, hätte er die beiden Rowdys, die ihnen so viel Ärger bereitet hatten, verklagt.

Im fünften Stock trat er aus dem Fahrstuhl und nahm sich einen Moment, um sich darauf vorzubereiten, Jessie ein wenig die Leviten zu lesen. Als er sich bereit fühlte, klopfte er an die Tür. »Jessie?«

Keine Antwort. Tja, was hatte er gedacht? Dass sie auf ihn wartete? Ja, eigentlich schon. Vielleicht schlief sie schon.

Mit seinem Schlüssel öffnete er die Tür, aber er spürte gleich, dass Jessie nicht da war. Sofort stieg Panik in ihm auf. Er durchsuchte schnell die Wohnung und zückte dann sein Handy, um die Nummer anzurufen, die er ihr gegeben hatte.

Sie ging nicht ran. Er zwang sich, ruhig zu bleiben, und erinnerte sich daran, dass er sie beim letzten Mal gesund und munter im Fitnessstudio gefunden hatte. Vermutlich war sie wieder da, und er rief mit dem Funkgerät im Clubhaus an.

»Sie war vor ungefähr einer Stunde hier und hat nach dir gesucht«, teilte man ihm mit.

Vor einer Stunde? »Kannst du mal im Fitnessraum nachschauen?«

»Ich bin auf dem Weg, allerdings brennt dort kein Licht. Ich glaube nicht, dass dort jemand ist.« Einen Moment später bestätigte sein Kollege, dass der Fitnessraum leer war.

Beck wechselte zu einer Frequenz, auf der ihn alle seine Mitarbeiter hören konnten. »Hier ist Beck.« Er bemühte sich, in ruhigem Ton zu fragen, ob irgendjemand Jessie gesehen hätte. Nach einer Reihe von negativen Antworten ordnete er an: »Alle verfügbaren Mitarbeiter versammeln sich in fünf Minuten im Konferenzraum.«

Er verließ die Wohnung, rief den Aufzug und wählte währenddessen den Notruf. Als der Lift ihn im obersten Stock absetzte, beendete Beck gerade sein Telefonat mit der örtlichen Polizei. Er klopfte an Travis' Tür. Sein Freund öffnete eine Minute später. Er trug nur eine Sporthose, und Beck wusste, dass er ihn aus dem Bett geholt hatte. »Jessie ist verschwunden.«

JESSIE BEMÜHTE SICH, RUHIG ZU BLEIBEN, WÄHREND SPECTOR SIE DURCH die Dunkelheit zum südlichen Ende des Grundstücks zerrte, wo noch der Geruch nach Feuer in der Luft hing. Da sie wusste, dass Peter das Gelände rund um die Uhr bewachen ließ, hoffte sie, dass jemand sie finden würde, bevor Spector ihr etwas antun konnte.

»Wie sind Sie hier hereingekommen?«, fragte sie, als sie wieder sprechen konnte.

»Ich habe einen langen Spaziergang am Strand gemacht.« Seine Worte wurden von einem schmierigen Lächeln begleitet, das ihre ganze Haut zum Kribbeln brachte. »Du und deine sexy Freundin Liana McDermott wart so süß, als ihr heute da draußen mit der Presse über mich gesprochen habt. Es war nett von dir, zu bestätigen, dass du dort bist, wo dein ›Bodyguard‹ gesagt hast, dass du dich aufhältst.«

Jessie keuchte auf. Einer der Männer, die sie hierhergefahren hatten, hatte es ihm erzählt? Das war unmöglich! Artie hatte eine der Top-Firmen von New York engagiert, um sie herbringen zu lassen. »Die haben es Ihnen nicht verraten. Das denken Sie sich nur aus. Das waren Profis.«

»Jeder ist käuflich, Süße.« Seine Finger gruben sich in ihren Nacken, als er sie über den dunklen Weg führte.

»Wo bringen Sie mich hin?« Vor Angst und vom Adrenalin klopfte Jessies Herz wie verrückt.

»Zu unserem eigenen kleinen Versteck, wo uns niemand stören wird.«

»Peter wird uns finden. Er sucht bereits nach mir«, behauptete Jessie mutiger, als sie sich fühlte. Sie hatte keine Ahnung, ob Peter überhaupt wusste, dass sie entführt worden war. Oder ob er vorgehabt hatte, nach ihrem Streit noch mal nach ihr zu sehen.

»Er war nicht sonderlich effektiv dabei, die Vandalen zu schnappen«, sagte Spector mit einem harschen Lachen. »Vor ihm habe ich keine Angst.«

Jessie erinnerte sich an die entsetzliche Panik, dass ihr Stiefvater sich ihr aufzwingen würde, und schwor sich, das, was auch immer Spector mit ihr vorhatte, genauso zu überstehen, wie sie die Hölle ihrer Kindheit überstanden hatte – indem sie sich mental von dem Geschehen zurückzog. Sie hatte die Kunst perfektioniert, sich aus dem gegenwärtigen Moment zu entfernen und an einen sicheren Ort zu begeben, wo niemand ihr etwas tun konnte. Es war Jahre her, dass sie diesen sicheren Ort gebraucht hatte, aber es tröstete sie, zu wissen, dass er noch da war.

Sie stolperte in der Dunkelheit, und Spector zerrte sie so grob mit sich, dass sie garantiert blaue Flecken an den Armen zurückbehalten würde. Die Vorstellung, wie Peter diesen Widerling Stück für Stück auseinandernahm, tröstete sie. Er würde sie finden. Daran hatte sie keinen Zweifel.

~

»Woher weißt du, dass sie verschwunden ist?«, fragte Travis und strich sich mit der Hand durch die Haare.

»Sie ist weder in der Wohnung noch im Club. Sie meinten, sie wäre vor einer Stunde dort gewesen und hätte nach mir gesucht. Seitdem hat sie niemand mehr gesehen.«

Liana, die gerade den Gürtel ihres Seidenmorgenmantels zuband, gesellte sich zu ihnen. »Was ist los?«

»Beck kann Jessie nicht finden.«

Liana keuchte auf.

»Die Polizei ist auf dem Weg«, erklärte Beck. »Und ich habe unsere Leute im Konferenzraum zusammengerufen. Ich könnte deine Unterstützung brauchen.«

»Die hast du«, erwiderte Travis.

»Danke.« Becks Stimme brach. »Er hat sie in seiner Gewalt. Das weiß ich.«

Liana griff nach seiner Hand. »Bleib ganz ruhig. Was ihr jetzt hilft, ist, dass du die Ruhe bewahrst und tust, was du am besten kannst.«

Beck atmete tief ein und nickte. »Ja.« Er riss sich sichtlich zusammen. »Du hast recht. Sehen wir uns gleich drüben?«

»Wir kommen sofort«, sagte Travis.

Auf dem Weg zum Clubhaus bemühte Beck sich, Lianas Ratschlag umzusetzen. Da Wolken den Mond verdeckten, war es extrem dunkel, und Beck konnte sich vorstellen, wie verängstigt Jessie sein musste. *Ich habe ihr versprochen, dass das nicht passiert, und dann habe ich sie stun-*

denlang allein gelassen, weil ich wütend auf sie war. Ich hätte sie genauso gut bei Spector persönlich abliefern können.

Er schob diese Gedanken beiseite, weil er sonst noch durchdrehen würde. Vor dem Eingang zum Clubhaus blieb er stehen und beobachtete die Streifenwagen, die zum zweiten Mal an diesem Abend die lange Auffahrt heraufkamen.

Derselbe Sergeant wie vorhin stieg in Begleitung eines Streifenbeamten aus.

»Gibt es weitere Probleme, Mr Beck?«

Beck teilte ihnen kurz mit, was passiert war, und versuchte, nicht in Panik zu verfallen, als der Sergeant per Funkgerät Unterstützung anforderte.

»Normalerweise nehmen wir bei Erwachsenen erst nach vierundzwanzig Stunden eine Vermisstenmeldung auf, aber da sie eine Vorgeschichte mit Spector hat und Sie ihn in dieser Gegend gesehen haben, gilt das selbstverständlich nicht«, bemerkte der Sergeant.

»Gut. Wir müssen sie finden, bevor er ihr etwas antun kann.« Während Beck diese Worte aussprach, zog sich sein Herz schmerzhaft zusammen, denn er erinnerte sich an das, was Jessie mit ihrem Stiefvater durchgemacht hatte.

»Wir tun alles, was in unserer Macht steht«, versicherte der Sergeant.

Als Beck die beiden Polizisten ins Clubhaus begleitete, wo sich der Großteil des Sicherheitsteams von North Point versammelt hatte, kamen Travis und Liana Hand in Hand über den Parkplatz gelaufen.

Innerhalb einer Viertelstunde hatten sie Teams aus North-Point-Mitarbeitern und Polizisten gebildet, um jeden Zentimeter der Anlage sowie einen Streifen von einer halben Meile um das Grundstück herum abzusuchen.

»Er muss zu Fuß gekommen sein«, erklärte Beck. »Keine Chance, dass er das Tor passiert haben kann.«

»Das ist ein Vorteil für uns«, sagte Travis. »Zu Fuß kommt er nicht so weit.«

»Aber er hat einen signifikanten Vorsprung«, erinnerte Beck ihn.

Kalte Angst setzte sich in seinem Magen fest, als er sich eine Taschenlampe griff.

»Das weißt du nicht«, widersprach Liana. »Vielleicht hat er sie sich
geschnappt, kurz bevor du nach ihr gesehen hast.«

»Das stimmt«, bestätigte der Sergeant.

»Wo willst du hin?«, fragte Travis seinen Freund.

»Ich muss sie suchen. Ich kann nicht einfach hier rumsitzen und
abwarten.«

»Ich begleite dich«, erwiderte Travis nach einem kurzen Blick-
wechsel mit Liana.

Sie nickte.

»Sie sagten, sie hat ein Handy?«, fragte der Sergeant.

»Ja. Aber sie geht nicht ran.«

»Hat es GPS?«

Zum ersten Mal, seitdem er Jessies Verschwinden bemerkt hatte,
hob sich Becks Stimmung. »Mein Gott, wie konnte ich das nur
vergessen?«

»Du denkst im Moment nicht klar.« Travis legte Beck eine Hand
auf die Brust. »Es geht um die Frau, die du liebst.« Er wandte sich an
den Polizisten. »Können wir ihren Standort bestimmen?«

»Wenn es an ist, sollte das möglich sein. Es wird eine gute Stunde
dauern, aber wir gucken, was wir tun können.«

»Danke.« Beck steckte sich eine Pistole in den Bund seiner Hose.

»Gehen wir.« Travis nahm sich ebenfalls eine Taschenlampe. Zu
Liana sagte er: »Ruf uns an, wenn sie ein Signal von ihrem Handy
empfangen.«

»Mach ich.« Sie gab ihm einen Kuss und drückte Becks Arm. »Seid
vorsichtig.«

SPECTOR SCHUBSTE JESSIE IN EINEN KLEINEN HOLZSCHUPPEN. BEIM
Anblick der davonhuschenden Käfer und Nagetiere hätte sie am
liebsten geschrien. Der Gestank nach altem Fisch und Ködern ließ sie
würgen. Spector zündete eine Kerze an, und in ihrem schwachen

Licht erkannte Jessie ein altes Feldbett in einer Ecke und zwei schiefe Holzstühle.

Die Kerze beleuchtete sein teigiges Gesicht, und Jessie trat verängstigt zurück, bis sie an die hintere Wand der Hütte stieß. Als sie merkte, dass sie nirgendwohin konnte, dass der Mann, vor dem sie sich seit Monaten fürchtete, sie nun für sich allein hatte und dass Peter sie vermutlich nicht finden würde, bevor Spector ihr wehtun konnte, fing Jessie an zu weinen.

»Also wirklich, ist das nötig?«, fragte er mit ekelerregend süßlicher Stimme. »Du und ich sollten inzwischen doch alte Freunde sein. Nichts von alldem hier wäre nötig gewesen, wenn du einfach mit mir geredet hättest, so wie ich dich gebeten habe. Ich habe sehr nett gefragt, oder? Ich habe dir höfliche Briefe geschickt und dich gebeten, mit mir einen Kaffee trinken zu gehen. Mehr wollte ich nicht – einen Kaffee, eine Unterhaltung. Wäre das für deinen größten Fan wirklich zu viel gewesen?«

»Nein«, antwortete sie leise.

»Warum hast du mich dann ignoriert? Warum hast du mich dazu gebracht, dich zu verfolgen?«

»Weil ich Sie nicht kannte.«

»Die Polizei hat dir gesagt, dass ich den anderen Frauen böse Dinge angetan habe, oder? Tja, die hatten mich auch ignoriert, also mussten sie bestraft werden.« Er trat einen Schritt auf sie zu. »Genau wie du.«

»Nein«, erwiderte Jessie. »Fassen Sie mich nicht an.«

»Ach, ist Jessica Stone, das Supermodel, zu gut für mich? Wie du da in deiner Unterwäsche herumstolzierst, damit die ganze Welt dich sehen kann. Du solltest dich schämen.« Er streckte die Hand aus und begann die oberen beiden Knöpfe von Jessies Bluse zu öffnen.

»Bitte«, flüsterte sie. Ihre Beine zitterten. »Ich gebe Ihnen Geld. Ich gebe Ihnen alles, was Sie wollen. Nur fassen Sie mich nicht an.«

»Dein Geld bedeutet mir nichts.« Er machte noch einen Schritt, bis er so nahe war, dass sie seinen Atem auf ihrem Gesicht spüren konnte. »Das ist nicht das, was ich von dir will.«

Sie wandte sich von ihm ab und schloss die Augen. Wenn das hier passierte, wollte sie nicht hinsehen müssen.

Er knöpfte ihre Bluse ganz auf und schob sie ihr von den Schultern.

»Hmm«, stieß er aus, während er ihre Brüste durch den BH befummelte.

Jessie spürte, wie sie davonglitt, während sie sich vorstellte, dass es Peters Finger waren, die ihren Körper erkundeten. Er war ihr neuer sicherer Ort. Ein Gefühl der Ruhe überkam sie, als sie an ihn dachte, an das Leben, das sie geplant hatten, an die Familie, die sie gemeinsam haben würden. Sein Baby könnte jetzt schon in ihr wachsen.

Als hätte ihr jemand eine Ohrfeige verpasst, erfüllte dieser Gedanke sie mit Wut und riss sie aus ihrer Starre. In der Vergangenheit hatte sie keine andere Wahl gehabt, als einfach dazuliegen und es über sich ergehen zu lassen. Aber sie war keine hilflose Zwölfjährige mehr. Sie war eine erwachsene Frau, die wusste, wie man sich wehrte.

Wenn Spector sie vergewaltigen wollte, würde er sie zuerst töten müssen.

BECK HASTETE ÜBER DIE PROMENADE.

Travis musste joggen, um mit ihm Schritt zu halten. »Sprich mit mir. Was geht dir durch den Kopf?«

»Dass ich allein die Schuld daran trage, wenn er sie vergewaltigt oder umbringt.«

»Wie kommst du darauf?«

»Ich habe erlaubt, dass mein dummer Stolz mir den Verstand vernebelt. Ich habe sie stundenlang allein gelassen. *Stunden*, Travis. Was habe ich geglaubt, damit zu beweisen?«

»Dass du ein Mensch bist wie wir alle, dass du sauer warst wegen dem, was sie heute gemacht hat – und das aus gutem Grund.«

»Deshalb musste ich mich zurückziehen und meine Wunden lecken, während ein verdammter Psychopath sie sich geschnappt hat?«

»Ich weiß nicht, woher du die Vorstellung hast, dass du mehr sein musst als ein Normalsterblicher, Beck.«

»Was soll das denn nun wieder heißen?«

»Du gibst dir die Schuld an allem – an dem Vandalismus, an Jessie, an dem, was deinem Partner vor Jahren zugestoßen ist. Ich hasse es, dir das sagen zu müssen, Kumpel, aber du bist nicht Gott.«

Schäumend vor Wut blieb Beck stehen. »Du hast leicht reden. Alles, was du anfasst, wird zu Gold, während alles, was *ich* anfasse, zu Scheiße wird.«

»Das denkst du also? Meine Güte, Beck. Ich habe mir jahrelang den verdammten Hintern aufgerissen, um diesen Club zum Laufen zu bringen. Die Leute, die mich aufhalten wollten, konnte ich genauso wenig kontrollieren wie du. Ich wünschte, du würdest aufhören, diese unmöglichen Standards an dich anzulegen, die niemand erfüllen kann. Wenn du nicht zugeben kannst, dass du nur ein Mensch bist wie jeder andere, werden noch eine ganze Menge Enttäuschungen auf dich warten.«

Beck ballte seine Hand zur Faust, die er Travis zu gerne in das scheinheilige Gesicht geschlagen hätte. »Du findest also, dass ich ein Idiot bin, weil ich mich wegen der Sache mit den Rowdys schlecht fühle? Dass ich ein Idiot bin, weil ich mich schlecht fühle, weil ich meine Verlobte allein gelassen habe und ihr Psychostalker sie entführt hat?«

»Nein«, erklärte Travis leise. »Das sage ich nicht. Ich sage dir nur, dass es nicht deine Schuld ist, du Idiot. Nichts von alldem ist deine Schuld.« Travis seufzte frustriert. »Ist dir je in den Sinn gekommen, dass Silvestri sein Ziel, dass ich den Laden dichtmachen muss, erreicht hätte, wenn du nicht alles getan hättest, um ihn aufzuhalten? Ist dir je in den Sinn gekommen, dass dein Partner trotzdem erschossen worden wäre, auch wenn du nicht losgezogen wärst, um Verstärkung zu rufen? Ist dir je in den Sinn gekommen, dass Jessie auf den Straßen von New York hätte entführt werden können und es niemanden gegeben hätte, der sie geliebt und nach ihr gesucht hätte? Du bist nicht allmächtig, Beck. Du kannst diese Dinge nicht kontrollieren.«

Während Travis' Worte einsackten, schloss Beck mit schmerzerfülltem Gesicht die Augen. »Ich habe sie allein gelassen, Trav, obwohl ich wusste, dass der Kerl da draußen ist. Ich habe sie allein gelassen, weil ich sauer war, dass sie sich meinen Anweisungen widersetzt hat. Dass sie mir nicht zugetraut hat, sie zu beschützen.«

»Wir werden sie finden. Und wenn wir das getan haben, ist das Einzige, was für sie zählen wird, dass sie wieder bei dir ist.« Er legte einen Arm um Becks Schultern. »Komm. Suchen wir weiter.«

KAPITEL 27

Jessie versuchte, Zeit zu schinden. Sie hatte ganz still gestanden, als er sie nackt ausgezogen hatte. Dabei hatte sie jede seiner Bewegungen beobachtet, und ihr waren das Zittern seiner Hände und der wilde Ausdruck in seinen Augen nicht entgangen. Er erwartete nicht, dass sie sich wehren würde, und da lag sein Fehler.

Sie hätte würgen können, als seine Erektion unter den ausgeleierten Boxershorts zutage kam. Sie musste sich zusammenreißen, und nur der Gedanke an Peter verhinderte, dass sie durchdrehte, während sie auf ihre Chance wartete.

Spector zog sie in Richtung Bett, doch Jessie hielt dagegen. Er stolperte, als sie ihn aus dem Gleichgewicht brachte, und sie trat ihm direkt in den Schritt.

Heulend klappte er vornüber, und sie rannte zur Tür.

Eine Hand klammerte sich um ihren Knöchel.

Jessie fiel hart auf den Holzfußboden. In ihrem Knie riss etwas. Der Schmerz war so stark, dass sie gegen eine Welle der Übelkeit ankämpfen musste.

»Du Schlampe«, knurrte er.

Sie befreite ihren Fuß aus seinem Griff und rappelte sich auf. Ihr Knie pochte, und Blut rann an ihrem Bein hinunter. Mit ihrem unverletzten Fuß trat sie Spector ins Gesicht und stürmte, ohne nachzuschauen, ob sie ihn außer Gefecht gesetzt hatte, zur Tür hinaus.

»Hilfe!«, schrie sie, während sie nackt in die Dunkelheit hinaushumpelte. »Bitte! Hilfe!«

~

»Hörst du das?«, fragte Travis.

»Was?«

»Schh.«

In der Ferne hörten sie Jessies Hilferufe.

»Das ist sie!« Beck sprintete in Richtung der Stimme in die Dunkelheit und forderte gleichzeitig per Funk Verstärkung an.

Sie rannten durch das Unterholz. Ein Ast peitschte Beck gegen die Wange, und er spürte, dass ihm Blut übers Gesicht lief. »Jessie! *Jessie!*«

»Peter!«

Beck wusste, dass Travis direkt hinter ihm war, und er rannte, bis sein Herz drohte, in seiner Brust zu explodieren. »Wo bist du, Baby?«

»Hier!«

Es war so dunkel, dass er nur dem Klang ihrer Stimme folgen konnte. Und dann war sie da. Er konnte ihre nackte, zusammengekauerte Gestalt kaum ausmachen. Schnell zog er sich das T-Shirt über den Kopf und half ihr, es überzustreifen, bevor er sie fest in seine Arme schloss. »Ich hab dich.« Er vergrub sein Gesicht in ihren duftenden Locken und hatte das Gefühl, vor Erleichterung gleich den Verstand zu verlieren. »Ich hab dich. Jetzt bist du in Sicherheit.«

Schluchzer schüttelten ihren zierlichen Körper, während sie sich an ihm festklammerte. »Ich wusste, dass du kommen würdest.«

Er schluckte die aufsteigende Übelkeit hinunter. »Hat er …?«

»Nein. Ich habe ihm in die Eier getreten, bevor er dazu kam.«

»Das ist mein Mädchen«, lobte Beck sie voller Stolz. »Wo ist er, Honey?«

»Da war ein stinkender Schuppen.« Sie zeigte in die ungefähre Richtung. »Da entlang.«

»Der alte Angelschuppen«, sagte Travis.

Beck kannte den Ort. Er lag ungefähr eine halbe Meile von der südlichen Grundstücksgrenze entfernt.

»Ich habe mir das Knie verletzt.« Jessie zeigte auf die Wunde.

Travis leuchtete mit seiner Taschenlampe darauf.

Als Jessie die hässliche Schnittwunde sah, sackte sie in Becks Armen zusammen.

Beck schaute zu Travis. »Bleibst du bei ihr?«

»Beck, warte auf die Cops. Lass sie das übernehmen.«

»Bleibst du bei ihr oder nicht?«

»Natürlich bleibe ich bei ihr.« Travis ließ sich neben Jessie auf die Knie sinken.

Beck legte Jessies Kopf in Travis' Schoß und stand auf.

»Bring ihn nicht um«, verlangte Travis. »Denk an Jessie, und *bring ihn nicht um.*«

Mit einem letzten Blick auf Jessies blasses, wunderschönes Gesicht stapfte Beck los und verschwand im Wald. Selbst in der Dunkelheit wusste er genau, wo er hinmusste. Im Laufschritt brauchte er keine zehn Minuten, um den Schuppen zu erreichen, und er war erstaunt, dass Jessie es trotz ihres verletzten Beins so weit geschafft hatte. Er zog die Pistole aus dem Hosenbund und trat die Tür auf. Spector lag nackt, zusammengekrümmt und wimmernd auf dem Boden. Blut strömte aus seiner Nase.

Beck fluchte enttäuscht. Er hatte gehofft, der Kerl würde sich wehren, damit er eine Entschuldigung hätte, ihn krankenhausreif zu prügeln. Aber statt diesem Drang nachzugeben, griff er nach seinem Funkgerät.

BECK LIEF UNRUHIG IM WARTEBEREICH DER NOTAUFNAHME AUF UND AB, während er auf den Arzt wartete. Sie hatten Jessie fortgebracht und ihm gesagt, er müsse hierbleiben, weil er kein Angehöriger war. Das würde er so bald ändern wie nur möglich. Er würde ihre Familie sein, und sie seine.

Travis und Liana trafen mit einer Tasche mit frischer Kleidung für Jessie ein.

Beck hatte sich noch schnell ein T-Shirt aus dem Büro geschnappt, bevor er ins Krankenhaus gerast war, um bei Jessie zu sein. Außerdem hatte die Wunde in seinem Gesicht mit sechs Stichen genäht werden müssen.

»Schon was Neues?«, fragte Travis.

»Bisher nicht. Ich weiß nicht, warum das so lange dauert.«

Liana nahm Becks Hand und drängte ihn, sich neben sie zu setzen. »Sie ist in Sicherheit, sie lebt, und sie ist in guten Händen. Das ist alles, was zählt.«

Er nickte, weil er wusste, dass sie recht hatte.

Travis setzte sich auf Lianas andere Seite.

Sie warteten beinahe eine Stunde, bevor eine abgehetzte Schwester Becks Namen rief.

Er sprang auf.

»Ms Stone fragt nach Ihnen.«

Beck folgte ihr durch ein Labyrinth aus Gängen.

»Wir wollen sie vierundzwanzig Stunden zur Beobachtung hierbehalten, aber sie möchte nach Hause.«

Beck lachte. Das war typisch Jessie. »Wenn ich verspreche, mich um sie zu kümmern, darf ich sie dann mitnehmen?«

»Das müssen Sie mit den Ärzten ausfechten.« Sie führte ihn in einen Raum, in dem Jessie auf dem Bett saß. Ihr bandagiertes Bein lag erhöht auf einem Kissen. Ihre Wangen waren gerötet, die blauen Augen funkelten hitzig. Nie hatte Beck sie mehr geliebt.

»Ah, gut, du bist hier.« Sie streckte ihm die Hand hin. »Kannst du denen bitte sagen, dass du mein Verlobter bist und dich um mich kümmern kannst?«

Überrascht starrte Beck sie an. Das war das erste Mal, dass sie ihn als ihren Verlobten bezeichnet hatte.

»Peter?«

»Ja.« Er riss den Blick von ihr los und schaute den Arzt an. »Das stimmt. Ich bin ihr Verlobter und würde sie gerne mit nach Hause nehmen.«

»Die Wunde war sehr tief, und hier können wir sie besser versorgen«, erklärte der leicht verzweifelt wirkende Arzt. »Es wird sehr schmerzhaft werden, wenn die lokale Betäubung nachlässt.«

»Können Sie ihr nicht etwas mitgeben?«, fragte Beck.

»Schon, aber das ist nicht so effektiv wie die Verabreichung über den Tropf.«

»Könnten Sie uns eine Minute allein lassen?«, bat Beck.

»Sicher. Ich bin gleich zurück.«

Als der Arzt gegangen war, beugte Beck sich vor und küsste Jessie. »Vielleicht hat er recht, Honey.«

»Bring mich nach Hause, Peter. Bring mich in dein Haus, wo wir gemeinsam leben werden.«

Nach einem Blick in ihre blauen Augen und ihr blasses Gesicht konnte er es ihr nicht verwehren. »Was willst du, dass ich sage?«

»Wie wäre es mit: Okay?«, fragte sie und schenkte ihm dieses kleine Lächeln, dem er nicht widerstehen konnte.

Er führte ihre Hand an seine Lippen. »Okay.«

DIE SONNE GING GERADE AM HORIZONT AUF, ALS SIE VOR SEINEM HAUS am Common Fence Point vorfuhren.

»Es liegt am Wasser«, stellte Jessie mit einem zufriedenen Seufzen fest.

»Es ist noch nicht fertig, also erwarte nicht zu viel«, erwiderte Beck und hob sie hoch, um sie hineinzutragen.

»Warte«, bat sie, als sie die Tür erreichten.

»Worauf?«

»Küss mich, bevor du mich über die Schwelle trägst.«

Lachend kam er ihrer Aufforderung nach. »Die Medikamente machen dich albern.«

»Ich bin nicht albern.« Sie streckte die Arme aus und hätte ihn damit beinahe aus dem Gleichgewicht gebracht. »Ich bin alle meine

Sorgen los, und ich bin verliebt. Ich war in meinem ganzen Leben noch nie so glücklich wie in diesem Moment.«

»Ich auch nicht.« Seine Stimme war rau vor Emotionen, und er stahl sich einen weiteren Kuss. »Bereit, hineinzugehen?«

Sie nickte.

Er setzte sie auf dem Sofa ab und schaltete das Licht an. Nachdem er ein Kissen unter ihr verletztes Bein geschoben hatte, bemerkte er: »Tagsüber ist es schöner. Wenn man das Wasser sehen kann.«

»Es ist wunderschön.«

»Nein, Honey«, sagte er lächelnd. »Deine Wohnung im Tower war wunderschön. Das hier ist nur ein Haus.«

»Aber es wird *unser* Haus sein.« Ihre Miene wurde ganz weich. »Wir stellen den Weihnachtsbaum direkt dort ans Fenster.«

»Was immer du willst.« Er konnte den Blick nicht von ihr lösen. Sie schien so perfekt in sein Haus zu passen, als wäre es nur für sie gebaut worden. Er fragte sich, ob er sich kneifen sollte, um sich zu vergewissern, dass er nicht träumte.

»Komm zu mir.«

Er setzte sich auf den Couchtisch und nahm ihre Hand. »Du sollst wissen, wie stolz ich auf dich bin. Du hast dich so tapfer gewehrt.«

Schweigend musterte sie ihn eine Weile. »Ich hatte erst vor, ihn zu lassen … Du weißt schon. So, wie ich es bei meinem Stiefvater getan habe. Damals ist mir gar nicht eingefallen, dass ich mich wehren könnte. Aber dann habe ich an dich gedacht, und an das Baby, das wir bekommen könnten … Das hat mir die Kraft verliehen, zu kämpfen.«

Er schluckte hart. »Ich liebe dich so sehr. Es tut mir leid, dass ich nicht besser auf dich aufgepasst habe. Ich hätte dich niemals die ganze Nacht allein lassen dürfen …«

Sie legte ihm einen Finger auf die Lippen, um ihn zum Schweigen zu bringen. »Ich habe nicht getan, was du mir gesagt hast. Ich bin ein dummes Risiko eingegangen und habe den Preis dafür bezahlt. Wenn ich auf dich gehört hätte, wäre Spector mir niemals nahe genug gekommen, um mich zu entführen.«

»Aber wer weiß, wie lange dieser Wahnsinn noch gedauert hätte?

Dank dir ist es vorbei, er sitzt im Gefängnis und wird weder dir noch sonst jemandem je wieder etwas antun.«

»Ich habe ihn verletzt.«

»Das hast du«, bestätigte er lachend. »Wie geht es deinem Knie?«

»Ganz okay.«

Er beschloss, sie nicht daran zu erinnern, dass es höllisch schmerzen würde, sobald die Wirkung der Betäubung nachließ. »Ich hatte bisher keine Gelegenheit, meinen Jessica-Stone-Bademodenkalender wegzuräumen, also sei nicht überrascht, wenn du ihn in der Küche hängen siehst.«

Ihr blieb der Mund offen stehen. »Den hast du nicht wirklich!«

»Wollen wir wetten? Ich war schon in dich verliebt, bevor ich dich getroffen habe.«

Sie zog seinen Kopf an ihre Brust. »Du wirst deinen Job nicht kündigen, oder?«

»Vermutlich nicht. Außerdem würde Travis das nicht zulassen.«

»Das ist gut, denn einer von uns muss Geld verdienen.«

»Travis ist sehr großzügig, aber ich werde nie reich sein. Nicht so, wie du es als Model wärst.«

»Da ich immer mit einer drohenden Katastrophe gerechnet habe – zumindest, bis ich dich kennenlernte –, habe ich den Großteil meiner Honorare gespart. Ich bringe eine ziemlich beeindruckende Mitgift mit.«

»Ach wirklich?« Er streckte sich neben ihr auf dem Sofa aus und nahm sie in die Arme. »Dann heirate ich also eine reiche Frau?«

Sie lachte. »Kann man so sagen.« Sie schob eine Hand in die vordere Tasche seiner Shorts.

Beck zuckte zusammen, als sie über ihn strich. »Was machst du da?«

»Ich brauche dein Handy.«

»Meine Güte, Honey, frag mich doch einfach.«

Kichernd erwiderte sie: »Aber so macht es mehr Spaß.«

Er reichte ihr das Telefon. »Du bist ganz benebelt von den Medikamenten.«

»Ich bin benebelt von der Liebe.«

Er verdrehte die Augen. »Wen rufst du an?«

»Meinen Agenten.«

»Jetzt?«

»Jap.«

Beck beobachtete, wie sie ungeschickt die Nummer wählte, und fragte sich, ob er zulassen sollte, dass sie irgendetwas Wichtiges tat, während sie noch unter dem Einfluss der Schmerzmittel stand.

Sie hielt das Handy so, dass Beck mithören konnte. »Artie! Aufwachen! Ich bin's, Jessie! Du wirst es nicht glauben – ich habe Spector gefasst! Ganz allein. Ich habe ihm direkt in die Eier getreten!«

Beck lachte, als er Artie begeistert etwas ausrufen hörte.

»Ich habe gute und schlechte Neuigkeiten«, fuhr sie fort, wobei sie sich bemühte, nüchtern zu klingen, was ihr aber kläglich misslang. »Die gute Nachricht ist, ich werde heiraten. Die schlechte ist, ich gebe meinen Job auf.«

»Aber du hast Verpflichtungen«, stotterte Artie. »Verträge.«

Sie grinste Beck an. »Sag ihnen, ich bin schwanger. Danke für alles, Artie. Vor allem dafür, dass du mich zu Peter geschickt hast. Er hat sich *sehr* gut um mich gekümmert.«

»Offensichtlich. Tja, Darling, ich wünsche dir das Allerbeste. Wenn du deine Meinung je ändern solltest, weißt du ja, wo du mich findest.«

»Ich werde meine Meinung nicht ändern. Tschüss, Artie.«

Beck legte einen Arm um ihre Taille und drückte seine Nase an ihren Hals, während sie auflegte. »Bist du das wirklich?«

»Was?«, fragte sie.

»Schwanger?«

Sie zuckte mit den Schultern. »Ich weiß es noch nicht, aber ich dachte, wenn wir es zwei- oder dreimal am Tag machen, bin ich es, bevor sie mich wegen Vertragsbruch verklagen können.«

»Mit dem Plan bin ich einverstanden.«

Lachend zog sie ihn für einen Kuss an sich. »Wollen wir gleich anfangen?«

»Ich könnte mir keinen besseren Zeitpunkt vorstellen.«

FÜR TRAVIS UND LIANA FOLGTE NACH EINER SCHLAFLOSEN NACHT IM Krankenhaus ein Samstag voller Hochzeitsvorbereitungen und Mini-Krisen. Liana kümmerte sich der Reihe nach um alles, und am späten Nachmittag sehnte sie sich verzweifelt nach einem Nickerchen. Da dafür keine Zeit war, kehrte sie stattdessen ins Apartment zurück, nahm ein heißes Schaumbad, um ihre Nerven zu beruhigen, und zog danach das gleiche Kleid an, das sie zu Toms und Justines Hochzeit am vergangenen Wochenende getragen hatte.

Während sie sich die Ohrringe ansteckte, platzte Travis herein, um sich umzuziehen.

»Ich habe mich gerade gefragt, wo du steckst«, sagte sie.

»Sorry, Süße.« Er gab ihr einen Kuss. »Mein Meeting hat länger gedauert. Du siehst umwerfend aus. Wie immer.«

»Danke.« Sie wandte den Blick ab, weil ihre Augen sich mit Tränen füllten.

»Hey, was ist?«

»Ich kann nicht glauben, dass es schon eine Woche her ist, dass ich dich wegen meines Freundes Marco und des Kleids geneckt habe. Ich bin noch nicht bereit, unsere Affäre zu beenden.«

Er schloss sie in seine Arme. »Sie ist nicht zu Ende. Sie hat gerade erst angefangen.«

»Ich will nicht fahren, Travis. Ich will dich nicht verlassen.«

»Ich weiß.« Er warf einen Blick zu ihren beiden Koffern in der Ecke. »Du hast aber trotzdem bereits gepackt, hm?«

»Ich wollte die Zeit, die uns zusammen bleibt, nicht mit Packen vergeuden. Ich habe dir das Stanford-Shirt, die Shorts und die North-Point-Jacke, die du mir geliehen hast, aufs Bett gelegt.«

»Behalte sie – zumindest das Shirt und die Jacke. Die Shorts waren dir viel zu groß, wenn ich mich recht erinnere. Mir gefällt der Gedanke, dass du in meinem Shirt schläfst, wenn du nicht bei mir sein kannst.«

Sie hielt ihn noch eine Minute fest, dann ließ sie ihn widerstrebend los, damit er duschen und sich umziehen konnte. Als sie kurz darauf Hand in Hand vom Tower zum Clubhaus gingen, überkam Liana ein Gefühl des Déjà-vu. Aber dieses Mal blieb Travis nicht stehen, um sie vor den ganzen Fotografen zu küssen, sondern sie liefen mit gesenkten Köpfen weiter und kämpften mit dem Gefühlschaos, das ihre bevorstehende Abreise in ihnen beiden gestiftet hatte.

Eine Angestellte namens Chloe wartete am Eingang des Clubs auf sie.

»Wir haben ein kleines Problem.« Sie kaute an ihrem Daumennagel, während sie zwischen Travis und Liana hin und her blickte.

»Was für ein Problem?«, fragte Travis.

»Äh, die Braut hat kalte Füße bekommen. Sie behauptet, sie will die ganze Feier absagen.«

»Ist sie in der Lounge?«, erkundigte sich Liana und bezog sich damit auf den Raum, der für die Bräute reserviert war.

Chloe nickte.

»Ich kümmere mich darum.« Liana gab Travis einen schnellen Kuss. »Keine Sorge.«

Travis sah ihr nach und war stolz darauf, wie sehr sie in den letzten beiden Wochen aufgeblüht war. Liana war nun eine selbstbewusste und sinnliche Frau. Neugierig, wie sie mit der nervösen Braut umgehen würde, folgte er ihr zur Lounge und lauschte an der Tür.

Drinnen näherte sich Liana der Mutter der Braut, deren Augen in Tränen schwammen. »Ich weiß nicht, was ich mit ihr machen soll«, sagte die aufgebrachte Frau.

»Geben Sie mir ein paar Minuten mit ihr?«, fragte Liana.

»Gerne.«

Travis trat schnell beiseite, als die Mutter der Braut den Raum verließ.

»Du siehst bezaubernd aus, Lucy«, begann Liana.

Lucy spielte mit der Spitze ihres Schleiers. »Danke.«

»Was ist los?«

»Ich kann es nicht erklären. Es fühlt sich alles einfach so falsch an.«

»Hast du vielleicht ein bisschen Angst?«

Lucy zuckte die Achseln.

»Ich weiß, dass ich Angst hätte, wenn ich du wäre.« Liana konnte die Schüchternheit der Braut spüren. »All die Leute, die mich anschauen. Und dann soll ich stundenlang lächeln.« Liana schüttelte sich.

»Ja.« Lucys Miene hellte sich auf. »Genau das ist es.«

»Was ist mit Ben?«

Lucys blaue Augen füllten sich mit Tränen. »Ich liebe Ben.«

»Und er liebt dich. Das war bei unserem letzten Treffen so deutlich zu sehen. Ist dir aufgefallen, dass er den Blick nicht von dir losreißen konnte?«

»Wirklich?«

»Ja. Nicht ein einziges Mal.« Liana atmete tief durch, um ihr eigenes schmerzendes Herz zu beruhigen. »Wenn ich einen Mann hätte, der mich so ansieht wie Ben dich, würde ich ihn heiraten wollen. Und ich würde die Zähne zusammenbeißen, um die Hochzeit zu überstehen, damit ich den Rest meines Lebens mit ihm verbringen kann.«

Lucy knetete ihre Finger im Schoß und dachte darüber nach.

»Es sind nur ein paar Stunden. Und danach bist du bis in alle Ewigkeit mit Ben zusammen. Das schaffst du doch für ihn, für eure Zukunft, oder?«

»Ja«, erwiderte Lucy mit einem entschlossenen Nicken und lächelte. »Für ihn, für uns schaffe ich das. Weißt du irgendetwas über die große Überraschung, die er für mich geplant hat?«

»Ja, das tue ich tatsächlich.« Liana nahm Lucys Hand. »Und es ist etwas, das du um nichts in der Welt verpassen willst, glaub mir. Eure Gäste haben sich am Pavillon versammelt, der Friedensrichter steht bereit, Ben ist da, und da draußen wartet ein wunderschöner, perfekter Sommerabend. Was meinst du – wollen wir heiraten gehen?«

»Okay. Ich danke dir, Liana.«

Liana führte Lucy aus dem Raum und war überrascht, Travis vor der Tür vorzufinden.

Ihre Blicke trafen sich, und in diesem Moment wusste sie, er hatte alles gehört, was sie zu Lucy gesagt hatte – und es missverstanden. »Travis …«, begann sie stockend.

Er zwang sich zu einem Lächeln. »Bringen wir die wunderschöne Braut zu ihrer Hochzeit, was meint ihr?«

KAPITEL 28

Das Gehörte brannte immer noch in ihm, als Travis sich eine ruhige Ecke in der Nähe der Küche suchte, während die Vorspeisen serviert wurden. Er fasste es nicht, dass sie das gesagt hatte. *Wenn ich einen Mann hätte, der mich so ansieht wie Ben dich, würde ich ihn heiraten wollen.* Hatte er nicht jedes Mal sein Herz in den Augen gehabt, wenn er sie in den letzten zwei Wochen angeschaut hatte?

Er setzte sich auf einen Stapel Bierkästen und stützte die Ellbogen auf die Knie. Hätte er mehr tun oder sagen können, um ihr zu zeigen, wie sehr er sie liebte? Lange saß er so da und dachte über diese Frage und andere nach, die in seinem Kopf kreisten. Ganz eindeutig hatte er nicht genug getan.

Da die meisten Kellner im Zelt beschäftigt waren, wurde es in der Küche ruhiger, und Travis konnte die Unterhaltung zwischen zwei Teenagermädchen mit anhören, die den Salat vorbereiteten.

»Sie ist so unglaublich schön, oder?«

»Und wesentlich netter, als ich erwartet hätte.«

»Stimmt.«

»Ich habe im *Enquirer* gelesen, dass sie bald zu ihrer Arbeit zurückgeht. Ich frage mich, ob sie je hierher zurückkehren wird.«

»Warum sollte sie? Wenn ich sie wäre und das Glück hätte, ihr

Leben zu führen, würde ich nie wieder in dieses Kaff zurückkommen. Hier gibt es ja noch nicht mal ein Kino oder einen McDonald's. Es ist echt öde hier.«

»Aber Mr North ist so toll.«

»Ernsthaft? Der ist doch viel zu alt.«

Travis unterdrückte ein Stöhnen. Er war gerade sechsunddreißig geworden!

»Trotzdem ist er umwerfend.«

»Na ja, aber sie wird ihn ja nicht heiraten. Warum sollte sie auch ihr Leben für das hier aufgeben?«

»Ich liebe es hier.«

»Ich nicht. Sobald ich die Schule fertig habe, bin ich hier raus und komme nie mehr zurück. Genau wie sie. Du wirst schon sehen.«

Ein paar Minuten lang arbeiteten die Mädchen schweigend.

Travis hörte das Klackern von Absätzen, als jemand die Küche betrat.

»Sorry, Mädels, wenn ich euch unterbreche, aber habt ihr Mr North gesehen?«, fragte Liana.

»Äh, nein, Ms McDermott. Hier ist er nicht.«

»Wenn ihr ihn seht, sagt ihr ihm bitte, dass ich ihn suche?«

»Klar. Machen wir.«

»Danke.«

Kurz darauf wandten die beiden Mädchen sich anderen Arbeiten zu, und ihre Stimmen wurden zu leise, als dass er sie noch hätte verstehen können. Was ganz gut war, denn Travis hatte mehr als genug gehört.

Während die Kellner die Torte servierten, wanderte er durchs Zelt und prüfte, ob alles in Ordnung war. Auf der anderen Seite sah er Liana mit dem Bräutigam reden. Sie hatten ihre Köpfe zusammengesteckt. Travis beobachtete, wie sie Ben etwas reichte und ihn dann nach einer kurzen Umarmung stehen ließ.

Im Weggehen bemerkte sie Travis und bedeutete ihm, dort zu bleiben, wo er war.

Die Blicke eines jeden Mannes folgten ihr, als sie das Zelt durchquerte und auf ihn zukam.

»Läuft alles glatt?«, fragte er.

»Ja. Alles gut. Travis, was du mich zu Lucy hast sagen hören …«

»Zerbrich dir darüber nicht den Kopf.«

»Aber …«

Die Band rief das Brautpaar auf die Bühne.

»Was ist das?«

Liana drehte sich zur Bühne um. »Sieh einfach zu.«

Ben half einer erstaunten Lucy auf einen Stuhl und griff das kabellose Mikrofon, das Liana ihm gegeben hatte, fester. Dann nickte er der Band zu, die anfing, »Unchained Melody« zu spielen.

Liana lehnte sich gegen Travis, der ihr einen Arm um die Taille legte.

»Wow, er ist gut«, flüsterte Travis ihr ins Ohr, bevor er anfing, leise mitzusummen.

Liana drehte sich herum, schlang ihm die Arme um den Nacken und schaute zu ihm auf.

Sofort spannte sich sein gesamter Körper an. Er löste den Blick von ihr, griff nach ihren Händen und nahm sie von seinen Schultern.

»Travis? Was ist?«

»Es tut mir leid. Ich kann das einfach nicht.«

Er ließ Liana stehen und eilte mit langen Schritten aus dem Zelt.

Es dauerte noch über eine Stunde, bis die Hochzeitsfeier zu Ende war und Liana Travis folgen konnte. Da ihn im Club niemand gesehen hatte, lief sie zum Tower und nahm den Fahrstuhl zu seiner Wohnung, die jedoch, als sie eintraf, im Dunkeln lag.

»Travis?«, rief sie. Er antwortete nicht, also ging sie ins Schlafzimmer und schaltete das Licht an. Sein Smokingjackett und die Fliege lagen auf dem Bett, aber von Travis war nichts zu sehen.

Auf der Terrasse konnte sie einen hellen Fleck – sein weißes Hemd – ausmachen. Sie durchquerte das Wohnzimmer, schob die Glastür auf und trat nach draußen, wo er an der Brüstung stand, die den Balkon umgab. »Travis? Ich habe dich gesucht.«

Er drehte sich zu ihr um. »Nun hast du mich gefunden.«

»Wolltest du das nicht?«

Er zuckte mit den Schultern.

»Es tut mir leid, was ich zu Lucy gesagt habe. Ich habe nur versucht …«

»Hör auf, Liana.« Er hob eine Hand. »Bitte. Lass es einfach gut sein.«

Seine wie eingefroren wirkenden Gesichtszüge erfüllten Liana mit Angst und verwandelten ihn in jemanden, den sie kaum wiedererkannte.

»Lass mich dich eines fragen«, erklärte er.

»Alles, was du willst.«

»Wenn du morgen fährst – wirst du je zurückkommen?«

»Ich möchte es gerne. Ich wünschte, ich könnte dir sagen, was du hören willst …«

Er lächelte, doch seine Augen blieben hart. »Du hast mir erzählt, wie unglücklich du in deinem Beruf bist. Wie sehr du die Presse und all das hasst.«

»Das stimmt auch.«

»Dann ist der einzig logische Schluss, dass du mich nicht ausreichend liebst, um das aufzugeben. Oder schlimmer noch, du glaubst, *ich* würde dich nicht ausreichend lieben.«

»Das stimmt nicht! Ich denke nichts von beidem. Du legst mir Worte in den Mund!«

»Wenn das, was wir zusammen hatten, für dich gut genug wäre, Liana, wüsstest du es inzwischen. Du müsstest nicht mehr lange überlegen.«

»Ich weigere mich, mich zu der größten Entscheidung meines Lebens drängen zu lassen, ohne mir ausreichend Zeit zu nehmen, alles zu durchdenken.«

Er schüttelte den Kopf. »Wir machen uns selbst etwas vor, wenn wir so tun, als wäre das hier mehr als bloß eine Affäre.«

»Aber …«, stotterte sie. »Was du gestern Nacht gesagt hast … Du hast gesagt, du willst mich heiraten und auf mich warten. Ich verstehe das nicht. Was hat sich geändert?«

»Ich habe meinen Kopf für ein paar Minuten aus den Wolken gezogen, und mir hat nicht gefallen, was ich gesehen habe. Mehr nicht.«

»Und was genau hast du gesehen?«, fragte sie leise.

»Ich habe mich hier sitzen und bis in alle Ewigkeit darauf warten sehen, dass du zurückkommst, obwohl du vermutlich gar nicht vorhast, das jemals zu tun.«

»Das habe ich nie gesagt. Ich habe nur um ein wenig Zeit dafür gebeten, mir über alles klar zu werden.«

»Tja, die brauchst du jetzt nicht mehr. Ich lass dich vom Haken.«

Sie trat zu ihm und legte ihre Hände auf seine Brust. »Ich will nicht vom Haken gelassen werden. Ich liebe dich, Travis.«

»Du gehörst nicht hierher. Und ich gehöre nirgendwo anders hin.«

Mit Tränen in den Augen schaute sie ihn an, doch seine Miene war ausdruckslos. »Hast du auch geglaubt, ich gehöre nicht hierher, als du mich gefragt hast, ob ich für dich arbeiten will? Ich dachte, wir wären ein gutes Team.«

»Wir hatten einen Vorgeschmack darauf, wie unser gemeinsames Leben aussehen könnte, und dir gefällt das Leben nicht, das du im Moment führst. Was gibt es da zu entscheiden?« Er packte sie an den Schultern und riss sich sichtlich zusammen, um sie nicht zu schütteln. »Du sagst, du liebst mich, du liebst es, hier zu arbeiten, mit mir. Deine Familie wohnt hier, du hasst den Modeljob. Worüber musst du noch nachdenken?«

»Es ist nur … Ich kann nicht …«

Mit einem tiefen Seufzer ließ er die Hände sinken und trat einen Schritt zurück. »Wir hatten eine gute Zeit, und ich bin dir ehrlich dankbar für deine Hilfe bei den Hochzeiten. Du hast ausgezeichnete Arbeit geleistet. Ich hoffe sehr, dass die Zeit hier dir gezeigt hat, wozu du fähig bist. Aber hören wir auf, uns weiter zu quälen, indem wir uns etwas wünschen, was es zwischen uns nie geben kann. Ich denke, es ist am besten, wenn du heute bei deiner Mutter über-nachtest.«

Tränen rollten ihr über die Wangen. »Warum tust du das?«, flüsterte sie. »Warum zwingst du mich dazu, mich in diesem Moment zu entscheiden?«

»Weil es besser ist, wenn wir uns den Tatsachen jetzt stellen, als in ein paar Monaten. Ich ertrage die Qual nicht, auf etwas zu warten, was nie passieren wird.«

»Wenn du das so willst …«

»Ja, will ich.«

»Liebst du mich? Oder war das nur Gerede? Es tut mir leid, wenn ich den Unterschied nicht erkenne. Ich hatte noch nie zuvor eine Affäre.«

»Ich habe dich geliebt.«

Sie bemerkte, dass er die Vergangenheitsform benutzte, und auch als sie die Hand hob, um seine Wange zu streicheln, wurde seine Miene nicht weicher. »Ich hatte eine wundervolle Zeit«, sagte sie. »Danke.« Sie stellte sich auf die Zehenspitzen und gab ihm einen letzten Kuss, bevor sie hineinging, um ihre Koffer zu holen. In seinem Schlafzimmer wurde sie von der Erinnerung an ihren ersten Abend in diesem Zimmer überwältigt. Als sie so verzweifelt aus diesem schrecklichen Brautjungfernkleid rausgewollt hatte.

Sie wischte sich die Tränen ab, legte die Schlüssel, die Travis ihr gegeben hatte, auf die Kommode und hockte sich hin, um Dash zu umarmen. »Sei ein gutes Mädchen.« Sie gab der Hündin einen Kuss auf die Schnauze, nahm ihr Gepäck und eilte zum Fahrstuhl. Als die Türen sich öffneten, schaute sie ein letztes Mal zu Travis, der mit gesenktem Kopf und hängenden Schultern auf der Terrasse stand.

Sie ließ ihre Koffer in der Garage und ging zum Club, wo sie Beck suchte und ihn bat, sie zu ihrer Mutter zu bringen. Sie war dankbar, dass er keine Fragen dazu stellte, wieso sie schon einen Tag früher abreiste.

Als sie durch das Tor von North Point fuhren, schaute Liana nicht zurück. »Wie geht es Jessie?«, fragte sie.

»Ein wenig besser.«

»Danke, dass du heute da warst. Ich weiß, dass du sie nicht allein lassen willst.«

»Sie hat darauf bestanden, dass ich komme. Sie weigert sich, Angst zu haben.«

»Das freut mich für sie.« Liana wünschte, sie könnte so furchtlos sein wie ihre Freundin. Kurz darauf stellte sie erleichtert fest, dass vor dem Haus ihrer Mutter keine Reporter warteten. Offensichtlich hatten sie es aufgegeben, sie finden zu wollen.

Beck bog in die Auffahrt ein und wandte sich an Liana. »Dein neues Sicherheitsteam wird dich morgen früh am Flughafen in Empfang nehmen. Ich glaube, du wirst die Jungs mögen.«

Liana drückte seine Hand. »Vielen Dank für deine Hilfe.«

»Gern geschehen. Du wirst froh sein, sie zu haben.«

»Ich weiß.« Sie hasste es, über die große Veränderung in ihrem Leben nachzudenken, die die Bodyguards bedeuteten.

Beck half ihr mit dem Gepäck. An der Tür legte er ihr eine Hand auf den Arm. »Er kann ziemlich stur sein. Ich weiß nicht, was heute Abend passiert ist, aber er liebt dich – er liebt dich wirklich. Ich dachte, das solltest du wissen.«

Sie gab ihm einen Kuss auf die Wange. »Danke, Beck. Für alles. Ich wünsche dir und Jessie nur das Beste. Es war ein Vergnügen, dich kennenzulernen.«

Er umarmte sie. »Das Vergnügen lag ganz auf meiner Seite. Pass auf dich auf, Liana.«

Sie nickte und ging ins Haus.

ABGESEHEN VON KURZEN AUSFLÜGEN, UM DASH AUSLAUF ZU verschaffen, verließ Travis sein Apartment zwei volle Tage nicht. Er brauchte Zeit, um sich dafür zu wappnen, den Rest seines Lebens ohne Liana zu verbringen. Doch es dauerte nicht lange, bis er erkannte, dass ihre Essenz in jeden Winkel seiner Welt eingedrungen war. Das Zuhause, das er einst geliebt hatte, war nun ein Hort schmerzhafter Erinnerungen. Er hatte das schreckliche Gefühl, dass es ihm auf seinem Boot, in seinem Büro und im Club genauso gehen würde, sollte er endlich in seine Welt zurückkehren.

Später am zweiten Tag betrat er das Schlafzimmer und streckte sich auf dem Bett aus. Er drehte sich auf die Seite, und sein Blick fiel auf die Schachtel mit den Kondomen, die auf dem Nachttisch stand. Als er die Schublade aufzog, um sie wegzupacken, entdeckte er den Slip, den er Liana im Kino geklaut hatte. Er nahm ihn heraus und ballte die Faust darum, da traf es ihn wie ein Schlag.

»O mein Gott«, flüsterte er. »Was habe ich getan?«

Dash sprang aufs Bett, rollte sich neben ihm zusammen und legte ihren Kopf auf seine Brust.

Travis vergrub sein Gesicht im weichen Fell der Hündin. »Ich habe sie weggeschickt, Dash. Ich bin so ein Idiot.«

Dash winselte und leckte ihm übers Kinn.

»Was soll ich denn bloß ohne sie machen? Egal, wo ich hinschaue, ich sehe nur sie. Mein Kissen riecht noch immer nach ihrem Parfüm. Was glaubst du, wie lange das so bleibt?«

Die Hündin stieß ihn mit der Nase an.

»Ich habe es gründlich vermasselt, und alles nur, weil ich solche Angst hatte, sie zu verlieren. Tja, jetzt habe ich sie verloren, und lass dir eins sagen, es tut genauso weh, wie ich es mir vorgestellt habe.« Er fuhr mit den Fingern durch das weiche Fell des Tieres. »Ich frage mich, wie es ihr geht.«

Er atmete tief ein. »Glaubst du, sie vermisst uns? Vermutlich nicht – nicht, nachdem ich sie so behandelt habe. Ich wollte anders sein, weißt du? Anders als die anderen Typen, die sich von ihrem Ruhm und ihrer Schönheit blenden lassen. Also habe ich was getan? Ich habe sie dazu gebracht, sich in mich zu verlieben, und dann habe ich sie fortgeschickt. Ich habe es echt versaut«, flüsterte er. »Und wie. Und es gibt nichts, was ich deswegen unternehmen könnte.«

Dash hob den Kopf und jaulte leise.

»Glaub mir, mein Mädchen, wenn ich denken würde, dass sie mich sehen will, würde ich ihr hinterherreisen. Aber ich habe mich ihr gegenüber wie ein totales Arschloch benommen, und nun ist sie mit mir durch. Sie kann jeden Kerl haben, den sie will. Sie braucht keinen, der sie so behandelt.«

Dash bellte einmal scharf, um ihr Missfallen auszudrücken.

»Du wirst mich niemals verlassen, oder, mein Mädchen?«

Seufzend legte Dash ihren Kopf wieder auf seine Brust. Sie hatte getan, was sie konnte.

TRAVIS HATTE VOR, EIN WENIG ARBEIT IM BÜRO ZU ERLEDIGEN, ALS Chloe hereinkam und einen Besucher ankündigte.

»Wer ist es?«

»Pferdegesicht«, flüsterte Chloe.

Travis stöhnte.

»Was soll ich tun?«

»Führ sie herein, Chloe. Danke.«

»Viel Glück«, flüsterte sie auf dem Weg nach draußen.

Enid segelte herein und brachte eine Wolke ihres französischen Parfüms mit sich. Sie ließ ihre Handtasche auf den Stuhl vor dem Schreibtisch fallen und stemmte die Hände in die üppigen Hüften.

Travis hob eine Augenbraue. »Kann ich dir irgendwie behilflich sein, Enid?«

»Du bist so ein Mistkerl.«

Travis behielt eine neutrale Miene bei. »Sonst noch was?« Er schob ein paar Papiere auf dem Schreibtisch zusammen. »Ich habe zu tun.«

»Ich wiederhole: Du bist ein Mistkerl! Glaubst du, ich würde einfach *jeden* Mann an meine Cousine ranlassen?« Sie stützte sich auf dem Schreibtisch ab. »Ich dachte, du wärst ihrer würdig.«

»Ich schätze, da hast du dich geirrt.«

»Nein, hab ich nicht. Ich habe genau richtig gelegen. Also was zum Teufel ist vorgefallen?«

»Ich bin sicher, du hast die ganze Geschichte schon gehört.«

»Travis North, du wirst mir jetzt erzählen, was passiert ist.« Sie schob ihre Handtasche beiseite und ließ sich auf den Stuhl fallen. »Ich gehe nicht eher, als bis du es getan hast.«

»Wie du willst.« Er nahm den Telefonhörer in die Hand.

Enid sprang auf und drückte auf die Gabel. »Sag mir, was sich geändert hat, Travis. An dem einen Abend wolltest du sie heiraten, und am nächsten ist für dich alles vorbei. Warum?«

Travis' Kiefer schmerzte vor Anspannung. Er ließ den Telefonhörer von einer Hand in die andere wandern. »Ich habe sie mit der Braut reden hören.«

Enid nickte. »Und sie hat gesagt, wenn sie einen Mann hätte, der sie so ansähe, wie Ben Lucy ansieht, würde sie ihn heiraten.«

»Sie *hatte* einen Mann, der sie so angesehen hat.«

»Das *wusste* sie, du Idiot.«

»Warum hat sie dann all diese Sachen gesagt?«

»Weil sie den Job gemacht hat, um den *du* sie gebeten hast. Beantworte mir eine Frage: Hat die Braut die Hochzeit durchgezogen?«

»Ja.«

»Tja, ich schätze, das, was auch immer Liana zu dem armen Mädchen gesagt hat, hat funktioniert. Die Hochzeit ist perfekt gelaufen, und dafür kannst du dich bei Liana bedanken. Aber du bist zu dumm, um das zu sehen.«

»Du hast vielleicht Nerven, in mein Büro zu platzen und mir alle Beschimpfungen an den Kopf zu werfen, die du kennst.«

»Wo die herkommen, gibt es noch einige mehr. Liana hat versucht, dir zu erklären, dass sie bloß gesagt hat, was Lucy ihrer Meinung nach hören musste, aber du hast sie nicht mal ausreden lassen.«

Travis legte den Telefonhörer auf und lehnte sich in seinem Schreibtischsessel zurück.

»Da muss noch was anderes gewesen sein.«

Er seufzte, als er erkannte, dass Enid nicht aufgeben würde. »Da waren diese beiden Mädchen, die sich in der Küche unterhalten haben«, fing er an und war sich nur zu bewusst, wie dumm sich das anhören musste. »Sie meinten, sie könnten es kaum erwarten, nach ihrem Schulabschluss das hier hinter sich zu lassen, und wenn sie Lianas Leben hätten, würden sie nie in eine Stadt zurückkommen, in der es nicht mal einen McDonald's gibt.«

Enid verdrehte die Augen. »Und Liana ist natürlich für ihre große Liebe zu einem guten Big Mac bekannt. Okay, damit ich das richtig verstehe: Du hast dich von ein paar verdrossenen Teenagern davon überzeugen lassen, der Liebe deines Lebens den Rücken zu kehren?«

Er verzog das Gesicht. Ihre Worte trafen ihn wie ein Dolchstoß ins Herz.

»Du bist ein noch größerer Idiot, als ich gedacht habe.«

»Langsam fange ich an, dir zuzustimmen«, murmelte er. »Ich wollte bloß, dass sie mich so sehr will wie ich sie. Ist das so schwer nachzuvollziehen?«

»Sie wollte dich doch so. Warum war es für dich so unmöglich, ihr ein wenig Zeit zu geben, damit sie das Gefühl hatte, sie würde eine *durchdachte* und keine *überstürzte* Entscheidung treffen?«

»Weil ich die Vorstellung nicht ertragen habe, so lange ohne sie zu sein«, gab er zu.

»Ach so, dann ist das jetzt also besser?«

»Nein«, räumte er ein. »Es ist die Hölle.«

Sie sah ihn sehr lange an.

Langsam welkte er unter der Kälte in ihrem Blick dahin. »Was ist?«

»Ich überlege, ob du eine zweite Chance verdient hast, wo du die erste so formidabel versemmelt hast.«

Travis stand auf und ging um den Schreibtisch herum. »Enid, bitte. Ich will das wiedergutmachen. Hilf mir.«

»Du siehst echt scheiße aus.«

»Ich habe seit über einer Woche nicht geschlafen. *Bitte.*«

Sie nahm ihre Handtasche. »Du hast ihr das Herz gebrochen, Travis. Es ist in tausend Teile zersplittert. Wenn du ihr jemals wieder wehtust, bringe ich dich um, ist das klar?«

»Kristallklar.«

»Meine Tante Agnes weiß immer, wo Liana gerade ist. Bring mich nicht dazu, zu bedauern, dass ich dir das erzählt habe.«

»Versprochen.«

Sie wandte sich zur Tür.

»Enid?«

Sie drehte sich zu ihm um und hob fragend eine Augenbraue.

»Danke.«

Mit einem kurzen Nicken ging sie.

Travis ließ sich in seinen Sessel fallen. Lange saß er so da und lauschte der Musik aus dem Soundsystem des Clubs, während er über das nachdachte, was Enid gesagt hatte. Mit einem Mal drang die unverkennbare Stimme von Neil Diamond an sein Ohr, der »The Story of My Life« sang. Travis hatte das Lied schon Hunderte Male zuvor gehört, aber dieses Mal war er wie gebannt von den Worten über ein Leben, das an dem Tag begann, als ein bestimmter Mensch es betrat, und an dem Tag endete, an dem er ging.

In diesem Augenblick verstand Travis, dass Liana zu verlieren sein Leben zerstören würde. Und keine Zeit der Welt würde reichen, um die Wunde zu heilen. Er griff nach dem Telefon, um Agnes anzurufen.

KAPITEL 29

Der heiße Sand brannte unter Lianas Füßen, aber sie rührte keinen Muskel, während die Stylistin ihr zum dritten Mal den Lipliner nachzog – und es war erst neun Uhr morgens. Die Costa del Sol, bekannt für ihre Sonnentage, machte ihrem Ruf an diesem Morgen alle Ehre, und Liana wurde von der Wärme jetzt schon ganz schwummerig. Sie wollte nichts mehr, als sich kopfüber in die Wellen zu stürzen, die sich im Süden von Spanien am zuckerweißen Strand brachen.

»Füße«, murmelte sie, ohne die Lippen zu bewegen.

»Was?«

»Meine Füße brennen.«

»Oh! Warum hast du denn nichts gesagt?« Die Stylistin schob Liana ein Stück weiter zu dem kühleren feuchten Sand. »Tut mir leid.«

Die Garderobenassistentin folgte ihnen und richtete Lianas weißen String-Bikini. Als die Frau Lianas Brüste anfasste, als wären sie zwei Fleischstücke, musste Liana sich zurückhalten, um ihr keine Ohrfeige zu verpassen. Stattdessen tat sie das Gleiche wie immer – sie stand still und ließ die Frauen an ihr herumzupfen. Was auch immer nötig war, um den Job durchzuziehen und in ihr Hotel zurückzukehren, wo sie endlich wieder allein wäre.

Normalerweise hatte sie sich immer auf das Shooting für *Sports Illustrated* gefreut. Oft traf sie dabei andere Models, mit denen sie sich im Laufe der Jahre ein wenig angefreundet hatte, und in der Vergangenheit hatte sie die Kameraderie genossen. Doch dieses Jahr gab es viele neue Mädchen, von denen die meisten so mit sich beschäftigt waren, dass Liana sich gar nicht erst bemüht hatte, sie kennenzulernen. Das hätte – wie alles, seit sie Rhode Island verlassen hatte – zu viel Energie erfordert.

Nach der Aufmerksamkeit, die ihre Beziehung zu Travis in den Medien generiert hatte, war sie gefragter als je zuvor. Artie hatte sie bis weit ins neue Jahr hinein gebucht, und das war ihr nur recht. Sie hatte festgestellt, es war besser, viel um die Ohren zu haben, denn dann hatte sie keine Zeit, nachzudenken.

Artie hatte ihr schließlich auch von dem »Gerücht« erzählt, das er während ihrer Ferien am Telefon erwähnt hatte. Er stand in Verhandlungen mit einer der Top-Kosmetikfirmen der Welt, um Liana zum »Gesicht von L'Elégance« zu machen. Artie war darüber völlig aus dem Häuschen, vermutlich vor allem, weil er mit der Kommission ein Vermögen verdienen würde. Lianas lustlose Reaktion auf das Angebot hatte ihn enttäuscht, aber sie hatte ihm gesagt, er solle weiter daran arbeiten. Die Einzelheiten waren ihr egal.

Am Rande des Sets standen zwei der vier Männer, die Liana inzwischen überallhin begleiteten, und ließen sie nicht aus den Augen, während die Stylistin ihr Gesicht ein letztes Mal begutachtete. Sie waren ganz nett und bemühten sich, ihre Bewegungsfreiheit nicht zu sehr einzuschränken, doch Liana war sich ihrer Anwesenheit immer bewusst. Die Presse hatte sie so rücksichtslos verfolgt – erst in Mailand und nun in Spanien –, dass sie inzwischen dankbar für ihre Bodyguards war. Sie wusste, die Paparazzi lechzten nach jedem Informationszipfelchen über ihre Beziehung mit Travis, aber sie sagte dazu nichts und war sich sicher, dass er es genauso handhabte.

Wie sie es so oft am Tag tat, dachte sie an ihn und fragte sich, ob er sie wohl auch nur annähernd so sehr vermisste wie sie ihn. Sie hatte die letzte Unterhaltung mit ihm wieder und wieder im Kopf durchgespielt und sich jedes Mal gefragt, warum sie ihm nicht einfach die Garantie hatte geben können, die er gebraucht hatte. Doch dann erinnerte sie sich daran, wie wenig er bereit gewesen war, ihr entgegenzukommen, und wurde wieder wütend.

Sein Ultimatum hatte ihr überhaupt nicht gefallen. Sie war noch nicht bereit gewesen, aufgrund ihrer zwei gemeinsamen Wochen eine derartige Aussage zu treffen, und es war nicht fair von ihm gewesen, sie so unter Druck zu setzen. Aber nachdem sie über eine Woche ohne ihn verbracht hatte, wünschte sie, sie könnte die Zeit zurückdrehen. Im Moment würde sie ihm alles geben, was er verlangte, wenn das bedeutete, wieder mit ihm zusammen zu sein.

»Bist du bereit, Süße?«, rief der Fotograf.

Ein weiß glühender Schmerz durchfuhr Liana. »Nenn mich nicht so«, fuhr sie ihn an.

Ihr ungewohnt scharfer Ton schockierte sowohl den Fotografen als auch die Stylistin und die Assistentin.

»Bringen wir es hinter uns.« Liana ging dorthin, wo die Wellen auf den Sand trafen, und nahm die Pose ein, die der Fotograf von ihr haben wollte. Dabei tat sie so, als hörte sie sein gemurmeltes »Verdammte Modelzicken« nicht. Es war ihr inzwischen egal, was die Leute von ihr dachten.

ALS DER TAG SICH ENDLICH DEM ENDE NÄHERTE, TAT LIANAS alles weh, und sie sehnte sich nach einem heißen Bad, Zimmerservice und ihrem Kingsize-Bett im Hotel.

»Okay«, rief der Fotograf. »Für heute ist Schluss. Morgen fangen wir mittags an. Danke an alle.«

Liana löste sich aus der Pose und beugte sich vor, um ihre verkrampften Wadenmuskeln zu massieren. Die Haut an ihren Füßen war ganz runzlig, weil sie stundenlang in der Brandung gestanden hatte, und die Verspannung in ihrem Nacken würde wohl nicht so schnell wieder verschwinden. Sie schaute ein letztes Mal sehnsüchtig auf die Wellen und wünschte, sie hätte noch die Energie, hineinzutauchen, so wie sie es sich den ganzen Tag gewünscht hatte. Aber selbst das schien ihr jetzt zu anstrengend.

Ihre persönliche Assistentin reichte ihr einen Bademantel.

»Danke.« Liana legte ihn sich über den Arm und lief langsam den Strand hinauf zu der Stelle, wo sie ihre Flip-Flops und ihre Tasche zurückgelassen hatte.

Bevor sie zum Wagen ging, der sie ins Hotel zurückbringen würde, streckte Liana sich noch einmal ausgiebig. Als sie sich aufrichtete, stockte ihr der Atem. Auf einem kleinen Hügel am Strand stand Travis und beobachtete sie. Dann kam er langsam den felsigen Weg hinunter auf sie zu, und ihr Herz begann, schneller zu schlagen. In Shorts und einem weißen Hemd, dessen Ärmel über seinen gebräunten Unterarmen bis zu den Ellbogen hochgekrempelt waren, sah er so gut aus wie nie zuvor.

Als er näher kam, rückten Lianas Bodyguards an sie heran.

»Ist schon gut, Jungs«, sagte sie leise, und sie zogen sich zurück. Liana widerstand dem Drang, sich Travis in die Arme zu werfen. »Was machst du hier?«

»Ich, äh …« Er warf einen Blick über seine Schulter zu den anderen, die alle in ihrer Arbeit innegehalten hatten und sie beobachteten. »Können wir irgendwo reden? Ohne Publikum, meine ich.«

Liana musterte sein attraktives Gesicht und bemerkte, wie erschöpft er aussah. »Da vorne wartet ein Wagen mit Chauffeur auf mich. Willst du mitfahren?«

»Ja«, erwiderte er sichtlich erleichtert. »Das würde ich sehr gern.« Er nahm ihr den Bademantel ab, der immer noch über ihrem Arm lag, und hielt ihn ihr hin, damit sie hineinschlüpfen konnte.

Sie wandte ihm den Rücken zu, um den Gürtel zu verknoten.

Sanft zog er ihre langen Haare aus dem Kragen und ließ sie durch seine Finger gleiten.

Die Sehnsucht auf seinem Gesicht war beinahe zu viel für sie. Wären nicht so viele Augen auf sie gerichtet gewesen, hätte sie ihm gleich hier und jetzt die Arme um den Hals geschlungen und sich an ihn geschmiegt.

Auf dem Parkplatz gab Travis einem von Lianas Bodyguards die Schlüssel für seinen Mietwagen, damit er ihnen darin folgte. Der andere Bodyguard stieg vorn neben dem Fahrer ein.

Hinter der Abgrenzung um das Set standen Fotografen mit Teleobjektiven und hielten jede ihrer Bewegungen fest. Sie waren durchgedreht, als sie gemerkt hatten, wer da bei ihr war.

Als sie auf der Rückbank saßen, wandte Liana sich zu Travis um. »Ich kann nicht glauben, dass du hier bist. Woher wusstest du, wo du mich findest?«

»Ich habe deine Mutter gefragt.«

Liana hob eine Augenbraue. »Ich bin überrascht, dass sie es dir verraten hat. Als ich sie das letzte Mal gesehen habe, war sie nicht sonderlich gut auf dich zu sprechen.«

»Lass es mich so ausdrücken: Ich musste all meinen Charme einsetzen, um sie dazu zu bewegen, es mir zu verraten.« Er griff nach ihrer Hand. »Wie bist du so braun geworden?«

»Das ist nicht echt.«

Er strich mit der Hand über ihren Arm, als wolle er prüfen, ob die Farbe abging. »Wow. Es sieht aber sehr echt aus.«

»Weißt du, was das Beste an einem Fake-Teint ist?«

»Keine Ahnung.«

»Keine Bikinistreifen.«

Er schluckte hart und konnte den Blick nicht von ihr losreißen. »Travis …«

Er gab ihr einen Kuss auf die Hand. »Wir werden reden, Süße. Wenn wir allein sind.«

Liana merkte erst jetzt, wie tot sie innerlich ohne ihn gewesen war. Nur ein paar Minuten in seiner Gegenwart, das Gefühl seiner Hand, die ihre umschloss, seine Stimme zu hören, wie er sie »Süße« nannte, und schon war sie wieder lebendig. Er war ihr Leben. Das war mit einem Mal so offensichtlich, dass sie sich fragte, wie sie es je hatte infrage stellen können.

»Ich hatte keine Ahnung, wie kräftezehrend deine Arbeit ist«, bemerkte er nach längerem Schweigen, bei dem sie einander eindringlich gemustert hatten.

»Wie lange hast du zugesehen?«

»Eine Weile. Wie kannst du eine Pose so lange halten?«

»Unter Schmerzen.« Sie schnitt eine Grimasse. »Im Moment tut mir alles weh.«

Er schüttelte bestürzt den Kopf. »Und morgen musst du das alles noch mal machen.«

»Aber Gott sei Dank erst ab Mittag.«

»Zumindest findet deine Folter an einem schönen Ort statt.«

»Bist du hier schon mal gewesen?«

Er schüttelte den Kopf. »Zum Glück war ich schon ein paarmal in Südamerika, sodass ich einen Reisepass hatte, aber ich war noch nie in Europa.«

»Nie?« Sie riss erstaunt die Augen auf.

»Wir können nicht alle weltreisende Supermodels sein.«

»Du schon«, zog sie ihn auf und dachte daran, wie gut er in seinem Smoking von Armani aussah.

»Ich würde lieber auf der Ladefläche eines Pick-ups wohnen.«

Sie mussten beide lächeln, was Liana angenehme Wärme in ihre müden Knochen sandte. »Wie geht es Beck und Jessie?«

»Sie haben vorgestern in North Point geheiratet. Es war sehr süß und berührend, nur die beiden, ich und ein Friedensrichter. Wir hätten uns alle gewünscht, dass du dabei gewesen wärst.«

»Wenn man sich das vorstellt«, sagte sie und schüttelte den Kopf. »Wegen unserer Affäre sind die beiden jetzt verheiratet.«

»Sie haben ihr Happy End bekommen. Schaffen wir das auch?«

»Ich hoffe es.« Sie drückte seine Hand. »Ich hoffe es sehr.«

Der Fahrer bog in die von Palmen gesäumte Auffahrt zum Hotel Duques de Medinaceli im Zentrum von El Puerto de Santa Maria ein und brachte den Wagen vor dem Eingangsportal zum Stehen. Der Bodyguard stieg aus.

Travis hielt Liana zurück, als der Fahrer ihr die Tür öffnete. »Ich bin direkt vom Flughafen in Jerez hergekommen, um dich zu finden. Ich muss erst mal sehen, ob ich noch ein Zimmer bekomme.«

Sie griff nach seiner Hand. »Nein, das musst du nicht.«

»Ich will nicht irgendwelche Dinge als gegeben voraussetzen, vor allem nicht danach, wie es zwischen uns gelaufen ist.«

»Das tust du nicht. Hol deine Reisetasche, und komm mit.«

Als sie ihn durch das luxuriöse Hotel führte, folgten die Bodyguards in respektvollem Abstand. »Weißt du, was ich an Europa liebe?«, fragte sie.

»Nein. Was?«

»Dass alles so alt ist. In dieser Stadt steht das Haus, in dem Christoph Kolumbus auf die Zustimmung von König Ferdinand für seine Reise in die Neue Welt gewartet hat. Da wird einem klar, wie jung unser Land im Vergleich zum Rest der Welt ist.«

Voller Liebe schaute er sie an.

Ihre Wangen erhitzten sich unter seinem intensiven Blick. »Was ist?«

»Ich habe dich vermisst«, erklärte er. »Ich habe dich so unglaublich vermisst.«

»Ich dich auch.«

An der Tür zu ihrer Suite hielt Liana ihn zurück, während die Bodyguards vorausgingen und sich vergewisserten, dass alles okay war.

»Wir sind nebenan, Ms McDermott. Sagen Sie Bescheid, wenn Sie irgendwohin möchten.«

»Ich werde den Rest des Tages auf dem Zimmer bleiben. Bitte genießen Sie den Abend.«

Der größere der Bodyguards musterte Travis einmal von Kopf bis Fuß. »Sie auch. Wir sehen uns morgen früh.«

Nachdem sie fort waren, seufzte Travis erleichtert auf. »Meine Güte, ich dachte, die nehmen gleich eine gründliche Leibesvisitation vor.«

Liana lachte und schloss die Tür. »Du warst derjenige, der meinte, ich solle mir Bodyguards zulegen.«

»Aber doch nicht, um dich *vor mir* zu beschützen.« Mit einem Mal wurde er ganz ernst. »Obwohl das vielleicht eine gute Idee gewesen wäre.«

»Travis«, flüsterte Liana, als sie sich endlich gestattete, das zu tun, was sie schon am Strand hatte tun wollen. Sie legte ihm die Arme um den Hals und lehnte ihren Kopf an seine Brust. »Sag mir, warum du hier bist.«

Er hielt sie ganz fest. »Das Wichtigste zuerst«, erklärte er und hob ihr Kinn, um ihr einen zärtlichen Kuss zu geben.

Liana strich ihm mit den Fingern durchs Haar und ließ ihre Zunge über seine Unterlippe gleiten.

Stöhnend hob Travis sie hoch und vertiefte den Kuss. »Liana«, keuchte er, als sie Luft holen mussten. »Es tut mir leid, dass ich es so vermasselt habe. Ich war ein Idiot. Ich hatte solche Angst, dich zu verlieren, dass ich dich vertrieben habe. Irgendwie dachte ich, dann wäre es leichter. Aber das war es nicht. Es war schrecklich. Ich liebe dich so sehr.«

»Schh.« Sie brachte ihn mit einem weiteren Kuss zum Schweigen.

»Ist es für uns zu spät?«

»Nein, es ist nicht zu spät.« Sie verzog das Gesicht, als sie ihren Kopf bewegte und ihre verspannten Muskeln sofort protestierten.

Travis hob sie auf die Arme, trug sie zu dem Himmelbett mit den roten Vorhängen … und entdeckte sein Stanford-Shirt.

Sie sah, dass er es anstarrte. »Das ist ein unzureichender Ersatz«, meinte sie und streckte die Hand nach ihm aus, um ihn zu sich zu ziehen.

»Du bist so müde, Süße.« Er verteilte kleine Küsse auf ihrem Gesicht, ihrem Hals und dem kleinen Dreieck ihrer Haut, das der Bademantel freigab.

Sanft strich sie ihm mit dem Finger über das stoppelige Kinn. »Du siehst ebenfalls erschöpft aus.«

»Seit du fort bist, habe ich keine Nacht mehr durchgeschlafen.« Er schob ihr die Haare aus dem Gesicht. »Im Schlaf greife ich nach dir, aber ich kann dich nicht finden. Von der Suche nach dir wache ich jedes Mal auf.«

Sie presste ihre Lippen auf die Innenseite seines Handgelenks und sagte: »Mir ging es genauso. Ich hätte nie gedacht, dass ich mich so schnell daran gewöhnen würde, neben jemandem zu schlafen. Ich träume, dass ich mit dir zusammen bin, und wenn ich aufwache, tut es so weh, dass es mir den Atem raubt. Ich fürchte auch jetzt, dass ich gleich aufwache und feststelle, dass alles bloß ein Traum war.«

Überwältigt ließ er seinen Kopf auf ihre Brust sinken.

Sie strich ihm langsam durch die Haare. »Ich liebe dich, Travis.«

Er erbebte unter einem tiefen Seufzer. Mit Augen voller Liebe schaute er zu ihr auf. »Auf dem ganzen Weg hierher, auf diesem endlosen Flug von Boston nach Madrid und von Madrid nach Jerez, habe ich nur daran denken können, was ich tun würde, wenn du mich nicht mehr lieben würdest.«

Sie streichelte sein Gesicht. »Ich werde dich immer lieben.«

Sein Kuss war voller Liebe und Sehnsucht und Leidenschaft.

Liana schlang die Arme um ihn und zog ihn auf sich. »Liebe mich.«

»Deshalb bin ich nicht hier, Liana.«

»Ich weiß.« Sie ließ die Hände unter sein Hemd gleiten.

»Warte, Süße. Wir müssen reden.«

»Das werden wir«, flüsterte sie an seinen Lippen. »Danach.«

»Ich sehe, du hast deinen Enthusiasmus für Versöhnungssex nicht verloren«, stellte er fest und gab ihr einen Kuss aufs Ohr, was ihr einen Schauer über den Körper jagte.

Liana lachte leise und massierte ihm den Rücken. »Das ist immer noch der beste Sex – vor allem, wenn man glaubt, man hätte den wichtigsten Menschen in seinem Leben verloren, und er mit einem Mal auftaucht.«

»Es tut mir leid, dass ich dir Kummer bereitet habe, Liana. Als uns die Zeit davonlief, habe ich den Verstand verloren.«

»Ich weiß.«

Er rollte sich auf den Rücken und zog sie mit sich. »Was ist das?« Er griff nach dem Bilderrahmen auf dem Nachttisch. »Oh … Der Abend, an dem wir uns kennengelernt haben.«

»Ich habe alle Negative von Enids Hochzeitsfotograf entwickeln lassen, aber es gab keines, auf dem dein Gesicht vollständig zu sehen war. Das hat mich traurig gemacht. Also habe ich das von unserem gemeinsamen Tanz gerahmt, weil es das Beste von dir war.«

Er stellte das Bild zurück und hielt die Titelseite hoch, die sie von der Klatschzeitschrift abgerissen hatte. »Die hast du behalten?«

»Es ist ein tolles Foto.«

Er lächelte. »Du warst damals so sauer.«

»Aber nicht mehr, nachdem ich das Foto gesehen hatte. Jetzt ist es bloß eine von vielen schönen Erinnerungen.«

Er legte auch die Seite wieder auf den Nachttisch, schlang die Arme um Liana und streichelte ihr den Rücken. »Es war falsch von mir, dich wegen einer Entscheidung unter Druck zu setzen, obwohl du noch nicht bereit warst. Das weiß ich jetzt. Ich wollte dich nur so verzweifelt bei mir behalten. Ich bin sicher, dass es für dich in jener Nacht nicht so aussah, doch es ist die Wahrheit.«

»Travis …«

Er strich ihr mit dem Finger über die Lippen. »Hör mich an, Süße. Ich möchte dich etwas fragen, aber ich will nicht, dass du mir jetzt sofort antwortest, okay?«

Mit vor Vorfreude hämmerndem Herzen nickte sie.

»Liana, Liebste, willst du mich heiraten? Willst du mit mir zusammenleben und eine Familie mit mir gründen und mit mir zusammenarbeiten?«

Ihre Augen füllten sich mit Tränen, und ihr Herz floss vor Freude über.

»Deine Mutter wird an Heiligabend in North Point heiraten. Ich möchte, dass du in den nächsten paar Monaten über meine Frage nachdenkst, und wenn du zu ihrer Hochzeit nach Hause kommst, kannst du mir deine Antwort geben.«

»Aber Travis …«

Er schüttelte den Kopf. »Nachdem du fort warst, habe ich erkannt, dass ich ohne dich kein Leben habe. Also werden wir es so machen, wie du willst. Wenn du nicht heiraten möchtest, müssen wir das nicht. Ich werde dich besuchen. Du wirst mich besuchen. Wir kriegen das irgendwie hin. Aber mir ist aufgefallen, dass ich dir zwar gesagt habe, dass ich dich heiraten will, dich jedoch nie gefragt habe. Das habe ich jetzt getan.« Er gab ihr einen zärtlichen Kuss. »Ich liebe dich. Und ich werde auf dich warten. Egal, wie lange es dauert. Ich werde warten.«

Zutiefst berührt flüsterte sie: »Also, was tun wir in den nächsten Monaten bis zur Hochzeit meiner Mutter?«

»Ich werde dich in Ruhe nachdenken lassen.«

»Aber die letzten zehn Tage waren so schrecklich, Travis. Ich will nicht Monate verbringen, ohne mit dir zu reden oder mit dir zusammen zu sein.«

Er führte ihre Hand an seine Lippen. »Dieses Mal wird es anders sein, Süße, denn du weißt, dass ich dich liebe und auf dich warte. Du weißt, dass ich dir gehöre – wie auch immer du mich haben willst.«

»Ich kann nicht glauben, dass du bereit bist, das zu tun.«

»Ich glaube, du warst noch nicht mal im Fahrstuhl, als ich erkannt habe, was für einen schrecklichen Fehler ich begangen hatte. Nachdem du fort warst, habe ich dich überall gesehen. Die Leere war schlimmer als alles, was ich je erlebt habe. Ich liebe dich. Dash liebt dich. Seitdem du weg bist, ist sie ganz deprimiert.«

»Ach, die Arme. Wer passt auf sie auf, während du hier bist?«

»Deine Mutter.«

»Wirklich?«

»Jap. Das gehörte zu dem großen Paket an Zugeständnissen, die ich machen musste, um sie dazu zu bringen, mir deinen Aufenthaltsort zu verraten.«

Liana lachte. »Sie hat dich ordentlich dafür arbeiten lassen, oder?«

»Ich habe ihr vorgeschlagen, sie solle nach ihrem College-Abschluss Jura studieren. Außerdem habe ich reichlich Prügel von deiner Cousine eingesteckt, die mir unter anderem damit gedroht hat, mich umzubringen, sollte ich dir jemals wieder wehtun. Ich bin mir ziemlich sicher, dass sie das ernst gemeint hat.«

»Ja, darauf kannst du Gift nehmen.«

»Sie ist nicht nur eine verwöhnte Göre, sie ist auch noch gemein«, beschwerte er sich.

»Oh, armes Baby«, erwiderte Liana. »Hat sie deine Gefühle verletzt?«

»Sie hat mich wüst beschimpft. Mit sehr bösen Worten.«

Liana brach in lautes Gelächter aus.

»Du findest das witzig?« Er rollte sich auf sie und fing an, sie zu kitzeln, woraufhin sie vor Lachen kreischte.

Ein scharfes Klopfen an der Tür brachte sie zum Schweigen.

»Ms McDermott!«

»Mist«, flüsterte Travis. »Deine Bodyguards.«

»Es geht mir gut!«, rief sie.

»Ich muss Sie sehen.«

Travis bekam einen Lachanfall.

Liana schlug spielerisch nach ihm, stieg aus dem Bett und griff nach ihrem Bademantel. »Halt den Mund!« Sie strich sich die Haare glatt und öffnete die Tür. »Hallo«, sagte sie fröhlich. »Das mit dem Lärm tut mir leid, aber es ist alles in bester Ordnung.«

Derselbe große Mann, der Travis vorhin genau gemustert hatte, schaute um Liana herum und ließ den Blick durch das Zimmer gleiten.

Travis winkte ihm grinsend vom Bett aus zu.

Der Bodyguard warf ihm einen grimmigen Blick zu, dann wandte er sich wieder an Liana. »Sind Sie sicher, dass alles okay ist?«

Mit einem Blick über die Schulter zu Travis erklärte Liana: »Ja, alles ist perfekt.«

KAPITEL 30

Den ganzen langen, endlosen Herbst über lebte Travis nur für eines: die wöchentlichen Postkarten, die er von Liana erhielt. Sie kamen aus Madrid, Mailand, von den Bahamas, aus New York, London und Paris, und auf allen stand bloß ein Satz: »Ich denke nach.« Travis heftete die Postkarten alle an die Pinnwand in seinem Büro, und in der zweiten Dezemberwoche war sie beinahe komplett gefüllt.

In den Monaten, die sie getrennt gewesen waren, hatte er sich bemüht, die Artikel über Liana zu ignorieren, die jeden ihrer Schritte begleiteten. Sosehr er sich nach der kleinsten Einzelheit ihres Lebens sehnte, so sehr wusste er, wie viel in den Zeitschriften gelogen wurde. Nachdem sie so weit gekommen waren, würde er nicht zulassen, dass Klatschgeschichten das zerstörten, was sie hatten. Und bei seinen Treffen mit Agnes bezüglich der Hochzeit hatte keiner von ihnen je ihre Tochter oder das, was in Spanien zwischen ihm und Liana passiert war, angesprochen.

Vier Tage vor Agnes' Hochzeit an Heiligabend erregte ein Artikel im *Wall Street Journal* Travis' Aufmerksamkeit. Sein Herz blieb fast stehen, als er die Schlagzeile entdeckte: »Supermodel Liana McDermott ist das neue Gesicht von L'Elégance«. Travis las den Artikel mehrere Male, in dem ausführlich über den mehrjährigen Vertrag mit siebenstelligem Honorar berichtet wurde, der Liana zum Aushängeschild des Kosmetikgiganten machen würde.

Überrascht von der Neuigkeit warf er die Zeitung beiseite und ließ sich in seinen Stuhl sinken. »Sie gibt das Modeln nicht auf«, flüsterte er. »Sie wird sich nicht für mich entscheiden.« Er schaute zu der Collage aus Postkarten, und sein Herz schmerzte so sehr wie nie zuvor. Er war sich so sicher gewesen. Nach ihrer gemeinsamen Zeit in Spanien hatte er fest geglaubt, dass sie zu ihm nach Hause kommen würde. »Ich fasse es nicht, dass ich so ein Idiot war.«

Er hatte gedacht, er wäre dafür bereit, sie wiederzusehen. Aber als er sie in einem bordeauxroten Seidenkleid, das jede ihrer Kurven betonte, den Gang zum Altar hinunterschreiten sah, erkannte er, dass er absolut nicht bereit war für ein Wiedersehen – und noch viel weniger dafür, ihr Lebewohl zu sagen. Der Fake-Teint war verschwunden, und sie hatte einen Strauß aus Weihnachtssternen in den Händen, während sie ihrer Pflicht als Trauzeugin ihrer Mutter nachkam. Enid war Brautjungfer und trug das gleiche Kleid wie Liana. Agnes hatte sich für ein umwerfendes bodenlanges Kleid in einem Elfenbeinton entschieden und strahlte vor Glück.

Nach einem kurzen Hallo und einem Kuss auf die Wange zur Begrüßung hielt Travis, der als Agnes' Gast da war, sich am Rand, damit Liana sich um ihre Mutter kümmern konnte. Doch nach dem Essen, als der Tanz losging, suchte Liana ihn auf.

»Was machst du dahinten in der Ecke?«, fragte sie, und ihre violetten Augen funkelten amüsiert. »Meine Mutter hat dich eingeladen, bei der Familie zu sitzen.«

»Ich wollte nicht stören.«

Sie zog verwirrt die Augenbrauen zusammen. »Du hättest nicht gestört. Tanzt du mit mir?«

Er betrachtete die Hand, die sie ihm hinstreckte, und fragte sich, ob er die Kraft hatte, sie ein letztes Mal zu halten und dann gehen zu lassen, wenn sie es so wollte. »Klar.« Er nahm ihre Hand und folgte ihr auf die Tanzfläche.

Als er sie in seinen Armen hielt und sich daran erinnerte, wie perfekt sie zu ihm passte, stockte Travis vor Sehnsucht der Atem. »Du bist heute wunderschön.«

Sie lächelte ihn an. »Dieses Mal durfte ich das Kleid aussuchen.«

»Die Farbe gefällt mir.«

»Das wusste ich«, erwiderte sie. »Du hast mir gefehlt.«

»Du mir auch.«

»Aber irgendetwas ist los.«

Er schüttelte den Kopf.

Sie legte einen Finger an sein Kinn und nötigte ihn, ihr wieder in die Augen zu schauen. »Vergiss nicht, ich kenne dich.«

»Ich habe gar nichts vergessen.«

»Komm, lass uns von hier verschwinden.«

»Du kannst nicht einfach die Hochzeitsfeier deiner Mutter verlassen.«

Liana schaute zu ihrer Mutter, die mit David tanzte. Sie waren so in ihrem Glück gefangen, dass sie die anderen Leute um sich herum gar nicht wahrnahmen. »Ich glaube nicht, dass sie uns vermissen werden.«

Travis ließ sich von ihr von der Tanzfläche und in sein Büro führen.

Dort schloss sie die Tür und lehnte sich dagegen. Ihr Blick fiel auf die Pinnwand mit ihren Postkarten. »Du hast sie alle behalten!«, sagte sie und lächelte.

Er zuckte die Achseln.

»Was ist los, Travis? Hast du deine Meinung geändert, was uns angeht? Habe ich zu lange darüber nachgedacht?«

»Nein.«

»Was ist es dann?«

Er griff nach der zusammengefalteten Zeitung auf seinem Schreibtisch und hielt sie so, dass Liana sie sehen konnte. »Das hier. Das ist los.«

Sie durchquerte den Raum und nahm die Zeitschrift. »Oh.« Sie verzog das Gesicht. »Du hast davon gehört, hm?«

»Ja«, stieß er durch zusammengebissene Zähne aus. »Ich habe davon gehört.«

»Und du glaubst, ich hätte meiner Karriere den Vorzug gegeben.«

»Etwa nicht?«

Liana legte die Zeitung auf seinen Schreibtisch und ging zum Fenster. »Weißt du, was ich als Erstes gemacht habe, nachdem du aus Spanien abgereist bist?« Sie drehte sich zu ihm um. »Ich habe meinen Agenten angerufen und ihm gesagt, dass ich mich am 24. Dezember von meinem Modeljob zurückziehe.«

»Aber was ist mit …«

»Warte, Travis. Jetzt bist du dran, mich anzuhören.«

Frustriert fuhr er sich durch die Haare und lehnte sich dann gegen seinen Schreibtisch.

Liana ging zu ihm und legte ihre Hände an seine Brust. »Ich war so erleichtert, als ich dich in Spanien gesehen habe. Du hast den ganzen weiten Weg auf dich genommen, um mit mir zu sprechen und das zwischen uns in Ordnung zu bringen …«

Travis schlang einen Arm um ihre Taille.

»Und dass du gewillt warst, mir so viel Zeit zu geben, wie ich brauchte, hat mir gezeigt, wie sehr du mich liebst. Noch bevor du abgereist warst, wusste ich, dass es für mich nichts mehr zu entscheiden gab. Also habe ich die Zeit, die du mir geschenkt hast, genutzt, um alle anstehenden Verpflichtungen zu erfüllen. Ich habe meine Firma aufgelöst und meinen Mitarbeitern viel Geld gegeben, damit sie ohne Aufsehen gehen und die Presse mich nicht belagert – oder zumindest nicht mehr, als sie es sowieso schon tut. Ich habe monatelang zwölf, vierzehn, sechzehn Stunden am Tag gearbeitet, um frei zu sein und zu dir nach Hause zu kommen.«

Von Hoffnung erfüllt fragte Travis: »Aber was ist mit L'Elégance?«

»Ach ja, L'Elégance«, erwiderte sie mit exakt dem Lächeln, das sie zu einer internationalen Sensation gemacht hatte. »Ich habe nur einer Printkampagne zugestimmt, und sie haben mir sieben Millionen pro Jahr für zwei Tage Arbeit im Monat geboten. Ich dachte, der Geschäftsmann in dir würde das als ziemlich guten Deal betrachten.«

Travis keuchte auf. »Meinen die das ernst?«

»O ja, das meinen die völlig ernst.« Sie legte ihm die Arme um den Hals. »Ich dachte, es würde dich nicht allzu sehr stören, wenn ich zwei Tage im Monat in New York verbringe – vorausgesetzt, du entbindest mich für diese Zeit von meinen Pflichten hier in North Point. Ich hatte sogar gehofft, dass du mich ab und zu begleiten wirst.«

»Für sieben Millionen im Jahr, glaube ich, kriegen wir ein paar freie Tage organisiert.« Er beugte den Kopf und fand ihre Lippen. »Bist du dir sicher, Liana? Wirklich sicher?«

»Ich liebe dich, Travis, und ich liebe es, hier in North Point zu sein. Erinnerst du dich noch, dass du mir erzählt hast, dieser Ort hätte dich bei deinem ersten Besuch sofort angesprochen?«

Er nickte.

»Als ich heute Abend durch das Tor gefahren bin, fühlte es sich an, als würde ich nach Hause kommen.«

Von Gefühlen überwältigt zog er sie an sich und atmete tief diesen besonderen Duft ein, der ihm so sehr gefehlt hatte.

»Okay, ich möchte aber nicht, dass du dich zu sehr auf das Geld freust.« Sie hauchte zärtliche Küsse auf den leichten Bartschatten, den er extra für sie hatte stehen lassen. »Die Hälfte davon spende ich für einen guten Zweck, dem ich meinen Namen geliehen habe.«

Er war vollauf damit beschäftigt, ihren Hals zu küssen. »Und welcher gute Zweck ist das?«

»Die National Down Syndrome Society.«

Travis erstarrte mitten im Kuss und zog sich leicht zurück, um sie anzusehen.

Sie hob die Hand und strich ihm eine Strähne aus der Stirn. »Ich habe ihnen gesagt, dass mein zukünftiger Schwager das Downsyndrom hat und ich gerne helfen möchte. Sie haben mich gebeten, ihre Botschafterin zu sein, und nach den Feiertagen wollen sie das auf einer Pressekonferenz bekannt geben.« Sie lächelte schüchtern. »Ich fände es sehr schön, wenn Evan und du mich begleiten würdet.«

»Ja«, flüsterte er und küsste sie. »Wir werden da sein. Danke, Liana.«

»Nein, ich danke *dir* – dafür, dass du mir gezeigt hast, dass ich alles tun und sein kann, was ich will. Und weil du mir zu dem Mut verholfen hast, mein Leben selbst in die Hand zu nehmen.«

»Den hattest du schon immer, Süße.«

»Aber was ich mehr als alles andere will, bist du.« Ihre Wangen färbten sich rot, und nie hatte Travis sie mehr geliebt. »Ist die Frage, die du mir in Spanien gestellt hast, immer noch aktuell?«

»Warte einen winzigen Moment.« Er gab ihr einen sanften Kuss und ging hinter seinen Schreibtisch. Aus der obersten Schublade holte er eine kleine Schatulle, dann kehrte er zu Liana zurück. »Den habe ich an dem Tag gekauft, als ich aus Spanien zurückgekommen bin.« Er öffnete das Kästchen, holte den Ring heraus und hielt ihn ihr hin. »Willst du mich heiraten, Liana?«

»Ja.« Sie wischte sich die Tränen ab, die ihr über die Wangen liefen. »Ja, ich will dich heiraten, Travis.« Dann warf sie sich ihm in die Arme und hielt ihn ganz lange fest.

Als sie ihn schließlich wieder losließ, steckte Travis ihr den Ring an den Finger.

»Er ist wunderschön«, flüsterte sie und betrachtete den Brillanten im Smaragdschliff zum ersten Mal genauer.

»Genau wie du.« Er küsste die Hand, die nun sein Ring zierte. »Ich werde alles tun, was ich kann, um sicherzugehen, dass du es nie bedauern wirst, mich gewählt zu haben.«

»Ich habe *uns* gewählt, und am Ende war es die einfachste Entscheidung, die ich je getroffen habe. Ich weiß, dass ich sie nie bereuen werde.«

»Oh«, sagte er. »Hör mal. Dieses Lied … Es lief im Club, nachdem du diesen Sommer abgereist warst.« Er legte seine Arme um sie und schaute sie an. »›The Story of My Life‹. *Du* bist die Geschichte meines Lebens, Liana. Ich hoffe, das weißt du.«

»Und du, Travis, bist mein einziger Mr Right.«

»Willkommen zu Hause, Süße.«

~

WEITERE TITEL VON MARIE FORCE

Die Fatal Serie

One Night With You – Wie alles begann (Fatal Serie Novelle)

Fatal Affair – Nur mit dir (Fatal Serie 1)

Fatal Justice – Wenn du mich liebst (Fatal Serie 2)

Fatal Consequences – Halt mich fest (Fatal Serie 3)

Fatal Destiny – Die Liebe in uns (Fatal Serie 3.5)

Fatal Flaw – Für immer die Deine (Fatal Serie 4)

Fatal Deception – Verlasse mich nicht (Fatal Serie 5)

Fatal Mistake – Dein und mein Herz (Fatal Serie 6)

Fatal Jeopardy – Lass mich nicht los (Fatal Serie 7)

Fatal Scandal – Du an meiner Seite (Fatal Serie 8)

Fatal Frenzy – Liebe mich jetzt (Fatal Serie 9)

Fatal Identity – Nichts kann uns trennen (Fatal Serie 10)

Fatal Threat – Ich glaub an dich (Fatal Serie 11)

Fatal Chaos – Allein unsere Liebe (Fatal Series 12)

Fatal Invasion – Wir gehören zusammen (Fatal Serie 13)

Fatal Reckoning – Solange wir uns lieben (Fatal Serie 14)

Fatal Serie Bände 1-6

Fatal Serie Bände 7-11

Die McCarthys

Liebe auf Gansett Island (Die McCarthys 1)

Mac & Maddie

Sehnsucht auf Gansett Island (Die McCarthys 2)

Joe & Janey

Victoria & Shannon

Schneeflocken auf Gansett Island

Geliebtes Gansett Island (Die McCarthys 18)

Kevin & Chelsea

Blütenzauber auf Gansett Island (Die McCarthys 19)

Riley & Nikki

Sommernächte auf Gansett Island (Die McCarthys 20)

Finn & Chloe

Verführung auf Gansett Island (Die McCarthys 21)

Deacon & Julia

Magie auf Gansett Island (Die McCarthys 22)

Jordan & Mason

Andere Bücher

Sex Machine – Blake und Honey

Sex God – Garret und Lauren

Five Years Gone – Ein Traum von Liebe

One Year Home – Ein Traum von Glück

Mein Herz für dich

Nicht nur für eine Nacht

Take-off ins Glück

The Fall – Du und keine andere

Dieses Mal für immer

Helden küsst man nicht

Küsse für den Quarterback

Miami Nights

Bis du mich küsst

Bis du mich berührst

Bis du mich liebst

Die Green Mountain Serie

Alles was du suchst (Green Mountain Serie 1)

Endlich zu dir (Green Mountain Serie 1/Story *1*)

Kein Tag ohne dich (Green Mountain Serie 2)

Ein Picknick zu zweit (Green-Mountain-Serie/Story 2)

Mein Herz gehört dir (Green Mountain Serie 3)

Ein Ausflug ins Glück (Green-Mountain-Serie/Story 3)

Schenk mir deine Träume (Green-Mountain Serie 4)

Der Takt unserer Herzen (Green-Mountain-Serie/Story 4)

Sehnsucht nach dir (Green-Mountain Serie 5)

Ein Fest für alle (Green-Mountain-Serie 5/Story 5)

Öffne mir dein Herz (Green-Mountain-Serie 6/Story 6)

Jede Minute mit dir (Green-Mountain-Serie 7)

Ein Traum für Uns, (Green-Mountain-Serie 8)

Meine Hand in Deiner, (Green-Mountain-Serie 9)

Mein Glück mit dir, (Green-Mountain-Serie 10)

Nur Augen für dich, (Green-Mountain-Serie 11)

Die Neuengland-Reihe

Vergiss die Liebe nicht (Neuengland-Reihe 1)

Wohin das Herz mich führt (Neuengland-Reihe 2)

Wenn das Glück uns findet (Neuengland-Reihe 3)

Und wenn es Liebe ist (Neuengland-Reihe 4)

Für immer und ewig du (Neuengland-Reihe 5)

Die Quantum Serie

Tugendhaft (Quantum-Serie 1)

Furchtlos (Quantum-Serie 2)

Vereint (Quantum-Serie 3)

Befreit (Quantum-Serie 4)

Verlockend (Quantum-Serie 5)

Überwältigend (Quantum-Serie 6)

Unfassbar (Quantum-Serie 7)

Berühmt (Quantum-Serie 8)

Gilded Serie

Die getäuschte Herzogin

Eine betörende Braut

ÜBER DIE AUTORIN

Marie Force ist die New-York-Times-Best-
seller-Autorin von über fünfzig zeitgenössi-
schen Liebesromanen, unter anderem den
beliebten Romanserien »Gansett Island«,
»Green Mountain« und der erotischen
Quantum-Serie. Sie hat unterdessen weltweit
über sechs Millionen Bücher verkauft. Die
Autorin lebt zusammen mit ihrem Mann,
zwei fast erwachsenen Kindern und zwei
Hunden in Rhode Island.

Tragen Sie sich in Maries Mailingliste ein, um alles Wichtige über
neue Bücher und Veranstaltungen zu erfahren. Folgen Sie ihr auf
Facebook und auf Instagram.